言葉と戦車を見すえて

加藤周一が考えつづけてきたこと

加藤周一
小森陽一　成田龍一　編

筑摩書房

目次

言葉と戦車を見すえて

――加藤周一が考えつづけてきたこと

1

天皇制を論ず——問題は天皇制であつて、天皇ではない

一

天皇制は何故やめなければならないか、天皇制は何故速かにやめなければならないか。私は、こゝで、この二つの問題に答へる。その各々に就いて、先づ積極的理由を、その次に凡ての反対論の無意味なことを示す。

問題は天皇制であつて、天皇ではない。多くの論者は、屢々之を混同した。例へば、戦争を起すために天皇の演じた役割と、天皇制の演じた役割とを混同して、天皇は戦争に反対だつたから、天皇制をやめる必要はない等と云ふ。之は勿論区別しなければならない。

又私の問題は、政治的なものであつて、歴史的なものではない。今日までに、天皇制に関する議論は沢山出て、云ふべきことは殆ど尽くされた。天皇制をやめるかやめないかと云ふ点に関する限り、もはや何も加へる所はないのであるが、私は、ひとつの論文のうちに、やめるべき凡ゆる論拠を列挙し、やめないと云ふ議論を尽く挙げて反駁したものを未

だ見たことがない。私の試みようと思ふのはさう云ふことで、整理と概括とに過ぎないであらう。天皇制の政治的面には、未だ云はれてゐない本質的問題は何も存在しないのである。

勿論、歴史的には非常に広い未開拓の分野がある。史学はそのためにどの位発達するか解らない。歴史家の仕事を我々は愉しみにしてゐるが、今廃止すべきか否かゞ問題になつてゐる天皇制は、明治革命以来のものであるから、それだけの歴史を考慮しても、当面の政治的問題は解決することが出来る。此処では、明治革命とそれ以後との天皇制の果した役割だけを顧みながら、議論を展開する。

二

天皇制は何故やめなければならないか。理由は簡単である。天皇制は戦争の原因であつたし、やめなければ、又戦争の原因となるかも知れないからである。

では、戦争は如何にして起つたか。戦争は、日本が植民地を欲するから起つた。第一に満洲、第二に支那、第三に南洋に、日本の独占資本が市場を得るために、帝国主義者を煽動し、軍閥を養成して、侵略戦争を計画したから起つた。要するに、戦争は少くとも経済的には、日本資本主義の急な膨脹の結果として、実に明快な過程を踏んで起つた。その急な膨脹が有名なソシアル・ダンピングに依るものであり、それは文字通り「万邦に比なき」低賃銀労働者の大群を俟つてはじめて可能であつたことは、今更云ふまでもない周知の事実であらう。低賃銀労働者は、一方では自ら物を買ふ力がないと共に、一方では資本主義生産のコストを下げる。

従て、その国の産業にとつては、国外市場の必要を大きくすると共に、その獲得を容易にする。ダンピングと競争するために労働者の生活程度を切下ることの不可能な先進国が、さう云ふ場合に、政治的手段に訴へたのは、事の成行きから当然である。それが「関税障壁」と云ふもので、日本の資本家の代弁者たちが「生命線を脅す」経済的圧迫と称したものである。確かに資本家の生命線を脅したであらうが、彼等に搾取された労働者農民の生命線を脅したのではあるまい。

日本の資本家が世界最低の賃銀で搾取してゐた労働者の賃銀を引上げ、搾取の手をゆるめて人民を取扱ふのにやや人間なみの方法を以てしさへすれば、国内市場は購買力を増したであらうし、従て国外市場の必要は少なくなり、商品のダンピングの必要もなければ「関税障壁」を以て外国から迎へられることもなかつたであらう。さうすることによつて、日本の後進資本主義はあのやうに急に大きくなることは出来なかつたにしても、決して行きづまるわけでも「生命線を脅かされる」わけでもなく、従て「関税障壁」を破るために、戦争をする必要もなかつたにちがひない。

然るに、資本家は自らの利益をいさゝかでも制限し、労働者の賃銀を引上げ、以上のやうな道をとる代りに、一方では未曾有の低賃銀で労働者を徹底的に搾取し、一方では様々の方法を用ひて大衆に課税し、人民大衆の生活の苦しみを考へずに、赤字公債を無制限に発行し、軍備を拡張して「関税障壁」を破る機会を狙つた。正に戦争は何時か起らねばならなかつたし、事実あの馬鹿げた戦争が起つたのである。東条がゐたから戦争が起つたのではない、東条がゐたから一九四一年の十二月に戦争が起つたと云ふに過ぎない。要するに、戦争の最も本質的な原因は、その基礎の上にのみ日本の資本主義が可能であり、その基礎の上にのみ日本の産業の殆どヒステリカルな膨脹が可能であり、その基礎の上にのみ軍国主義と植民地獲得戦争とが可能であつた貧しい農民労働者の存在そのものに他ならない。

それならば、その低賃銀労働者は何処から来たか。一八六八年以来急に大きくなつた日本の工場に、無限に吸収された低賃銀労働者の大群は、一体何処から来たのであるか。勿論、農村から、あの封建的小作料と地主制度とに搾取された貧しい農村から、或る有名な亡命建築家が古い日本の美術や建築に感心したあとで、一眼それを見るなり、もはやこの国で芸術を語る余裕は許されないと嘆じたあの悲惨な地上の地獄、東北の農村から、国体の精華と共に万邦に比なき世界最低の生活程度を以て有名な半農奴的小作人の、狭い耕地に溢れてゐるあの日本の農村から来なくて、一体何処から来ることが出来たであらうか？　凡ゆる売春婦と凡ゆる兵隊も又其処から来た。要するに、国際場裡に日本を代表したし、又してゐるものは、尽く其処から来たのである。

それは、地主の息子から成る外交団ではなく、小作人の子供の大群に他ならない。戦前には彼等のつくつた「メイド・イン・ジヤパン」の商品に依て、戦争中には彼等の息子から成る野蛮な軍隊に依て、そして戦後には彼等の娘たちが身を売ると云ふこと、たゞそのことを通じてのみ、日本は外国に接し、自らを印象づけ、他に之と云つて自らを説明する方法もなかつたではないか。凡そ日本と云ふ時、封建的農村と云ふことを考へるのは、すべての外国人の常識である。のみならず日本の地主資本家階級はこのことをよく知つてゐる。我々も知らうではないか。日本的とは封建的と云ふに何等異らぬと云ふことを。そしてそれは何故さうなり、之からどうしなければならないかと云ふことを。

その農村と貧しい農民とを、小作料と封建的地主制度との圧制を一八六八年のブルジヨア革命は故意に見落した。革命政府ははじめから反動的要素を含み、失業知識階級の群によつて武装し、天皇を中心として結ばれた封建的勢力は上からの革命を行ふことによつて下からの革命を弾圧し、封建的支配を資本主義的支配に結合させることに依て、資本主義革命が民主主義化することを防いだ。廃藩置県は行れても、農地の実質的配分も小作料も、要するに農村の封建的搾取組織の本質的な何ものも変らず、封建的領主に対する奴隷的服従から解放されても、その代りに絶対王制が支配しては、人民の奴隷的服従そのものには何等の相違がない。現に新政府は五箇条御誓文のマニフエストの裡に、その封建的性格と軍国主義的帝国主義の野心と総てが天皇のためであると云ふ絶対王制の非人間的理想との、野蛮な正体を遺憾なく曝露したのである。

我々は決して忘れてはならない、日本的とは封建的と云ふことに他ならず、日本の一切を代表したあの貧しい農民の存在は正に明治維新が予定し、実行した第一のプログラムであつたと云ふことを。そしてそれは絶対王制を中心としてのみ可能であり、資本主義社会の民主主義化を永久に妨げる封建主義をあのやうに強固に保存するためには天皇制が必要であり、天皇制のみが必要であつたといふことを。嘗て中世宇宙の中心には地球があつた如く、封建的農村の中心には最大の地主天皇があり軍国主義者の中心には大元帥陛下天皇があつた。

そしてこの封建的性格とそれに由来する軍国主義的傾向とこそは、日本資本主義の好戦的二大特徴に他ならない。天皇制が地主制度を保証し、地主制度が貧農と低賃銀労働者とをつくり、それが日本の資本主義を急激に膨脹させ、その膨脹が植民地獲得戦争の本質そのものであつたとすれば、天皇制は戦争の原因でなくて一体何であるか。コペルニクスは来なければならぬ。宇宙の中心が地球でなく太陽にならなければルネツサンスは不可能であつた如く、日本の社会の中心が天皇でなく人民にならなければ、日本の好戦的性格は除き得ない。何故なら、天皇制こそは明治政府の反動的性格と日本資本主義の好戦的特徴とを要約する原理だからである。

しかし天皇制は単に地主を代表し、地主制度の中心としてのみ、軍国主義的帝国主義の基礎であつたのではない。戦争を起し、又は必然的に起すべきであつた明治維新以来の支配階級は、経済的に天皇を中心としたのみならず、又精神的にも天皇を中心として結束した。有名な教育勅語以来、巧な教育が天皇の名に於て、又天皇の名に於てのみ、人民を愚かにし、無力にするために行はれたかは、人の知る如くである。若し天皇制がなかつたならば、あれ程極端な歴史の歪曲はあり得なかつた。

若し天皇制がなかつたならば、あれ程深刻な批判精神の麻痺はあり得なかつた。若し天皇制がなかつたならば、個人の自由意志を奪ひ、責任の観念を不可能にし、道徳を頽廃させ、愚劣にして奴隷的な沢山の兵隊の培養地をつくつたあの陰鬱な封建的家族制度はあり得なかつた（地主が天皇の雛型である如く、家長は天皇の雛型である！）。若し天皇制がなかつたならば、――数へれば全く限りがない、あれ程の搾取に労働者農民を屈従させることも、あれ程明かな帝国主義政策を何等の批判なしに強行することも、あれ程不合理な、あれ程白痴的な無数の軍国的デマゴーグを国中に氾濫させることも、そして就中あれ程狂信的な、あれ程無責任な軍閥を何もかも破壊する程強大になるまで育てあげることも、不可能であつたにちがひない。

二六〇〇年と云ふ荒唐無稽な年号、雑誌を発禁にし、作者を国賊と称する検閲、小学生から大臣に至るまで最敬礼を何度も繰返す馬鹿げた儀式、世界最大の地主の賜る勲章と御《ご》内帑金《ないどきん》、そして人民に対し凡ゆることをなし得る権利を具へ、しかも人民に対し一片の責任も負はないと云ふ現神に、恐懼感激し、洩れ承り、感涙に咽んでゐる貴族とブルジョアと軍人の群、あゝ天皇制よ、如何に多くの喜劇が汝の名に依て演じられたことであらう！しかも、その喜劇こそは人民の理性を麻痺させ、人民の批判精神を沈黙させ、支配階級の独裁を容易にするために、又そのためにのみ役立つたのである。

光は東より来た如く、凡ゆる不合理主義は天皇制より来た。第一、支配者の世襲制度そのものが不合理であり、権利があつて義務がないと云ふ存在そのものが不合理である。現神と云ふ思想は今年からなくなつたが、昨年まで、二十世紀の都会に、白昼堂々と現神が存在すると云ふ程突飛な不合理が、凡そ考へ得られたであらうか（民族学によれば現神と云ふ思想自体は左程珍しいものではなく、勿論我国独特でも、万邦無比でもなく、オーストラリアやアフリカの原住民には此の種の信仰の例が必ずしも少くない）。とにかく、かう云ふ天皇制そのものに係る不合理性は、その周囲に集る封建的支配階級の不合理性を端的に代表してゐるのみならず、支配階級に依て自らの搾取と専制とを維持するために、実に巧みに利用された。

そして凡ゆる理性と批判精神とを封じたその不合理主義と神秘主義とが、一切の文明の芽を摘みとり、人民の、延いては支配階級自体の精神から現実を認識する能力を奪つたのである。

侵略戦争の精神史的意義は、正に、現実を認識する能力と文明に対する敬意との欠如、要するに理性の喪失によつて起り、それによつて終つたといふ点にある。しかも若し日本の社会に理性を喪失させた最大の原因が、天皇制を口実とする不合理主義と神秘主義とであり、天皇制を口実とする軍人、官僚、反動的イデオローグの暴力的弾圧であつたとすれば、この意味でも戦争の原因は天皇制であるといはなければならない。

確かに天皇制は戦争の原因であつた。又確かに同じ原因は同じ結果を産むか、少くとも産み易いのである。故に天皇制はやめなければならない。戦争を必然的に、或は宿命的に起した封建的ブルジヨア支配階級が退かねばならないと同じやうに、支配階級の中心であり、支配階級と密接不可分であつた天皇制は、廃止されなければならない。人民と理性と平和とのために、再び宣戦の詔勅の出ることを防ぎ、人類の歴史に馬鹿げた残酷さの一頁を加へる「聖戦」が「皇軍」に依て再び起り得る可能性を根絶するために。

三

国体護持と云ふことを主張する者はあつたし、今でもある。天皇制に関する議論は内外に多いが、之程奇怪な、之程日本的なものはない。主張する者は一体何に対して護ると云ふのか？　占領軍に対してか、人民に対してか。無条件降伏しながら占領軍に対して何かを護ると云ふことはナンセンスである。民主主義を称へながら、人民に対して何かを護ると云ふことは矛盾である。天皇制反対論者に対して護ると云ふかも知れないが反対論者が人民と共に在り人民のためにに発言してゐるのでないとすれば、何故に、そのやうな無力な言葉に対して、特に天皇制を「護ら」なければならないのか。

国体護持論者の根拠は何であるか？　曰く国民的感情、曰く天皇制は国民の血の中に流れてゐる、曰く日本独自の民主主義を建設するために、等である。しかし支配階級と被支配階級との二つの感情があるので、国民的感情等と云ふものは空想にすぎない。天皇制は一般に国民の血の中に流れてゐるのではなく、地主共の血の中に流れてゐるだけである。合理的な、又合理的であることを恐れる必要のない人民の血の中には当り前の赤血球と白血球と血小板との他には何も流れてはゐない。又日本独自の民主主義と云ふ言葉は、日本独自の科学と云ふ言葉が無意味であるのみならず、論理的欠陥を蔽ひ隠すための口実にすぎない。日本独自の民主主義をつくるために英国の制度を模倣しようと云ふに至つては反駁の価値さへもない滑稽な矛盾である。

天皇制を英国式皇帝の制度に変へよう。さうすれば害がないと真面目に云ふ者がある。しかし英国の制度が英国の民主主義のために害がないから、日本の民主主義のために害がないと云ふ証拠が何処にあるか。自ら進んでその制度をつくつた者と、無条件降伏の結果外部から強制されてそれを模倣しようとする者とはちがふ。議会の運用と政治的才能とにかけては名実共に世界一優秀な者と、世界一劣等な者とはちがふ。英国では反動勢力の中心となり得ない皇帝制度は、日本では将来反動の源となるかも知れない。天皇制を英国式にすれば、天皇制が日本で無害になると云ふ証拠は何処にもないのである。

第一、天皇制を英国の皇帝式に変へようと主張する者が、害無きを云つて、益有るを説かないのは奇怪である。英国の皇帝制度は民主主義に無害だから存在するのではなく、民主主義に無害であるのみならず多くの植民地を有する大帝国の資本活動に有益だから存在するのである。植民地のない国に、世界中で最も植民地の多い国の植民地のための制度を移して、一体何の役に立つと思つてゐるのか。

天皇制は国民の大多数が支持するから、やめてはならぬと云ふ者がある。しかし国民は支配階級と被支配階級とから成る。既に繰返した如く支配階級は勿論自己の利益のために支持する。被支配階級は支持すべき何等の理由を持たない。半世紀の教育と宣伝とは彼等を愚かにし、組織的陰謀は国民と云ふ言葉に依て支配階級の利益をあたかも人民の利益であるかの如く偽装した。支持すべき理由がなくても、現在反対する者は少いかも知れない、といふ事実を忽ち利用し、昨日までは凡ゆる反対者を捕へておきながら、今反対者の少いことを以て、「国民の大多数の支持」と称することが詭弁でなければ一体何が詭弁であるか。

人民が変らない裡に国民投票に依て問題を決定し、それが人民の意志だと主張することが陰謀でなければ、一体何が陰謀であるか。今日天皇制に反対しない人民は、明日反対するであらうし、又反対しなければならない。飢ゑと寒さとの中に打棄てられた人民にとつて、封建的搾取の中心を破壊すること以外に一体なすべき何事が残されてゐるであらうか。天皇制を廃止しても、王制復古の運動が起るであらう。反動の中心となり得ることに変りはないと嘯く者がある。さういふ者は、病人を治療するために、全治させても再発の危険があるから病気は完全に癒さない方がよいと云ふであらうか。私は責任の地位にある者がたとへ遁辞にしても之程愚劣なことを公言するのに唯呆れるばかりである。

要するにその数は多いが、天皇制を維持すると称する論者に嘗て正当な理由のあつたことはない。又将来もないであらう。或者は封建的支配を守るために、或者は選挙運動に利用するために、或者は反動的勢力の復活を怖れるために、或者は奴隷根性の習性となつて凡ての批判力を喪つてゐるために、天皇制を支持した。今や人民にとつて、天皇制は論者の反動的性格を知るバロメーターであると云ふ以外に何等の意味を持たない。

四

天皇制は何故速かにやめなければならないか。何れやめなければならないとしても、何故速かにやめなければならないか。

その理由は二つある。第一は対外的理由である。第二は国内的理由である。

第一に対外的理由とは何であるか、馬鹿げた侵略戦争を世界中に仕掛けた以上、日本は世界に対してその責任をとらなければならない。天皇制と封建主義とが日本を好戦的にした根本的理由であるならば、その理由を除き、天皇制を廃し、封建的残滓を洗ひ、再び好戦的になり得ないことを実行を以て世界に示さなければならない。第一にそれは義務である。第二に日本の国際的信用を恢復する道もその他にはない。何れにしても天皇制の廃止は速かでなければならない。

第二に国内的理由とは何であるか？　我々は進行するインフレーシヨンを防がねばならず、それには支配階級の利益と財産とを犠牲にしなければならず、その犠牲の実行を支配階級自体に期待することが荒唐無稽であるとすれば、要するに封建的支配階級は更迭をしなければならない。従て天皇制を廃しその中心を切崩すことは目下の急務である。インフレーシヨンの進行が餓死を意味する我々人民にとつては、成程インフレーシヨンを防ぐのも大切だが、銀行のつぶれるのも迷惑だ、等と云つてゐる暇はない。

五

天皇制を今廃止すれば混乱が起ると云ふ者がある。成程起るかも知れないが、戦争による混乱を我々人民は既に遺憾なく体験した。我々の兄弟は死に、我々の家は焼かれ、我々の娘は巷に媚を売つて食を求めてゐる。今更人民の生命に関しない混乱が支配階級の中に起つたら、一体それが何うしたと云ふのであるか。戦争を迎へるのに沈黙を以てし、天皇制廃止を称ふに混乱を以てする者は恥を知れと云ひたい。

天皇制は戦争をやめる時に役立つた。今でも役に立つから、役に立たなくなるまでやめない方がよいと言ふ者がある。しかし、戦争をはじめるために役立つた制度が、やめるために役立つたのは、武器を持つてゐる軍人を抑へるためであつた。今や武器を持つてゐる人間はゐない。封建主義を打破るために、封建勢力を利用するよりは廃止した方が容易に目的を達するであらう。

天皇制を今やめれば、代りを得ることが困難だと言ふものがある。しかし誰も民主主義が容易なものだと考へて、天皇制を廃止せよと言つてゐるわけではない。偶然に与へられた指導者に盲従するよりも、意識的に指導者を択ぶことの困難なのははじめから明かであらう。人民の自由と権利とは当然人民の責任と義務とを意味するのである。

要するに天皇制を速かにやめることに反対する者にも何等の根拠がない。

六

私は結論する、天皇制はやめなければならない、しかも出来るだけ速かにやめなければならない、と。

私は封建主義の暗澹たる黄昏に人民と理性と平和との来るべき朝に向つて叫ぶ、武器よ、天皇制よ、人民の一切の敵よ、さらば！　と。

〔追　記〕

私は天皇制について三度書いた。敗戦直後、天皇制をどうすべきかについて議論の盛んであった頃、『東大新聞』に意見を述べたのが、これである（一九四六年三月）。その後一〇年ばかり経ち、天皇制についてのいわゆる「国民感情」を分析しようとして、雑誌『知性』（五七年二月号）に書いたのが、「天皇制について」（本書所収「天皇制と日本人の意識」）である。最後に敗戦後三〇年、天皇訪米の間に、アメリカの新聞が天皇について書く記事を読んで、『ニューヨーク・タイムズ』（七五年一一月一九日号）に寄稿したのが、《On the Emperor》であり、その邦訳が「天皇について」（著作集第8巻所収）である。

「天皇制を論ず」には、当時の私の他の文章の場合と同じように、用語に不適当なところがあり（たとえば「封建的」の用法）、表現に不正確な部分がある（たとえば「世界最低の賃銀」、「世界最低の生活程度」など）。しかし文中に、もし天皇制がなかったならば、あれほど無責任で強大な軍閥を育てあげることは、不可能だったろう、というのは今でも私の意見である。

他方、天皇制がなくならなければ、日本の好戦的性格は除き得ないだろう、というのは、そのまま今日の私の意見ではない。将来の日本の好戦的性格を決定するのは、第一に、天皇制の性質の変化であり、第二、天皇制以外の諸条件だろう。第二の諸条件のなかで、大きなものの一つは、日本国外の政治・経済・軍事的な情勢である。もう一つは、日本国民の大多数の反軍国主義的感情である。第一の天皇制の性質の変化についていえば、敗戦後の変化の重要な点は、天皇の非神格化と法的な非政治化であろう。――過去三〇年の日本は、このような諸条件のために、天皇制を維持しながら、好戦的ではなかった。もし反軍国主義の国民感情が後退し、天皇の神格化または神秘化と、その法的権限の拡大が実現されるならば、しかるべき国際情勢のもとで、天皇制は日本を再び好戦的にするために役立つだろう。

「天皇制を論ず」を私が書いたときに、戦前の天皇制を経験しなかった読者はなかった。今では多くの読者が、戦前の天皇制を直接には経験していない。そこで一言ここに附け加えておきたい。一九四五年、敗戦が事実上決定した状況のもとで、降伏か抗戦かを考えた日本の支配者層の念頭にあったのは、降伏の場合の天皇の地位であって、抗戦の場合の少くとも何十万、あるいは何百万に達するかもしれない無益な人命の犠牲ではなかった。彼らにとっては、一人の天皇が日本の人民の全体よりも大切であった。その彼らが、降伏後、天皇制を廃止すれば、世の中に混乱がおこる、といったのである。そのとき彼らに向って、無名の日本人の一人として、私は「天皇制を論ず」を書き、「恥を知れ」と書いた。日本国とは日本の人民である。日本の人民を馬鹿にし、その生命を軽んじる者に、怒りを覚えるのは、けだし愛国心の然らしめるところだと思う。

〔『加藤周一著作集』第8巻、一九七九年〕

逃避的文学を去れ

敗戦後の文学の特徴は敗戦の特徴が寸毫もないと云ふことである。雑誌は沢山出たが書いてあることは、殆ど総て昔が懐しいと云ふことであつた。或は戦争がなかつたものと仮定して、戦争前の文学を「そつくりそのまゝ」通用させようと云ふ試みであつた。

その試みは、文学の非政治性・非社会性、要するに孤立性の表現だと云はれる。多くの文壇の小説家は黙つてそれを実行し、全く戦争に関係のない話か、関係はあつても、震災で迷惑した話を書くやうに戦争で迷惑した話を書いてゐる。しかし戦争と地震とはちがふであらう。ちがふから責任の問題も出てくるのであらう。

敗戦後の文芸批評家が、この点に頗る意識的な操作を加へてゐるのは、故なしとしない。例へば、河上徹太郎氏の「終戦の思想」は、その代表的なもの、一つである。氏に依れば、大正期以後、自由主義、左翼、主知主義、日本主義の交替は、「思想界それ自体の成熟と云ふ点から考へると、時代を追ふてそれが完成してゐる」のであり、夫々の時代に、夫々の主義の、——左翼は例外であるが、代弁者であつた鋭敏なヂヤナリストは、心にもないことを一言も言つた覚えはなく、「結局人間主義的な立場」を一貫したのだそうである。

だから今ではどうしろと云ふのであるか。だから今では文学が非政治的であることを勧奨すると云ふのでは辻褄が合ふまい。第一、河上氏程の批評家が、大正期以後思想界がそれ自体として成熟したと考へることさへ不思議である。大正期以後思想界は、それ自体としても、他から見ても、とにかく堕落し、頽廃し、機能を喪失し、殆ど思想界などと云ふものは存在せざるに至つた。

思想とは何であるか。何であるにせよ、思想の真偽を鑑別するものは常に現実であり、大正期以後の思想界の主義の流行は、要するに思想が現実を改造するどころか、解釈する能力さへも失つてゆく崩壊の過程を彩る奇怪にも浅薄な衣裳に過ぎない。と云ふことは戦争に依て誰にも解つたか、少くとも解らなければならないはずであつた。上下一致、億兆心を一にして、日本が亜米利加征伐に成功するかも知れないとたとへ一時にせよ夢想したと云ふ未曾有の喜劇、驚くべき現実感覚の一般的喪失の由来だけでも、河上氏の理論からは解けないであらう。

日本主義とはさう云ふ空想の伴奏音楽であつて、誤解される如く「合理主義に行きづまつた欧羅巴が求めた神性」とは全く関係がない。さう云ふ馬鹿げた比較を試みることよりも、原子核を破壊する欧羅巴の合理精神に、素朴に驚くことの方が、どの位有益であるか解らない。日本主義は消極的には現実感覚の欠如であり、積極的には帝国主義政策の伴奏である。故に之は非政治的ではない。戦前に何等かの非政治的・非社会的な立場にあつた文学が、戦争の間日本主義と共に政治的な、と云ふよりはむしろ政策的なものとなり、戦後再び文学の非政治性を主張すると云ふ事態には注目すべきものがあらう。

例へば北原武夫氏の「たつた一つの単純な事」は美乃至芸術の非社会性乃至超歴史性を説いて、その論理は河上氏よりも遥かに正確である。南進政策の宣伝が文学でないならば、民主戦線の宣伝も文学ではなからうと云ふ議論に誤りはない。しかし宣伝は文学ではないと云ふ事実から文学者は社会の凡ゆる進歩的動きに対して孤立すべきであると云ふ結論を引出すことは出来ない。仮に出来たとしても、それを帝国主義時代に強調せず、民主主義時代に強調することは、消極的に帝国主義者の反動を支援するものである。

しかし、一体文学の孤立とは如何にして可能なものか。戦後の文学がその特徴とし、且意識して主張する非政治的な文学とは何であるか。実は、一時代、一社会、一階級からその中にある精神が孤立することは不可能である。経済の下部構造は勿論観念の上部構造の総てを決定はしなからうが、少くとも部分的には必ず制約する。と、日本でも有名な小説『ヂヤン・クリストフ』の作者は云つた。日本の経済の下部構造は、市民的に組織されてゐない。三歳の童子も之を知る如く、日本支配階級は純粋に資本主義的ではなく、封建・資本主義的であるのと対応して、日本のイデオローグにも又純粋の自由主義者、個人主義者、就中合理主義者は一人もゐない。それはたつた一人の自由主義者尾崎行雄をして、所謂自由主義者の群から離れ、却つて社会主義者にちかづかしめた明白にして唯一の理由である。所謂自由主義者は常に経済の下部構造に、自由な程、滑稽な程、どうも少し公式的だと多分読者諸君が呟く程、余りにも美事に対応して、単に自由主義的ではなく、封建・自由主義的であつたし、又ある他はなかつた。

文学に於てもその事情は遺憾ながらそのまゝ通用するのであつて、文学者の孤立を主張し、芸術の超社会性を強調し、非政治的な立場から現実に対しようとする者は、その保守的、非革命的、非民主主義的、従て非人間的立場の故に、保守的、反革命的、反民主主義的支配階級とその封建性を頒たざるを得ないのである。

疑ふものは、哲学のデカダンスを見よ。現実感覚を喪失した政治家が空想的戦争をはじめた如く、現実感覚を喪失した絶対弁証法は空想的論理を手当り次第に展開する。「国家哲学の急務」はその最も美しい花束であらう。論理的操作のヴィルテユオジテは我々を感服させるが、思想は我々を説得しないものである。

疑ふものは、又小説のデカダンスを見よ。近代的市民、独立し、自覚し、自由なる人格のない社会は、本来市民的な芸術、或は市民社会の自己表現形式であるロマンが、遂に成立しなかつたことは自明の理屈である。私小説はいはゞその代りに発生したが、如何なる私もルソーではなかつた。

荷風さへも！　戦争は大洪水の如く、我々の批評精神の中からまがひの精神を流し、ほんたうの精神だけを大船の中に残したが、そして彼こそは明治以来、実に僅かなほんたうの、いひ換えれば、東西古今に通じ、如何なる問題に関しても決して誤たない真の高さに到達した精神であるが、そして彼のみが今も最も美しい散文を書き得ると共に、又あの悪夢のさなかに、欣然として、「ヒットラ、ムッソリニの二兇」の死を謳ひ得たのであるが、その荷風さへも、反時代的であることに依て、超時代的とはなり得なかつた。若し我々が封建主義を破らうと欲するならば、そして人間主義と理性との立場を、徹底させようと欲するならば、我々の中にある荷風の一切を肯定しては不可能であらう。

抽象的な個人として、反時代の立場をとつても、人間と精神とは必然的に社会的であるから、反抗する社会そのものから受ける制約を免れることは出来ない。封建的社会に対しシニカルな態度をとることは、そのこと自体に依て、封建的時代の一表現である。故に現在の社会を超え、その封建的性格から影響されることを免れるためには、逃避的な個人主義に依るのではなく（結局如何なる社会にも属しないことは不可能であるから）、他の非封建的な社会、即ち未来の社会に積極的に参加する他はない。そしてそれは革命的であることに依り、たゞ行為を通じてのみ可能である。観想的立場を放棄し、行為のために思索することに依てのみ、人間精神は時代を超えるであらう。又事実、一八六七年の革命的イデオローグは、今日自由主義者と称する者よりも真に自由主義的であつた。

敗戦後の文学はこの道を見出さなければならない。我々は文学を宣伝化することから防ぐと共に、抽象化し、逃避的となることから防がなければならない。さうしなければ、我々の文学は、例へば『獄中記』の河上肇の如き人物を何時になつても創造することは出来ないであらうし、それが出来なければ、凡ゆる敗戦後の小説の如く、興味は到底河上肇の手記にも及ばないであらう。

事は戦争中のことに属するが、北原武夫氏は『三田文学』に小説「マタイ伝」を以て「民衆」を主題とし、荒正人氏は『近代文学』に「民衆とは誰か」を論じた。殊に「マタイ伝」は凡そ時代に対し誠実さを有し、真のアクチユアリテを備へた唯一の小説と云つても過言ではない。我々は基督に対しても、その民衆に対しても、作者と考へを異にするが、又必ずしも技術上の異議を持たないわけではないが、此処に認め得る戦争の間接だが正当な影響に対して尊敬と注意とを惜しまない。何故なら戦争から正当な影響を受け得ない文学が、戦後に正当な出発をするとは考へられないからである。

知識人の任務

A MONSIEUR LE PROFESSEUR K. WATANABE

アンドレ・ヂッドの美しい序文と共に、トマス・マンの高貴な反ナチス宣言の訳者は、私にその一本を賜り、扉に録して、怖るべき年々の想出にと仏蘭西語で書かれた。その意味は後記に見る如く、それが戦争の間訳者枕頭の書であつたからである。

私も又、そのテキストを拝借し、一晩のうちに読み終つたが、感銘措く能はず、興奮の余りその夜は眠れない程であつた。今、私が戦争の間に読んだ本の中で、先づ第一に、最も鮮かに想出すのは、若干の羅典文学を除けば、この本に他ならない。羅典文学は、戦争謳歌の光景を眺め、文学を読む不快の情に堪えず、四年の間、一度も映画館、劇場等凡そ人の集まる所に足を入れず、一冊の雑誌も読まなかつた私が、身を囚虜に諭え、かのボエティウスが故事にならつて、哲学の慰めを求めた逃避の場所である。然るに、マンの小冊子は、私を惨たる現実の中に連れもどし、悲惨と愚劣、残忍と滑稽との支配する現実そのものの中で、如何にして人間が偉大であり得るか、又あり得たかを、痛切に示してくれた。怖るべき年々の想出に、私にとつても、之程適しい本はない。既に私は、この「怖るべき《テリブル》」

と云ふ言葉の意味を知つてゐる。
しかし、誰でも理解するであらうか。総ての人々に、戦争と軍国主義とは、怖るべきものであらうか。

国政を壟断し、軍記物語の表現を借りれば、久しからざるべき奢りを極めた軍人にとつて、戦争は怖るべきものではなかつた。そのやうな軍人を買収し、資本の拡張を国威の宣揚と偽装し、大小の利益を収めたすべての戦時利得者にとつて、戦争は怖るべきものではなかつた。凡ゆる戦争責任者にとつて、怖るべきものは、戦争ではなく、敗戦であり、敗戦ではなく、軍国主義的専政の崩壊であり、戦争責任の追及であり、労働組合の活動であり、要するに民主主義革命である。彼等にとつて、怖るべき年々と云ふことは、意味をなさない。

知識階級にとつては、如何。専修大学を卒業して田舎へ帰り、村の翼賛壮年団長となつてゐた地主の息子、東京帝国大学法学部を卒業して高文を通り、目出度く役人となつて、結婚し、軍国主義だらうと何主義だらうととにかく出世をするために、頭を刈上げ、ゲートルを巻き、それで安心しながらもつともらしい口はきいたが、実は何も解つてゐなかつた成上り官僚、科学尊重の空念仏に多年の不遇が酬ひられたかのやうな錯覚を抱き、有頂天となつて世にも愚かな日本の科学の何国にもひけをとらぬ所以などを口走つてゐた小学生のやうな科学者、そして殊に、総動員法にも宣戦布告にも拍手した代議士、又大勝利のデマを軍人が製造すると忽ち二つに割れた軍艦の見て来たやうな嘘を書きあげた絵かきや、シンガポール陥落だの配給のさつまいもだのと云ふ破廉恥な詩を無数に吐き出した詩人、勤王だの慟哭だのと絶叫して社会のアタヴィスムを煽動した帝国主義イデオローグの群、——彼等は、一体戦争を怖るべきものと考へたであらうか。知識階級も又、戦争を怖るべきものとして理解せず、怖るべきものとして体験しなかつた。

今日、議会では、尾崎行雄や野坂参三が発言し、講壇では大内兵衛や矢内原忠雄が語り、ヂャーナリズムには、河上肇の獄中記や、トマス・マンの宣言がある。しかし、怖るべき「体験」を有しない知識階級が、彼等の説く怖るべき「理由」を理解するはずがない。自由主義者は、以前には軍国主義の流行があり、今は民主主義の流行がある、私はどちらにも与しない等と云つてゐる。芸術家と称する連中は、今は政治的季節である、私は政治に興味がないと広言してゐる。そして、之こそは最も重大な事実であるが、知識階級の最も若い層、学生の大部分は、一方で闇屋に転落しつゝあると共に、——之は彼等の罪ではない、一方経済的に余裕のある連中は、マンドリンかベース・ボールに凝つてゐる。戦争は、要するに危険なスポーツであつた、ジャバは気候のよい所であつた、愛国的興奮を感じながら女を買ふのは結構なことであつたと皆が云つてゐる。知識階級の矜持は、既にない。あれば、誰が憎悪と反感とに気が狂はないで、あの馬鹿げた、チンドン屋のやうに金具の光つた、文化と理性との敵、軍国主義の制服を身に纏つて、につこり笑つた写真など撮れたであらうか。いくらか、迷惑も感じたらうし、勿論生命の危険も感じたことであらうが、そんなことが、怖るべき年々の、怖るべきと云ふ意味では、断じてない。しかも、戦争を正しい意味で体験しなかつた者が民主主義革命の意味を正しく理解する可能性は、寸毫もない。本来知識階級たるべき若い世代が、真に知識人たる資格を自ら放棄し、知識人たる見かけの資格を、大学のユニフォームや、労農派も相変らずだねと云つた類の無意味な科白に求めてゐる光景程絶望的滑稽はなからう。

戦争の「怖るべき」体験に立つて、民主主義革命を説く者は、今や、それが誰に理解されるかと云ふことを、反省すべき時機に達した。知識階級の中で、それを理解する者は、少いであらう。彼等は、共通の体験を有しない以上、一応了解された論理も、空々しく響く他はないであらう。民主主義は結構だが、ストライキで迷惑を蒙るのは真平だと云ふ思想以外の凡ゆる思想を拒絶してゐるやうに見える。民主主義革命のイデオローグ、真に理性のために語る一切の者は、戦争の怖るべき体験が所謂知識階級の中にはなく、従つて到底理解されることのない自らの孤立を自覚しなければならない。この状態は、戦前に似てゐる。軍国主義はすべての階級から孤立した少数の例外的知識人を忽ち圧倒したのだ。今日も、未だ怖るべき年々は、終らず、盲目的意志と野蛮な感情とは、未だ一掃されず、反革命のためには多くの機会がある。憲法は改正されたが、法律は社会の現実に裏附けられなければ、空文に等しいであらう。ワイマール憲法の運命が、此処で、再び繰返されないと、誰が保証するか。戦争の「怖るべき」ことを、真に体験した者でなければ、又その故にファッシズムの危険を知るのみならず、危険を防ぐために有効な力を持たうとする者でなければ、誰が日本の民主主義の将来を保証するか。

孤立した少数者、その力を持たない選良の善き意志は、疑似知識階級の利己心を動かさない。当代のカッサンドゥラは、怖るべき年々の体験に依つて、トゥローヤの市民に聞く耳のないことを、肝に銘じた。この孤立を破り得なければ、語ることは無駄であり、希臘人の木馬は何度でも我々の祖国に引きこまれ、我々の自由や人権や理性は再び踏みにじられるであらう。

しかし、この孤立は、破り得る、少くとも破らうと試みなければならぬ。戦争の体験は、少数の知識人に怖るべきものであつたが、日本の人民、――家を失ひ子を失ひ、親を失つた、日本の人民にも怖るべきものであつたはずだ。だまされ、搾取され、今又インフレーションに依つて敗戦の経済的負担を負はされようとしてゐる日本の人民大衆、恋人を失つた少女、親を失つた浮浪児、子供を失つた日本の母性は、少くとも、怖るべき年々と我々が云ふ時、その言葉の意味を、資本家、官僚、地主、その息子である大学生たちよりも、よりよく理解するであらう。それは、怖るべき体験があつたからだ。人間の生命の失はれることを怖れないものが、如何にして精神の暴力に対する価値を理解し、トマス・マンを正当に――と云ふのは、読んだ通りをそのまゝに成程もつともだと感じること以外の意味ではないが、正当に読むことが出来るであらうか。日本の人民は、やがて、トマス・マンを知らなければならぬ。マンが日本で理解されるとすれば、マンの体験を有しない疑似知識階級に依てではなく、戦争の悲惨を、素朴な形でだが、最も痛切に味はされた人民に依つてであらう。

民主主義のために、再び反革命に成功の機会を与へないために、知識人は、力を獲得しなければならず、現実的な方法を発見しなければならない。之は、趣味の問題でも、イデオロギーの問題でもなく、怖るべき年々の体験と社会的責任の問題である。人民のために語り、人民と共に進み、人民の中で闘ふ以外に、道はないのだ。各自の能力に応じ、各自に適した方法を通じて怖るべき年々を再び来させないために、否、今も続いてゐる怖るべき年々を打ち切るために。

戦争は、凡ゆる青春を荒廃させた、既に無力であつた日本の知識階級は、戦争とインフレーションとに依つて、今や、消滅の危機に瀕してゐる。それを救ふ道は、人民の中に己を投じ、人民と共に再び起ち上るより他に、あり得るであらうか。優れた、しかし少数の知識人にとつて、任務は、たゞ一つ、嘗て人類の教師がティベリアドの湖畔に叫んだ如く、来れ、我に従へと、云ふ以外にあらうか。

2

日本文化の雑種性

一

私は西洋見物の途中で日本文化のことを考え、日本人は西洋のことを研究するよりも日本のことを研究し、その研究から仕事をすすめていった方が学問芸術の上で生産的になるだろうと考えた。また日本に昔あった文化、現在日本のいたるところに転っている問題は、西洋の文化や問題よりもつまらないものではなく、却っておもしろい点がある、その点に注意しその点を発展させてゆかなかったのは、それにはそれ相応の理由があるとしても、少くとも私自身の場合には怠慢であったと考えた。私はこれからその怠慢をとりもどす仕事をはじめるつもりだ。昔の日本、また今の日本のどこがどうおもしろいかという具体的な内容は、その仕事の途中で少しずつはっきりしてくるはずである。ここで抽象的な原則論をふりまわしてみてもはじまらない。

しかし西洋見物から日本へかえってきたときに私の考えは原則の上でも少し変った。綿密にいえば、原則は変らなかったが、日本文化の問題という一般的な面で西洋見物の途中で考えていたことと、かえってから考えたこととの間に、いくらか内容のずれが生じた。そのずれは、日本人は日本人の立場にたたなければならぬという原則、つまり日本の西洋化を目標にして仕事をしても日本の問題は決して片づくまいという私の考えの原則をたてた上で、それでは日本人の立場とは何かというその内容に係っている。西洋見物の途中で私はその内容を西洋の影響のない日本的なものという風に考えた。そう考えたのは西洋の影響が技術的な面を除けば精神の上でも文化の上でもいたって表面的な浅ぱくなものにとどまっていると考えたからである。私は身のまわりに西洋の街を眺めていた。それは東京の西洋式の街とは似ても似つかぬものである。日本でそれに似たものを想出すとすれば、そこにだけはながい歴史を負った文化が形となってあらわれている京都の古い軒並を想出すほかはない。街とはかぎらぬ、セザンヌのまねと本物のセザンヌとを比較することは、誰にもばかばかしくてできない相談だろう。西洋見物の途中で日本の絵のことを想出すとすれば、北斎にさかのぼり、光琳にさかのぼるほかはない。日本の風土と古い歴史とに根ざしたものの考え方や感受性、また風俗習慣芸術の全体に対し自覚的にそれをとりあげようとする心の動きがおのずからおこる。もしそういう動きを国民主義というとすれば、私が西洋見物の途中で日本人の立場を考えたときに、その内容は、国民主義的であった。そしてそういう私の考えは、英仏両国に暮している間、英仏両国民の自国の文化に対する極端に国民主義的な態度によって、大いに刺戟されたのである。例はいくらでも報告されているから、ここにはあげないが、要するに英国的な特色は学問芸術から服装や生活様式の末端にまで及んでいるということ、英国の文化は日本でのように医学は外国式で美術はまた別の外国式だが生活様式は日本流だというような混雑したものでないということ、従って何事も軽薄でなくながい歴史を負っていておちついたものだということである。英国を仏国にとりかえても、およそ同じようなことがいえる。英仏両国に軽薄な現象がないわけではなく、そういうことはむろん程度の問題だが、少くとも日本と比較する場合に、両国の文化が純粋に伝統的なものによって培われているということは、両国を旅行したことのあるほとんどすべての旅行者の注意することであろう。英仏にもそれぞれちがった形でちがった領域に外国の文化に対する強い好奇心がある。しかしそれは多くの場合に自国の文化にとって欠くことのできない原理を外国にもとめるということではなく、外国との接触によって本来の原理の展開を豊かにするということにすぎない。原理に関しては、英語の文化も、フランス語の文化も、純粋種であり、英語またはフランス語以外の何ものからも影響されていないようにみえる。そして多くの英仏人はそのことを多少とも自覚している。そこから一種の文化的国民主義が発達する。いくらか心理学に趣味をもっている旅行者は当然そういうことに気がつくであろう。従って日本人もまた彼らのように文化問題について国民主義的でなければならぬという結論が出やすい。事実そういう結論は昔から何度も出たし、現に私も西洋見物の間そういう結論に傾いていた。しかしそれはまちがっている——ということが私の場合には、誇張していえば、日本へかえる船の甲板から日本の岸をはじめてみたその瞬間にはっきりしたのである。

日本の第一印象とでもいうべきものはこうであった。海に迫る山と水際の松林、松林のかげにみえる漁村の白壁、墨絵の山水がよく伝えているあの古く美しい日本、これは西ヨーロッパとは全くちがう世界であるということが一つ、しかし他方では玄海灘から船が関門海峡に入ると右舷にあらわれる北九州の工場地帯、林立する煙突の煙と熔鉱炉の火、活動的で勤勉な国民がつくりあげたいわゆる「近代的」な日本、これはマレーとは全くちがう世界であるということがもう一つ。神戸に上陸したときの印象も全く同じものである。神戸はマルセーユともちがうが、シンガポールともちがっていた。外見からいえばシンガポールの方が神戸よりもマルセーユにちかいが、それはシンガポールが植民地だからであって、シンガポールの西洋式の街はマレー人が自分たちの必要のために自分たちの手でつくったものではない。そういう植民地にとっての問題は、原則としては、はっきりしている。植民地か独立か、外国からの輸入品か国産品か。もしそういうところで文化が問題になるとすれば純粋に国民主義的な方向でしか問題になりえないだろう。ところが神戸では話がそう簡単にゆかない。港の桟橋も、起重機も、街の西洋式建物も風俗も、すべて日本人が自分たちの必要をみたすためにみずからの手でつくったものである。シンガポールの西洋式文物は西洋人のために万事マルセーユと同じ寸法でできているが、神戸では日本人の寸法にあわせてある。西洋文明がそういう仕方でアジアに根をおろしているところは、おそらく日本以外にはないだろうと思われる。マレーとちがうし、インドとも中国ともちがう。そのちがいは、外国から日本へかえってきたとき、西ヨーロッパと日本とのちがいよりもはるかに強く私の心をうごかした。西ヨーロッパで暮していたときには西ヨーロッパと日本とを比較し、日本的なものの内容を伝統的な古い日本を中心として考える傾きがあった。ところが日本へかえってきてみて、日本的なものは他のアジアの諸国とのちがい、つまり日本の西洋化が深いところへ入っているという事実そのものにももとめなければならないと考えるようになった。ということは伝統的な日本から西洋化した日本へ注意が移ってきたということでは決してない。そうではなくて日本の文化の特徴は、その二つの要素が深いところで絡んでいて、どちらも抜き難いということそのこと自体にあるのではないかと考えはじめたということである。つまり英仏の文化を純粋種の文化の典型であるとすれば、日本の文化は雑種の文化の典型ではないかということだ。私はこの場合雑種ということばによい意味もわるい意味もあたえない。純粋種に対しても同じことである。よいとかわるいとかいう立場にたてば、純粋種にもわるい点があり、雑種にもおもしろい点があり、逆もまた同じということになるだろう。しかしそういう問題に入るまえに、雑種とは根本が雑種だという意味で、枝葉の話ではないということをはっきりさせておく必要がある。枝葉についてならば英仏の文化も外国の影響をうけていないどころではない。インドや中国の場合にはなおさらであって、日本の文化を特に区別して雑種の典型だという理由はない。（インドや中国のことはもう少し調べないと断定的なことはいえないが、私の今までに知るかぎりでは日本の場合と著しくちがうように思われる。）

簡単な例を一つとろう。西洋種の文化がいかに深く日本の根を養っているかという証拠は、その西洋種をぬきとろうとする日本主義者が一人の例外もなく極端な精神主義者であることによくあらわれている。日本精神や純日本風の文学芸術を説く人はあるが、同じ人が純日本風の電車や選挙を説くことはない。そんなことは不可能だからであり、日本風といわれるものは常に精神的なものばかりである。現に日本の伝統的文化をたたえるその当人が自分の文章を毛筆ではなくてペンでかき、和とじではなくて西洋風の本にこしらえ、その本の売れゆきについては、英国で典型的に発達し日本では「ゆがめられた」といわれるかの資本主義機構の作用を感じている。書斎では和服かもしれぬが外へ出るときは洋服である。つまり日本人の日常生活にはもはやとりかえしのつかない形で西洋種の文化が入っているということになる。政治、教育、その他の制度や組織の大部分も、西洋の型をとってつくられたものだ。くどいようだが、経済の下部構造が「前近代的要素」をひきずりながらもとにかく独占資本主義の段階に達している今日、精神と文学芸術だけが純日本風に発展する可能性があると考えるのは、よほどの精神主義者でなければむずかしいだろう。

日本主義者はかならず精神主義者となり、日常生活や下部構造がどうあろうと、精神はそういうものから独立に文化を生みだすと考える他はない。ところが念の入ったことに、そう考えた上で行う議論の材料、つまり立論に欠くことのできない概念そのものが多くは西洋伝来の、和風からは遠いものである。自由とか人間性とか、分析とか綜合とか、そういう概念を使わずに人を説得する議論をくみたてることは、議論の題目によっては不可能であろう。日本の文化の雑種性を整理して日本的伝統にかえろうとする日本主義者の精神がすでにほんやくの概念によって養われた雑種であって、ほんやくの概念をぬきとれば忽ち活動を停止するにちがいない。日本の伝統的文化を西洋文化の影響から区別して拾いだすなどということは、今の日本では到底できるものではない。

大衆はそれをよく心得ている。だから雑種をそのままの形でうけ入れ、結構おもしろく暮す方法を工夫しているが、雑種を純粋化しようなどという大それた望みはもたないのである。ところがいわゆる知識人は大望を抱いて起ちあがる。知識人が文化問題に意識的であればあるほど、日本文化の雑種性をどの面でか攻撃し、できればそれを純化したいという考えに傾く。明治以来の複雑な文化運動の歴史は、もし一言でいうとすれば、このような文化の雑種性に対する知識人の側からの反応、つまりその純粋化運動の歴史に他ならない。そしてそのかぎりでは必然的に失敗の歴史である。

二

日本文化の純粋化運動は、ひとまず図式的に二つの型にわけて考えることができる。第一の型は日本種の枝葉をとおして日本を西洋化したいという念願にもとづき、第二の型は逆に西洋種の枝葉を除いて純粋に日本的なものをのこしたいという念願にもとづく。しかしいずれも成就するはずのない念願である。日本種の枝葉をきりおとそうとする純粋化運動はたとえそれがうまくいっても幹と根を養っている日本的要素を除くことはできない、それができないからしばらくするとまた日本種の枝葉が出てくる。従ってその次に、いっそ西洋種の枝葉を除いて日本風に体裁を整えようとする運動のおこるのが当然である。ところがその場合にも幹と根の雑種性はどうにもならず、やがて西洋種の枝葉の再生してくるのを防げないから、この作用と反作用の連鎖はとめどもなくつづく。明治以来日本の文化を純粋に西洋化しようという風潮がおこると、日本的なものを尊ぶという反動が生じ、二つの傾向の交代は、今にいたってもやまないようにみえる。

こういう悪循環をたち切るみちはおそらくひとつしかないだろうと思われる。純粋日本化にしろ、純粋西洋化にしろ、およそ日本文化を純粋化しようとする念願そのものをすてることである。英仏の文化は純粋種であり、それはそれとして結構である。日本の文化は雑種であり、それはそれとしてまた結構である。たとえそれが現在結構でないとしても、これから結構なものにしたてゆこうという建前にたつのである。そんなことができるかと人はいうかもしれないが、やってみなければわからないし、またその他にやりようがあるわけではないだろう。——図式的にいえば、結論はそういうことになる。しかしいうまでもなく実地の問題は図式ほど簡単ではないのであって、結論にいたるまでに、もう少し詳しく日本文化を純粋化しようとする運動をその実情について眺めておく必要がある。

日本の西洋文化との接触は維新前後に外からの強制と内からの技術的必要に刺戟されておこった。明治思想のなかでは、例外的な場合を除いて、西洋文化の摂取、日本の西洋化という過程と、国民主義的理想とは、すでに対立の契機を含みながらも、主としてもちつもたれつという関係を保っている。西洋文化とは主として技術文化であり、技術文化は国民主義の道具としてそれを強めるために役だったからである。和魂洋才ということばは明治の文明開化の思想が富国強兵の理想といかに密接にむすびついていたかをよく示している。

しかし摂取すべき西洋文化がひとたび技術制度の領域を越えて精神の領域に及べば、富国強兵の理想と折合わず、それよりももっと手のこんだ深い意味での国民主義的反作用をよびおこす。その典型的な例はキリスト教輸入の場合であろう。反作用が常に余りにも大きすぎたから、キリスト教の影響はかぎられた小範囲にとどまったとさえいえる。(もしその影響が広い範囲にわたっていたら、その後の日本の文化の歴史は変っていたはずである。しかしそういう想定をするためにならば、多分明治という時代はおそすぎるのであり、日本のキリスト教化の機会は、おそらく十九世紀末の東京においてではなく、十六世紀後半の九州においてすでに失われていた。)

しかし一般に技術制度の輸入があるところまですすみ、輸入されたものが自発的にうごきはじめると、キリスト教のようにうけ入れる側の精神の変革を直接に迫らないにしても、間接にその生活感情の変化を必然的にする。風俗習慣が変り、道徳や美意識が伝統的なものからある程度まではなれてくるだろう。和魂洋才という原理は文明開化のはじめの時期のようにもはや簡単には成立しない。和魂は意識的にまもらなければならないものとなり、しかも純技術的な領域以外のあらゆる西洋化に対立することによってしかまもりえないものとなる。日本文化を純粋化しようとする運動の一つの型としての国民主義は、そのときはじめてあらわれるわけだ。

そして一つの型のあらわれるときは、同時にもうひとつの型のあらわれるときである。なぜなら技術制度の輸入の次には、輸入された技術制度の生みだした社会のなかで生きてゆくために必要な思想の輸入がはじまるからである。洋才と和魂との矛盾が洋魂の理解を刺戟し、するどく国民主義と対立しながら、日本の文化をひろく西洋化しようとする運動となってあらわれる。たとえば洋楽は和楽に、洋画は日本画に、ほとんど橋わたしの不可能なような形で対立する。感受性と美意識の領域ですでにそうであるとすれば、同じ原理が道徳の領域、従ってまた社会的諸問題の領域に及ばないはずはない。なりゆきの赴くところ日本の社会の西洋化という考えは、やがて歴史主義の導入されるに従って、決定的に強い影響力をもつようになる。――歴史主義、または歴史的なものの見方によれば、日本の西洋化とは日本の近代化である。なぜなら順を追ってすすむべき歴史の発展段階の西洋はすすんだ段階にあり、日本はおくれた段階にあるからである。おくれはとりもどさなければならず、日本のなかの封建性または前封建性は清算して、国を純粋に近代化しなければならない。文化を純粋化しようとして、国民主義的方向に傾かない人々は、そういう意味での近代主義に傾き、二つの傾向はそれぞれが徹底するに従っていよいよ激しく対立するであろう。

最近の文化運動のなかにあらわれたさまざまな対立的要素、たとえば伝統的な趣味と革新的な趣味、非歴史的なものの考え方と歴史的なものの考え方、社会に対しての保守的な立場と進歩的な立場、――そういう対立的要素の大部分は、西洋文化と日本との関係という点からみると、以上の二つの型、国家主義と近代主義との対立に還元されるように思われる。そして二つの型がいちばんはっきりした形でいちばん大がかりな規模であらわれたのは、いうまでもなく戦争中と戦後の被占領期間殊にそのはじめの時期である。(はじめの時期というのは敗戦後、せまくとれば四八年の二・一罷業弾圧まで、ひろくとれば四九年朝鮮戦争のはじまるまでだが、ここではそのちがいを問題とする必要はない。)戦争前までは、国家権力が組織的に文化のあらゆる領域に介入するということはなかった。天皇制を中心とする富国強兵策の教育は徹底していたが、たとえば思想文学芸術の領域では、権力の介入が必要に応じての弾圧にとどまり、戦争中の「精神総動員」のように積極的な性質はもっていない。文化を日本的な伝統にもとづいて純化しようという文化的国民主義は、文化の雑種性に対する一部の知識人の反応であって、大衆とは深い関係がなく、権力もそういうことに熱心ではなかったといえる。ところが戦争と共に精神も動員された。文化的国民主義は政治的な国家主義を強めるための道具として権力に積極的にたすけられ、未曾有の大がかりな規模で強調された。文化上の国民主義はもはや一部の知識人の道楽ではなく、大衆と一種のつながりをもつようになった。そしてそういう「国民精神総動員」に対し、戦後には「日本の民主化」が全くちがう権力を背景として大がかりな規模で展開されたのである。大衆とのつながりは、今度は戦争中の場合とちがって、大衆の側からの自発的な支持をもととしている、――ということが、少くともある面ではいえなくはない。いずれにしても文化問題は、戦争をきっかけとして、自覚的にまた組織的に扱われるようになった。そうすると期せずして日本の文化の性質そのものに由来する二つの反応の型、国民主義的な型と近代主義的な型とが、全く典型的にもはや疑う余地のないほどはっきりした形をとって相次いであらわれてきたのである。

話を思想と文学の領域にかぎれば、戦争中の「国民精神総動員」つまり戦争を正当化するために天皇を祭りあげると同時に日本文化を祭りあげるという仕事をひきうけたのは、主に京都の哲学者の一派と日本浪漫派の一派であった。そこで西洋の哲学によって訓練された方法を使って哲学者たちは、天皇制を「近代化」したのである。国学者流のみそぎだけでは、近代的な戦争イデオロギーとしては役にたたない。いわゆる「超国家主義」そのものが舶来の道具で組みたてられる他はなかった。純粋日本主義者にとって不都合極まるこういう事情は、しかし、決してあたらしいものではなく、維新前後の尊皇攘夷論の発展の経過のうちにもすでに示されていたといえそうである。伝統的な封建的社会秩序とむすびついた尊皇論は、封建性に対立して近代的な国家主義をつくりだそうとする革新的な尊皇論に発展することで時代の要求に応じる他はなかった。つまり伝統的な日本文化の遺産だけにたよっていては、明治の富国強兵的国家主義をつくりだすことさえもできなかったということになる。なぜならばその場合の国家の概念そのものが「先進国」で歴史的につくりあげられたものであったからだ。そのとき和魂洋才ということが原則として通用したのは当事者の主観においてにすぎない。今からふり返ってみれば、そのときすでに輸入を必要としていたのは、西洋の技術制度だけではなく、それによってある程度まで西洋化した社会を統一するために必要な国家の概念そのものであった。その後半世紀、「資本主義最後の段階としての帝国主義」戦争の時代に、素朴な富国強兵的国家主義を普遍化し合理化して「大東亜共栄圏の理論」をこしらえる必要が生じたとき、そのための方法がもはや国学ではどうにもならなかったのは当然であろう。果してドイツ哲学の影響をうけた京都の哲学者が「動員」され、弁証法も重宝に使い、ゲオポリティークも便利に応用して、用を弁じるということになったのである。大東亜共栄圏の理論その他は本来日本的なものであるどころか、いたってハイカラなものだ。そこから、たとえ戦争の軍事的結着がどうなったとしても、日本とその伝統的文化の世界史的使命などという有難いものが出てくるわけがない。みそぎについていえば、私は今でも懐しく想出すが、みそぎにひっかかったのは心の素朴な二三の文学者だけであった。

日本浪漫派は、京都の哲学者と同じようにハイカラな要素もかなり含んではいたが、哲学者よりはうまくやった。それには文学の領域に強敵がいなかったということも深くからんでいる。戦前すでに左翼文学は弾圧されて影をひそめていた。従って当時の文学には社会性がなかった。また社会性がないばかりでなく、日本文学の伝統からほとんど何ものもうけつがず（日本の伝統からさえ何もうけつがないのであるから、外国の伝統から何かをうけつぐなどということは論外である）、思想的にも美学的にもほとんど背景らしい背景をもっていなかった。作家はその私生活を一種の方言で報告し、作家志願者がそれをよむ、それ以外の人間がよんでも第一に生活がちがい、第二に関心をもつ対象がちがうから全く要領をえないというのが、戦前の文学の特徴であった。ところが日本浪漫派は、多くの人の関心が戦争と戦争をするために必要な天皇制に向ったときに、正にその天皇制をとりあげたのである。しかもそれを日本文学の歴史のなかでとりあげ、ある程度まではそこから独特の修辞法をひきだすことにさえ成功した。彼らの文学は一種の思想的美学的背景をもち、大衆的関心の対象をとりあげることによって大衆とのつながりを恢復したといわなければならない。そしてそういう仕事は、西洋風の論理や方法を通じてではなく、むしろ逆に非合理的な独特の日本語の修辞法を通して行われたから、日本文学を日本的なものに純化するという形は少くとも形としては整った——文学の特殊なせまい領域ではそういうことも不可能ではない。殊に問題の文学の思想的背景が権力によって保たれ、読者がさしあたってその信憑性を問題としない場合にはそうである。ところがそういう条件がなくなると、つまり戦争が終ると、日本浪漫派には懐疑的な読者を説得し、反論にうちかち、自己の思想的立場をまもるために必要な論理が全くない。独特の日本的修辞法は戦後のあらゆる問題に対して少しも役にたたないということを忽ち曝露したのである。日本の文化を日本の伝統的な方向に純粋化しようとする日本浪漫派の運動は、戦争中の特殊な条件によりかかることによってのみ一時的に成功する可能性をもっていたということができる。それが一時的に終ったのは決して偶然ではなく、それ自身のうちに一時的に終るべき決定的な理由をはじめからもっていたのだ。伝統的な日本文学を西洋文学の影響に対立させて、伝統をまもろうという考え方は、必然的に失敗する。なぜなら日本の社会がすでにある程度まで西洋化しているという事実を無視することは結局不可能だからである。またそういう考え方は、必然的に反動的となる。なぜなら西洋伝来の要素を除くためには社会の近代化の過程そのものの進行を妨げる他ないからである。反動的にならない場合には、誰がいつの時代にどう工夫してみても、永井荷風に典型的なように、時代と社会からの逃避となるであろう。

戦後の日本の「民主化」の過程は戦時中の国民主義のうらがえしだとかんたんにいえるようなものではない。いずれにしても権力の強制だというのは粗雑なみ方である。占領軍の権力はすくなくとも戦争直後日本の支配階級に民主主義を強制したのであって、大衆に強制したのではない。大衆に大衆の権利を強制するというのはことばとして意味をなさないからである。ところが戦争中の権力は支配階級にその意志に反する何かを強制したのではなく、大衆にその当然の権利を棄てることを強制したのである。戦争中と戦後の二つの権力の性質のちがいはそこにある。しかし、そのことは、大衆の主観を中心としてみるとき、大衆が主観的に戦争イデオロギーに対して抵抗し、民主主義に対して積極的であったということを必ずしも意味しない。事実はそうではなかった。戦争中、少くとも戦争のはじめの時期には多くの大衆がみずからすすんで戦争イデオロギーをうけ入れたのであって、主観的には強制の感じはなかった。しかし主観的に強制の感じがなかったということは、強制する側からみれば強制の仕方が上手だったということにすぎない。上手にだました、だからあれはだましたのではなかったということにはならない。戦後の民主主義はだましたのではなく、眼をさまさせたのである。しかしだまされる場合とちがって、眼をさます場合には事の性質から眼をさます側が主体になるのであり、従って外からの権力が大衆の眼をさまさせたというよりは、大衆が眼をさますことを外からの権力がたすけたといった方がことがらの本質をよく説明できるであろう。とにかく民主主義は大衆の自発的な動きに支えられているという点で戦争宣伝としての国民主義とは全く別のものであり、従って全くちがう結果を生むのが当然である。事実戦後の民主主義によって生じた精神上の変化の一部は、おそらく容易にもとへはもどらない性質をもっているように思われる。（この点については後に触れる。）

ところが日本の知識人には、——ということが穏当でないとすれば、少くともその一部には日本の民主化の問題を先にも触れた歴史的なものの見方を通して考える傾きがあった。そうすると、日本の民主化とは日本における近代市民社会の建設だということになる。一方近代市民社会とは具体的には米国及び西ヨーロッパつまり私が漠然と西洋とよぶ社会以外のものではないから、民主化即近代市民社会の建設はまた同時にその意味で日本の西洋化ということになり、封建的日本と近代的西洋との対比がはじまるだろう。学者は一方では西洋の近代的市民社会がいかに合理的な、人間性に適ったものであるかということを説明し、他方では日本の「近代」がいかにゆがめられた「非典型的」なものであるか、いかに多く日本の社会には封建的あるいは前封建的、あるいは一般に前近代的なものがのこっているかということを分析した。分析すると同時にいくらか事態を誇張する傾向があり、西洋をうたいすぎたし、日本を貶しすぎた。少くとも効果としてはそういう印象をあたえた。そういう印象から日本を西洋化することが急務であり、しかもそれは万事にわたらなければならないという考えが生れたとすれば、その考えはもはや戦時中の日本文化主義のうらがえし以外のものではあるまい。——日本の社会にあって古く且不都合なものはすべて封建的である、いや、日本のなかにある古いものはすべて不都合であるというところまで話がすすむだろう。映画のなかに母娘の意見の衝突が出てくると娘はきまって、だからお母さんは封建的なのよといったものだ！　その三四年まえまでは娘の兄が、だからお父さんには新体制がわからぬというような御託をならべていたのである。しかし近代化の必要が説かれたのは、また今でも説かれているのは、社会の構造と道徳ばかりではない。それは日本的なもののすべてであり、——そのために日本的という形容詞は pejorative な感じを伴うようにさえなった、——そのなかにはたとえば小説の構造も含まれるのである。進取の気象に富んだ小説家は西ヨーロッパの近代小説の構造を実際に日本語の小説に移そうと試みた。

誤解は二重であったように思われる。第一日本の社会のもろもろの不都合は、すべてその前近代性によるものではなく、むしろ逆にその近代性、つまり社会が一面では独占資本主義の段階に達しているということとそのことに由来する場合が多い。まして不都合がすべて「日本的」であるなどというばかげたことはない。母親が娘にきびしくしかも充分に娘を理解することができないとすれば、それは不都合なことである。しかし不都合は母親が封建的だからでも、日本的だからでもなく、母親だからおこったのである。日本の社会が近代化すれば、母親が娘を理解し、嫁と姑の問題が消えてなくなるだろうというのは誇張であり、誇張の度がすぎると世間に誤解を生む。——念のためにいうが、私は日本的家族制度にもよいところがあるなどといいたいわけではない。よいところがあってもなくても、わるいところが決定的に重大であるから、家族制度はこわすことのできるあらゆる機会にこわしてゆくべきものだろうと私は考える。しかしたとえば親子の問題のすべてが家族制度に還元されるわけではない。たとえ社会が近代化されても問題はのこるだろうということも考える。嫁姑のかっとうは、理論的には理想的な近代市民社会で、なくなるべきものであるかもしれぬ。もしそうならば、そのように理想的な近代市民社会は地上のどこにもなさそうである。日本にはないが、外国にあるだろうと考えるのは、誤解の第二の面、西ヨーロッパの社会に対する思いちがいを含んでいる。資本主義と議会制度は英国で「典型的」に発達した、日本での発達の歴史はその典型からはずれている、「ゆがめられた」ものだという話には、その話が客観分析にとどまるかぎり、つまり、「典型的」とか「ゆがめられた」とかいうことばに価値の感情が伴わぬかぎり、反対の余地がない。そしてそういう話は、少くとも可能性としては、厳密に客観的分析の範囲にとどまることのできるはずのものである。ところが話が資本主義と議会制度の歴史的発展から英国における個人主義の確立というようなところへ移ると、客観的材料の客観的分析だけではめったにらちがあかなくなってくるだろう。誤解はその辺からおこる。一度誤解がおこればいわゆる英国通の諸君は誤解を強めるためにしか喋らない。昔シナ通がシナ人はだめな人種であるといったように、英国通は英国人は日本人よりも優秀な人間であるという。シナ人はだめな人種ではない。英国人に優秀なところがあるのはわかりきった話だが、昔英国で暮したことのある金もちの息子がいうように、英国人のすべてが貴族的な学校の寄宿生のように行儀がよいわけでもないし、「タイムズ」や「マンチェスタァ・ガーディアン」の論説委員のように国の内外の政治問題に対してすじの通った意見を備えているというわけでもなかろう。日本を知っているある英国人がいった、どうして日本人は日本ではなにもかも悪く英国ではなにもかもよいはずであると信じこんでいるのか、反対のことをいうときげんを悪くすると。

こういう近代主義に対しては反作用のおこるのが当然である。文学を例にとればあまり本をよんだことのない連中が日本の文学の伝統は私小説だなどといい出すだろうし、日本浪漫派程度に本をよんだ連中ならばもう少しましなものをどこからか探しだしてくるだろう。そしてそういう反作用もまた当然不徹底極まるものに終るだろう。日本の文化は根本から雑種である、という事実を直視して、それを踏まえることを避け、観念的にそれを純粋化しようとする運動は、近代主義にせよ国家主義にせよいずれ枝葉のかり込み作業以上のものではない。いずれにしてもその動機は純粋種に対する劣等感であり、およそ何事につけても劣等感から出発してほんとうの問題を捉えることはできないのである。ほんとうの問題は、文化の雑種性そのものに積極的な意味をみとめ、それをそのまま生かしてゆくときにどういう可能性があるかということであろう。

しかし文化の雑種性にはほんとうに積極的意味があるのか。むろんあると私は思う。しかしそれが東西文化の綜合などというおめでたい話であろうとは夢にも思わない。

三

私は英仏の文化は、純粋種であるといった。しかしもう一つのヨーロッパ文化の王国、ドイツ語の文化については触れなかった。触れなかった理由は、二三の具体的な例を独仏にとって比較すればはっきりするだろう。たとえばゲーテとラシーヌ。ラシーヌを養ったのはギリシャ・ローマ・フランスのいわゆるラテン文化の純系であって、他の系統の文化は彼の文学に何らの影響も及していない。ところがゲーテはイタリアの文芸復興、フランスの古典主義、英国の浪漫主義によって自己の世界を養ったばかりでなく、晩年には近東からさえもうけとることのできるものをうけとったのである。どちらが本来すぐれたものであるかという議論はこの場合に大した意味がない。意味があるのは、純粋種の文化だけが文化ではないということをゲーテが具体的に示したということである。しかしいわゆるドイツ古典主義文学とフランスの古典主義との間には時代のへだたりが大きい。またゲーテはドイツの文化史のなかでの例外だという考えも一応はなりたつ。しかしゲーテとラシーヌとの比較からみちびき出される独仏文化の性格のちがい（であって値うちの上下ではない）は、他の多くの場合にもおよそあてはまるであろう。たとえばカントとルソオ、ハイネとボードレール、トマス・マンとヴァレリー。事情は今にいたるまで基本的には変っていない。ドイツの文学のなかにはある程度まで雑種的な要素がある。個々の作家を分析する暇はないが（それはそれとして実に豊富な問題を含んでいる）、フランスと比較すればそれぞれの場合にドイツ側が雑種的であること、また雑種的とは必ずしもわるい意味でないということがあきらかであろう。話は文学にかぎらない。対位法と和声的音楽を発明したのはドイツ人ではなかった。しかしバッハからヴァークナァにいたるドイツ音楽の世界よりも豊かな音楽の王国はどこにもないだろう。

しかしドイツ語の文化は、西ヨーロッパの文化である。雑種的であるとしてもそれはその枠の内側での話だ。枠をこえた場合に雑種混合がどういう現象を呈するかは、たとえば十九世紀のロシアの例にみられる。殊にチェーホフの場合は、今の日本との関聯から、多くの適切な示唆を含んでいるだろう。その示唆の内容についてはまえにかいたことがあるから（『新日本文学』一九五五年二月号）ここではくりかえさないが、とにかくチェーホフは西ヨーロッパの文化の影響をうけて混乱した十九世紀末のロシアにあって、その混乱を積極的に利用し、その混乱をとおして、当時のヨーロッパ文学の知らなかった人間的なものの深い一面を描きだしたのである。彼の主人公たちはヨーロッパの影響をうけていたが、彼自身はうけず、傍から見物していたからものがよくみえたというような簡単な話ではあるまい。チェーホフとチェーホフの主人公とのちがいは、作家のうけた影響の方が主人公たちの西洋崇拝よりも比較にならぬほど深かったということの他にはないだろう。チェーホフは雑種の文化の根をどこまでも深くたどった。そのいちばん深いところまでゆけば人間的なものの普遍的な一面、もはや純粋種とか雑種とかいうことが問題にならない一面があらわれる、ということが、チェーホフの作品にははっきり出ている。晩年の彼は、枝葉を捉えて国民主義だの近代主義だのとさわぐのはこっけいである、そういうことはひっくるめて喜劇である、それをスタニスラフスキーの一座がまじめに演出するのはこまったことだといっていた。しかしそんなことは彼が田舎の別荘でつぶやいていただけで、誰にもわからなかったことはいうまでもない。

しかし総じてロシアでのできごとは、キリスト教文化圏内でのできごとである、ロシアに及んだ西ヨーロッパの文化はそこで全く異質の文化に接触したわけではない、雑種の文化が成りたったといってもそれは根本が一つだったからそうなったのだろうという考えも成りたたないわけではない。現にたとえばビザンチンの影響は東西にすすんで、十五・六世紀のロシアのイコノグラフィーとシェナのプリミチヴとの間に、おどろくべき様式の類似をつくりだした。ならべてみると、時代はちがうがそこにすでに一つの世界が感じられる。時代がちがうのはロシアでは文芸復興様式の影響がひどくおくれて十七世紀までプリミチヴが保存されていたからである。シェナでもとなりのフィレンツェよりは文芸復興がおくれた。そこで、シェナとロシアのイコノグラフィーを比較し、ビザンチンと文芸復興との関係をしらべ、その関係からギリシャ正教ビザンチンに養われたロシアが文芸復興に発する西欧文化にどう接触したかを考えると、実におもしろい問題になるだろうと思う。しかしここでは外国のおもしろい問題を考えることが目的ではなく、日本の問題がいかにおもしろいかをはっきりさせることが目的であるから、私は話をいそいで日本の問題へもどさなければならない。

キリスト教圏の外で、西欧の文化がそれと全く異質の文化に出会ったら、どういうことがおこるか。それが日本文化の基本的な問題である。シンガポールや香港ではそういう問題はおこっていないか、おこっているとしても日本でのように深い意味ではおこっていない。問題は現在日本にしかないし、また嘗て日本以外のどこにあったというわけでもない。われわれがやってみる以外にはどういう具体的なみとおしもつかない問題である。しかしやってみる値うちは充分にある問題だろう。それがわれわれの今おかれている文化的環境、つまり徹底的な雑種性の積極的な意味である。

戦後の民主化の過程から生じた精神上の変化には、その後もとへひきもどそうとする力が加ったにも拘らず、容易にもとへもどらぬものがある。もとへもどらぬものは日本人の人間としての自覚であって、枝葉の接木としての西洋文化の輸入というようなことではない。問題はそこからひきだせる結果をひきだすことである。あるいは自覚の過程をひきもどしの力に抗して先へすすめてゆくことである。西洋の近代的市民社会は到達すべき目標ではなくて、日本の社会と比較対照して当方で行う仕事の上の参考にするといったものであろう。第二大戦後、あらゆる社会問題が政治的にも経済的にも国際化する傾向のある時代においては殊に、外国を理解することが自国を理解するために役だつはずである。日本の文化の雑種性を歎かなければならない理由はどこにもない。却ってそれはわれわれにわれわれにしかできない実験をすることを許すのである。そしてもし困難な実験をしとげるために激励と鼓舞とを必要とすることがあれば、われわれは同じように困難な実験をあれほどみごとな成果をもってなしとげたどこの外国人でもないわれわれ自身の遠い祖先を想出すことができる。彼らは仏教がきたときに、すすんでそれをうけ入れ、しかし遂にそれを日本仏教にして終った。本地垂迹はつまらぬものである。しかし日本仏教はつまらぬものではない。その芸術的表現についていえば、強いて運慶を去ってドナテルロにおもむかねばならぬ理由を私はみつけることができない。われわれが今無着上人像を彫らないとすれば、それは今の日本の文化の雑種性があてにならないからではなく、そもそも文化をあてにする習慣をわれわれが失っているからにすぎないということになるであろう。

〔追　記〕

この文章およびこれに続く「雑種的日本文化の希望」〔本文庫版では、初出「雑種的日本文化の課題」として収録〕は、一種の信条の告白である。明治以後の日本の文化に西洋の及ぼした影響は、広くかつ深い、それは枝葉末節の問題ではなく、文化の根幹にまで浸みこんでいるということ、これは事実の独創的な指摘ではないだろう。しかし、そういう条件が、文化的創造力にとって、歎かわしいものではなく、かえって積極的に活用できるものだろうという意見、これは独創的でないとしても、少くとも私の信条を示す。その信条には、今も変りがない。

「日本文化の雑種性」が発表された当時、私のいう雑種性は、日本文化の場合にかぎらない、という意見を聞いた。たしかに、私が純粋種とした英仏の文化にしても、それぞれの土着文化の上にギリシア・ローマの古代文明やキリスト教の影響が重なって出来上ったものである。しかしそれは古い話で、いわば英仏の文化の起源の問題である。一七世紀以後をみれば、英仏の社会が、外国から主要な政治社会制度や基本的な概念の大多数をとり入れるということはなかった。その意味では、一九世紀のドイツやロシアとちがう。いわんや日本の場合と大いにちがう。そのちがいに注目すれば、本来雑種であるにしても、国民的な文化の成立した後に、その文化が一方では比較的純粋に保たれ、他方では文化がいわば進行型で雑種である、とはいえるだろう。

しかし理論的には、この論文のなかでのように文化の純粋種の例を近代の英仏にとるよりは、一九世紀末までの中国にとった方が適切であったかもしれない。はるかに長い期間にわたって、中国の文化は自発的 sui generis であった。一九世紀の末に、雑種の日本文化が、その創造力において、純粋の中国文化よりも、貧しかったと想像する理由はない。

〔『加藤周一著作集』第7巻、一九七九年〕

雑種的日本文化の課題

1

日本の文化の問題は、日本の文化が雑種的であるという事実をみとめることに始まり、その事実に積極的な意味をみつけることで終る。(註) 単にことばの上だけでなく確実な基礎の上にたつて積極的な意味をみつけるということは、文化をつくりあげてゆくということに他ならないだろうからだ。しかしその問題について、予めある程度の見透しをたてることが全く不可能だというわけではない。

見透しをたてるための出発点は、戦後のいわゆる民主主義が日本国民の間につくりだした効果のなかで時と共に流れ去らない部分、あるいは具体的にいつて逆もどしのむずかしい要素ということになるだろう。なぜなら、西洋の文化の基礎には人権宣言を生みださずにはいなかつた大衆の人間的自覚があり、もしそういう自覚が西洋とは関係なく当方の大衆の側に熟してこないと、学者や芸術家がいくら留学しても、西洋語の本を解読しても、西洋文化がわれわれの文化をつくりだすための要素としてはたらくはずはないからである。つくりだすための要素としてははたらかなければ、それでも影響は絶えず及ぶから文化を混乱させ、破壊し、いかものと猿まねとを氾濫させるための要素としてははたらく。われわれが銀座街頭にみるとおりであり、みるにみかねていわゆる「日本的」なものをもち出す人のあらわれる所以であろう。

しかし戦後の民主主義については、何がおこつたかをもう少しはつきりさせておかなければならない。別のことばでいうと、人権宣言にいうような意味での人間的自覚が、大衆の間にどこまで入つたかということである。そういうことは、世論調査では簡単にわからない。反動がすすみ、逆もどしの過程がすすんではじめてはつきりするはずのものだ。現に逆もどしの努力は相当の抵抗に出会つている。たとえば社会科教育をうけて成長した子供、選挙権と教育とを含めて原則上の男女平等を得た女性、土地を得、得たことを当然だと考えはじめている若い農民、また戦後十年間の労働運動によつて訓練された組織労働者と、戦前よりも世界情勢に敏感になつた知識人、——むろんその全部ではないが、しかし無視できない程度の一部に、ものの考え方や感じ方の変化がおこつて容易にもとへもどらぬものがあるだろう。たとえば教科書を改悪し、教師に圧力を加えても、今さら義務教育を天皇制教育にひき戻すことはできまい。一度土地を得た農民から土地をとりあげようとする仕事や、一度何らかの形で社会と接触した女を家族制度の醇風美俗へ追いもどそうとする仕事は、米国製民主主義に対する反感というようなものをてことしただけでは、手軽にはこばないであろう。なぜなら農民にとっての問題は米国でも天皇でもなく、自分の土地だからであり、女にとっての問題は、民主主義一般が米国から来たか、中国から来るかというようなことではなく、女も人間であるという考えを実生活の上にどこまであらわしてゆくかという至って具体的な話だからである。労働運動についていえば私はいわゆる進歩的陣営からの意見よりも、問題に直接の利害関係をもち、もし観測を誤れば自分たちの死活に係わる人々の意見、つまり経営者側の意見を信用する。彼らは口を揃えて、戦後の労働者の心がけが悪くなつた、とても戦前のようには扱えない、だから経営が苦しいのだといつている。階級的利害の対立する一方の側からみて、心がけが悪くなつたとすれば、他方の側からみて心がけが良くなつたのである。戦後の労働者の意識にはある変化が生じたといえるであろう。たとえその変化を一時的にもみ消すことができたとしても、もう一度彼らがたち上つてくるときには、現在の変化がもつと大きな意識上の変化となつてあらわれる。変つた心がけをもとへもどすことはできない。いくらかはできても、もと通りにはならない。そこが経営者にとつても大事なところだが、逆の意味で、労働者にとつても大事なところだろう。一方、知識人は、敗戦後、国が外国の軍隊に占領されるのをみて、国際情勢に対して敏感になり、少くとも一部の若い知識人は、西洋崇拝というようなのどかな話でなく、自分の国の運命との関係から外国を理解することに熱心になつた。その結果、長かつた吉田政府のあらゆる妨害にも拘わらず、アジアの情勢、そのなかでの日本の役割についての真相がようやく明かになつてきた。西洋殊に米国との関連からいえば、米国に協力するとか、しないとかいう漠然とした議論が無意味であり、米国のどういう時期のどういう政策に協力するか反対するかという議論だけに意味があるということが常識となろうとしている。この常識をくつがえすことはむずかしい。一度真相にきづきはじめた知識人は、簡単にはごまかされないだろうし複雑にごまかす能力は、ごまかす側に完全に欠けているのだ。そういう意味での逆もどしもなめらかにはゆかない。――要するに戦後の日本には、容易にもとへもどらぬ種類の変化が、かなり広い範囲の人々のものの考え方の上に、おこつたといつてよいだろう。もとへもどそうという力がつよくはたらきはじめてから、そういうことがはつきりしてきたのである。

そういう変化の度合は、いうまでもなく小さい。しかし戦後に民主主義が流行つた、今は流行らなくなつた、流行に右往左往するのが国民性だといつて、無視できるほど小さくはない。流行に右往左往する面もあるが、そうでない面もある。そして今さら断わるまでもなく、再軍備を妨げ、政治・経済・軍事的な対米依存をうちきり、国内での反動政策の進展をくいとめるというようなことは、全く別の問題である。そういうことは最近の十年間にたえず保守政党が議会に多数を占めている国では、少くともちかい将来には困難なはずだろう。流行に左右される面では前進と後退が交互にあらわれる。後退したところで、どういう不幸がおこるかもわからない。しかし後退しないものが、そういう経過を通じて、少しずつ積みかさなるであろう。現に、戦前とくらべて、戦後の十年間は大衆の民主主義的な自覚をいくらか先へすすめた。それは西洋からの影響というようなことでなく、いつか日本で日本人の間でおこるべきものがおこつたということである。あるいは以前からかくれて積み重ねられていたものが敗戦を機会にようやく表面へ出てくるようになつたということだ。西洋の文化との関連からいえば、戦後の日本には、西洋の文化を単に技術的な面ばかりでなく、自己の精神を養う糧としてとり入れることのできる条件ができたということになるだろう。

しかしそれは日本だけの話ではない。第二世界戦争のいちばん大きな結果の一つは、いうまでもなく、アジア・アフリカの旧植民地（または半植民地）の国民の国民主義的な自覚と、それに伴なう独立運動の拡がりである。そのような国民主義がしばしば密接に民主主義的・人間的自覚とからんでいることは、インドや中国の代表的な場合をみれば、おのずから明らかであろう。問題は二つある。第一はいわゆる後進国が西洋の技術文明を消化することができるかということである。できるということは日本が証明した。中国とインドは今それをやろうとしている。第二は、西洋で人権宣言を生みだしたような人間の自由と平等の自覚が、西洋とは歴史的背景のちがうアジアに、自発的におこるかということである。おこるということは戦後のアジアが証明しようとしている。日本だけの話ではない。

というよりも日本では、そういう大衆の人間的自覚が、国民主義的エネルギーの爆発とむすびついていないために、めだたない形でしかあらわれていないということになろう。しかしさし当ってめだたないその面を通してしか、日本がアジアではじまっている大きな運動に積極的に加わる道はないのである。

その大きな運動の意味は、いま仮に人間の自由・平等の自覚と社会的な人間解放の過程を併せて広くヒューマニズムということばでよぶとすれば、嘗ては西洋のキリスト教世界に起ったヒューマニズムがアジアの非キリスト教世界に起るとき、どういう形をとって、どこまで発展するかということに要約される。また別の面からみれば、西洋では個人主義、殊に内面的な倫理観の伝統に支えられて成立したヒューマニズムが、そのような伝統の強くないところでは、どういう形をとるか、どういう点で西洋の解決した問題を解決せず、解決しなかった問題を解決するかということにもなるだろう。

今までのところアジアでは、反植民地主義のたたかいを通じて、国民主義的自覚がたかまり、国内での社会的な人間解放の運動が刺戟され、よびさまされるという過程が普通であった。それに、できるだけ早い後進国の工業化という技術的必要も加わって、問題が主として社会的に出ている。人間的自覚が初めから社会化された人間の自覚としておこっているともいえるだろう。しかし文化については、問題があまり複雑なものとしては意識されていないようにみえる。たとえばインドや中国では、文盲をなくすることが当面の急務である。そこからどういう小説をかくかという話まではすぐにはつながるまい。また一方では、西洋の植民地主義に対する戦いから万事がおこつている以上、西洋の文化を問題にする気のないのが当然だというような事情もあるだろう。しかもインドや中国は、西洋と同等またはそれ以上の豊富な文化的遺産をうけついでいる。たとえば私の知るかぎりのインド人は、——彼らは英語またはフランス語を自由に話し、西洋の技術を覚えるために西洋に滞在していたのだが、ネールのやつてきた中立政策とやるだろう社会政策とを熱烈に支持しながら、インドには強いて西洋の文学芸術に学ばなければならぬ必要がないと、一人の例外もなく断言した。そう簡単にゆかない面がこれから出てくるかもしれないが、少くとも現在知識人の多くはそう考えているらしい。恐らく中国にも同じような傾向があるだろう。しかし日本にはない。それは日本の事情がインドや中国とは全くちがうからである。日本の文化の問題は、当面ただちに複雑な形をとらざるをえない。なぜなら日本では文化問題が文盲退治と国民主義に要約されず、文学芸術を含む高度に分化した精神的活動の広い領域に係つているからである。もし非キリスト教的世界でのヒューマニズムの発展が主として社会的な面でアジア諸国全体の問題であるとすれば、そのヒューマニズムが文化の面、殊に思想・文学・芸術の面でどういう形をとり得るかという見透しをたてることは、日本の問題である。どういう形になるかはやつてみなければわからないが、さし当つてそういう実験をやつてみることができるのは、われわれだけだといえるだろう。それが世界の諸国民のなかでわれわれ日本人のためにのこされた仕事である。なすべき仕事に自覚をもつことは、たとえ小さな希望でも希望をもつことであろう。

註　日本の文化が雑種的であるとは、今の日本の文化の枝葉に西洋の影響があるということではなく、今の日本の文化の根本がぬきさしならぬ形で伝統的な文化と外来の文化との双方から養われているということである。私はその意味のことをまえに喋つたし（竹内好氏との対談――『読売新聞』一九五五年四月四日号）、もつと詳しく文章でも説明した（「日本文化の雑種性」――『思想』一九五五年六月号）〔本書四〇頁に掲載〕。それで「日本の文化が雑種的であるという事実」そのものについては、ここでは繰り返さない。ここでは、雑種的であるとして、その事実にはどういう意味があり得るかということが問題である。

2

日本の大衆のなかにおこつてきたものの考え方の小さな変化は、もしそのまま消えてゆかないとすれば、個々の具体的問題に当つて育つばかりでなく、それ自身イデオロギーの形に結晶するはずである。しかしそのためには、イデオロギーを組みたてる材料、つまり概念と論理とを、日本の歴史のなかにだけもとめるわけにはゆかない、どうしても西洋の歴史にもとめずにはすまされない面がある。日本文化が雑種的である所以だ。

しかし必要によつて、日本人が西洋文化に外側から接触する場合に、西洋の歴史の内側にはたらいている力からは束縛をうけない。日本でわれわれがものを考えるときには、われわれは日本の歴史の束縛をうけるのである。もう一度ヒューマニズムという言葉を使えば、その人間的動機は西洋でも日本でも質的にちがったものではない。ちがわないから双方の理解と交渉がなりたつ。しかしそれがイデオロギーとして結晶するときには、それぞれの文化の歴史の内面的論理に従い、その意味で、それぞれの歴史の束縛をうけながら発展する。西ヨーロッパでヒューマニズムが現在とっている形にある面でのゆきづまりが出ているとしても、日本で別の形をとったヒューマニズムが同じようにゆきづまるとは限らない。西洋でできないことが日本ではできるかもしれない。逆が真であったのと同じことである。理窟としてはそうなる。実地にそうゆかないとすれば、歴史的後進性というような動かすことのできない条件に理由があるのではなく、も少しこまかい、具体的な、沢山の障害の重なりに理由があるということになるだろうと思われる。

たとえば、日本の文化的資材はすでにあるものが充分に利用されていない。一例をとっていえば、西洋では、近代的合理主義の背景にカトリシズムが、資本主義的精神の背景に「プロテスタンティズムの倫理」があった。キリスト教が近代の人間解放の過程を一面で準備し、一面で抑えたということは周知の事実である。その意味で、日本では儒教や国学がどういう役割を演じたか、少数のすぐれた学者の仕事はあるが、周知の事実とはいえないし、ましてそういう歴史が今の日本の問題を考えるときに充分に利用されているとはいえない。それは徂徠や宣長のなかにもはや利用するものがないからなのか、それとも利用するわれわれの側にその気がないからなのか。日本の文化の歴史は明治維新で断絶しているという説があるが、あてにならない話である。風俗、習慣、生活感情、感受性のどこに断絶があるのかわからない。むろんそういうものが激しく変ってきたにはちがいないが、そういうもののどれをとっても、つづく要素はつづいているのである。一方に、日本が充分に「近代化」していない、充分に西洋化していないという議論があって、ほとんど常識と化している所以だろう。日本の土にはまだ掘りおこす余地がある。それは過去によいものがあったからではなく、現在に過去を必要とする機運が少くとも一部に熟してきたからである。現在の足場がたしかでないうちに、過去の土を掘るとすべりこんでそのなかに埋れてしまうだろう。例はいくらでもあったし、今でもある。問題はわれわれが今どこにいるかということだ。西洋文化(または西洋文化らしいもの)がつくりだしてきた混乱を整理することができるとすれば、それもまたわれわれがどれほど確かにわれわれ自身の現在の立場をふまえているかという同じ問題に帰するはずである。

西洋伝来のイデオロギーは、ながい間、多くの日本人から、ものを考える習慣と能力を奪ってきた。海外の新思潮は相次いで輸入され、流行し、忘れられ、あとに何らの影響ものこさなかったばかりでなく、右往左往する人々にあたかもそこに思想問題があるかのような錯覚を与えた。これほど不幸な錯覚はない。たとえば戦後、実存主義が流行したが、その思想的な意味はいうまでもなくゼロである。五六年しかつづかなかつた流行に意味のあるわけがない。朱子学は江戸時代に百年流行したのであり、世の中がその頃より忙しくなつたとしても、人間のものを考える能力がそのときから進歩したわけではない。五六年間の思想の流行とは、つまり思想ともイデオロギーとも関係のない一種の気分の流行ということにすぎないだろう。しかもそういう事情は決して戦後にはじまつたものではなかつた。——それならば西洋の新思潮を手あたり次第に輸入するというばかげた事業に、どうしてあれほど多くの人々があれほどながい間熱中してきたのか。いうまでもなく、西洋の事情が、何によらずただ、それが西洋の事情であるという理由だけで、気になつたからである。西洋の事情が何によらずに気になつたのは、国全体が西洋に追いつこうという目標に向つて傾いていたからである。そのような傾きは、単に西洋に追いつくのではなく、富国強兵という面で、西洋に追いつくことを、はつきりした目標として意識していた明治以来の支配階級の、一貫した意志によつて支えられていた。多くの知識人は、直接にその目的のために動員されるか、そうでない場合には、みずから意識しないで国全体の傾きに従つたといえるだろう。マルクス主義者も一面では、例外でなかつたかもしれない。しかし日本の特殊性や後進性をほとんど劣等感にちかい感情を含めて強調し、外国の文献に極端に敏感でありながらも、とにかく、西洋伝来のイデオロギーを日本の大衆の道具に使おうとしたのは、主としてマルクス主義者か、その同情者であつた。マルクス主義だけが、日本の土に根をおろした。この問題については、本来もつと綿密な分析が必要だが(たとえばそれは日本だけの話ではないという点、またマルクス主義のどういう面が日本でどう発展したかという具体的な点)極めて大ざつぱにはこういえるだろう。第一、マルクス主義は、他の輸入イデオロギーと異なり日本の大衆自身の具体的な問題とふれあつたために、ある意味で日本の土に根をおろした。しかし第二に、外国ですでにできあがつた型が、そのまま輸入されたために、日本の特殊性に応じたイデオロギーの日本型を生むには至つていない。——そして、もしマルクス主義についてそういうことがゆるされるとすれば、マルクス主義の問題を離れて、一般に西洋のイデオロギーと日本との関係についても、同じような事情が予想されるであろう。できあがつたイデオロギーを輸入するのではなく、日本では日本のイデオロギーをくみあげてゆかなければならない。それには当方に単に問題の意識があるばかりでは充分でない。西洋のイデオロギーの人間的基礎に相当する動きが、当方にもまた熟していることがどうしても必要な条件である。そうでなければ、西洋でできあがつた品物でなく、西洋の歴史がそれによつてその品物をつくりだした材料をとつて、日本で日本の品物をこしらえてゆくという仕事をすすめることはできない。しかしそのような人間的基礎は、抵抗にうちかつて人間解放を実現しようとする個々の具体的な過程のうちにしか育ちようがないのである。

しかし社会的な人間解放のイデオロギーが、日本の現実から生みだされてゆくとしても、

（まだ少しも生みだされていないが）それがただちに芸術、あるいは哲学乃至文学をつくりだすための原理とはならない。それは前提であるだろうが、その前提から芸術へゆくまでのみちは遠い。日本文化の雑種性という問題も、そこでもつとも複雑な形をとるだろう。日本の文化的環境が非キリスト教的世界のそれであるということのいちばん深い意味もそこにあらわれる。

3

しかし文化の問題には、一般論からはじめるよりも、具体的な問題から入るのが便利である。まず例を芸術にとつて、日本文化のあり方を類推しよう。イデオロギーの話よりは複雑になるかもしれないが、あいまいにはならない。自然科学に実験があるように、芸術には作品がある。イデオロギーにはその意味で何にもない、あるとすれば、多分、歴史があるだけだ。歴史よりは一枚の屛風の方が、誰の眼にも、同じ一つのものにみえるだろう。たとえば光琳の画風は装飾的だといい慣わされている。しかし元禄期の豪奢な装飾主義というようなことばが、あまり多くのことを説明しているとは思われない。有名な屛風をみると、まずわれわれをうつのは熟練した写実家の正確な眼と腕である。細密を極め、動物学教科書のように分析的な鳥獣写生帖から、線を省略して動きを捉え、人物の表情を戯画化して自由自在な扇面に至るまで、写実のあらゆる段階を通つてきた画家の写実主義の精髄がそこにある。だから彼は空間を自在に処理し、だから大きい色のかたまりを自由に、――という意味は色の配合そのものを目的として、いわば抽象絵画風に自由に排列することができたのであろう。できあがりは装飾主義などという簡単なものではない。そこでは写実と抽象とが一体となり、自然と絵の世界とが融合し、独得の迫力を生じて見物人の眼をひきつけたままはなさない。どうしてこれほどの迫力を生じたか。画面が迫力をもったのは、画家がその画面を生きていたからであろう。しかし画家がこういう画面を生きることができたのは、――別のことばでいえば、対象と画家の主観とを画面において統一することができたのは、光琳の場合、対象と画家の主観、自然と人間、また芸術と人生とが、彼の人間のなかで一体となつていたからであろう。歴史的にいえば、分裂はまだ決定的にはおこつていなかつた。光琳の生きていた時代は、生活を芸術化することのできた時代である。たとえ芭蕉がそのためには旅へ出ることを必要としたとしても。しかし光琳をはなれていえば、日本の芸術の各時代を通じて装飾的傾向がつよいということを否定できない。一種の装飾主義は、もう一つの特徴である細かい写実主義と平行して、日本の美術史を貫いている。今は美術史の話が目的ではないから、詳しくたち入らないが、以上の二つの傾向または要素は、水墨にあらわれた象徴主義よりも特に「日本的」だという印象をうける。少くとも文学との関連からいえば、文学では水墨の象徴主義に相当すると考えられる要素が全くかぎられた範囲にしかあらわれていない。ところが文体の装飾的な技巧主義は、まさに描写の写実主義とからんで、はっきりした伝統をつくっているのだ。しかし芸術においても、文学においても、今かりに装飾主義と写実主義という言葉でよぶ二つの傾向は、実は同じ淵源から出た一つのものであろう。それは一種の感覚主義、感覚的・日常的・経験的世界がそのまま現実であり、唯一の存在であって、その世界を超えたどういう種類の存在もみとめないという世界観の、二つの側面のあらわれであろう。よみの国は単に遠い国であって、此岸を超越する彼岸ではなかった。往復はむずかしいとしても、不可能ではない。神々は絶対的な善でも、完全な存在でも、無限でもなく、そういうものとして人間の相対性、不完性、有限性に超越していたわけではない。よみの国や神々が超越的な存在でなかったばかりでなく、人間に内在的な原理や価値もまた、感覚的なもの、経験的なものを超越する絶対的な原理や価値とはならなかった。その代りに各時代の文学や芸術を支配した主な観念は、自然という素朴な、しかし豊富な感覚的内容を含む観念であったといえるだろう。世界中にこれほど多く自然と季節の移りゆきをうたった国民はない。あの思弁的な仏教でさえも極端に感覚的なもののあわれとむすびついたのである。人間関係はたえず具体的・感覚的な人情に支配されていた。儒教の合理的な一面でさえも文学にあらわれるときには、義理人情という形で、人情の片棒をかつぐためにしかあらわれようがなかった。写実主義が発達したのは、鳥羽僧正から子規まで、兼好から白鳥まで、みたままの世界の他にどういう世界も信じなかった以上、当然すぎるほど当然の結果であろう。観察はいよいよ鋭く、いよいよこまかくなる。と同時に美的感受性は洗煉され、直接に感覚的なことばと色と線との魅力を追求するために、装飾主義が発達する。日本が非キリスト教的世界であるということの意味はそういうことである。

しかしたとえば光琳は、そのような美的感受性の洗煉が高度に達するとどこまで行けるかというい わば極限を示したのだ。もはや単なる写実、単なる装飾主義ではない、人間的なものの全体が異常な迫力をもつて、画面にあふれている。しかし、問題は今ではそうゆかなくなつてきたという点にある。なぜそうゆかなくなつてきたか。一番大きな理由は、今では自然と人間とが素朴に連続的な関係にはない、対象と芸術家の主観とが素朴に一体化することはできない、その意味で伝統的な世界観には分裂がおこつてきているということであろう。日常生活そのものを芸術化することのできた時代は遠くすぎ去つてしまつた。もはや人間関係が人情によつて単純に律せられないように、芸術と人生との関係も素朴に芸術即人生という形では解決されない。芸術と人生とは対立し、感覚的世界と合理的世界とは対立する。対立を前提としてその関係をさだめるのは、今や芸術家個人の仕事である他はない。光琳とその時代は、素直に芸術を信じていた。なぜなら人生と自然を信じていたからである。ところが現代日本の芸術家にとつては、どうすれば芸術を信じられるかということが、大きな問題になつている。しかし芸術が自然と人生とに素朴に連続しない場合に、敢えて芸術の世界を信じ、色と形との世界に、日常生活を超えた独立の価値の世界をみとめるためには、おそらく超越的な世界観に養われた意識の構造が必要な前提なのである。そこで、西洋文化の問題が出てくる。

もし今、日本の芸術家にとつて、西洋の精神的風土と接触することに意味があるとすれば、西洋の、少くとも西ヨーロッパ大陸での、プラトニックな意識の構造との接触という点にしかない。日常的感覚的な世界の背後に実在をみるという意識の構造が、感覚的経験をこえた真理の普遍性を信じることをゆるし、同時に日常的経験をこえた感覚的世界の独立を信じることをゆるす。——理窟としては、必ずしも複雑な理窟ではない。しかし問題は理窟を納得することではなく、体験によつて理窟の内容を感得することである。有為の画家が今多く海をわたつて、さすがに巴里の街は絵になりますねなどといつているのは、いかにも見当のちがう話であろう。日本の画家にとつて、日本の風景が絵にならなくて、外国の風景が絵になるというようなばかげたことのあるわけがない。それよりはシャルトルの石像やヴェルサイユの庭のなかに、天平の諸仏や桂の庭にないものを感じることの方が、はるかに重要である。なぜなら芸術の問題は、第一に才能に、しかし第二に伝統に係わつているからであり、しかも天平の諸仏や桂の庭は、あれほど見事なものであつて、そのまえに立つと、われわれはその他の何ものも必要としないという感じに捉えられざるをえないほどだからである。

しかし話を芸術からもういちど日本文化の一般的な問題にもどせば、なにも芸術にかぎらず、一般に西洋文化の創造的な面との接触は、われわれにとつて今はじまつたばかりだといえそうである。(あるいは、まだはじまつていない将来の話だということになろう)かつて中国の文化は日本の文化の創造的契機となつた。しかし西洋文化はそれほど重要な役割をまだ一度も果していない。しかし、われわれが一度ふみだしたみちをひきかえすことができないとすれば、西洋文化のなかにわれわれにとつての積極的な意味を見つけてゆかなければならない。回顧的な日本文化の讃美に耽つても、そこに余り多くの成果を期待することはできない。劣等感がなくなると、相手のほんとうのよさがみえてくる。西洋にもつまらぬものが多いということに気がつきはじめると、つまらなくないものがあまり簡単にいなせるものではないということが身に沁みてくる。話はそこからはじまるのだ。しかしいうまでもなく、気ながにはじまるので、戦後に西洋が流行り、その次にアジアと日本が流行るという工合に、手早くではないだろう。

3

天皇制と日本人の意識

問題の所在

太平洋戦争の敗北と無条件降伏が日本国民に与えた心理的影響はもちろん複雑で深刻なものだが、今からふりかえってみると、ある意味では次のような要約も可能だと思われる。すなわち世界は、変え得るものではなく変わり得るものだということの国民としての認識がそこではじまった、または強制されたということである。日本人の世界はもともと改造するためではなく解釈するためにあったのだ。その精神的な世界が変るはずはなかった、少くともそれが変り得ると信じたのは、例外的少数にすぎなかった。誰も変えようとは望まなかったし、また変え得ようとも考えなかった。「古今に通じてあやまらず」と教育勅語もいったのである。その中心には天皇があり、変えることのできない、また変わることのけっしてないだろう諸々の価値、または価値らしきものは、すべてそこから放射されていた。天皇家自身が過去において万世一系であり、未来において弥栄《いやさか》である筈だといわれていたのは注目すべきことである。その権威は永久的なものであったが、少くとも論理的要請として、永久的なものであると仮定され、その仮定が国民の大部分によって受け入れられていたといえるだろう。

無条件降伏のその日から、万事が変ったことは周知のとおりである。占領軍は信じられてきた価値の秩序を揺り動かし、その中心に一撃を与えた。占領は夏にはじまったから、開襟シャツの司令官がフロックコートの天皇と並んで写真を撮り、それを新聞雑誌に発表した。米国の営利雑誌はその下に註釈して「もと神」と書いたのである。日本側では註釈を翻訳する時に、もとの表現の辛辣な諧謔味をとり除いた。そこには、開襟シャツの大柄な外国人とその傍に立っている昨日までの「御真影」とを対照させた写真に対する、日本側の困惑がよく表れていた。しかし、おそらく天皇のために怒る者は殆んどいなかったし、昔の臣民の中で、何等かの激しい反撥を表明する者もいなかった。反応はおどろく程穏かであった。しかしそれは写真の効果が浅かったということではけっしてない。おそらく天皇の「神性」を否定しようと考えた占領軍が予期したよりも、その影響は大きかったのである。余りに深い反応は、直ちに表面に出てくることができない。対照の妙にこっけい味を感じる余裕のないことはいうまでもないとして、怒りや反撥をおぼえるよりも、日本側はその写真が発表されるようになった事態の意味を理解するために努力しなければならなかったのである。永遠なものは何もないということ、人間以外の何かがわれわれの世界を保障しているのではないということ、したがって「すべての文明はほろびる」ものであり、況や極東の島国の秩序はいつでも変わり得るものにすぎないということ、変われば前の世界に通じていたことが後の世界では通じなくなるだろうということ、要するに自分達の永遠だと信じてきた世界の相対性を理解する急な必要があったのだ。しかしこの場合に、世界を変えることではなく世界のかわることが問題であったということほど、決定的なことはない。私は敗戦による一種の革命が唯外部から起り、まったく内側から支えられていなかったというつもりはない。しかし大部分の国民にとって、外部からの変化として受けとられたという事実を強調しておく必要があると考える。何故なら、歴史的意識は、おそらく一つの世界をその内側からくずし、別の世界を築きあげようとする経験の蓄積を通じてしか獲得されないものだろうからである。その時現在の権威は来るべき権威によって否定される。現在の世界の中心は、次の世界の中心が発見され、ひそかに強められ、その影響の範囲を拡大して後に、はじめて除かれる。一七八九年に旧制度は仏国民の心のなかで死んでいたのだ。しかしそれは一九四五年の日本の状況ではなかった。来るべき権威は予想されず、次の世界の精神的中心が何処にあるのかわからないうちに、永遠と信じられていた、または仮定されていた——しかし、どういう違いがその間にあるだろうか、——旧来の権威、秩序、生活の規準となるべき権威の大部分は動揺し、くずれ、失われたのである。占領軍が期待し、また国内の民主的勢力が望んだのは、天皇の絶対的権威が否定されることであった。しかし実際に国民の大多数の意識の中で否定されたのは、天皇の権威ではなく、権威そのものであった。歴史的相対主義のかわりに、現在目の前のどういう価値も信用しないという現象が起るのは、当然の成りゆきであったろう。民主主義の一面は、敗戦後十年の間に、深く抜き難い根を下していったが、それは一面においてであり、具体的な個々の場合においてであって、それが天皇の権威に変り、あらゆる価値を支える原理としてではなかった。国民の大多数、またおそらく選良の多数には、未だにそういうものとしてしか民主主義は受け入れられていない。むしろ逆に天皇を中心とした世界の崩壊が作り出した権威一般に対する不信用の態度は、民主主義そのものにも向けられていると考えなければならない。事がそのように運んだ理由は、むろん敗戦の事情だけではなく、また民主主義の原理そのものとも関連し、殊にその原理が現在世界で遭遇している大きな困難、すなわち「二つの民主主義」という言葉によって要約される矛盾と関連している。「二つの民主主義」の対立は、いずれかの形での民主主義の経験の浅い国では——それは何も日本に限らないが——当然のことながら、文化的伝統と国家的経験の基準からよりも、純粋にイデオロギー的な対立として扱われる傾向がある。しかしそれがイデオロギー的対立として扱われる限り、第一に、解決は困難であり、したがって第二に、議論が抽象的に煩雑とならざるをえない。その結果は、第三に、一般の知的大衆が民主主義に対するほんとうの関心を失うのである。いわゆる「敗戦の虚脱」の根本的条件は今でも変っていないと思われる。

十年の歳月が、国民の経済生活、殊にその消費面を改善したことは、周知の通りである。なるほど西ドイツの「奇蹟」には及ばないだろう。しかし戦前の水準、出発点そのものが違うということも考慮しなければならない。ある程度の復興には成功したし、その何処が不安定で、その日ぐらしで、先の見透しが暗いかをしばらくおき、さしあたってその心理的影響が小さくないといえるだろう。ささやかな楽しみがあれば、たとえそれが米国製映画を見物して帰りに焼鳥を食うという程度のことであるとしても、天下国家を忘れる理由には充分になり得るものだ。昔のシナ人は、国が治まれば、大衆は王の存在を知らないといった。しかし税金は高く、就職は困難で、外国の軍事基地では血が流されているのだから、それ程のんきに国が治まっているともいえないだろう。むしろ今の日本、殊に大都会の消費生活には、昔のフランス人のいったディヴェルティスマンに近いものがあるようだ。その言葉の普通の意味は遊戯・娯楽であるが、語源的には主な方角から逸れるということであり、遊戯とは本来人間の条件を忘れ、その基本的な問題を避けて安楽を求めることだとそのフランス人は云ったのである。それは個人の話である。しかし社会がその基本的な目標を失い、しかも目標のないということを意識する不安からのがれようとする時には、似た状況での個人の反応に近い社会的反応が起るのではないか。ファシズムの前には、エロ・グロ・ナンセンスがはやった。第一次世界戦争後ナチ政権以前のベルリンは、世界でもっとも「面白い」都会だといわれたのである。大恐慌以前、日本軍国主義の北支侵略以前の一時期は、東京の待合にとって、今に語り伝えられる「古き良き日」であった。エーリッヒ・フロムはナチの到来を「自由からの逃避」として分析したが、今の日本では「自由の過剰」ということが話題になっている。歴史は必ずしも繰り返さない。ミュンヘンでのヒットラー宥和政策が第二次大戦を招いたから、ナセルのエジプトと妥協を求めずに軍隊を送るという「歴史的」論理がひどく間違っていたことは、最近の事件によっても証明された通りである。現在の東京の消費生活からファシズム到来の可能性を結論することができないのは、いうまでもない。しかし、たとえばキリスト信者が僅か百五十万人足らずの国で、降誕祭に何処のキリスト教国よりも大げさに街を飾ってあやしまないというような並はずれた一面の風潮に、語源的な意味でのディヴェルティスマンの病的な表われを認めないわけにはいかない。またそれを認めれば、社会が虚脱からほんとうに立ち直っているのではないということも認めなければならないだろう。しかも一方には「自由からの逃避」、「自由過剰」への対策として、将来に希望をつなぐことができないために、過去の権威を復活しようとする傾向もすでにはっきり現われはじめているのだ。すなわち、憲法改正であり、教科書の国定化であり、いわゆる「逆コース」の全体である。そしてそういうことのすべては、戦前に天皇を中心として成り立っていた世界のある程度までの復活ということに他ならない。——念のために繰返すが、これは、ある程度までの復活であって、ある部分の復活ではない。何故なら、すべて逆コースという言葉に一括されるような諸々の傾向は、一括され得るような条件をそなえ、また同じ一つの根源、天皇の権威の不在という隠された不安から、その対策としてあらわれてきたものだからである。問題は中心であって、周辺ではない。全体であって、特定の部分ではないのだ。要するに、何とかしなければならないのは、中心の目標と権威であり、それは何等かの形での民主主義でないとすれば、天皇を中心とする、または中心としないファシズムでしかないだろう。さしあたって現在では、天皇を中心としない方には形がなく、中心とする方が過去への郷愁を支えとして、はっきりした形で現われているのである。それが日本国内の現状である。

しかし天皇の問題を外から見れば、話はもう少し簡単になるだろう。天皇とそれを中心とする世界は、要するに時代遅れということでしかない。世界の近代史は複雑な発展をして、その中に何か一定の確実な傾向を指摘することは、容易ではないが、そのなかにも疑う余地のない事実が少くとも一つだけはある。それは王制の国の数が時と共に減じ、今なお王制を残している国のなかでは、王家の政治・経済・文化・宗教的権威が、これまた次第に小さくなってきたということである。何故ならば、大衆の民主主義的自覚は世界中で少しずつ、しかし確実に進み、一方権力の世襲制度なるものは、明らかに民主主義の原則と矛盾するからである。西欧は長い間日本を江戸時代のエロティックな木版画のために讃美し、ジェームス・フレイザーが「金枝篇」の中で原始民族の酋長と比較した天皇の存在のために軽蔑していた。これは勿論誤解である。或いは、殆んど誤解に等しい極端に一面的な考えである。しかし、この誤解は、世界最大の戦艦や特攻隊によっては、決して解くことのできないものだ。誤解を解くためには、日本美術の精髄が浮世絵版画のエロティシズムによって代表されるのではないということを明らかにし、天皇崇拝の起源は別として、戦前戦後の天皇に対する国民感情が原始民族の感情とどう違うかということを明かにしなければならない。

天皇と天皇制は違う。もし天皇制ということばを天皇を中心として築きあげられた社会秩序全体に用いるとすれば、事実上、敗戦前の日本社会の構造的な問題は殆んどすべてそこに含まれるということになる。従って当然、その政治・社会・経済学的考察が可能となり、またそのすべてが歴史的な立場からの分析と関連してくるだろう。現に戦後、言論の自由が回復されると、そういう種類の研究は、俄に盛んとなり、今日に及んでいるのである。そこにたくさんの問題があることはいうまでもない。

しかし、まだ充分にわかっていないことの一つは、ある意味でもっとも基本的な、天皇に対する国民感情そのものである。「天皇制は日本人の血管の中に流れている」などというのは、言葉の綾に過ぎない。日本人の中の誰に聞いてみてそういうことをいい出したのか。どういう文献により、どういう事実を根拠としてそういう結論を引き出したのか。また、いったい天皇制は何時から国民の血管のなかに流れ出したのか。確に徳川時代からでなかったとすれば、にわかにそれを国民の血管の中に流し込んだのは誰であったか。そこにどういう目的と方法があり、どういう必要な費用の調達があったのか。そういうことについて納得のいく説明がなければ、「国民の血の中に天皇制が流れている」という声明、及びそれに類するその他の声明は、真面目に受取ることのできないデマにすぎないだろう。いったい学者、文人、墨客でなく、日本の一般大衆は、天皇に対してどういう感情を持っていたか。また持っているだろうか。そういうことについてのデマでない調査は、日高六郎、南博、鶴見俊輔氏をはじめ、それぞれの学者の努力によってなされてきた。しかし調査には大きな困難があり、まだよくわかっていないことが多い。

第一に、過去の大衆感情を調査することは、戦前にそういう種類の調査が不可能であり、直接の資料が残っていないので、間接の資料から想像する他はない。現在の人口について、戦前どう考えていたかを問いただすことはできる。しかしその場合には答えの相当の部分が、実際に彼等が戦前そう考えていたことではなく、現在彼等がその時そう考えていたらよかったであろうと思うことであるかも知れない。そういう誤差を調査から除こうとすれば、調査対象の数を制限して、一人一人に非常に長い時間をかけねばならない。また確実には、知人についてしか、しかもその一部についてしか、戦前の実際の気持を知ることができないかも知れないのである。直接に当人の記憶に頼ることのできない明治以前の大衆感情については、文献による推量以外に方法がないわけだが、利用し得る文献は普通教育の無かった時代に殆んど百姓町人とは関係がなく、武士及び僧侶の社会の一部に限られている。したがってたとえば、江戸時代の農民のおよそ何割が天皇についてたとえいくらかでも関心を持っていたか、そういう簡単なことさえよくはわからない。われわれは僅かに王政復古の後明治政府とそのジャーナリズムが、天皇のありがたさを大衆に向って説いた啓蒙的文章から、啓蒙される側にはありがたさがわかっていなかったと結論するのだ。根拠のある結論は、至って不充分なものだが、今のところそれ以外にはないようである。

しかし、現在の大衆感情については、直接の調査を行うことができる。それもまた相当の技術的な困難を伴うが、われわれはそこからはじめる他はないと思われる。しかもこういうことがある。たとえどういう観点から天皇制を論じるにしても、論者は、その人自身の現在の天皇に対する感情から出発する他ないということである。感情のおもむく所は、議論の途中で、事実上または論理上の理由によって修正されるだろう。しかし、それは議論のはじめに感情があるということを妨げないし、むしろあった方がよいということさえも、妨げない。それならば、議論が多かれ少かれ論者の感情によって左右される以上、その感情がなるべく広い国民の層の感じ方、受取り方とどういう関係にあるかを知っておく方が、読者にとって、また論者自身にとっても、便利だということになる。

しかし、天皇に対する大衆の感情を問題にするまえに、ぜひ考慮しておかなければならないもう少し一般的な条件がある。それは宗教一般について、日本人の、少くとも今の日本人の意識がどういうものかということである。戦前の総理大臣には「祭政一致」を唱えるものがあった。まさか本気ではなかったかもしれない。しかし公式に、少くとも形の上では、天皇が同時に神々の子孫である、国の元首であり、神道の中心であり、支配権力の中心でもあったのだ。一方、日本の大衆の感情には、神道のみならず、宗教一般に対して独特な点があり、それを抜きにしては、「祭政一致」ということと関連し、あの世界に名高い「現人神としての天皇」に対する国民感情の内容も、正確にはわからないと思われる。たとえば、天皇が神であり、神でないという時、神という言葉の内容如何によって、その声明の意味は左右される。ところが、日本において神の概念は少くともキリスト教国における程明確に定義されてはいないのである。

宗教意識一般について

私は過去五、六年の間、なかば西ヨーロッパで、なかば東京でくらし、彼我の知識階級の関心の対象には、目立った違いがほとんどないという印象をうけた（同じ対象を扱う扱い方には、むろん多少の違いがあるが、それもヨーロッパ諸国相互の間での違いが、日本との違いよりも常に大きいとは限らない）。しかし唯一つの例外は、宗教とそれに関連した問題に対する態度である。日本では知識階級の無関心が著しい。ということは、あらゆる個人的接触の機会に経験したし、また日刊新聞を含む一般ジャーナリズムの上でも、容易に指摘することができる。

一方外国人にとっての日本は――といっても、日本に特殊な関心を持つ例外的な少数にとってのということになるが――伝統的な仏教文化と「天皇制という軍国主義的な宗教」によって知られる国である。そのことと、日本の知識階級の宗教問題に対する無関心とは、著しい対照をなしている。しかも宗教的問題に対する関心が西欧の知識階級にくらべて、日本の知識階級には少いというだけでなく、宗教的感情または信仰そのものについても日本の大衆は宗教の影響をうけることが少い、ということが日本人の観察者のほとんどすべてによって強調されてきたのである。観察の大部分は統計によらず、観察者自身の個人的経験により、たとえば文部省の「宗教年鑑」に見られる各教団届出信徒数の示すものとは、まったく別の微妙な問題を語っている。信徒総数は、その大部分が習慣による純粋に形式的な所属を表わしているに過ぎない。同様に仏壇の有無、葬式の仏式か否かは、仏教の信仰と殆んどまったく関係がないだろう。神前結婚は、大部分の男女にとって神道との何等の精神的関係をも意味しない。そういう条件のもとで、宗教の儀礼的な面を統計的に扱っても、その結果は大衆の宗教感情、その政治・道徳・文化等への影響について、殆んど何ものも教えない。従って日本側の信頼すべき個人的な観察者が、現在の日本人は信仰が薄い、宗教から何等の重大な精神的影響を受けていない、と考える点で殆んど誰も一致しているということは、注目すべき事実なのである。一方外国人の側には、今の日本人の心理について、少くとも宗教に関する限り、殆んどすべて一致した誤解がある。すなわち、日本人は今も宗教的感情に豊かで、宗教の影響が日本人の文化や生活に少いはずはないと考えているのだ。彼我の意見の相違が、日本に関してこれ程劃然と分れている例はおそらく他にないだろう。問題が微妙で、長い生活を通してでなければ容易に捉え難いからかもしれない。

たとえば宮沢俊義氏は、カトリック教徒田中耕太郎氏の最高裁判所長官就任が、日本で殆んど問題にされなかったということにレイモン・アロン氏がおどろいたということ、また、キリスト教徒の片山哲氏が総理大臣になった時、そのことに注目したのが占領軍司令官だけで日本側では誰も注意しなかったということなど二、三の例を挙げて、大臣や「最高裁判所長官が神道であろうと仏教であろうと回教であろうと、キリスト教であろうと……大部分の日本人はその点に何の関心も持たない」といっている（「日仏文化通信」一九五六年四月）。

また桑原武夫氏は中谷宇吉郎氏との対談で、「日本の自由過剰」を制限するために、宗教を持ち出すということについて、「しかし日本人はもとから宗教心がないんですからね。これを復活さそうなんといっても、無理だと思います」といっている。「日本人はもとから宗教心がない」という言葉は、大衆との広い接触を持ち、常に判断の正確な桑原氏の口から、全く気軽に、特別の検討を必要としない意見として、自然に出てくることのできるものなのである（「文藝春秋」一九五六年八月号）。

また殊に仏教国日本の「坊主ども」について、三好達治氏は「もうとっくの昔に無意味な存在となりきっている」と断定する。金龍山浅草寺が堂宇を新築し、「仏光浄土さながらの象徴的聖域とやら何とやら」といっても、「法主以下誰も自らそれを信じていないのがまるまる見とおしである」。しかも、誰も信じていないのは金龍山浅草寺だけではなく、「全国津々浦々百万の実例がおよそ大同小異である」というのだ（「文学界」一九五六年八月号）。

仏教の知識階級への影響に至っては、零《ゼロ》に等しい。アーノルド・トインビー、吉川幸次郎両氏の対談には次のような問答がある。トインビー氏「……学生が仏教を信じないというのでしたが、仏教の教えによる無意識的な影響も受けてはいないということでしょうか」。吉川氏「無意識的にも日本の大学の学生は仏教の影響を受けていないと思います」（「中央公論」一九五六年一二月号）。

法律学者も詩人も仏文学の専門家も中国文学者もこの点においては、おそらく日本に関する他の問題について大いに意見を異にするであろうにもかかわらず、まったく一致している。

田舎ではどうか。

きだみのる氏は「部落には宗教はない。宗教の屍があるだけだ」と断定し、次のような注目すべき観察をした。それは村のお彼岸会があり、檀家たちがお経をきき、読経料二百円ずつを出した後で、きだみのる氏が住職や総代たちと酒を飲んだ時に考えたことである。「彼岸の今日の儀式、費用、それらはすべて今日の部落の生活の現実に対して何の意味も持ってはいない。住職も部落の連中も懲罪の場としての地獄も亡霊の存在も信じていはしない。住職は生活のためそれを信じている振りをしているかも知れない。しかも他のものは全く意味を持たない伝統の歯車のまにまにこのような儀式を行っているのだ」と(「群像」一九五六年一一月号)。

田舎では、仏教も天皇崇拝も、まだほんとうに生きているという考えは、日本人の観察者の中にも少くない。しかし、そういう観察者の大部分は都会の住人であって、部落の人々にとってはよそ者である。部落の事情をほんとうに理解することがむずかしいのは、外国人にとって日本の事情を理解することが困難なのと似ているのかもしれない。外からの観察者にとっては、田舎に宗教がみえ、内からの観察者にとっては宗教の屍がみえる。ということは、田舎には都会よりも、宗教殊にその信仰ではなく、その儀式的な面がよく保存されているということなのであろう。「住職は生活のためにそれを信じている振りをしているかもしれない」――ときだみのる氏はいう。それを見破るためには、氏のように長い間部落に住みこむ必要があるだろう。調査票を配布して、回答を集めるやり方で、それを見破るのは、むずかしい。

ところが政治・社会・文化現象の全体にとって、宗教が何らかの影響をもつか、もたぬか、もつとすればどういう影響であるかは、信じているのか、信じているふりをしているのかということによって、決定的に左右されるはずである。しかもそれだけではなく、この信じるのでもない、信じないのでもない、「信じるふりをする」という態度のうちには、宗教と関連しての日本的なものの典型があらわれているかもしれないのである。

ここでは仏教と住職が問題だが、天皇と天皇に対する国民の態度についても、戦前、戦中、同じような現象がなかったか、という疑問がおこる。同じような現象はあったかもしれない。

おそらく天皇制と宗教的意識、殊に神道との関係は単純なものではない。少くとも、天皇制を容易に受け入れることのできた大衆の意識は、直接に宗教的な意識ではないと考えて間違いないだろう。それならば天皇制の成立のために、大衆のどういう意識が役立ったのか。歴史的にいえば、その意識の背景は、第一に、神道とそれにともなう民間信仰の総体であり、第二に、日本へ渡来して変質した仏教（従来強調されてきたように、仏教が日本人の意識を作ったばかりでなく、日本人の意識が仏教を作り変えたという面も、少くとも大衆の意識については、考慮しなければならないことであろう）、第三に、神道と民間信仰とが作った伝統的意識をある意味では正当化し強化するように働いた儒教の合理主義である。今さしあたって、そういう厖大な歴史的問題に立ち入ることはできないが、遥かに遠く間接的な意味で、したがってまた考えようによっては、もっとも深い根本的な意味で、日本的意識は、神道または神道的なものを背景にしているとは、いえるだろうと思われる。そうであったからこそ、天皇制も、神道と結びつき、それを道具として使いながら、発展することができたのである。

日本の宗門史には、天草の乱〔島原の乱―文庫編集部注〕を除いてめだった殉教の例がなかった。おそらく殉教の理由が少なかったからであろう。超越的な彼岸思想を通じて、人間的価値を絶対化することは、神道の仕事ではなかった。人間の理性も、自由も、また生命さえも、それ自身絶対的な、究極の価値としては意識されなかった。そこではすべてが相対的であり、要するに感覚に従い、便宜と慣習によって決定され得るはずのものであった。そういう感覚的・実際的な心理的傾向は、儒教がその綿密な論理によってすべてのものの相対性を理論化した時に、日本の意識の根底となったのである。天皇制は宗教としてではなく、宗教にかわる一種の微妙な代用品として、そういう意識に受け入れられた。

具体的にどう受け入れられたかは、調査の結果に俟たなければならない。しかしそれに触れる前に考慮しておいた方がよいのは、自明といえば自明だが、天皇制とはとにかく権力の支配機構だということである。明治以来の天皇と国民は直接に向き合っていたのではなく、巨大な権力機構を通して間接に相対していたのである。勿論、その他にも、意識の上で考慮すべき条件はいくつかある。中でも、制度や社会の構造、したがってまた経済的条件と関連して、もっとも重要な条件は、すでにいわゆる法社会学者によって度々指摘されてきたように、日本の社会の人間関係が横に浅く、縦に深いということ、またそのためにおこる「縦の意識の構造」に特徴があるということである。そのことから、たとえば、先祖・家長・天皇に対する感情相互の間に密接な関連があるだろうと想像される。しかし、何よりも圧倒的に重要な要素が権力政治であることに変りはない。そもそも官僚機構を通じて天皇と国民大衆とは、一体どういうふうに相対したか。天皇の支配と大衆の反抗は、以上に暗示した日本人の意識を背景として、どういう具体的な形をとって表れたか。次の問題は、そういうことになるだろうと思う。

天皇と権力機構と人民

天皇の戦争責任という問題は、敗戦直後国の内外で盛んに議論されたが、今では殆んど聞かれなくなっている。しかし、それは天皇に責任がないということを意味しないし、もし責任があるとすれば、それが既につぐなわれたということさえも意味するわけではない。天皇に戦争責任がないということを、極東軍事法廷が証明したことは一度もなかった。それどころか、キーナン首席検事みずからが、天皇の不起訴の理由は「政治的理由から」であると説明したのである（一九四八年一一月）。個人としての天皇が自ら戦争を欲したかどうかは別として、公式に天皇が行ったことは、詔勅によって戦争を始めることであり、天皇が行わなかったことは、四年の間その戦争をやめるためになすべき努力をすることであった。今では国中に、「終戦の詔勅」によってどれ程多くの困難から国民が救われたかという話が、感謝に満ちた声で語り継がれている。「終戦の詔勅」は、それだけを前後からきりはなしてみれば、おそらく感謝の理由になり得るのかも知れない。また連合軍にとっては、あらかじめ降伏条件に天皇制の廃止を要求しなかったことの主な理由であり得たかも知れない。要するに、戦争をやめた時の天皇の役割は、政治的な敵味方の双方にとって、重要であり、好都合であったといえるのかも知れない。しかし、それは言語道断な戦さをおこし、惨憺たる敗戦に導かれたという事実を前提とした上での話である。もし、道義的見地から戦争責任の問題をとりあげ、しかも終戦の詔勅の意義を高く評価するならば、論理上、開戦の詔勅の意義もまた大いに強調しなければならない。戦争があのような形で始まり、あのような形で終れば、始めから戦争しなかったのと同じだとでも考えない限り、天皇の功罪の差し引き勘定が零《ゼロ》になることはないだろう。——むろんこういう議論は形式的なものにすぎないが、それを承知で私は一応形式的な論理の筋みちを通しておくのが必要だと考えるのである。何故なら他方には、開戦当時の天皇には判断と行動の自由がなかったから、天皇に開戦の責任はないという議論が広く行われているからである。これはいまや殆んど定説に近く、天皇自身はいくさを望まなかったが、軍閥が強請したという。事実そういうことであったかもしれない。自ら資料を調査したことのない私は、そのことで、定説をくつがえそうという意図を少しも持っていない。それならば、それでよかろうと考える。しかし、開戦当時の天皇に責任がない、すなわち天皇は政府の傀儡であったという議論と、降伏当時の天皇はありがたい、すなわち天皇は自らの意志でその時降伏の命令を下すことができたという議論、この二つの議論が同時に存在するのは論理的におかしいと思う。どちらかがまちがいでなければならない。いったい天皇は傀儡であったのか、なかったのか。もし傀儡でなかったとすれば、先に述べた理由で差し引き戦争責任をのがれることはできないだろう。もし傀儡であったとすれば、個人として責任はないということになるかも知れない。しかし、その場合には、降伏当時の声明は、天皇の功績ではなく、天皇を操ってその声明を書かせた周囲の功績だということになるだろう。以上二つの他に議論があれば、それは理屈としておかしい。もっとも天皇の行為でなく、個人としての気持の内容にまで立ち入れば、或は同情すべき点が出てくるかも知れないし、或は出てこないかも知れない。しかし、そういう立ち入り方は、個人的なつきあいのある人々の道楽であって、つきあいのない、しかもこれほど戦争で苦労したわれわれ一般国民の仕事ではなかろう。

しかし、当面の問題は戦争責任ではなく、戦争責任と関連して議論されてきた天皇の傀儡性である。その程度を知ることはむつかしいであろうが、先にもふれたように、ある程度までの傀儡性は多くの資料と証言から判断して、殆ど定説といってよいのではないかと思われる。神格化され絶対化された天皇は、けっして独裁者ではなかった。天皇を主体にしていえば、その個人的な判断、意志、意志の実行は、大いに制限され、一定の枠の中で動いていたということになる。その枠は、戦前には軍国主義的権力支配機構の枠に他ならず、天皇はその機構の一部分であり、その権力の道具であった。その国民への働きかけは、軍国主義とその支配機構を通し、天皇自身の感情、判断、意志にかかわらず、その機構の線に沿っての働きかけであった。天皇の言葉は、天皇の言葉ではなく、天皇は天皇という役割りを演じていたということになる。

そこで人民大衆の側では、それに対してどういう反応を呈したか。臣民という役が用意されていたので、その役を見事に演じたのである。ということは、けっして警察と不敬罪をおそれ、弾圧におびえて心にもない振舞いを続けていたということではない。信じてもいないことを信じているといっていたわけでは決してない。そういう例もあったがそれは例外で、大多数の大衆は意識していつわり、よそおい、周囲をだまそうとしていたのではない。それどころか、土下座し、感泣し、何によらず恐懼感激し、正月に宮内省から菓子を貰った家庭では、特別の気構えを持って、本来品物が特別でも何でもないその象徴的な菓子を喰べ、生意気な息子が天皇の神性について懐疑的な意見を述べると、親父は世間や警察をはばかる必要のない家庭で、心から怒ったのである。それはいじらしい怒りであった。しかし偽善的な怒りであったということはできない。それどころか、あの辛らつなドイツ人、ハインリッヒ・ハイネが歌った、「二人のてき弾兵」の誠実な悲しみのように、誠実な怒りであったのだ。しかし同じように誠実ではあっても、仮にその感情を忠誠と呼ぶとすれば、ナポレオン麾下のてき弾兵の忠誠と皇軍のもと伍長であった日本の親父の忠誠との間には、微妙なちがいもあったはずである。かんたんにいえば、「一人のてき弾兵」の忠誠の対象には実体があった。彼等は皇帝を皇帝であったからばかりではなく、偉大な独裁者であり、不世出の軍事的天才であり、魅力と活気に溢れた人間であったから、崇拝していたに違いない。ところが、臣民である無数の親父の忠誠の対象には、実体がなく、天皇は天皇であるから尊かったにすぎない。天皇は明らかに独裁者ではなかった。軍事的作戦は参謀本部が立てた。人柄に至っては、神性という言葉の他に何の属性もなく、強気か弱気か、強情か寛大かさえどうにも知る由がなかったのである。今彼等に、戦前天皇を神と思っていたかときけば「しかり」と答え、人間以上の何者かと思っていたかときけば、また「しかり」と答えるだろう。「神」という言葉をえらぶか「人間以上のもの」という言葉をえらぶかは、言葉の解釈の問題に過ぎない。なぜなら「神」をえらぶとしても、その「神」には漠然と「人間以上のもの」という以外に「人間」から区別される何等の明確な属性が、事実上また概念上与えられていないはずだからである。天皇が奇蹟を行ったことは一度もない。天皇が全智であるという保証もない。全能でなかろうということは、大抵察しがつき、遍在しないことは、自明である。では何によって人間と違うのか。——しかし、実体のない対象への忠誠こそ、臣民の忠誠の本質に他ならなかったのではないかと思われる。それが、見事に臣民を演じたということの意味である。見事に演じるためには、役者は必ずしも、観客を意識し、観客の反応をすべて計算に入れながら、一挙手一投足する必要はないだろう。唯、自己を役の中に投入し、自ら自分自身を役の人間そのものと信じこむことによってでも立派に演じることができるのである。しかしその場合にも、役者は役者で、弁慶でもなければ、義経でもない。ということは、役者自身にとっても観客にとっても、その芝居が終り、次の芝居の幕が上ってはっきりするのだ。弁慶が遊冶郎となり、義経があでやかな花魁となって現れれば、一目瞭然である。天皇は現人神を演じ、国民は臣民を演じた。誠心誠意、役柄と一体化するところまで演じたので、それぞれ演じていたといっても、それぞれそのものであったといっても、一見殆んど同じことのようである。しかし、二つのことが根本的に違うということは、外題が一度変れば、忽ち明らかになるだろう。天皇は人間となる。天皇自らがそう云う以上、またそれを承認することによって、何の危険も損害さえもない以上、国民は直ちに、天皇を人間以上のものと考える習慣を捨て、当り前の人間と考える。その変化は、全く自然で、殆んどなんの心理的抵抗をも伴わない……。

私は島原の乱を除いて日本の歴史には殉教の事例がめだたないと云った。たとえ正真正銘の宗教についてもだ。まして天皇についてては、その「人間宣言」を殆んどすべての人々が当り前の事実として受け入れたのである。だから、始めから信じていなかったのだとは云えないということを、私はすでに強調した。信じてはいた、しかし何時でも信じるのをやめることができるように、つまり、舞台で演じるように信じていたのである。実体は現人神だけではなく、忠良なる臣民にもなかった。実体があったのは、無名の権力支配機構そのものだけであろう。それが天皇制というものであり、世界にも類例のない大がかりで、陰うつな、社会的虚構であった。

勿論ある程度までは、天皇制にかぎらずあらゆる世襲の王制が、実力を伴わない虚構の権威に頼っているにちがいない。そもそも世襲制度そのものが、不合理を含み、ごまかしを前提とする。遺伝的に癌を接種しやすい実験動物の系統をえらび出すことができるが、実験動物についてさえ、それ以上複雑な性質の何が次の世代に出て来るかを予想することはできない。ましてすぐれた皇帝の息子にどういうならず者が生れるか知れたものではない。一方、教育心理学も、国中の偉い学者が集って、子供にわかりそうな話を毎日繰り返していると、その子供がどういうふうに成長するか、いったい何をはじめるのか、予想できるところまでは発達していないだろう。国によっては、大衆の大部分が世襲制度のそういう馬鹿らしさをはっきり知っている。また他の国では、少数者だけがそこまではっきり考えている。しかし、いずれにしても王制の続く限り、またはすでに無くなってしまったところでさえ、半ば信じ、半ば疑い、しかし世襲の王の権威を信じているかのように振舞うことで、利益を獲得するもの、不正をかくすもの、または無邪気に暇つぶしの種にするものがいるのである。日本の戦前の天皇制の場合には、万事度がすぎたともいえないことはない。一方、ファシズムは、実力のある独裁者を中心として成り立ったものである。しかし、独裁者も、巨大な政治機構が自動的にうごき出すと、その運動にひきずられ、望むと望まざるとにかかわらず、動き出した一つの方向へ流される。はじめには考え抜かれた方針と計画があったかも知れない。しかし、その方針と現実との間の矛盾に気がついたときには、それを修正することができなくなっていたのだ。ファシズムとその独裁者はその矛盾に気がついていないかのように振舞う。その結果は、少くとも知識階級におけるニヒリズムである。ナチの宣伝は、大げさで、芝居がかっていた。それは群衆を煽動し、陶酔させるためのものであり、したがって、集会が解散し、一人一人が家へ帰り、陶酔から醒めた後には、却て徹底した犬儒主義と虚無主義とを生み出す筈のものであった。天皇制の虚構はナチのそれよりもひどかったかもしれない。しかし幸いにして、あるいは不幸にして、日本では群衆が散会し、家へ帰っても、一人になるということがなかった。集会の昂奮の中で自己を失った人間が家へ帰り、もう一度別の仕方で自己を失うために、家族制度の醇風美俗というものがあった。ニヒリズムは、ナチ支配下のドイツでのようには、日本国民を毒さなかった。しかし、そのための準備は充分になされていたと見なければならない。天皇制と潜在的な虚無主義とを切り離すことはできない。何故なら、そこには大げさな言葉にもかかわらず、実は何ものに対する信念もなかったからである。信念とは単に紋切り型の同義語に過ぎなかった。すなわち、神州不滅といい、皇運無窮といい、みそぎといい、弥栄という。どれもこれも「言葉、言葉、言葉……」にすぎなかった。

そういう潜在的な虚無主義が、時期が到来して、顕在するためには、一日で足りる。敗戦と天皇の権威の失墜によって、天皇制のつくった荒廃は忽ち表面にあらわれた。但し、その度合いは、おそらく徐々にその経済的基盤が崩れ、現在の民法の成立によって、更に打撃を受けた家族制度の醇風美俗が失われていった度合と比例したのである。孤独な人間が生れた。彼が身の周りを見まわした時に、そこには天皇制が残した精神の焼跡が拡がっていた。かつて通用した価値のなかのどれ一つとして今確実に通用するものがないということを感じ、他方では急造のバラックのような新しい秩序に何時崩れるかわからない不安を覚えた。さしあたってできることは、どういう価値も信用しないということの他にはなかったはずであろう。生れたばかりの虚無主義の幽霊は日本をさまよい歩きはじめるだろう。十年前には焼野原、五年前にはバラックの商店街、今はコルビュジェ式の足の生えた巨大な建物の間を。

戦前と戦後

われわれは一九五六年九月に、天皇制と宗教意識に関する調査を日本全国に亙って行った。その方法は雑誌『知性』の地方駐在部員及び友の会の責任者を通じて、あらかじめ用意した調査票約六千枚を送り、調査員の面接又は郵送によって回答を集めた。回収することのできた調査票数はおよそ三千通である。あらゆる年齢層を対象にするように依頼したが、雑誌の駐在部員と友の会の性質上、三十歳以下の年齢層が多くなった。また質問項目、二週間の調査期間、調査担当者の性質等に不充分な点があり、また問題が宗教と天皇に関していたために、「アカ」に関係するのではないかという不安を調査対象に与えるというような障害もあった。しかしまた調査員が全国に散在していること、閉鎖的な農村の調査の場合には調査員自身がその村の住民であることなど、有利な点も少なくなかった。

調査員自身の報告で一番目立っていることは、老人の天皇に関する質問に対する躊躇と、青年の宗教に関する極端な無関心であって、ここでもまた、大衆の宗教問題に対する関心のうすさが強調されている。

回収された三千通の調査票には、実に多くの問題が含まれている。その問題のすべてを同時に検討することはできないので、ここではまず、天皇制に関して最も興味ある点の一つ、天皇に対する考えが敗戦を境としてどう変ったかということから始めたいと思う。

われわれは天皇に対する考えを四つの型に分類し、調査対象に、戦前と戦後の各々について、その一つの型にしるしをつけるように求めた。四つの型は、調査の成績とともに、第I表に示した通りである。

(1)と(2)の型は、天皇を人間以上のものと見做す考え方として一括することができる。そ

戦前 ＼ 戦後	神と思う (1)	神ではないが普通の人間以上だと思う (2)	普通の人間だが一家の主人のようなものだと思う (3)	自分たちと全く同じ普通の人間だと思う (4)	計	
神と思う (1)	50	3	0	0	53	(1)+(2)
神ではないが普通の人間以上だと思う (2)	231	194	15	2	442	495 (15.2%)
普通の人間だが一家の主人のようなものだと思う (3)	245	424	134	13	816	(3)+(4)
自分たちと全く同じ普通の人間だと思う (4)	464	618	104	164	1350	2166 (84.8%)
計	990	1239	253	179	2661	
	(1)+(2) 2229 (87.3%)		(3)+(4) 432 (12.7%)		(100%)	

第Ｉ表　天皇についての考え方の戦前と戦後の違い（数字は人数）
〔表中の数字は底本のママ〕

れに対し、(3)と(4)の型は人間と見做す考え方として一括されるだろう。この二つの大きなグループに分けて第Ｉ表をみると、戦前には人間以上と見做す第一のグループが圧倒的に多く、戦後には人間と見做す第二のグループが圧倒的に多い。第一と第二のグループの比率は戦前と戦後で殆ど正確に逆の関係にあることがわかる。要するに、天皇を人間以上のものと見做すか、まったく人間と見做すかということについて、調査対象の意見は、敗戦を境として、逆転したのである。そういう逆転をひきおこすためにどういう力が働いたか。おそらく、敗戦の事実そのものの衝撃以外に、新聞・ラジオによるその事実の説明、同じ方法を通じての「人間天皇」の宣伝、労働組合その他の組織を通じての知識の普及、映画、学校、雑誌、読書等の影響のすべてが働いたろうと思われる。問題の変化が戦後何時起ったかということは、正確には解らない。また調査対象の戦前の考えなるものは、記憶の薄れている点もあり得るし、現在から考えての希望的観測も混入するおそれが無いとはいえず、現在の考えに関する数字と同じ程度の信憑性があるとはいえないと思う。しかし、それにしても考え方でおどろくべき大きな変化が敗戦を機会に起ったという事実は、第Ⅰ表の上に、明かに現れているのである。

戦後のマス・コミュニケーションと社会一般の動きを考えれば、この大きな変化は、おそらく可成りの程度まで、朝鮮戦争勃発以前に起ったのではないかと想像される。しかしそれは想像であり、もし今後一定の間隔をおいて、この種の調査を行うことができれば、過去にさかのぼるには限度があるとしても、その意義は実に大きいだろう。

戦前と戦後と同じ意見の人	542人	20.3%
戦前と戦後と異る意見の人	2119人	79.7%
	2661人	100%

第Ⅱ表　意見の一貫性

とにかく、第Ⅱ表にも見る通り、天皇について戦前と同じ意見を五六年現在まで持ちつ

戦前の意見	戦後に意見を変えた者	主としてどういう意見に変ったか
神と思う (1)	95%	→ (3) と (4)
神ではないが普通の人間以上だと思う (2)	84	→ (3) と (4)
普通の人間だが一家の主人のようなものだと思う (3)	53	→ (4)
自分たちと全く同じ普通の人間だと思う (4)	8	→ (3)

第Ⅲ表　戦前の意見と意見の一貫性との関係
〔表中の数字は底本のママ〕

づけているものは全体の二〇・三パーセントに過ぎない。すなわち、およそ回答者の五分の一であり、別の言葉でいえば、五人のうち四人が天皇に関するその戦前の意見を変えたということになる。

それならば、戦前にどういう意見を持っていた者が、より多くその意見を変えたかということが、次の問題になるにちがいない。第Ⅲ表はその問いに対する答を示す。すなわち、戦前の天皇崇拝の度合のはげしいもの程、戦後に意見を変える必要があった。神と考えていた者の大多数は意見を変え、普通の人間と考えていた者の大多数は、意見を変えなかった。またこの表で注目すべき点は、「一家の主人」になぞらえて天皇を考える者では、その半分が意見を変え、半分が意見を変えていないということである。この考え方は年齢、学歴等と関連させて見ても平均的な日本人の意見をよく代表していると考えられるだけに興味深い。

意見を変えた者は、主としてどういう方向に意見を変

天皇についての考え方＼年齢	25歳以下		26歳〜30歳		31歳〜40歳		41歳以上	
	戦前	戦後	戦前	戦後	戦前	戦後	戦前	戦後
神と思う (1)	42.4	1	33.5	0.5	23	0	32.8	7.2
神ではないが普通の人間以上だと思う (2)	46	11.2	49.5	13	55	23	41	29
普通の人間だが一家の主人のようなものだと思う (3)	5.6	27.5	9	32.5	14	33	18	38.4
自分たちと全く同じ普通の人間だと思う (4)	6	60.3	8	54	8	44	8.2	25.4
計	100	100	100	100	100	100	100	100

第Ⅳ表　天皇についての考え方と年齢との関係（数字は百分率を示す）

えたか。人間以上と考えた最初の二つの型では、その圧倒的多数が当然人間と考える型に移っている。その中で、はじめの二つの考え方の間、また後の二つの型の間にも、著しい相違はない。しかし、戦前すでに人間と考えていた二つのグループ間には著しい相違がある。「普通の人間」型で変ったのは極めて少数であり、それに反して「一家の主人」型の半数が変っていることは前にもいったが、その意見を変えた半数のうち、殆んど大部分は「普通の人間」型になったのである。別の言葉でいえば、敗戦による変化には明白な方向性がある。単純に人間以上の存在から人間天皇が生れたというようなことではなく、少数の例外を除いて、常に

「神である」型、「人間以上」型、「一家の主人」型、「普通の人間」型の方向で変り、決してその逆の方向へは変っていないということが、この調査によってわかったのである。

以上の四つの型と年齢層との関係は第Ⅳ表に示してある。すなわち、「神である」型と「人間以上」型が、戦前何れの年齢層にも多いことは、いうまでもないとして、戦後は年齢のふえるに従って多くなっている。その理由は明らかだが、第Ⅳ表で目立つことの一つは、戦後「神である」型と「人間以上」型の年齢層による分布が一様でなく、(1)の型では四〇歳、(2)の型では三〇歳を境としているということであろう。およそ三〇歳四〇歳の間を境として、戦後に天皇を人間以上と見做す者の数が多いということになる。すなわち敗戦当時二五歳がおよそ年齢による差別の生じる境になるということだ。それ以上の年齢では、戦前の教育による考え方がしみこんでいて、それに伴う特有のコンプレックスもある。従って戦後の社会への適応が困難になったということではないかと想像される。

(4)の考え方「普通の人間」型は、戦前には年齢層と関係はなかったように見える。おそらく、いずれにしても例外的であり、各個人に特有な条件によって左右されたからであろう。しかるに、戦後には、年齢の若くなるにしたがって、殆んど直線を描いて増加している。その理由は、いうまでもなく、若い者程新しい考え方に適応しやすいということに違いない。

以上あげた三つの型については、年齢との関係が戦前には明らかではないが、戦後には

天皇についての考え方 ＼ 就学年数	6年以下(一)		7年〜12年(二)		13年以上(三)	
	戦前	戦後	戦前	戦後	戦前	戦後
神と思う (1)	53.4	13	38.4	1.8	30	0.3
神ではないが普通の人間以上だと思う (2)	33.8	40	46.8	19	47	7
普通の人間だが一家の主人のようなものだと思う (3)	7.6	17	8.8	34	14.7	31.7
自分たちと全く同じ普通の人間だと思う (4)	5.2	30	6	45.2	8.3	61
計	100	100	100	100	100	100

第Ｖ表　天皇についての考え方と就学年数の関係（数字は百分率を示す）

明らかになっている。しかし「一家の主人」型では年齢とともに増加する傾向がないとはいえないが、またあるとすれば説明するのに困難ではないと思われるが、著しくない。殊に戦後では同じ考え方をとるものの割り合いが、各年齢層におよそ平均して分布している。別な言葉でいえば、天皇に対する他の考え方は、少くとも年齢層に関するかぎり、国民全体にではなく、一定の層に片寄る傾きを持っているが、「一家の主人」という受け取り方は、圧倒的多数の意見ではないにもかかわらず、年齢を越えて国民の各層に行き互っているという点に、特徴がある。

次に同じ四つの考え方の違いを、就学年数を指標とした教育程度との関係において見た結果は、第Ｖ表に整理されている。しかし、この表を単純に就学年限による分類として読むことはできない。たとえばこういうことがある。最初の二型、すなわち天皇を人間以上とする考え方と、後の二型、すなわち人間とする考え方に大別して見ると、六年以下の就学年数では、戦後、天皇を人間以上と見做す考え方が五三パーセント、半数以上ということになる。しかるに、第I表によれば、回答者の全体については、戦後そういう考え方をとる者がわずか一五・二パーセントに過ぎない。それ程大きな違いが唯就学年数の長短によってだけ起るとは考えられないだろう。ここでは明らかに年齢の要素が強い影響を与えている。戦争中に中等教育が拡張され、戦後更に義務教育年限が延長されたために、表の上で就学年数六年以下とするグループには、一定年齢以上のものが集ったのである。したがって、戦後なお天皇を人間以上とするものが、全体の半数以上を越えるグループは、高齢者の中で旧制義務教育年限だけを終了した人々の特種なグループであると考えなければならない。そう考えた上で、全体との関連から、第V表の数字は興味深く読めると思う。

たとえば年齢と教育程度との両方を考慮し、㈠の義務教育・高年齢者のグループと㈢の高等教育・低年齢者のグループとを比較すると、天皇を人間以上とするものの比率は、前者で八七・二パーセント、後者で七七パーセント、その間に余り大きな違いがない。しかし、そのうちわけ――「神である」型と「人間以上」型を比較すれば、義務教育・高年齢グループでは「神である」型が多く、高等教育・低年齢グループでは「人間以上」型が多い。私はこの違いが、おそらく、表現上の好みのちがいに基づくのではないかと思う。義務教育・高年齢グループは現在「神」という言葉を喜んで使い、高等教育・低年齢グループは「神」という言葉を、今は好まないということであろう。それは二つのグループの言葉のニュアンスに対する現在の態度の違いであって、天皇に対する過去の考え方の違いを直接に代表するものではあるまい。しかし間接には、言葉のニュアンスに対する現在の反応の違いから、過去の天皇に対する反応の違いをある程度までは想像することができるだろう。私はそういう種類の想像を発展させることが、必ずしもつまらなくはないと思う。しかし今はそこまで立入ることができない。

戦後「普通の人間」型が就学年数の長くなるとともにふえているのは当然であって、特に説明の必要もないことである。ただここでも、年齢の場合と同じように、戦前の数字には著しい相違がない。個人の特殊な条件によって左右されることが、その原因であるだろうことは、年齢に関連していったのと同じである。

しかし、「一家の主人」型が、義務教育年限以下のグループに特に少いことは、前にいった年齢によって説明されるとして、その他の二つのグループ、中等教育程度と高等教育程度との間にも殆んど違いがないということは、再び注目に価するだろうと思われる。何故ならば、われわれの見てきた通り、この型の普及は年齢にかかわらない。今また教育程度によっても左右されるところが少いとすれば、いよいよ国民的な標準の一つと見做されるからである。

「一家の主人」型考えの内容は、いうまでもなく家族の延長として国を表象しようとする考え方に通じる。その時、天皇は家長模型として理解される。家族制度が生み出す意識の構造が、天皇制とどう関係するかという天皇制論一般の基本的な問題が出てくる。その問題について今われわれは、天皇制に対する他の考え方とは違って、家族制度に基礎をおく考え方は年齢または世代、教育程度または知的能力を越えて、国民の間に広く行きわたっているらしいということを示唆したのである。

ここで問題とした天皇に対する四つの考え方を、年齢と就学年数以外の要素に関連させて考えること、また宗教的意識一般及び天皇制そのものについて、他の角度からの調査の結果を検討することなどは、近い将来にわれわれが期待している次の機会に譲る。

西欧の知識人と日本の知識人

名と実について

今、仮に知識人という。私は名を捨てて実を取る。しかし、私は「インテリゲンチャ」ということばを好まないし、知識階級という「階級」の存在は疑わしいと思う。そこで知識人というが、その定義は必ずしも明らかなわけではない。知力のすぐれた個人ならば、社会の各領域に散在していて、たとえば肉体労働者の一人が、大学の教師の一人よりも知力にすぐれていないという保証は全くない。他の社会的な集団から区別することのできるまとまった集団として、知識人を定義することはそもそも可能であろうか。少なくとも一定の時代の一定の社会では、ある程度までは可能であろうと思われる。たとえば、英国の社会ではそういう定義が必ずしも困難ではないようにみえる。(おそらく戦前には、もっと困難でなかったのであろう。しかし、私は戦前の英国を知らない。)

英国の知識人は、一定の教育過程を踏んでいる有名なパブリック・スクールで暮した後、ケンブリッジかオックスフォードで勉強したことのある英国人には一定の特徴があるように思われる。その話すことばには固有のアクセントがあり、そのアクセントは、ロンドンの大衆の俗語コクニーと同じように、英語に熟さない外国人旅行者にも容易にきき分けられる。彼らは一定のクラブに属していて、毎朝特定の新聞（ことに「タイムズ」あるいは、「マンチェスター・ガーディアン」）を読む。鄭重な、ひかえ目な、冷たい態度で人に対し、クリッケットとウェスト・エンドの芝居と国際状勢について多かれ少なかれ英国人のことばで sophisticated な話し方をする。要するに彼らは典型的に「英国的」であるだろう。所謂「英国的」性格は、パブリック・スクールでつくられると、E・M・フォースターも言ったことがある。パブリック・スクールへ行く子供は、良家の子弟に限られていて、一般大衆との接触は少ない。教科の内容も大衆的な学校とは違うから、英国の知識人は、少なくとも戦前にはすでに中学校の課程で、はっきり大衆から隔絶されて育ってきたと言える。結果は、その社会的地位のみならず、言語、生活様式、毎日読む新聞、毎日聞くまたは聞かないラジオ、話題と興味の対象、政治的傾向のすべてにおいて、シティで働く下級の書記や、T・G・Wの組織労働者から、まごう方なく区別されることになろう。

これほどはっきりした知識人の特徴が、どこの国にも見出せるというわけでは決してない。たとえば東京に、英国の、ことに戦前の英国の知識人の集団が存在するかどうかは大いに疑問である。少なくともそれほどはっきりしたものはないだろう。たとえばジャーナリズムについて、東京には知識人専用の日刊新聞俗にクォーリティー・ペーパーといわれるものがないということは、周知の通りである。また、知識人に固有のことばというものもない。単語の使い方や言い回しにある程度の特徴があるにしても大阪弁と東京弁との違いというほどの違いは、まったくない。ウェスト・エンドの劇場に相当するものも東京にはない。その代わりにあるのは映画館であって、そこでは上は天皇一家から下は日雇い人夫一家に至るまで、同じ写真を観るのである。違いは小屋の良し悪しにあるので、興行物の内容そのものにあるのではない。内容そのものは、どうせ米国製の活劇を主としている。無論職業上の理由に基づく知的活動の領域では、技術者、役人、自由職業家の一部は、大衆の大部分から区別される。しかし、職業的知識の範囲を越えて、一般に知識人なるものの特徴を問題にするとすれば、東京の知識人の限界は、英国の場合よりもはっきりしていない。

そのことは、またたとえば、次のような些事にもあらわれている。B・B・Cの第三番組の音楽は、明らかに同じB・B・Cの大衆番組の放送する音楽とは、違っている。一方では曲目の選び方に音楽史的観点からの考慮が働いているが、他方には当然そういうことがない。第三番組を聞く人は、無論多くはないが、とにかく一定の数に達し、その一定の数は、無論音楽専門家の数よりは多いだろう。すなわち、職業上の理由からでなく、職業以外の領域で、音楽に対する態度の一般大衆と違う人々があるということである。その人々の文学に対する興味もまた、ある意味で大衆と違うだろうし、社会問題に対しても同じような違いがあろう。現に第三番組は、音楽のみならず独特の朗読や芝居や話から成り立っている。そういう第三番組を聞く人々が、ロンドンでは、比較的一定の社会的集団に集中しているという印象を受けるのである。私はそれが結構なことだといっているのではない。結構であるかないかは別問題として、そういう事実があるといっているのである。その事実は、簡単にいえば、ブルジョア文化ということである。

しかし第三番組が日本で放送されたとしたら、聞く人があるだろうか。無論あるに違いない。しかも必ずしも少なくはないだろう。（ロンドンにはスノビズムがあるが、東京にはまた独特の好学心がある。）しかし、東京ではそういう連中が一定の職業、身分、社会的な集団に集中しているという印象は受けない。そこがロンドンと違うところである。たとえば、文士の中に、安月給取の中によりもいくらかましな音楽的教養を備えた人々が多いだろうという想像は成り立つまい。調べて見たわけではないけれども、音楽に関する限り、現にそういう私自身がその良い例にちがいなかろうが、文士を特に知識人としてミイちゃんハアちゃんから区別する理由は、なさそうである。文芸批評家のなかにはピアノを弾く人があるにちがいない。しかし、それは例外であり、そういう例外は無論文芸批評家の仲間より女学生の間に多いだろう。何も文士に限らない。事、音楽に関する限り、たとえば、医者についても同じことが言えそうである。医者の大部分は勿論美空ひばりに熱狂していないが、それは、音楽的に不満だからではなく、熱狂する年頃を過ぎているからにすぎない。

酔っぱらって歌を歌えば、「お富さん」以上のものは、十度に一度も出て来はしないだろう。しかし、何も音楽だけが問題なのではない。音楽的知識人が存在しないとしても文学的知識人は存在するかも知れない。しかし、それもまた学校教育の程度、職業的知識の複雑さの度合、社会的地位その他とはほとんど関係なく、社会の各分野に散在しているように思われる。文学について、たとえば大臣は、捕物帖以外に興味がなく、医者は週刊雑誌以外に何も読まず、ピアニストは、漫画の絵本以外にあまり本というものに関心をもたないだろう。つまり、たとえばB・B・Cの第三番組がちょうど手頃の娯楽であるような聞き手の層は、東京ではまとまった形ではどこにもない。しかし、まったくないのではなく、あらゆる役所、会社、病院、学校等、そのあらゆる身分と社会的地位に散在しているという事になるだろうと思う。

東京をロンドンと比較すれば、そうなる。しかし、パリやニューデリーやニューヨークと比較すればどうなるか。それぞれ違いがあって断定することはむずかしいにちがいない。しかしそういうところではおそらく知識人がロンドンほどにはまとまっていない。しかし東京ほどには散らばっていないということになるのではないかと思われる。ここでそういう比較に詳しく触れることはできない。私の目的は、東京の知識人、つまりわれわれ自身の特徴をはっきりさせることであり、そのためには外国との比較のこれ以上に詳しい追究は好奇心の対象として以外にあまり大きな意味を持たないだろう。

要するに、英国の例に従って知識人の像を描き、相当するものを日本に求めると、およそ似たものが日本にもある。しかし、その在り方が英国とは大いに違って、社会の各階層、身分に散在しているということになる。その理由は、少なくとも戦前の英国と比較する時、日本の教育制度が民主的であり、文化の一階級に独占されることが少ないからであろう。しかし、理由はそれだけではなく、その他にも、いくつかの要素が働いているにちがいない。その点について、のちに触れたいと思う。とにかく、日本には、知識人の名ばかりでなく、実があるというところから私の話は出発する。

ジャーナリズムについて

日本には、知識人のための日刊新聞がないということは、知識人を目当てとするジャーナリズムがまったく発達していないということではない。若干の月刊雑誌は、無論英・米・仏の日刊のクォーリティー・ペーパーの発行部数には及ばないが、そういう国での月刊雑誌より比べものにならないほど大きな読者を持っている。私が、言いたいのは、総合雑誌のことだ。政治経済の問題を主とし、併わせて人事百般に及ぶ総合雑誌なるものは、日本のジャーナリズムの独特の発明であって、外国にはない。そのおもな機能は、大衆的な日刊新聞に期待できない資料の提供と、それに基づく綿密に考案された世論の形成である。たとえば、最近の総合雑誌はいずれも東欧の情勢に関連して発表された「北京人民日報」の論文を訳載している。大衆的な新聞には、登山や南極探険、オリンピックや火事や泥棒のお蔭で、そういう長い論文を載せる紙面がないからである。簡単に言えば、総合雑誌の機能の一つは、明らかに外国のクォーリティー・ペーパーの代用ということである。誰がそこに書き誰がそれを読むか、その実体をまとめて摑みにくいということは前に触れた通りである。しかし、ジャーナリズムそのものを中心として問題を眺めれば、社会全体の中のその役割をある程度までは想像することができる。(勿論日刊新聞と総合雑誌とを分けて考えるのは、いささか図式的な便宜上の手段にすぎない。日本の三大新聞は、外国の所謂クォーリティー・ペーパーと較べれば、明らかに程度が低く報道の不充分なものである。しかし、大発行部数の新聞として世界に稀に見る程度の高いもので、総合雑誌との区別は必ずしも常にはっきりしたものではない。)

知識人の社会的役割について、英・仏と日本とを比較し、私は次のような図式を説明したことがある(「ある旅行者の思想」)。今その要領を繰り返せば、英国では知識人が、政府・議会・経済界の上層部と密接につながり、一般大衆と断絶している。仏国では、逆に断絶がむしろ社会の上層部との間に強く、知識人は大衆とつながっている。日本では、上下から断絶して、比較的孤立の状態にある。少なくとも、ジャーナリズムに現われた限りの世論の動向とその影響力とを標準として考える限り、およそそういうことになるだろうと私は思う。

たとえば、スエズの事件にも典型的に見られた通り、「マンチェスター・ガーディアン」の論説の反対は、英国の政治に影響があった。もし「タイムズ」が同調すれば、影響力はさらに大きくなったであろう。しかし、「モンド」の長年にわたる批判にもかかわらず仏蘭西政府は、インドシナ戦争をあれほど長く続ける事ができた。外国の批評家が「ケー・ドルセーの新聞」という「モンド」でさえ、M・R・Pのケー・ドルセーへの影響力が、「タイムズ」の保守党内閣に対するほど大きかったとは思えない。しかしそのとき「モンド」は、ある意味で広く民衆の声を代表していたのである。大衆は新聞を読んでいたわけではない。しかし、大衆の中に気分として漲っているものを新聞の社説は、筋道の通った理屈に仕上げていたと言えるだろう。もっと極端な場合は、サルトルのインドシナ戦争弾劾にみられる。彼とその仲間は、組織の上で大衆とつながってはいなかった。しかし、一つの戦争について彼のとった態度の方向は、大衆の広い層が向いていた方向からあきらかにそれてはいなかった。サルトルは、大衆感情と同じ方向に沿って論理を綿密にし、議論を尖鋭にしたのである。方向そのものが反対であったのは、M・R・Pの外交政策であった。私が、仏蘭西の知識人の下とのつながり、上との断絶というのは、およそそういうことである。

ところが日本の総合雑誌に圧倒的な意見は、政府にも議会にも財界にも、ほとんどまったくなんらの影響も及ぼさないと言えるだろう。その意味で日本の知識人が、英国の知識人よりも無力であるということは否定することができない。しかし、大衆の意識の傾きをどこまで総合雑誌の議論が踏まえているか、その程度については、また到底、仏蘭西の場合と較べものにならない。砂川の事件があったし原水爆反対の気運がある。その気運は、総合雑誌から新聞にまで反映しているが、そういうことは、まだ始まったばかりである。

しかし、大衆と知識人との結びつきを細かく分析することには、さしあたって困難がある。なぜならば、日本の大衆の動向そのものに、まだ摑みにくいところがあるからである。私は、インドシナ戦争についてのサルトルの例を引いたが、インドシナ戦争に関する仏蘭西の大衆の動向は、摑みにくいどころか、実にはっきりしたものであった。旅行者は知らず、たとえ外国人にしても、その国に住む限り、あらゆる機会に感ぜざるをえないほど、大衆の方向はきまっていた。(むろん世論調査にもその結果は出ていた。)それほどはっきりした大衆の気分、動向、世論の傾きが、たとえば、日中関係・日米関係について、日本の国民大衆にうかがえるかどうか——少なくとも今までのところではうかがえなかったという他はない。もし大衆の方向がはっきりきまって来るとすれば、それはこれから先の問題になるだろう。大衆の心が、いや応なしに一方へ傾くに及んで、はじめて、その傾きに対する知識人の態度の問題もはっきりしてくるはずなのである。

年齢と性について

しかし、日本の知識人の特徴は、その生理的条件にも表われているように思われる。その第一は年齢であり、その第二は性である。

私は、すでに知識人の社会的孤立、支配階級に対する影響力のなさと同時に大衆との断絶について、示唆した。しかし、それ以上に日本の知識人の孤立は、年齢に表われている。もし総合雑誌の役割が、英・米・仏の所謂クォーリティー・ペーパーの役割の代用をしているとすれば、日本でその読者層が若いということは、驚くべき事実である。またたとえば、東京は、みずからたくさんの管絃楽団をもち、一流の演奏家が、度々公演をするという意味で世界中にいくつもない大都会の一つであるが、そのすべての演奏会の聴衆が圧倒的に四十歳以下、ことに二十台を主としているという点でも、他に類例のない都会である。能や歌舞伎を除く、所謂新劇の観衆についてもまったく同じことが言える。京都にある日本の古典的美術を見物する人間の大部分は二十台であるどころかそれ以下の高校生ないし中学生を主としている。このような現象はおそらく世界中のどこにも見られない。もし知識人の知的活動を高級なジャーナリズム、特定の音楽や劇の享受、自国の古典文化に対する接触というようなことによって測ることができるとすれば、日本での知識人は、その大部分がまったく若いということになるだろう。これは、日本の知識人の第一の特徴である。

その若さから、到るところに独特の雰囲気が生れるのは、当然である。たとえば新劇の劇場は、一杯飲んだ後に芝居を楽しむところであるよりも、協力して何かを理解し、何かを学ぼうとするほとんど教室に似た場所である。私は、アヌイの芝居をパリで見たことがある。笑うにつけ、ほろりとするにつけ、どっちもふんだんにあるのが本来のアヌイかと思われるが、一杯飲んだあとで女友達と一晩を楽しむためには、この上もなくよくできた芝居だと思われた。周知のように、その芝居の内容は、いい加減の歳の、いくらか経験を持った中産階級の男女の楽しみに適した、深刻でない複雑さ、微々な軽薄さ、しかし同時にまた一片の真実を備えている。しかし、勿論、そこに格別の新しい人生哲学があるわけでなく、激しい思想的な主張があるわけでもない。要するに話の半分は冗談である。初めから終りまで冗談では冗談として有効でないということを心得た上で、半分冗談になっているものだ。それが東京の劇場で哲学になるのは、不思議な因縁だろう。仏蘭西はあまりに遠いからか。それもあるにちがいない。しかし、それだけではなかろうと私は思う。要するにアヌイの世話物と、血気にはやる青年の間には、どうしても折り合わない部分があるのだ。雰囲気が違うのは、観衆の年齢が若いからである。もし、アヌイの代わりにシュトラウス＝ホフマンシュタール合作の歌劇をとれば、雰囲気の差はいよいよ大きくなるだろう。私は、東京で「薔薇の騎士」を聴いたときに、衣装、装置の立派なのに感心し、音楽そのものにあまり感心しなかったが、そんなことよりも驚いたのは、その全体の雰囲気であった。舞台は健康で溌剌としていた。聴衆も、昼間、機械体操をやって夕方、そこへ駆けつけたという風で、若く、溌剌として、活気に満ちていた。この健康な機械体操的雰囲気と「薔薇の騎士」ほどかけ離れたものが世の中にあろうか。私はそれを批難をしているわけではない。それどころかあの「薔薇の騎士」をさえ、健全で無邪気な家庭劇に変じてしまわずにはいない日本の青春の活力に、ほとんど讃嘆の念を感じるのである。

しかし、勿論、知識人の問題が劇場の雰囲気にだけないことは明らかである。学生が、日本を蔽う外国の軍事基地に反対した時に、批評家の一部は、それは学生の本分ではなかろうと言った。また、さらに別の批評家は、オックスフォードやケンブリッジの学生ならばそういうことはしないだろうと言った。しかし、日本の知識人は、英国の知識人よりも若い。英国では、学生は明らかに知識人の小さな一部分にすぎない。しかし、日本では、重要な部分である。英国の学生が、黙って見ているかも知れないことを日本の学生が黙って見ていないということほど、当然なことはなかろう。日本の知識人は、社会の各分野に散在していると私は言った。しかし、いくらかまとまりがあるのは学生の一部である。日本の知識人に関わるあらゆる問題について、学生の演じる役割の大きいのは、理解に困難なことではあるまい。

とにかく日本の知識人の若さは、その一途なまじめさ、一種の健康さにあらわれている。それればかりでなくまた、おそらく新しいもののすべてに対するその進取的な態度にもあらわれているだろう。外国の文物に対して、この国の知識人は閉鎖的でない。盛んな知識欲があって、研究し、受け入れ、学ぼうとする気構えがある。しかし、そのような態度は、確かに、若さによるとしても、若さにだけよるものではないだろう。しかしそのことには、あとで触れる。また併わせて、そのような傾向の積極的な一面が同時に、消極的な面を含んでいるということについても、あらためて触れたい。消極的な面とは、外国の文物に対する知識の貧しいということであり、すべて新しいものに対する関心の鋭さに較べて、古いものに対する歴史的な感覚の鈍いということである。しかし、消極的な面を強調するあまり、積極的な面を忘れるのはまったく正当でない。私は、ここで、何よりも先に、日本の知識人の若さが、それ自身大いに積極的な面を含んでいるということを強調しておきたい。

しかしその上で、若さそのものに伴なう消極的な一面についても一言触れておく必要はあるだろう。なぜならばそこに、ある意味で、日本における知識人の問題の出発点があるからである。現に、特定のジャーナリズムを消化し、多くの文化活動を支持している層が、二十台に多い、あるいは少なくとも四十歳以下に多いという現象は、単に世代の相違によって説明できるものではない、多かれ少なかれ、現在の事情は、戦前にもそのままあった。そこで、唯一の可能な説明は、青年時代に知識人であったものが、一定の年齢に達して、そうでなくなるということ以外にはない。いや今さら強調するまでもなく、読者の身辺には、おそらくそういう実例が無数にあるはずだろう。学生時代には、哲学の本を読み、大学を卒業して、会社に勤め出したはじめのうちは、「世界」か「中央公論」を読んでいたが、今では週刊雑誌以外に何もよまなくなったという類である。なにも会社に限らない。役人にも、その他の職業にも、およそ東京の大学卒業生にして、こういう例はいくらもあるだろう。どうして今は週刊雑誌しか読まないのか、どうして今は「平均律洋琴曲集」よりも、「お富さん」の方が聴いておもしろいのか。当人の与える説明は、人によって違うようである。たとえば、ある会社員は、仕事が忙しく、家へ帰ると「むずかしい本」を読めないほど疲れてしまうという。またある役人は、宴会で歌うのに、平均律洋琴曲集ではどうにもならない、そんなものを聴いていたのでは、とても付き合いができないと言う。しかし、また、もう少し居直ってこういう人もある。責任は、「中央公論」や「世界」の側にある。実生活に経験を積むと、そういう学生じみた雑誌の議論を読むのは、馬鹿馬鹿しくなると。また逆に、昔をなつかしむ人もある。ろくに本も読めない今の境涯はつまらない。もうこうなってはだめだというのである。しかし、こういう説明のすべては、その男の問題として、いくらかの真実を含んでいるとしても、大部分がまちがっている。初めの二つの説明では、問題が当人の責任ではなく、会社や役所の責任ということになっている。しかし、同じ会社、同じ役所にも「むずかしい本」を読む人がいるのだ。そういう連中の仕事が、格別、閑なわけではなく、付き合いが特に悪いわけではないだろう。会社や役所には特定の条件があって、それは知的生活に不都合だろうが、それを不可能にするほど絶対的なものではない。どうしても当人個人の問題が残る。一方、「中央公論」や「世界」が、実生活を離れた学生風の議論に満ちているという説明は、気休めのごまかしにすぎない。私は今の総合雑誌にそういう傾向がないとはいわないが、それならば、何が実生活に即し、「学生風」でない「大人」の議論に満ちているのか、大いに疑問だと思う。まさか週刊雑誌ではあるまい。問題は当人自身以外にはない。しかし当人自身の問題としては、昔を懐しんで、今の境涯を儚むということにすぎないとすれば、そんなことに私は同情しないだろう。第一それでは説明になっていない。

ほんとうの説明は、一つしかなかろうと私は思う。学生時代及びその後の一定の年齢の時代に、多くの青年が知的活動に従い、一見知識人の大群を作っているように見える。しかしその大部分は、しばらくすると特殊な専門的領域での仕事以外に、その知的活動をほとんど全面的に停止する。その根本的理由は、決して仕事が忙しいとか、付き合いがどうとかいうような外面的なことではなく、若い時代の活動そのものが、つけ焼き刃であり、なま半かであり、何一つ確かなものを捉えていなかったという事実そのものにほかならない。会社にはいってからの週刊雑誌的話題が、付き合いのためならば、学生時代の総合雑誌的話題もまた付き合いのためだったろう。変ったのは表面だけで、根本は変ったわけではない。はじめから同じ地金が出たというだけの話で、何もおどろくことはないのだ。地金はめったに変らぬ。変るとすれば、ほんとうの意味の教育または一種の回心によって変るので、学生同志または会社員同志の付き合いなどで変るものではない。

しかし、勿論、すべての青年が、一定の年齢に達するとばけの皮のはがれるほど浅薄な仕掛けで動いているというわけでは決してない。残るものは残る。たとえ会社が忙しくても、たとえ、役所のあとに宴会が毎日続いても、たとえその宴会でどれほど芸者と昵懇になったとしても……。世の中のすべてが、芸者との付き合いから成りたっていないということを理解するためには、本来、あまり沢山の知性を必要とするわけではなかろう。年齢によって左右されない知識人というものがある。それが本当の日本の知識人であって社会の各方面に散在していることは、すでに強調した通りである。若い知識人の大きな部分は、残念ながらみせかけにすぎない。しかし、見せかけもこれほど大掛りになれば、それなりに妙に先走った、しかし、一種の活気に満ちた社会現象になるであろう。

しかし、私は先を急がなければならない。年齢の次に、性別について一言しよう。結論から先に言えば、西欧諸国と比較する時に、(また、無論米ソ両国と比較する時に)、日本の知識人は圧倒的に男に偏っている。ある統計によれば、労働人口の中に女性の占める比率は、現在の日本で、現在の西欧諸国と大差がない。ところがまた別の統計によれば、婦人の平均賃金の男の平均賃金に対する比率は日本では、どの西欧諸国でよりも低い。ことに比較的婦人の平均賃金の高い仏蘭西と比較すれば、日本の婦人の平均賃金の男の平均賃金に対する割合は、仏蘭西での割合のおよそ半分にすぎない。それだけのことからも、日本での婦人労働がいかに非熟練肉体労働に偏っているかということを想像できるであろう。

一方また、一目見て明らかなように、知的職業の責任ある地位に、西欧では、かなり婦人が多いが、日本ではほとんどいない。私は、英仏の医学研究所の一部を歴訪したことがあるが、かなりの数の研究室主任は、女性であった。しかも、大学の医学部は、女子学生の数のもっとも少ないところである。パリ大学の例をとると、文学部では逆に女子学生の方が男子学生よりも多い。したがって、文学部系統の学校の教師、研究所員、美術館の館員、ジャーナリズム等には、医学の研究機関よりもはるかに婦人が多いのである。簡単に言えば、西欧の知識人の一部分は明らかに婦人から成っているが、そういう事情は日本にはみられない。大学の男女共学は、まだ始まったばかりであり、女子学生は大部分の分野でまだ例外にすぎないからである。

またそのこととおそらく関連して、日本には、外国にはない婦人雑誌というものがある。外国にも婦人雑誌がないことはないが、それは、婦人服や家事について、実際的な知識を提供するものであり、それ以上のものではない。それだけを読む婦人は多いだろうが、それは、新聞以外に何も読まない男性が多いのと同じことである。もし、知的欲求があるならば、西洋では、男も女も同じ本を読み、同じ雑誌を読む。たとえば、サルトルがその主宰する雑誌で共産主義を論じ、シモーヌ・ド・ボーヴォワールが反動思想家を論じたとすればそれは、どちらも男女の性別に関係のないことが明らかであろう。その雑誌に興味を持つかどうかは、当人が男であるか女であるかによってではなく、どれだけの知的訓練を経て来ているか、あるいは、どういう階級に属しているかによって決するのが当然である。一方に総合雑誌があり、それが主として男性の読者を対象とし、他方に婦人雑誌があり年中恋愛と結婚について特集をしているという現象は、知識人即男性、女性即恋愛と結婚専門家ということを前提として考えない以上、どうも理解することのできない現象であろう。

私は、日本の事情が西欧の事情に近づくことを必ずしも望ましいと考えているわけではない。しかし望むと望まざるとに拘らず、おそらく徐々にそういう方向に沿っての変化が日本にも起りつつあるし、その変化はもっと先へ進むだろうと考えている。私はそれを傍観するだろうが、ひそかに期待することもなくはない。遠い先のことで話が空想的になるが、私の期待するのは、もし知識人の中に婦人の占める割合が相当の大きさに達すれば、それによって、良い意味での保守的傾向が、われわれの知的活動に付け加えられるかも知れないということである。そうなるだろうという確かな根拠はむろんない。しかし、歴史を振返ってみるとそうなるかも知れないと想像する理由があるように思われるのである。しかしそう簡単にはゆかないかもしれない。いずれにしてもそういうことのすべては、確かでない将来に属する。さしあたっては、日本の知的活動に婦人の寄与が少ない。それが日本の知識人一般の特徴の一つだということにはなるだろうと思う。

話しぶりについて

例外はいずれの側にも沢山ある。それを認めた上で、しかも私には、西洋の知識人と雑談する時と日本の知識人と雑談する時とでは相手の話しぶりに単に個人的とは言えない相違があるように思われる。その相違は、ある時期に西洋人と話し、また別の時期に日本人と話して、その漠然とした印象を比較することによっても感じられるが、また、東京で西洋人に出会い、西洋で日本人に出会う場合にもはっきりと感じられる。少数者を除外して大多数を取り、小異を捨てて大同につくとすれば、日本の知識人の話しぶりの特徴は、私の印象の限りでは、およそ次のようにいえるのではないかと思う。

第一に、少なくとも英仏の知識人と比較する時には、専門家が専門以外の領域の物事に示す関心が、限られているという印象を受ける。ある英国人は、知識人を分類して、二つの型に分けた。その二つの型は、夏休みのスペイン旅行からロンドンへ帰っての話しぶりによって区別される。すなわちファシズム、労働者の貧困、マーシャル・プランの失敗等について語るのが第一型であり、荒涼たる南国の自然、回教寺院のアラビヤ芸術とスペイン・ロマネスクの建築について語るのが第二型である。要するにスペイン旅行から帰った英国の銀行員と話すときには、社会問題か、建築かどちらかの話題を摑えれば、大抵間にあうということであって、どっちを持ち出してもまるで受けつけないということは少ないということになるだろう。しかし、日本の銀行員の場合には、スペインの宿屋で麻雀をしたその勝負の他には、夏休みの出来事をいっさい覚えていないという場合がないとは言えない。そういうことは、銀行員としてもっとも優秀な銀行員について、ヨーロッパでは稀だが、日本では稀でないように思われる。

第二、しかし、もし日本の銀行員が、銀行業務以外の、また麻雀とゴルフ以外の話に興味を示すとすれば、英国人のいう知識人の第二型は少なく、第一型が圧倒的に多いだろう。日本では専門領域以外に向っているということになる。周知のように外国での日本は、主として、その芸術によって知られているから、これは一見不思議なことである。もし、私が、外国人であるとすれば、日本の知識人の問題が、圧倒的に社会問題であって、芸術ではないということに驚かざるをえないだろう。しかし、私は、日本人であり、なぜそうなるかという理由を知っている。その理由は深く、たとえすべてが望ましいものではないにしても、大部分は少なくともやむをえないものである。そのことには、あとで触れよう。

しかし、第三に、一度社会問題が話題となり、したがってまた話手の政治的な立場が明らかになると、多くの場合にその立場は、実際的であるよりも理論的であり、具体的であるよりも抽象的なことが多い。この点に関する非難は、いわゆる進歩的知識人に対して、今までにもすでに繰り返されて来たから、ここでは繰り返さない。しかし、この特徴が必ずしも日本的なものではないということについて、一言しておく必要はあるだろう。同じような傾向は、ある意味では、米国にも見られるし、また別の意味で仏蘭西人にも見られる。英国と比較する時にだけ、日本での議論の抽象的な特徴は目立つのである。別なことばで言えば、こういう観点から知識人の民族的特徴を論じるのは、英国について便利であり、日本については、それほど便利でない。また、そればかりでなく、日本での事情が、英国と違うのは、それなりの理由があるからであって、その理由を分析せず、結果だけをみて、日本の知識人の態度を批判してみてもあまり意味はなかろうと思われる。

第四、教養の背景について言えば、日本の知識人の教養は、驚くほど国際的である。たとえば、仏蘭西の文学者の中に、日本の大学生ほど露西亜文学について詳しい知識を備えている作家が、何人いるか疑わしいだろう。文学だけについて見ても日本ではカミュとイリア・エレンブルクとヘミングウェイとグラハム・グリーンがそれぞれ何万人によって読まれている。そういう国は他にはない。外国文学の翻訳は、ヨーロッパ各国の間では、無論日本でよりも盛んである。しかし、読者は、それほど多くはない。文学者以外にカミュとエレンブルクとトーマス・マンとを同時に引用する知識人は、英国には、少ないだろうと思う。しかし、東京では、少なくない。世界文学全集というものが幾通りもあり、それを読んで知能を磨く習慣があるのだ。世界の文学芸術に対して、このように大きく窓を開いている東京の知識人の態度は、決して不都合なものではなく、却って意義の深い、または、少なくとも他に意味の深いものになりうる態度だろうと思われる。しかし、それには、消極的な面もあるということをみとめなければならない。

すなわち第五に、総じて東京では自国の文化についての積極的な興味が、うすいように思われる。仏蘭西人は、ドストエフスキーを読んだことがないかも知れない。しかし、仏蘭西中で一番美しい焼絵ガラスがいつ頃できたか、今どこにあるか、ということをほとんど確実に知っている。もしそういう仏蘭西人が、東京に来て、大学生と話をすれば、日本の大学生が「反抗的人間」と「カラマーゾフの兄弟」の両方を読んでいることに仰天し、同時に、その同じ大学生が、日本の彫刻の傑作がいつできたか、今どこにあるかを知らないということに、もう一度仰天するであろう。そこで広い視野を持つ東京の大学生が、パリの知識人よりも優れていると断定するわけにはいかない。この場合の問題は、おそらく民族主義というようなことではなく、文化の歴史的持続に対する感覚とでもいう他はない。法隆寺は、信仰と文化の中心として一度死んだ後に、名所となった。シャルトルの伽藍は、一度も死なず、今日まで生き長らえている。それは、シャルトルが見物旅行の名所であるということとはなんの関係もない。現在の仏蘭西文化は、団体見物旅行の上に建てられたものではないからである。そういうことのすべては、知識人の話しぶりにもおのずからあらわれるだろう。あるいは、浅く、あるいは深く、あるいは軽く、あるいは軽薄に、あるいは実感にあふれたことばとして、しかし、いずれにしても、根本には一つの事実があるのだ。自国の文化に対する無関心は、それ自身大きな問題ではない。理屈を考えれば、関心を惹き起すこともできるだろう。アジア諸国には、澎湃として民族主義の波がある。日本としても黙ってはおられぬという類の自覚である。しかし、文化を歴史的持続として感じる感覚そのものは、それが感覚である限り、当然理屈を越える面を含むのであって、当方の覚悟次第でどうにでもなるという風に簡単には行かない。そのどうにもならぬ面にも日本の知識人の特徴が出ていないとは言えないように思われるのである。

第六、しかし、おそらく以上述べた特徴の自覚の結果、または、その他の事情により、日本人同志の接触では目立たず、外国人との接触の場合に目立って現われる特徴がある。それを私は劣等感ということばで断定しようとは思わない。（そう断定するのは一種の解釈であり、おそらく単純化しすぎた解釈である。）しかしとにかく、事実の問題として表に現われたところの、一種の自信のなさは、はたから見ても感じられるのである。無論こういう特徴は、職業上、またはその他の理由で、西洋人との接触になれた人間には見られない。また、数の少ない観察だが、農家の人々には著しくないようである。問題の傾向は、主として都会人、都会人の中でも主として知識人に感じられることが多い。ロンドンやパリのような西洋の大都会には世界中の人間、アメリカ人、日本人、シナ人、インド人、アラビヤ人等が集まって来る。その中で日本人が目立つのは、なぜだろうか。私は、ここではその理由には立ち入らない。しかし、日本人が目立つという事実、目立つ点が一種の自信のなさであるという事実だけを、楽しくない想出だが、想出として記録する。

外国人との比較から、私が日本の知識人の特徴として感じる幾つかの点は、およそ以上にあげた通りである。その間にはむろん関連があるだろう。またそういう特徴を生じた理由もある程度までは理解することができるだろう。しかし、私はここでそういう問題のすべてを細かく分析する事はできない。私が触れようと思うのは、すでに述べて来た一つのことである。すなわち知識人全体としての社会的な立場である。

社会的立場について

チェホフの芝居は、不思議な芝居である。日本で観ると赤毛のかつらをかぶった役者が出て来ていかにも、西洋の芝居らしく見える。西洋で観ると内容がいかにも西洋的でなく、東洋的と言わないまでも少なくとも西洋とは別の世界の出来事だという気がする。簡単に言えば、露西亜が極東と西欧との間にあって、どちらにも属さないという地理的条件の反映にすぎないかも知れない。しかし、どうもそれだけではないような気もする。晩年のチェホフは、ナロードニキの弾圧されたあとの暗い時代に生きていた。彼の芝居の中に登場する中産階級・知識人には、つき破ることのできない壁に囲まれた暗い孤独の影がある。意識的には、帝政権力に対立し、社会的には、抑圧された階級、農奴との具体的な接触を持たなかった彼らの議論が抽象的になりがちであったことは想像に難くない。

彼らの存在そのものがすでに抽象的であった。社会的な孤立は、必然的に、彼らの善意を観念的にしたはずであろう。しかし、おそらくそれだけではなく、当時の露西亜の知識人の教養も、多分に西欧的であり、その意味で大衆の感情との間に越えがたい溝があったであろう。トルストイの小説に現われる貴族たちは仏蘭西語を喋っているが、チェホフの登場人物の一部は、時々独逸語を使っている。そういうことは、われわれにツルゲーネフとドストエフスキーとの対立、またさらにチャイコフスキーと露西亜国民楽派との対立を想出させる。いずれにしても当時の露西亜には、西欧にない問題があった。それは一段に知識人の西欧化の問題である。

帝制治下の露西亜と明治以後天皇制治下の日本との間にどれほど大きな違いがあるかは今さら言うまでもない。しかし、日本の社会に、どういう西欧社会よりも革命前の露西亜に近い面のあることも事実であろう。少なくとも、知識人の社会的孤立、さらにその教養の背景を主として西欧文化に負うということから起らざるをえない精神的孤立に関してはそうだろうと思う。露西亜の帝制は、そういう知識人を自己の目的のために組織することに失敗し、日本の天皇制は、ほとんど完全に成功したのである。ことに太平洋戦争の直前、日本の学者のほとんどすべては、その教養の背景の如何を問わず、天皇制を支持し、皇軍のいくさを熱狂的に支援した。知識人の多数が天皇制支配体制という反民主主義的な機構の批判者として現われたのは戦後のことにすぎない。

しかし、それにしても戦後の歴史は十年に及んでいる。その十年間の変化の大部分は、忽ちもとへ戻りうるものにすぎないだろうが、おそらく永久に消すことのできない変化もまたすでに起ったのである。そのもとへ戻らぬ種類の変化は、主として、天皇制、家族制度、基本的人権に関わっているだろう。私は、将来の日本で基本的人権が、ふみにじられないだろうといっているのではない。ふみにじられるかもしれないが、ふみにじられる場合には、ふみにじられているということを意識する人間が、戦前より多いだろうと言いたいのだ。周知の通りファシズムは、所謂、民主主義的な社会の以前に起ったものではなく、以後に起ったものである。基本的人権は、一度尊重され、時と場合によっては、その後に再び無視され、反故にされ、縦横にふみにじられた。一度人権を主張するのは一つのことであり、再びそれをふみにじらせないようにするのはまた別の一つのことである。しかし、将来を語るのは、当面の目的ではない。

明治の天皇制権力は、文明開化の必要を痛感していた。急速に官吏を養成する必要があり、大規模に技術を輸入する必要があった。すなわち明治政府は官立の高等学校を作り、それぞれの目的に従って文科と理科とを分け、官立大学をつくって能率的な教育を実行した。その成果が驚くべきものであったことをわれわれは知っている。有能な役人と技術者が養成され、組織された。知識人の動員は、何も戦時に限られたことではなく、明治維新以来、敗戦まで大筋としては一貫していたといえるだろう。理想が富国強兵にあるとき、どうして役人に音楽を聴く必要があろうか。また技術者に社会問題を考える余裕があろうか。世界最大の戦艦を造った日本の技術者は、小説を読んで自ら楽しむどころか、一台の乗用車さえ国民のために作る余裕がなかったのである。専門領域以外の人事一般に対して知識人の関心がうすいのは、富国強兵をめざして行われた知識人の動員が徹底していたということであろう。

大部分は動員されていた。しかし、勿論全部ではなかった。そして、敗戦とともに当然、戦前の少数者は、その数を増したのである。しかし天皇の名のもとに富国強兵の理想を無条件に受け入れないとすれば、意識的にそれを批判しなければならない。日本の知識人の関心が、専門領域の技術問題以外に出る時には、主として社会問題へ向かうのがまったく当然だろうと思われる。東京の知識人は、宗教を語らない。個人の生と死、罪と罰、また救いの問題は、今ではほとんど例外的な少数者の注意しか引かなくなっている。芸術は娯楽にすぎない。しかし娯楽としては、むろん活動写真の迅速簡便に及ばないだろう。

教養の内容について言えば、明治以来の日本の大学の伝統は、一切をよく象徴している。医学部や工学部や法学部の教授は、その講義の途中に英語や独逸語の単語を用いることで学問的雰囲気を作りあげることに巧みであった。事はもとより枝葉末節にすぎない。大学の教授の能力は、総じて、非常に秀れたものであって、さればこそ日本の技術も今日まで発展して来たのである。学問にとって教授が外国語を好もうと好むまいと大きな問題ではなかった。しかし、その枝葉末節に現われている心理的傾きそれ自身は、必ずしも枝葉末節ではない。その心理的傾きにある限り、日本の学問がどれほど西洋の水準に近づいても、おそらく全体としてそれを抜くことはないだろう。それは学者の責任ではない。広く知識人全体の問題である。

自国の文化に対する関心は、度々反動を経験しながら、自然確実にうすれていった。しかし、輸入された外国文化の特徴は、そこに歴史的厚味がないということである。新しい技術の輸入を主眼とする以上、当然だろうが、とにかく輸入された限りでの西洋文化には歴史がなかった。したがって、もし日本の知識人に文化を歴史的なものとしてうけとる機会があったとすれば、それは日本の文化との接触を通じてでしかなかったであろう。ところがそういう機会は少なかった。自国の伝統的文化に対する無関心は、そのまま歴史的感覚の鈍さに通ぜざるをえない。ところが、その名に価するあらゆる文化は、深く歴史的なものである。明治以来の日本の思想的、文学的、芸術的貧困の根本的な理由は、おそらくそこにあると思われる。極端な例を一つだけあげよう。それは、明治以後の油絵の歴史である。日本の歴史のあらゆる時代の中で明治以後今日に至る時期ほど独創的な造型美術の貧しかった時代はない。なぜだろうか。おそらく油絵が輸入されて、美術家の才能が主として油絵に消費されたからである。半世紀以上にわたる油絵の歴史は、今までのところ真に独創的な作品を生み出していない。どうして生み出すことができなかったかは、もとより簡単には言えない。しかし、最も重大な理由の少なくとも一つは、油絵の技術とともに輸入された西洋美術の概念そのものにまちがいがあったからだろうと思う。まちがいの性質を、一口に言えば歴史的感覚の欠如である。日本での西洋美術は主として印象派以後の油絵によって代表された。西洋美術を異質の文化的伝統に基づく芸術として、日本の伝統美術に対置し、そこから問題を発展させようとする時に、基本的な西洋美術の概念そのものがこれほど無造作に浅くとらえられていては、話にはなるまい。西洋美術との接触の仕方には、一種の誤りがある。その誤りの修正されない限り、日本への影響は、破滅的な意味しかないということが、今になってははっきりしてきたようにみえる。しかし、それは油絵だけのことではなかった。

蛇足または私事について

私は、日本の知識人の特徴を数えて、悪い点を列挙する結果になったかもしれない。そうなったのは、言うまでもなく、私自身が、その日本の知識人の一人だという意識を持っているからである。もし、英国の知識人について書く機会があるとすれば、私は弱点をあげるよりも美点を数えることに傾くだろう。およそ、他人の弱点はわれわれ自身の利益にはならない。われわれの利益になることがあるとすれば、それは、相手の美点を知って、理解することだけであろう。その程度のことは、私もまた心得ている。あとは礼節の問題である。しかし日本の知識人を全体として論じる時に、私と対象との関係は、礼節の問題ではない。しかし、今はこの点に深入りしないことにしよう。なぜなら、日本の知識人には、しかじかの弱点があり、その弱点は、この私自身において最も著しいと宣言することの効果はあまりにも見えすいているからだ。我が胸をたたいて叫ぶのは、芝居として安上りである。安上りの芝居にひっかかる連中をひっかけることに私は興味を感じない。強いて広告する必要があるのは、自己批判ではなく、即ち私事ではなく、客観的な問題であろう。

しかし、いくらか私事にわたることが許されるとすれば、私のつき合いは、外国人に少なく、日本人に多い。日本人の中でも労働者、農民にいたって少なく、大資本家に皆無で、ほとんどすべて中産階級、ことに知識人である。要するに、私は日本の知識人の中で暮している。またそのことに満足している。どうして私の考える限りでの日本の知識人に美点のないはずがあろうか。無論私自身に即して言えば、そこには第一に外国の知識人との間には考えられない連帯の意識がある。それは、私が日本人であり、われわれの間には、日本人としての共通の問題があるからである。問題と同時に責任も権利もあるだろう。私がものを書く事に意味があるとすれば、それもそういうことを前提としての話である。しかし、それは、日本の知識人の中で暮らすことのよしあし、その長所と欠点というようなこととは関係がない。よくもわるくも動かすことのできない基本的な事実であり、私はそこから出発するのである。むろんその場合に外国との比較は意味をなさない。

しかし、外国との比較が成り立つ範囲でもすなわち自分自身が日本人であるということとは別に、客観的にふり返って見た場合にも日本の知識人の中で暮らすことの良さはあると思う。

その良さをことばで表わすことはむずかしい。おそらく一種の善意の在り方、当たりの柔かさ、またはそこまで言うといくらか言いすぎになるかと思われるが、まだ失われていない幸福に対する一種の感覚ということになるかもしれない。そういう点に注意した批評家を私は日本の国内にも国外にも多くは知らない。私の知る限りそういう観点から日本の良さについて語ったのは、ロベール・ギランである。彼は、ある時、私に日本の民衆の中には、幸福に暮らすことの一種のすばらしい技術があると言った。彼が考えていたのは、東京の知識人ではなく、たとえば、九十九里浜の漁夫である。しかし、私は、その外見の相違にもかかわらず東京の知識人が九十九里浜の漁夫からその人生に対する態度という点でまったくかけ離れたものではなかろうと考える。私は、ギランが幸福に暮すことの技術といった何物かが、東京の私の周囲にも生きていることを感じる。それが言わば西欧の大都会とは違う東京の肌触わりである。その肌触わりは、ある人にとっては欠点であり、ある人にとっては美点であろう。私には、たしかに美点だと思われる。なぜならそれは、東京にしかないものであり、私にとって貴重なものだからである。その他の点について言えば、周知のように資本主義は、国際的な現象であって、あらゆる国の大都会は、あらゆる国の飛行場と税関のように多かれ少なかれ似ているのである。

戦争と知識人

一　十五年戦争

昭和六年（一九三一）から二十年まで、日本帝国は戦争をつづけた。第一に満洲、第二に中国全土、第三に東南アジアと西太平洋全域にわたって帝国は膨脹をつづけ、最後の段階で挫折したのであり、これはあきらかに一貫した歴史的過程であった。

国内的にみれば、同じ十五年間に天皇制を軸とする独特のファッシズムが成立し、成熟した。殊に昭和十一年（一九三六）の二・二六事件以後、国家権力の軍国主義的編成が進み、天皇の神格化が強められ、社会主義および自由主義思想が弾圧され、やがて政党及び労働組合の解散（昭和十五年）、言論・出版・結社の自由の完全な抹殺（昭和十六年の臨時取締令）にまで及ぶ。ここでも過程はあきらかに一貫していた。

その事柄の一貫性は、現在ふり返ってみてあきらかなのではなく、十五年戦争の最後の段階、太平洋戦争のはじまった昭和十六年十二月にすでにあきらかだったのである。したがって太平洋戦争に対する日本国民の態度決定は、同時にそれときりはなすことのできない対中国の戦争、また総じて戦争を計画し実行したファッシズム権力に対する態度決定をも意味したといえるだろう。

ファッシズムと戦争の積極的な支持者はどういう社会層にあったか。丸山真男《まるやままさお》（一九一四―一九六）[註一]によれば、「小工場主、町工場の親方、土建請負業者、小売商店の店主、大工棟梁、小地主、自作農上層、小学校・青年学校の教員、村役場の吏員、その他一般の下級官吏、僧侶、神官、というような社会層」である。「ファッシズムの社会的地盤」であったこの層に対し、いわゆる中間階級のもう一つのグループ、「都市におけるサラリーマン階級、いわゆる文化人乃至ジャーナリスト、その他自由知識職業（教授とか弁護士とか）及び学生層の一部」もあった。つまり知識階級であり、もし階級ということばを避けるとすれば、知識人の層といってもよい。われわれがここで問題とするのは、この知識人層の戦争およびファッシズムに対する態度であり、殊にその精神の内側の態度である。

言葉の定義そのものにより、まず知識人を大衆一般から区別しよう。戦争責任が戦後問題となったときに、戦争に積極的に協力した知識人の側で「一億総ざんげ」ということがいわれたのは、半分の正しさを含むとしても、半分はごまかしだといってよい。それが半分正しいのは、たしかに戦争は国全体をまきこんだのであり、そのなかにみずからもまきこまれたときにだけ、おそらく知識人は大衆との連帯感をはじめて実感したはずだからである。戦争以前、またおそらく以後にも、知識人と大衆との精神的なみぞは深い。戦争を通じてだけ「一億」という言葉に実感が伴いえたという事情がある。しかし知識人の責任を一億の国民のなかに解消させて考えるのは、ごまかしである。「国民はだまされていた」とか「国民は何も知らされていなかった」という説明は、国民の大多数に通用するかもしれないが、知識人には通用しないだろう。大衆は事実「知る」ことができなかったかもしれないが、知識人は「知る」ことができた。後者の場合には、もし何も知らなかったとすれば、知ろうとしなかったのだと考えるほかはない。何をか。もちろん特別の情報や「大きな声ではいえぬ真相」や「ここだけの話」を、ではない。戦争宣伝にみたされた新聞の紙背に、多少の注意力と若干の常識をもってすれば当然よみとることのできるものを、である。殊に太平洋戦争が、満洲事変以来とめどのない冒険に向ってすべり出した軍国主義の結論にほかならないという事実、天皇神格化の時代錯誤とそれに伴うすべての理性的思考の破産という事実は、もしその気さえあれば、知識人の誰にとっても、それを知るための材料は、見事に、完全に、日常茶飯、眼のまえに、遺憾なく出そろっていた。だから「知らされていなかった」といって、あたかも態度決定のための資料・情報がなかったかのように主張するのは、ごまかしである。ここでは知識人の「戦争責任」を論じるのが目的ではない。そうではなくて日本の知識人の戦争に対する態度を内面からあきらかにし、その態度のよって来る理由を考えるのが目的である。しかしその目的のためには、戦争を体験しなかった読者のためにも、知識人が「何も知らされていなかった」というごまかしを、ごまかしとしてはっきりさせておかなければならない。武者小路《むしゃのこうじ》実篤《さねあつ》（一八八五―一九七六）は、敗戦後、戦争中をふり返って、「私はだまされていた」といった。そうかもしれない。しかし「だまされていた」のは、だまされていたいとみずから望んだからである。われわれの問題は、誰かが「だまされていた」ことではなく、なぜみずからだまされたいと望んだかということだ。また誰かが「だまされていなかった」ことではなく、なぜだまされたくないと望んだかということだ。

しかしもちろん戦時中に発表された言論によって、知識人の考えを判断するのには慎重な考慮を必要とする。そのとき言論の自由は全くなかった。少なくとも太平洋戦争の段階では、戦争そのものとファッシズム権力に対する反対を、何らかの手段で公然と表明することは、そもそも不可能であり、無意味でさえあったといえるだろう。問題はそこにはない。（ファッシズムに対する効果的な反対の可能性が問題になるのは、それよりもよほどまえのことである。それはそれとして重要だと思うが、ここではふれない）。しかし明白な反対の意志を表明する余地がなかったということは、ただちに、賛成の意志を表明する余地しかなかったということではない。例外的な場合を除いて、沈黙の余地は最後まであった。ただ例外的な場合にだけ文学者は「聖戦」とかくことを事実上強制されたのであり、またおそらく例外的な場合にだけ戦争についての沈黙が彼とその家族にとっての飢餓を意味したのである。大多数の場合に文学者が「聖戦」とかいたのは、その内心の考えの上でも、戦争に全く反対ではなかったからである。そこに内面の問題がある。言論の弾圧ということから離れた内面の問題、心のなかの自分ひとりの考えとして、一体、日本の知識人が戦争をどう考えたか、という問題が、そこに出てくる。

積極的な支持者は公然と書くことができた。なかでも当時の青年の精神的支柱としていちばん大きな役割を演じたのは、日本浪漫派の人々と、京都の哲学者たちである[註二]。多少とも戦争に批判的な考えをもつ者は、その考えのすべてを表明することはできなかったし、戦争に全く批判的な立場にたつ者は、何も書くことができなかった。しかしたとえばここに戦時中の発表を考慮しない二人の文学者の日記がある。これは戦争の末期、新聞がナチの敗北とヒットラの死を報じたときのことだ。

「五月初三。くもりて風甚冷なり。新聞紙ヒットラ、ムッソリニの二兇戦ひ敗れて死したる由を報ず。天網疎ならず平和克復の日も遠きに非らざるべし」（永井荷風「罹災日録」）。

「五月九日。ドイツ遂に無条件降伏。……私はどうも、ヒットラーが好きになれなかった。英米の謀略宣伝にかかっているのかもしれないと充分反省するのだが、ナチというのが神経的に嫌いだ。これは、私だけではないようだ。……」（高見順「敗戦日記」）。

ナチまたはファッシズムに対する二人の作家の、昭和二十年（一九四五）五月現在での、評価のちがいは、歴然としている。このちがいは、言論弾圧と関係がないし、おそらく情報の多少とも関係がない。したがってまた「だまされていた」や「知らされていなかった」等とも関係がない。ちがいは全く精神的なものであり、思想的なものであるだろう。少なくとも昭和二十年に、そのちがいは、戦争の成りゆきに対してちがった影響をおよぼし得るようなものではなかった。つまり政治的・社会的には意味のないちがいであった。しかしそのことは、それが文学的にも意味のないちがいであったということではない。文学者の仕事は、その時代の国民ではないにしても、少なくとも知識人の精神の内面の問題を語ることである。

日本浪漫派や京都の哲学者は、ファッシズムを積極的に支持していた。永井《ながい》荷《か》風《ふう》（一八七九―一九五九）はその心底ふかくファッシズムを否定していた。ヒットラを「好きになれなかった」高見順《たかみじゅん》（一九〇七―六五）は、その間にある。そして高見順だけではなく、日本の知識人の圧倒的多数は、その間にあったのだ。[註三] その意味で「敗戦日記」は、日本の知識人の戦争に対する精神的な態度のもっとも典型的な要約だといってよいだろう。その一面は、日本浪漫派や京都学派の積極的な支持につながり、他の一面は永井荷風流の徹底的な反対と関係している。われわれは「敗戦日記」をもう少し詳細に眺めることからはじめよう。そこにどういう思考の形式が生きているか。どういう感情の型があり、つまるところどういう精神の構造があるか。その精神の構造と積極的支持者の考えとの関係、また積極的反対者の考えとの関係が、次の問題である。最後にもしその精神の構造が「日本的」特徴を備えているとすれば、歴史的にみてその精神構造の成立した過程を、ここで跡づけることはできないにしても、少なくとも示唆する試みをやってみたいと思う。

二　「敗戦日記」をめぐって

「敗戦日記」(文藝春秋社、一九五九)は、作家高見順の昭和二十年の日記である。十五年戦争最後の数カ月、敗色濃く、爆撃相次ぎ、食糧難があって、人心のようやく動揺しはじめた時期から、敗戦直後へつづく。このように長い戦争の敗北前後に、堕落ふ敗しない国家は、おそらくどこにもあるまい。この時期をとって、日本の戦争の全体を批判することはできない。しかしこの時期にさえ世相の転変をみつめ、それを生々と日記に描きだすことのできた作家の能力と、その反応のし方は注目に値するだろう。「敗戦日記」の圧倒的な印象は、何よりもまずこの異常な時期によく活写された風俗世相の奇怪さであり、また殊に、爆撃で焼きはらわれるまえに作者が度々訪れた銀座や浅草の街へ寄せるその変らぬ執着である。高見はその頃すでに鎌倉に住んでいた。爆撃のために、交通は円滑を欠き、鎌倉と東京の間を一部分は歩かなければならないことさえあった。その状況のなかでただ浅草の焼跡の様子をうかがうために、鎌倉からわざわざ東京へ出向くのは、もはや執着以上の情熱とよぶ他なく、少なくとも今刊行された日記によむかぎりでは、ほとんどその他のあらゆる情熱にうち勝っているようにさえみえる。「文学報国会」の役員高見順と、小説家高見順との、どうしても折り合わない矛盾が、著しい対照となって、ここにあらわれているといえるだろう。浅草への情熱は、小説への情熱である。小説とは、この作者にとって、「如何なる星の下に」の風物が、一個の人間の運命のなかで、抜きさしならぬ意味を獲得する瞬間のためにあった。高見の小説は詩であり、高見の詩は小さな経験と小さな物への深い愛情である。かけ換えのない女に出会うように、この作者は浅草の風流お好み焼や、雑踏や、銀座の酒場の地下室の甘ずっぱい匂に出会った。ということは、しかし「敗戦日記」のなかの浅草や銀座の描写に、そういうもののすべてを奪ってゆく力に対する抗議があるということではない。「ヒットラーを好きになれない」というのは、抗議ではなかろう。何が彼を抗議にまでふみ切らせなかったのか。

一般化していえば、「敗戦日記」のなかの小説家は、伊藤整《いとうせい》（一九〇五—六九）が「逃亡奴隷」という言葉でよんだように、市民社会からの脱落によって個性を保とうとしてきた知識人の型を代表している。「逃亡奴隷」は、集まって社会の外に小社会をつくる。すなわち戦前の文壇であった。「文学報国会」は、社会からの脱落者をひきもどして社会の権力機構のなかに再編成しようとしたのであり、文壇という小社会を解体して文学者を国家または国民の問題に直面させようとしたのである。それまで小集団内部での生活感情や論理に慣れてきた文学者は、当然文学報国会という形での思考と行動の社会化の方向には熱心になれなかったし、少なくともその方向で有能な活動をすることはできなかった。つまり戦争協力は消極的だったということになる。しかし小集団内部での約束や習慣や思考法を基礎にして、権力機構そのものを充分に批判することもまた困難であった。国家権力一般に対する反発は生じても、あり得べき多くの権力のなかでこのファッシズム権力を、はっきりしたことばで批判することのできた文学者は少ない。「ナチを神経的に嫌いだ」というだけでは、ナチの批判としては不充分である。——ということを、文学者はむろん自覚していたろう。だから被害を嘆くことはできても、加害者に抗議することはできなかったのである。

もう少し直接に感覚的な面で文学者を、一般化していえば都会の中産階級の知識的な層を、反発させる条件もファッシズム体制そのもののなかにあった。軍隊ではすでに軍曹が「大学出」を無意味に殴ることで、劣等感を発散させていたし、「翼壮」の組織、警防団、隣組などは、多くの場合に、ファッシズムの積極的な支持層である自作農上層や中小商店主や土建業者などの知識階級に対する劣等感の発散を、軍隊の外の社会へ拡大するはたらきをしていたのである。「敗戦日記」にも知識階級の側からの反発があらわれている。しかし劣等感の解放は、中産階級の知識層に対するものも、知識層の「英米」に対するものも、愛国の大義名分のもとに行なわれたのであり、大義名分そのものを問題としないかぎり、感覚的な反発だけでは事柄の全体に対する態度決定にまで至らないのは当然だろう。
「敗戦日記」の作者の執着には、また別の一面もある。それは小林秀雄《こばやしひでお》（一九〇二―八三）を訪ねて、梅原竜三郎《うめはらりゅうざぶろう》（一八八八―一九八六）の画集をみたときの強い実感にあふれた言葉にもあらわれている。

「いい絵を見ると、心がふるいたってくる。いい絵を見ると、人間への愛情を掻きたてられる」。

それならば、そのことと、いくさとはどう関係するのか。いくさとどう関係するかということのまえに、または後に、「美は実在なのだ」という「実在」と、歴史の実在とは、どう関係するのか。「美は実在なのだ」という以上、その実在が歴史を超えるものとして呼びかけてこないはずはない。小林秀雄の場合、その美的体験はそこまでいっていると思う。そこまでゆくと、つまるところいくさがどうなろうと構わぬということになる。高見順の場合、美的体験はそこまでつきつめられ、絶対化され、歴史と対立し、歴史を否定し、それ自身の完結性のなかに人間の問題のすべてを吸収しようとする気配は感じられない。美は実在かもしれぬが、唯一の実在ではない。美的価値は絶対的な価値ではない。しかし絶対的な価値でなければ、歴史やいくさに押流されない力の出てくるはずがないだろう。問題はそもそも美的価値にかぎらず、いかなる価値が、この作家の精神において、絶対的な意味をもったのか、ということである。もし絶対的な価値がなかったとすれば、いくさにかぎらず、ファッシズムにかぎらず、何事に対しても、絶対に反対する理由のなかったのが当然である。話は論理上どうしてもそうなる。私がここで問題にしているのは、論理であって、気分ではない。

そこで最後に登場するのが、国家・天皇・日本である。

「栗原（海軍報道）部長は、本土決戦に対して確信ありといった。心強かった。しかし、何か心にこだわるものがあった。本土戦場化ということをあまり簡単にいいすぎはしないか。……軍としては、……敵を国外で撃つということが最上当然の策なのだから、本土に敵を迎えねばならぬことについて一言やはり国民にいうべき言葉があるのではないか。……」（七月二十六日）。

「《ここで天皇陛下が、朕とともに死んでくれとおっしゃったら、みんな死ぬわね》と妻が言った。私もその気持だった」（八月十五日、正午の天皇放送直前）。

「愚民化政策が成功したものだと思う。自国の政府が自国民に対して愚民化政策を採ったのである！」

「私は日本の敗北を願ったものではない。日本の敗北を喜ぶものではない。日本に、なんといっても勝って欲しかった。そのため私なりに微力はつくした。いま私の胸は痛恨でいっぱいだ。日本及び日本人への愛情でいっぱいだ」（八月十六日）。

「自国の政府により当然国民に与えられるべきであった自由が与えられずに、自国を占領した他国の軍隊によって初めて自由が与えられるとは、――かえりみて羞恥の感なきを得ない。日本を愛する者として、日本のために恥しい」（九月三十日）。

本土決戦を国民に平然として要求する「軍」と国民、自国民に対して愚民化政策をとった「政府」と国民、国民に当然与えるべき自由を与えなかった「政府」と国民、――「軍」と「政府」とはあきらかに結託しているから、つまり軍国主義政府（または日本ファッシズムの国家権力）と国民――は、ここで区別されているようにみえる。この区別に従えば、天皇は当然権力の側にあって国民の側にはないだろう。それは天皇個人が軍国主義者に利用されていたか、いなかったか、とは別問題である。ところが「天皇陛下が、朕とともに死んでくれとおっしゃったら、みんな死ぬわね」という「気持」では、権力の側と国民の側との区別があいまいである。「天皇陛下」が軍国主義者に利用されていたとしよう。その場合に「朕とともに死んでくれ」は、実質的に軍国主義者の側からの本土決戦・一億玉砕と同じことである。「天皇陛下」が軍国主義者の単なる道具ではなかったとしよう。その場合に、「軍」の本土決戦には反発を感じるが、「朕とともに死んでくれ」には反発を感じないとすれば、「軍」を批判する基準は「天皇陛下」に対しては通用しないということになる。ところが「軍」に対する批判の基準はこの場合に「国民」の立場であり、当然の人間的感情そのものであった。「天皇陛下」に対してそれが批判の基準として通用しないということは、「天皇陛下」の存在が「国民」の立場及び人間的感情にもとづく道理を超越するということである。逆に道理の側からいえば、人間的感情にもとづく道理も、つまるところ相対的なものにすぎず、判断の最後の基準ではありえなかったということになるだろう。

しかし「敗戦日記」に頻りにあらわれる言葉は、「天皇陛下」よりも「日本」である。もしこの「日本」の概念が、支配権力と国民から成る構造的な概念であるとすれば、そして高見自身が国民に当然あたえるべき自由をあたえていなかった権力を「恥じ」ているとすれば、「日本」の勝つこと、つまりその支配権力の勝つこと、つまり高見自身の指摘する「愚民化政策」と「自由」の剥奪と三《み》木《き》清《きよし》（一八九七―一九四五）を殺した機構の勝つこと、つまり一言でいえば日本ファッシズムの勝つことを、なぜ望むことができたろうか。「日本」の概念は、分析的に扱うことのできるものではなく、ここでは天皇・権力・国民、おそらくは故郷の山河までを一括してわかち難い「日本」であるとしか解釈できない。そういう「日本」をたしかにわれわれは感じる。――誤解を避けるために、充分に強調しておきたいと思うが、私はそういう日本を私自身が感じなかったといっているのでもないし、高見がそれを感じたことがおかしいといっているのでも決してない。われわれはわかち難い全体としての「日本」を感じる。しかしわれわれはわかち難い全体としての「日本」という概念によってものを考えることはできない。少なくとも正確に、科学的に、ものを、ことに戦争という社会現象を、考えることはできない。戦争は一箇の社会現象である。社会現象を科学的な考えの対象とすることのできる方法は、文明の一つの成果である。日本の十五年戦争もむろん例外ではない。その戦争が眼のまえにあり、「敗戦日記」が書かれ、その大事なところで、ファッシズム権力と国民との区別なく、ひとまとめにして「日本」ということしかいわれていない、――ということは、方法的な思考の痕跡もそこにないということではなかろうか。

　しかし科学的精神の欠如は、一般に、いくさの間日本の知識人の圧倒的多数に、めだったことである。事実の問題と当為の問題をはっきり区別することさえ、たちまちできなくなり、論理学の初歩さえ混乱してしまった。それは論理的な思考力の薄弱ということではない。日本には学問があったし、今でもある。そういうことではなくて、科学的な、あるいは論理的な思考さえもが、日本の知識人にとっては、時と場合に応じて放棄し得るものだということである。図式的にいえば、「敗戦日記」の示しているように、第一に、戦争とファッシズムの非人間性に反発する倫理的感情、その感情にもとづく倫理的価値、第二に、芸術との接触の体験によって基礎づけられた美的価値、第三に、科学的思考の厳密さが保証する真実、――そのすべてが、天皇・ファッシズム権力・国家・民族を一括した「日本」とおき代えて、放棄され得る価値または真理にすぎなかったということである。

　戦時中の高村光太郎《たかむらこうたろう》[註四]（一八八三―一九五六）は、吉本隆明《よしもとたかあき》（一九二四―）があきらかに描きだしたように、「天皇あやふし、ただこの一語が私の一切を決定した」（「暗愚小伝」）という形で太平洋戦争に反応した。この天皇と、「敗戦日記」八月十五日の条の「天皇陛下」とはちかく、その天皇と同一化された「日本」とは隔たっていない。そして高村光太郎の場合にも、高見順の場合にも、それぞれ人間的感情の豊かな芸術家であり、文学者であって、ことにいずれも「農民」や「庶民」や日本人という「大衆」への強い連帯感をもっていた。あるいは少なくとももっていたとみずから書いている。それならば「日本」に対して、倫理的・美的価値や科学的真理が相対化されるということは、実質的には、いわば庶民的感情に対して相対化されるということであったろう。ところが「庶民的感情」の「国民的感情」とちがうのは、前者が社会的な小集団の生活感情として具体化されている点にある。小集団は職業的でもあり得るし、地域的でもあり得るだろう。鎌倉の文学者の場合には、まさに二重に職業的および地域的小集団のなかに生きていたのであって、他の地域的または職業的小集団に対しての閉鎖的性格がいちじるしかった。その集団の内側では、集団の原則と個人の原則とが対立するときに、個人の原則の貫かれることは、少なくとも根本問題については、少ないのである。しかし集団の原則が常に貫徹されるとすれば、個人の精神のなかに最後の基礎をおくすべての価値と真理は、相対化されざるをえない。「日本」は大きな社会であり、「日本」が一人の個人にとって具体的に感じられるのは、小さな社会においてだが、小さな社会での生活感情が大きな社会の概念にくみ込まれるためには、抽象化と方法的な思考を通じてでなければ、まさに天皇という象徴によるほかはなかった。
大熊信行《おおくまのぶゆき》（一八九三―一九七七）は、「戦争責任」の問題を論じた諸論文[註五]のなかで、知識人の戦争に対する態度と、その態度のよって来る内面の論理が、つまるところ「国家に対する忠誠」という一点に帰着すると考えた。大熊によれば、権力機構としての国家と、民族とか祖国とかいう概念とを、わけて扱うことはできない。戦争は国家が行なう。個人がこれに反発する。問題は要するに「われわれを国家よりも高く引きあげるか、国家をわれわれよりも低くひきおろすか」に帰着するというのである。

「個人にとって悪徳であることは、国家にとっても悪徳であるという論理が切断され、国家の悪に仕えることが個人の美徳だという関係が定立されている。そこに悪の源がある[註六]」。戦争中の経験にもとづいて、国家に対する忠誠概念を問題の中心においたのは、たしかに重要な指摘であると私も思う。もちろん正確には、個人にとって悪徳であるものが、国家にとっても常に悪徳であるとはいえない。「国家の悪に仕えることが個人の美徳」であってはならないだろうが、「国家の悪」は、個人の行為の善悪とそのまま同じ規準からは、規定されないだろう。国家が常に悪なのでもなく、また常に善なのでもない。相対的に悪であり、善なのであって、その規準は個人の行為に対しての規準と、原理において異ならないとしても、適用において異なると考えなければなるまい。大熊の問題は、実は、国家に対する忠誠概念を超えて国家の善悪を判断する規準が、戦争中の日本の知識人にあったか、なかったか、ということに帰着すると思う。もっと具体的にいえば、一体日本ファッシズムの成功をねがうのか、ねがわないのか。ファッシズム反対の思想は、国家への忠誠概念を超えて、貫徹するのか、しないのか。私はすでに、国家の概念そのものが科学的に分析的に捉えられていないということに、多くの知識人の戦時中の考え方の特徴があるだろうということを示唆した。しかし問題がそれだけで片づくというわけではない。忠誠概念の対象としての国家には、一箇の権力機構としての面と同時に、歴史的な文化や生活様式の実体的な面もあるからである。

中野好夫《なかのよしお》（一九〇三—八五）は日本文学報国会に参加し、たとえば昭和十八年（一九四三）二月、その外国文学部会のとるべき方向を論じている。[註七]そこで強調されているのは、明治以来の無批判な外国文学移植を再検討すると共に、「この時局多難な時にあたつても」外国文学の研究・移植の道を閉ざしたくない、ということである。中野がその報告のなかで直接いくさに触れていった言葉は、ただ「この時局多難なとき」の一句に尽きる。それはたとえば国文学部会についての久松潜一《ひさまつせんいち》（一八九四—一九七六）の報告に、「皇国の大事」や「尽忠報国」や「国体の本義」というような言葉が連発されているのと、あきらかにいちじるしい対照をなしている。久松はどこまで本気だったのか。中野はむろん本気であった。本気で、今よんでもおかしくないことをいったのである。つまり文学報国会のなかで可能なかぎりの道理にかなったことをやろうというのが、中野の意図であったように思われる。戦後昭和二十三年に、その意図はつぎのように説明されている。
「……大多数の知識人がなにか全幅の賛成どころか、やり場のない不満を軍部の方針に対して抱きながら、しかもついに祖国日本というものへの超理性的な心情故に、みすみす破滅を予知予感しながら亡びの道を同行したということの厳たる事実の中に、意気地なさ、封建根性とはまた別に、日本人の置かれていた運命的なものを感じるのであります。私自身の如きも一度として聖戦などとは思ったこともない、書いたこともない、勝つともあまり思えなかった。しかし私は決して傍観して日本の負けるのをニヤニヤと待ち望んでいたことは決してない。十二月八日以後は一国民の義務としての限りは戦争に協力した。欺されたのではない。喜んで進んでしたのであります」（「怒りの花束」[註八]）。

　ここでも「祖国日本」が、人権も、ファッシズムも、超越するものとしてあらわれている。と同時に、「一国民の義務」という形で、まさに「忠誠」の問題があらわれている。引用したかぎりで「傍観して日本の敗けるのをニヤニヤと待ち望んでいた」の「ニヤニヤと」に私は必ずしも賛成しない。日本が勝つと思えない以上、日本の敗けるのを待つのは、戦争の終るのを待つという言葉でもおきかえられるだろう。少なくとも太平洋戦争開始以後、少なくとも大部分の知識人にとって、傍観以外に戦争反対の意志表示の方法がなかったということを認めるとすれば、「傍観して」という言葉は「いくさに進んで協力しないで」という言葉と同じ意味になろう。いくさに協力せず、いくさの終るのを待っていた人間のすべてがニヤニヤしていたのではない。しかしそのことには、後に触れる。ここで重要なのは、戦後の民主主義の積極的な担い手の多くが、「祖国日本」にしろ、「国民の義務」にしろ、少なくとも気持の上で「戦争に協力した」知識人の一部であって、日本ファッシズムの戦争努力に協力を拒否した知識人が、必ずしも戦後の社会での民主主義建設のために、――ということは、再びファッシズムと戦争に日本国民をひきずりこまないために、――積極的な力になったとはいいきれないということである。宮本百合子《みやもとゆりこ》（一八九九―一九五一）は戦争に協力せず、傍観していた。堀辰雄《ほりたつお》（一九〇四―五三）も協力せず、傍観していた。二人ともファッシズムの戦争に反対だったからであり、反対であれば傍観する他にどうしようもなかったからである。しかし、そのときに反対に力点があったか、傍観に力点があったかは、戦後の反ファッシズムの動きのなかであきらかになるはずのものだ。宮本はいくさが終ると、ただちに「歌声よおこれ」を書いた。堀は書かなかった。それは宮本乃至堀が共産主義者であったかなかったかということではなく、それよりもはるかに手前で、傍観せざるをえなかったから傍観したのか、それとも国の問題に対する傍観がその人間の本来のあり方であったから傍観したのか、ということである。後者の場合でも私は「ニヤニヤと」という言葉では、説明できないものがあると考える。しかし前者の場合との区別は、はっきりさせる必要があり、国の運命をまじめに心配した中野のような人間からみて、後者の場合が「ニヤニヤと」という言葉を使いたくなるような一面を含んでいたことは否定できないだろう。同じことは逆に戦争に「協力」した知識人の場合についてもいえる。国への忠誠や国民と運命を共にしようとする連帯感から来る「協力」と、戦争やファッシズムへの「賛成」と、そのどちらに力点があったかは、戦時中「協力」した大多数の知識人について一様ではなかったはずである。しかし客観的にそれが区別されるのは、戦後、国家への忠誠がファッシズム賛成でなく、ファッシズム反対の形でもあらわせるようになったときのその人間の態度によってでしかない。私がいいたいのは、むろん、戦争中の積極的な協力者が戦後民主主義に改宗したかどうかというようなことではない。改宗しなければ、盗人たけだけしいだろう。改宗すれば、引退するのが常識だろう。そして改宗者の大部分は、事実上、機会主義者にすぎまい。しかし多くの知識人は、積極的な戦争の支持者ではなかったにも拘らず、多かれ少なかれ進んで協力したのである。その体験のなかにあった苦しさそのもののなかから、戦後の平和主義・戦争反対・反ファッシズムの態度が出てくるということがある。そういうことが中野好夫の場合に、跡づけられるのであり、――そこのところが、戦争と日本の知識人を考えるときに、大事な点であると私は思うのである。もし中野が戦争中「聖戦」ということばのばからしさ、――およびその他の無数のばからしさ――にもかかわらず、傍観をいさぎよしとしない日本の国家への忠誠心をもっていなかったとしたら、戦後に発揮したあれだけの力を、日本の若い民主主義のために注ぐことができなかったかもしれない。なぜなら中野の「国家への忠誠心」したがって戦時中の「協力」の背景には、「社会的関心」の激しさがあり、その「社会的関心」の背景には「正義感」の強さがあるだろうからである。

しかしなぜその「正義」の概念が、「忠誠」の概念に要約集中され、国内におけるファッシズム、国外における軍事的冒険の支持という結果へ追いこまれていったのか。中野自身の解釈によれば、そのとき大きな役割を演じたのは、明治以来の国民教育の歴史的な積み重ねであり、世界の列強に対する「負けるな、追越せ」という考え方である。（その考え方は、明治維新以来の日本にとってはやむをえなかったが、今では現実的でない、というみ方に私は賛成する。「今では」というのは、具体的には、およそ「満洲事変以来」だと私は解釈するのである。中国侵略は、第一に自衛的性質をもたぬという点で弁護の余地はなく、第二に時代錯誤という点で空想的な政策であった。それから昭和二十年の無条件降伏までは一連の現象である）。たしかに背景としていちばん大切なのは、明治以来の国の方向、それに伴う国家観であろう。しかしその背景にある考え方の、知識人の精神の内側での反映は、もっとこまかくたち入って追求することもできると思う。ここでのわれわれの問題は、まさにそこにあるのだ。

高見順や中野好夫とは、年齢のちがうもう一つの知識人の世代があった。それは戦時中に兵隊として戦場へ送られた青年のなかの知識層である。その世代の精神の内側に何がおこっていたかは、戦没学生の手記をあつめた「遥かなる山河に」や「きけわだつみのこえ」にみることができる。しかし注意すべきことは、手記をのこした学生が、当時の学生の多数を代表していたのではないということである。彼らが代表していたのは、学生層一般ではなく、学生のなかの知識的な部分、すなわちみずから考えて行動し、みずからの行動に自覚的な目標をあたえようとする学生層であった。多くの学生には、そういう習慣がなかった。[註九] しかし考える習慣をもった学生には、戦争に対する態度決定が、戦場へ行くことの少なかった世代とは全くちがう状況のもとで、解決を先へのばすことのできない緊急の問題としてあらわれた。特攻隊を想い出す必要があるし、特攻隊でなくても到るところで行われた「玉砕」や、相次いで海底に消えた輸送船隊を想い出す必要がある。すなわち一方には、戦争すなわち死があり、他方には納得することのできないファッシズムの実体があった。またもちろん青春のあり得たかもしれないよろこびや希望があった。問題は多くの青年にとって、目前に迫った死を無意味な犠牲として迎えるか、何らかの意味あるものとして迎えるか、ということに帰着せざるをえなかった。死を避けようとする努力の余地は、この世代にとっては、ほとんど閉ざされていたからである。この状況のもとでは、戦争権力に半ば反発しながら、半ば協力することで、自己の内部にある矛盾を表現する「敗戦日記」の態度は、原則としてとり難い。戦争を肯定するならば、それが自己の死を肯定できるような絶対的な価値として肯定しなければならない。「きけわだつみのこえ」は、死に意味をあたえようとする精神的な努力の集成であるということができる。

私はここで戦没学生の手紙を引用しない。しかし愚かないくさのなかでの避け難い死に、何とかして意味をあたえようとしたとき、多くの手記の筆者たちがより所とせざるをえなかったのは、何よりも京都の哲学者と日本浪漫派の仲間であった、ということだけを指摘しておきたいと思う。

それならば京都学派と日本浪漫派は、どういう論理で「大東亜戦争」を讃美し、神聖化し、絶対化しようとしたのであろうか。

三　日本浪漫派と京都哲学

二・二六事件（一九三六）以来のファッシズム「新体制」を正当化し、中国侵略戦争と太平洋戦争に理論的支持をあたえようとしたのは、日本浪漫派と京都哲学の一派だけではなかった。一方には狂信的な国粋主義者があり、他方には官立大学の御用社会科学者があり、弾圧によってジャーナリズムが整理されていった後には、ほとんどすべてのジャーナリズムがただそのためにのみあった。しかしすでに繰返し指摘してきたように、太平洋戦争の段階で戦場に追いたてられた世代の知的な層にとって、いちばん深い影響をあたえたのは、おそらく日本浪漫派と京都哲学の一派であった。

日本浪漫派は反合理主義的な立場から、明瞭に定義することのできない言葉を駆使して、読者の情念に訴え、戦争の性質を分析せずに、戦争支持の気分を煽りたてた。保田《やすだ》与重郎《よじゅうろう》

(一九一〇―八一)はその意味での名手であったろう。浅野晃《あさのあきら》（一九〇一―九〇）、芳賀檀《はがまゆみ》（一九〇四―九一）、そして亀井勝一郎《かめいかついちろう》（一九〇七―六六）がこれに加わる。そこでしきりに用いられたのは、たとえば、「悲願」、「慟哭」、「憧憬」、「勤皇の心」、「悠久のロマンチシズム」、「民族といふ血で書かれた歴史の原始に遡る概念」というような言葉であった。「悲願」という言葉は今でものこっていて、「原爆実験の禁止は国民の悲願である」などという。要するに、その論理的内容は、原爆実験をやめてもらいたいと日本国民が思っている、ということにすぎない。「慟哭」というのは、つまり泣くことである。大へん悲しんで泣くことだといってもよかろう。日本浪漫派の魅力の半分は、「大へん悲しんで泣く」といったのではなんの変哲もない事柄を、「慟哭する」ということで有難そうにするしかけ以外にはなかった。それにひっかかったのは、戦争中だろうと何だろうと、ひっかかった側にもの事を正確に考え正確にいいあらわす習慣が足りなかったからである。こういう安上りなしかけで理くつらしい理くつのできあがるはずがない。

しかし亀井勝一郎は、日本浪漫派式方言を使いながらも、とにかく理くつらしいものをつくりあげた批評家であった。中国侵略戦争に対するその見解は、たとえばつぎのようなものである。

「人間にとつて求道は無限の漂泊であり、恐らく死以外に休息はあるまい。……たとへば我らの現に戦つてゐる支那事変そのものが、実は親鸞の教の真実を語つてゐるのだ。領土も、償金もいらぬ、云はばいかなる功利性をも拒絶した上に、今度の事変の理想がある。求めるところは東洋の浄土に他ならない」（昭和十六年六月講演）。だから支那事変は、「民族の壮大な運命」であり、「天意として敬虔に享けねばならない」ものだということになる。[註一〇]

太平洋戦争に対する見解は、こうである。

「近代日本の、たとへば自由主義と呼ばれ共産主義・唯物思想といはれたものは、悉く《平和》の時代に弥漫したことは注目すべきだ。文明の毒は、《平和》の仮面のもとにはびこるのである」。

「戦争よりも恐ろしいのは平和である。平和のための戦争とは悪い洒落《しやれ》にすぎない。今次の戦乱は、かの深淵の戦争のための戦争であつて、この戦場において一切の妄想を斥《しりぞ》ける明哲さと恐れを知らぬ不抜の信念とが民族の興廃を決するであらう。奴隷の平和よりも王者の戦争を！　こゝでの勝利は、勝利といふ観念では存在しない。悲願あるのみ」（昭和十八年、「現代精神に関する覚書」[註一一]）。

この方が、支那事変の東洋浄土化説にくらべても、明哲でない。結論が「悲願」であり、「悲願」という言葉でほんとうのところ何がいわれようとしているのかはっきりしないからである。しかしとにかく「戦争のための戦争」という概念は、提出されている。亀井は「現代人の救ひ」に収められた諸論文のなかでも、人生は不断の戦争であるという考えを、繰返し強調している。それはそれなりの真実を含むと思うが、人生は不断の戦いであるという意味での戦いを、亀井はただちに中国侵略戦争や太平洋戦争の意味での戦争にむすびつけた。そして死場所をえらぶという考え方の方へ進んだのである。

　しかし今からみて亀井勝一郎の発言のなかでいちばん重要なのは、「悲願」でも、「戦争のための戦争」讃美論でもない。そうではなくて、そういう戦争中の考え、またそれ以前、「転向」まえの社会主義者としての考え、総じて亀井自身の考えあるいは思想そのものと、その人格との関係について、みずから語っている言葉である。

「私は共産主義からの離脱を表明し、昭和十年、執行猶予になつた。だがどう考へても大嘘をついてゐるやうな、演劇をやらされてゐるやうな気がしてならないのだ。……本心からの思想を述べよと云はれても、本心からの思想などといふものはない。政治権力に向つたときの本心とは、牢獄は真平だといふ一種の快楽説だけである」（「我が精神の遍歴」）[註二]。

　政治権力は共産主義者に弾圧を加えていた。昭和十年（一九三五）は、二・二六事件のまえの年である。「牢獄は真平だ」という考え方は当然であり、亀井が政治権力に向って「大嘘」をついたとしても当然だろう。「政治権力に向っての本心」は、「牢獄は真平だ」ということの他になかったというこの文章の後段は、はっきりしている。しかしそのまえに「本心からの思想などといふものはない」というのは、「政治権力に向つて」というただし書きのなかに、すっかり入るものなのかどうか。実際に亀井はそのとき共産主義から

「離脱」したのであるから、離脱を権力に向って表明したのは、「大嘘」ではなかった。とすれば、共産主義が「本心からの思想」ではなかったということが出て来るのではないか。それは「本心からの」という言葉の意味次第だという議論もなりたつかもしれない。しかし「本心からの」という言葉の意味がどうであっても、亀井自身が共産主義とは別に本心を感じたという事実は、もしそういう事実があったとすれば、のこるだろうと思う。その辺から問題は、亀井勝一郎の、それも「転向」という場面での、特殊な問題ではなくなり、一般に日本の知識人の多くに共通の、思想と人格、イデオロギーと本心、論理的な思考と感情生活（あるいはむしろ実際の生活）の一定の関係のし方の問題となる。

たとえば大熊信行は、その点について、もっとはっきりしたいい方をしている。「われわれも国家について、近代的な懐疑や、科学的な理論を抱懐し、それらを時には口にし、そして思惟の内面では、国家一般を否定する瞬間さえ、あったかもしれない。にもかかわらず、生活の実際において、われわれは別な考え方にしたがい、別な感じ方をしていたわけだ。映写中は映写幕の世界に吸われていたことも真実でありながら、ひとあし映写室を出れば、白昼には白昼の論理があったのだ。思想と現実とは、日本人の心でいわば明暗二つの世界であり、思想はスクリーンの上にしかないものだったのだ」（「個における国家問題」）。

亀井のいう思想と本心との関係は、大熊の指摘する思想と現実との関係に、かさなる面があるのではないか。もう一つだけ、たとえば吉本隆明の高村光太郎に関する分析をつけ加えれば、吉本も高村光太郎の場合を一般化しながら、こう書いている。

「近代日本における自我は、……かならず、自己省察と内部的検討のおよばない空白の部分を、生活意識としてのこしておかなければ、日本の社会では、社会生活をいとなむことができない」(「高村光太郎ノート」註一三)。

大熊の「思想」は、吉本の「近代的自我」に、大熊の「現実」は、まさしく吉本の「生活意識」に対応する。亀井勝一郎も、大熊信行も、ある意味では同じようななし方でいくさを通ってきた一世代に属するが、吉本隆明は戦争の終ったときにやっと二十歳前後であった。「高村光太郎ノート」を雑誌に発表したのは、昭和三十年(一九五五)である。立場もちがうが、世代もちがう。しかし日本の知識人のなかに、吉本流にいえば、思想的な「空白」があり、そこに「生活意識」があり、意識的に反省されないその「生活意識」が、意識的に反省された「思想」よりもはるかに強力である、という点で、亀井や大熊の告白と吉本の分析は一致しているように思われる。そのような「思想」と「生活意識」の乖離《かいり》を前提として、はじめて、共産主義者の多くの「転向」は行われ、「転向」を正当化するために日本浪漫派の非合理主義も発展しえたのであろう。

そこで次の問題は、なぜ「思想」と「生活意識」との乖離はおこったのかということである。その問題には後にも触れるが、ここでは現象的にみて、二つの点に注意しておきたい。その第一は、丸山真男の指摘したように、註一四「思想」が外国から入ってきているということ。この「思想」は頭だけで理解されたもので、生活にはほとんど浸透していないし、また当然日本の伝統的な価値ともつながっていない。したがって時と場合によっては捨て去るのに未練のないものだということである。その第二は、吉本がいっているように、この「生活意識」なるものが日本の社会での生活に必要なものだということ。もしその日本の社会が、具体的には、問題の個人が属する小集団であるとすれば、その小集団を支配する「家族的意識」註一五が、「思想」に優先するということである。別のことばでいえば、「思想」の生みだす価値は、実生活上の便宜、習慣、感情に、つまるところ超越しないといってもよい。倫理的価値も、美的価値も、いや、価値ばかりでなく、科学的真理さえもがだ。要するに超越的な価値概念・真理概念を、日本のいわゆる近代は、生んでいなかったということである。

日本浪漫派が言葉の綾《あや》で魅惑したとすれば、京都の哲学者の一派は論理の綾で魅惑した。日本浪漫派が戦争を感情的に肯定する方法を編みだしたとすれば、京都学派は同じ戦争を論理的に肯定する方法を提供した。日本浪漫派が身につかぬ外来思想の身につかぬところを逆手にとって、国粋主義に熱中していったとすれば、京都学派は生活と体験と伝統をはなれた外来の論理の何にでも適用できる便利さを、積極的に利用してたちまち「世界史の哲学」をでっちあげた。およそ京都学派の「世界史の哲学」ほど、日本の知識人に多かれ少なかれ伴わざるをえなかった思想の外来性を、極端に誇張して戯画化してみせているものはない。ここでは思想の外来性が、議論が具体的な現実に触れるときの徹底的なでたらめ振りと、それとは対照的な論理そのもののもっともらしさに、全く鮮かにあらわれている。

田辺元《たなべはじめ》（一八八五―一九六二）は「歴史的現実」のなかで、歴史的現実一般について抽象的に語ったときに、もっともらしかった。しかし具体的に世界の歴史のなかでの日本の意味について語るときには、荒唐無《こうとうむ》稽《けい》でしかなかった。

「日本の国家は種族的な統一ではない。そこには個人が自発性を以て閉鎖的・種族的な統一を開放的・人類的な立場へ高める原理を御体現あそばされる天皇があらせられ、臣民は天皇を翼賛し奉る事によつてそれを実際に実現してゐる」（「歴史的現実」）[註一六]。

　これが戦後「政治哲学の急務」においては、立憲君主制の擁護となる。

「天皇は国民の全体的統一の理念の体現であり、従て議会の統一点である。主権は国民にあると同時に、天皇に帰向する。……」。

「斯くて天皇は無の象徴たる有と解し奉るべきであらう。何となれば矛盾的に対立するものを統一することができるのは無であつて、単なる有ではあり得ないからである。天皇の絶対不可侵性はこの無の超越性に由来するものに外ならない。斯く解せられたる天皇の象徴的存在こそ、民主々義を容れて而もその含む対立を絶対否定的に統一する原理であるといふべきである」(「政治哲学の急務」)。

しかしその現実的な根拠は、「今日の国民の大多数が、天皇制存置国体擁護に於て一致する」という程度のことでしかない。議会制自由主義が含む「対立」の動機と、国民的統一のために必要な何らかの「統一」の原理とが、どこかで相共に生かされなければならないという議論は正しいだろう。しかしそれが日本の天皇制において解決されるというのは、まったく空想的である。「天皇制存置国体擁護に於て」国民の大多数が一致したのは、明治以来の半世紀以上に及ぶ教育の結果である。その教育のもう一つの結果は、十五年戦争と民主主義的原理の完全な破壊である。田辺の議論は、戦後にも、戦時中と同じように、日本の社会の具体的な現実に触れるや否や途方もない見当ちがいをおかすという点で少しも変っていない。そしてそのことはおそらく、戦時中の「大東亜共栄圏」支持から戦後の社会民主主義支持への移行が、変節であるか、どうかということよりも、重要であると思う。田辺元の論理は技術的なものであり、彼はその技術をそれぞれの時代の「国民の大多数」の考えの正当化に用いた。「国民の大多数」以上の現実の解釈もなければ、床屋政談以上の現実のなかでの経験もなかった。はじめに三馬以来の「浮世風呂」的体験があり、そのあとに弁証法がつづき、無における矛盾の統一がつづく。田辺哲学とは要するに弁証法的「浮世風呂」哲学である。弁証法は西洋から来たものであり、「浮世風呂」は江戸以来の伝統であるから、これは東洋と西洋との無における統一であり、一方は頭だけで受けとったものであり、他方は肉体的生活の感情に由来するものであるから、これはまた精神と肉体の絶対矛盾の自己同一でもあるだろう。横光利一《よこみつりいち》（一八九八―一九四七）の好みそうな話だ。現に「西洋」の「ゆきづまり」なるものに対し「東洋」をもち出してつり合いをとるという仕事のむなしさは、横光の小説「旅愁」において極まった[註一七]。

しかしその意味では、「日本浪漫派」と京都学派と「文学界」の一統が一堂に会した「近代の超克」座談会ほど象徴的なものはほかにないだろう。そこで「超克」しなければならないという「近代」そのものが、果して日本に存在しているのか、という疑問を強調したのは、中村光夫《なかむらみつお》（一九一一―八八）ただ一人である。京都の西谷啓治《にしたにけいじ》（一九〇〇―九〇）や鈴木成高《すずきしげたか》（一九〇七―八八）は、西洋の「近代」がいかにゆきづまったかという机上の空論を自由自在に展開し、一方日本浪漫派の人々はそれに対して日本の国粋主義の有難さを強調して、そういう議論の全体がどこまで現実離れをしているかということにまるで気がついた気配もない。今からふり返ってみると、人権宣言の行われるまえの日本で知識人があつまって「近代の超克」をまじめに論議していたということは異様であり、そこに出席した人々のなかでその異様さに気づいたのが中村光夫ただひとりであったということはそれ以上に異様である。どうしてそうなったのか。おそらく萩原朔太郎《はぎわらさくたろう》（一八八六―一九四二）もうたったように、フランスは、あるいは西洋は、あまりに遠かったからであろう。（そしてもちろん吉満義彦《よしみつよしひこ》の場合には、逆に日本があまりに遠かったからであろう）。

体制と権力が議会民主主義を組織的に破壊してゆく過程のなかで、日本浪漫派は自由民権以前の世界へ戻ることを夢み、京都学派は西洋で「ゆきづまった」議会民主主義の先へ出ることを夢み、つまるところファッシズム権力の正当化に手をかした。西洋人自身が西洋文化のゆきづまりをいっている！　もちろんだ。今でも東京でパリの文化は行きづまっているなどという言葉をきくことがある。しかしたとえ、西洋がゆきづまった、と西洋人がいうとしても、ゆきづまりの意味がわからぬとすれば、それを東京でいうのは、単に喜劇的でしかないだろう。「近代の超克」で西洋についていわれていることは、字面の上ではおよそ正しい。そしてそれは正しければ正しいほど、それだけ喜劇的なのだ。そこにはファッシズム支持以上の問題があるのであり、ファッシズムはそれを誇張したにすぎない。

思想は体験から出発するものである。体験が変らなければ、思想が変るということは決してない。その意味で思想は輸入できないものだ。たとえば「押しつけられた」民主主義思想などというものはない。それは日本にないか、あるとすれば「押しつけられた」のではなく日本の土から生まれたのである。本来の思想が日本の土に、生活とその体験に、超越するのも、それが日本の土に生まれたからである。その他に思想上の節操ということの意味もないだろう。

四　「ブリッジ」と「七月十四日」

日本の知識人のなかでは、どういう人々によって、また殊にどういう理由によって、反ファッシズム、したがってまた太平洋戦争に反対の態度が貫かれたか。それは知識人の大多数において貫かれなかった、ということをわれわれはみてきたし、また思想上の戦争反対が貫かれなかったのは、単に弾圧・強制・「だまされていた」事情などによるものではなく、天皇・民族・国家をひとまとめにした「日本」を超えるどんな価値概念も真理概念もなかったからだということを、われわれはみてきた。そして価値の絶対性またはむしろ生活の実際上の便宜に対するその超越性に、確信をもちえなかった理由の少なくとも一つは、あきらかにその思想またはイデオロギーの外来性だろうということも指摘してきた。逆に国中がファッシズム権力の計画した戦争に熱狂していたとき、その戦争のもっとも正義人道に適わず、現代史の流れに逆らう暴挙である所以を、見破って譲らなかった知識人は、国家を超える価値概念をもっていたということになる。たとえその価値概念が歴史的に外国で形成されたものであるとしても、彼らの場合には、何らかの意味で、思想の外来性が克服され、もはや思想は単なる頭の問題ではなく、彼らの生活と心情のなかにまで浸透していたと想像することができるだろう。

しかし知識人について語るまえに、支配階級そのもののなかにあった戦争反対論者の型に触れておきたい。東京裁判の陳述によれば、日本の指導者の誰も、むろん天皇自身も含めて、戦争をのぞんだのではなかったという。要するに指導者たちはやる気のなかった戦争を四年間も指導していたということになるらしい。しかし私はそこまで含めて戦争反対論者ということばを使わない。ここでいうのは、少なくとも昭和十六年の疑う余地のない開戦反対論者であり、多かれ少なかれ日本のファッシズム化反対の考えをもっていた人たちのことである。彼らはむろん戦争の指導者ではなかった。たとえば戦時中憲兵に追い廻されていたという吉田茂《よしだしげる》（一八七八―一九六七）、またたとえば開戦と前後して財界から事実上引退した帝国生命社長朝吹常吉《あさぶきつねきち》、また海軍部内で開戦に反対したといわれる山本五十六《やまもといそろく》（一八八四―一九四三）や岩村清一《いわむらせいいち》……ここでは、そういう名まえを数えあげることが目的ではない。またそれぞれの場合についてその動機をしらべ、その理由を考える時間もとうていない。しかし高級官僚、財界、海軍部内、またおそらく貴族の一部を含めて、戦争に反対した人々の名まえを手あたり次第に思いうかべるとき、ただちに気がつくことが一つだけある。それは彼らが英国で教育をうけたということである。もちろん英国で教育をうけたことのある大部分の人間は、戦争支持に廻った。しかし戦争に反対した連中の大部分は、英国で教育をうけ、殊に英国の影響をその日常生活にうけていたといえるだろう。私は開戦当時の艦政本部長岩村清一から「ブリッジ」を習ったのを想い出す。彼は英国史から挿話を引用して、話をするのが好きであった。朝吹常吉は家庭教師を英国からよびよせて子供を教育させていた。ナチが天下をとるや彼は《I hate Germans》といったという。

吉田茂は英国駐在の大使であった。――英国崇拝とひと口にいえばいえることであり、「崇拝」である以上、「偏見」までも含めての崇拝であるということに気がつくのは、容易だろうと思う。しかし話がそこで終らないのは、大学で「英法」を習った多くの知識人が、たちまちファッシズムと戦争にまきこまれていったときに、これらの英国崇拝者たちがまきこまれなかったという事実である。「英法」を習った知識人たちは、家庭で「ブリッジ」をあそびはしなかった。英国民主主義の原則と日本の大学の英法との関係は、同じ原則と日本の家庭のブリッジとの関係に、及ばなかったようである。戦争反対論者なるものがそもそも例外的に少なかったのではあるが、私は日本の権力機構の上層部で、ブリッジの規則を知らずに戦争に反対した人間がいたかどうか怪しいと思う！

「ブリッジ」または「七月十四日」といった方がよいかもしれない。永井荷風の場合、その傾倒したフランス文学が十九世紀末の作家にすぎなかったということは、あまり重要なことではない。重要なのは彼がそこに何をよみとったかということである。それが何であったにしても、とにかくそれは太平洋戦争反対の孤独な姿勢を四年間支えるに足りる何ものかであった。どうしてそれが、「七月十四日」のフランスでなかったということができようか。「七月十四日」のフランスは、日本の大学における「仏文学」の研究によっては、日本の知識人によって肉体化されなかった。仏文学は、英国の造艦技術や、原智恵子《はらちえこ》のピアノ演奏法と同じように、その背景の歴史的文化とはきりはなして、純粋に抽象的な技術としても学び得るものだ。ドゥビュッシー Debussy は、日比谷公会堂の舞台に「すめら会」ののぼりをぶら下げた上でも演奏することができる。フランスの小説は、うれしそうに国民服を着た東京のほんやく業者が、「このフランス小説の頽廃的な面をわれわれは批判しなければならぬ」などと「解説」しながら、ほんやくすることもできるものである。しかしかつて「珊瑚集」をつくった荷風は、うれしそうに国民服は着なかった。少なくとも荷風は、かの「頽廃的な」小説が、総じて制服というものを好まぬ一国民の精神に浸透されているということを、骨身に徹して知っていたようである。そしてもちろん何人かのいわゆる外国文学者を荷風と共にここに算《かぞ》えることができるだろう。たとえば渡辺一夫《わたなべかずお》、竹山道雄《たけやまみちお》、片山敏彦《かたやまとしひこ》……しかし荷風について注意すべきことが一つあると思う。

若くして欧米から帰った荷風は、「新帰朝者の日記」その他の作品を書いて、日本の文化のあり方を、主としてフランスとの対比から鋭く批判した。と同時に、日本のなかにあるほんとうに日本的なるもの、江戸とその文化へ向って行ったのは、周知の通りである。図式的にいえば、それは彼自身の「日本」発見の過程であったともいえよう。その再発見された「日本」の上に、太平洋戦争直前の「濹東綺譚」に至るまでのすべての荷風文学が築かれた。ということを前提として考えるときに、「罹災日録」の荷風が一切の和書を顧みず、フランス語の書物だけをよみ、風景を眺めては常にフランスの風景だけを想出していたという事実は、何を意味するだろうか。[註一八] おそらく唯一の説明は、ファッシズム権力に対する反発が同時に「日本」に対する反発を生んだということでしかありえまい。われわれはすでに高見順の「敗戦日記」のなかで、権力と大衆、機構と歴史的な民族とが区別されず、未分化の「日本」がたえず問題になっているということをみてきたが、荷風の「罹災日録」でも「日本」一般、日本人一般に対する絶望と反発がめだつのである。その「日本」が分析的に科学的に捉えられていないという点で、両者の間に質的なちがいはない。その質的なちがいは、その未分化の「日本」に高見はひきつけられ、荷風は反発していたということだ。別のことばでいえば、「敗戦日記」には「日本」を超越することのできるどんな価値も原理もないが、「罹災日録」のなかにはそれがあるということである。その超越的な価値や原理が、外国に投影されていたという点に、日本の知識人の不幸があった。それは戦時中、知識人の孤立した環境を考えるときに、やむをえなかったともいえるだろう。しかしまさにそれ故に、英国やフランスとむすびついた特定の価値・原理に対する確信は、ファッシズム権力に対する反対と、「日本」の全体に対する絶望とを重ねあわせる結果になった。戦後の民主主義推進のエネルギーが、荷風に代表される戦時中の反戦論者から出てこなかったのは、当然である。大衆と大衆の組織に何らかの意味で信頼することができなければ、ファッシズムをくい止めることはできない。現にくい止めることができなかったから、十五年戦争があったのだ。今後についても同じことがいえるだろう。日本の知識人がみんな永井荷風であっても、ファッシズムをどうすることもできない。しかし実情は知識人の大部分が、荷風でさえなかったのだ、つまりくい止めることをはっきり望んでさえいなかったのである。

しかし「日本」への忠誠を超えた正義人道の観念に達するためには、「ブリッジ」と「七月十四日」を除いて考えるかぎり、どういう動機もありえなかったのであろうか。そうばかりともいえない。たとえばキリスト教徒は当然「神」を天皇の上においたはずであり、その真理の超越性を信じていたはずである。しかしすでに昭和十二年（一九三七）に、東京ＹＭＣＡは「正義の皇軍を護り、支那の為政者の目を開かしめ給え」と祈り、聖公会は十三年に「信徒の間に、国体観念の明徴、尽忠報国の念の伸張を祈る。今次事変の神の聖戦なりとの確信再認識」を唱えていた。聖戦とは亀井勝一郎が「アジアの浄土化」を目的とするといった対中国の戦争であるから、太平洋戦争以前に聖公会の態度は日本浪漫派を隔たること遠くなかったといえるであろう。プロテスタント各教派の合同した「日本キリスト教団」は十六年六月に成立した。その「戦時事務局」は十七年「決戦態勢下キリスト教会実践要綱」を発表して、「必勝の信念の昂揚、大東亜戦争の道義性を高調し、云々」といった。雑誌「福音と世界」の編集部が要約していうように[註一九]、教会の戦争協力は、「支那事変・大東亜戦争を聖戦なりと信じた」からであると共に、また権力の側からのあらゆる圧迫に対する自己保存の便法でもあった。「支那事変・大東亜戦争を聖戦なりと信じ」ないために、キリスト教は少しも役立たなかったということになる。しかしここでも自由な批判的な精神は、組織の外に生きていた。すなわち無教会派である。矢内原忠雄《やないはらただお》（一八九三―一九六一）は、経済学者として、インドでの英国植民地主義、台湾での日本植民地主義を研究し、批判していたが、キリスト信者としては、講演して「日本の理想を生かすために、一先ずこの国を葬って下さい」とまでいったという。矢内原のキリスト教徒としての態度は、この一句にあきらかだといってよいだろう。「理想」は「国家」の上にあり、「国家への忠誠」を超越して、「真の愛国」への道をひらく。国家を批判する基準は、矢内原忠雄において毫も動かなかった。その基準が動かなかったのは、それが外国に投影されていたからではなく、超越的な真理につながっていたからであろう。したがって真の愛国と偽の愛国とを区別し、ファッシズム権力を「日本」と等置することもなかったのである。戦後東大総長としての発言、またたとえば平和問題懇談会の一人としての活動、総じて民主主義と平和のための行動と発言のエネルギーは、戦時中のこの態度に発しているにちがいない。昭和十二年に矢内原忠雄は東大を追われた。また南原繁《なんばらしげる》（一八八九―一九七四）のキリスト教も、矢内原の場合と同じ意味をもったと考えることができる。ここでもキリスト教信者としての非妥協的態度が、社会科学者としての非妥協的態度を導いている。内側からいえば、日本の国家に超越する価値が一度確立された以上、科学的な真理もまた国家や民族から独立にそれ自身を主張し、かえって国家や民族を学問の対象にするということであろう。

キリスト教徒の場合だけではない。宮本夫妻に代表される共産主義者は、その立場を、獄中または獄外において、命がけで貫いたのであり、また大内・有沢・脇村のいわゆる教授グループに代表されるマルクス経済学者も、日本国中の積極的・消極的戦争讃美のただなかで、背広を国民服に着代えるように「思想」を脱ぎすてなかった人々である。「思想」は彼らの場合には、国家に超越した。大熊信行流にいえば、彼らの場合、思想・価値・原則は、映写幕に写る映像ではなく、かえって白昼の風景よりも現実的な現実であった。しかし総じてこの世代では、このように断乎としてその思想をまもりえた人々は、例外的な少数にすぎなかった、――ということだけはみとめなければならない。そして私が「世代」という言葉をここにもち出すのは、「近代文学」の例を想いうかべるからである。もっと若い世代では、事情がいくらかちがっていたように思われる。

数の上だけからいえば、自覚的なファッシズム反対者の数は、矢内原・南原・大内の世代よりも若い世代において圧倒的に多かったとはいえないかもしれない。しかし荒・平野・小田切等の「近代文学」グループが、戦争直後、「三十代の暗い谷間」を語ったときに、必ずしも彼らが誤っていたとはいえない。誤っていなかったばかりでなく、彼らははじめてある重要な問題に触れたのである。それはマルクシズムと接触した最後の世代、彼らにとっての「日本」の体験が歴史的に二・二六以後のファッシズムの体験でしかありえなかった世代の存在ということである。丸山真男や日高六郎のような社会科学者たちも、この世代に属しているといってよいだろう。「近代文学」同人に典型的なように、学生時代に特高警察に追い廻された経験がこの世代に共通の経験である。それは戦時中および戦後の彼らの立場を考えるときに、重要な要素だ。明治の文学者が自然主義小説のなかに近代文学そのものをみたように、あるいはみざるをえなかったように、大正から昭和へかけての日本人の知識人がマルクシズム理論のなかに社会科学そのものをみた、みざるをえなかったという事情を、想起する必要があるだろう。しかしそれはマルクシズムとの接触を最後に経験した世代、戦時中の知識人のいちばん若い世代に、固有のことではない。彼らがそのまえの世代から本質的にちがっていたのは、現実社会でのすべての体験が、彼らにとってははじめからファッシズムの体験に他ならなかったということである。

われわれはすでに、頭で理解された外来の思想や科学的なものの考え方が、「生活」に屈服し、「日本」に屈服し、容易に天皇制国家を超えることができないという実情をみてきた。しかしその場合の「生活」が巧妙に組織された小集団内部、および小集団相互のつり合いの上に成りたち、一定のコンフォルミズムが確実に一定の快適さを保証するような具合にできていたこと、また「日本」が明治以来の帝国の膨脹の歴史に支えられ、また中野好夫流にいえば、先進国に「追いつけ追いこせ」の原理に鼓吹された国民教育によって支えられていたということを、みおとすことはできない。そういうことのすべてが「本心からの思想などというものはない」と呟くときの「本心」を形成したといえるだろう。戦時中に四十歳以上の世代では、思想が身についていなかったばかりでなく、身についてない思想に復讐する本心が彼らの「日本」と強くむすばれていたのだ。社会的に責任のある地位にいたということも、そのむすびつきを強めたにちがいない、またすでに享受していた便宜を失いたくないという動機をも生んだにちがいない。

しかし四十歳以下の世代では事情がちがっていた。思想的にマルクシズムと接触した青年がはじめてそのなかにとびこんでいった社会は、天皇制ファッシズムの社会であった。「懐しい日本」は、体験的にありえなかったはずである。「日本」とは軍国主義であり、ファッシズムであり、最初に到達した多かれ少なかれ自覚的な思想に対しその一切の可能性を圧しつぶすものであった。「日本」とは悪であった。戦後「近代文学」の同人が「三十代の暗い谷間」という言葉で表現したように、この世代と社会との関係は、はじめからフラストゥレイションの意識を内容としていたのであり、彼らが責任のある地位にいなかったということが重要なのではなく、責任ある地位につく可能性をもっていなかったということが重要なのである。「日本」とむすびついた「本心」のあろうはずがなかった。これはマルクシズムとの接触という点よりも、おそらくもっと重要な点である。「怒れる若者たち」は戦後にあらわれたのではなく、すでに二・二六以後にあらわれていたのだ。その意味で戦時中二十代の青年たちの多くは、マルクシズムともはや接触する機会がなかったが、三十代の知識人と同じところにいたといえるだろう。まえの世代が「本心からの思想などというものはない」といったときに、次の世代は「思想、あるいはむしろ孤立した自分自身からはなれた本心などというものはない」といったのである。第一に道義上まちがった、第二に政治上おろかな「日本」のいくさに、心から協力する条件は、この世代にはなかったということになる。外来の思想がそこに深く根をおろしていたからでは必ずしもない。外来の思想に頼る方がまだましなほど、「日本」のなかでのフラストゥレイションの意識が激しかったからである。外来の思想は必ずしも社会科学ではなかった。一方ではリルケ Rilke（一八七五—一九二六）が流行していた。[註二〇] そして戦場へかり出された青年の多くが、そのような孤立に堪えず、またそのような逃避に満足できず、死に直面して死を正当化するために、一方では日本浪漫派の漠然としたことば、他方では「世界史の哲学」一派のもっともらしい詭弁に頼っていったことは、すでに述べたとおりである。

しかし念のためにつけ加えておくが、このような知識人の「若い世代」を物理的な年齢だけから区別することはできない。四十歳以上と以下というようないい方は、全く便宜的なものにすぎない。私がいいたいのは、戦時中の知識人の型にこのような型があったということであり、その型の存在は時代と関連して説明されるものだということである。文学者のなかで荷風と共にもっとも徹底した孤独をまもり、もっとも徹底した反ファッシズムの態度をまもった石川淳《いしかわじゅん》（一八九九—一九八七）は、年齢の相違にもかかわらず、ここでいう「若い世代」の知識人を文学の世界で代表しているといってもよいだろう。その一切

は小説「無尽燈」に詳しい。註二

五　神ながらの道について

日本の知識人において実生活と思想とは、離れていた。そこで思想は、危機的な場合には、実生活の側からの要求に屈服した。その実生活は、直接には、小集団の内側での束縛、間接には、一切の価値に超越し、科学的な分析の対象であることをやめた国家・日本の精神的束縛を内容とするものであった。一言でいえば、実生活とはなれた思想は、実生活に対し超越的な価値概念も、真理概念も、つくりだすにいたらなかった。それこそ知識人の戦争協力という事実の内側の構造であったということになる。

そのような思想と生活との乖離、思想と実生活とを二本建で扱う態度の原因は、第一に思想がほとんど常に外来思想であったという点に帰する。外来思想は、頭だけで理解され、心情の底、生活の感覚のすみずみにまで、浸透するものではなかった。また当然民族の伝統的文化とはきりはなされているから、大衆から知識人をきりはなす結果をも伴う。そこで大衆とのつながり、あるいは民族的な文化とのつながりと、思想的な立場とが、時と場合によっては、二者選一の形であらわれることになる。また逆に思想が生活に浸みこんだ場合には、民族文化とのつながりの決定的に断ちきれてしまう場合が多かったといえよう。しかし原因はそれだけではない。外来思想だから万事がそうなったのではなく、外来の思想を受け入れる側に、特定の条件があったから万事がそうなったのである。特定の条件とは日本の知識人の精神構造の伝統的な型であって、その型をあきらかにするためには、昔にさかのぼらなければならない。昔とは「古事記」の昔である。

問題の外来思想は西洋思想であったが、いうまでもなく西洋はキリスト教世界であり、そのなかにプラトン的観念論を含む世界である。別のことばでいえば、その世界での価値概念乃至真理概念は、歴史的に、超越的なものとして成立しているのである。そこで大ざっぱに要約すると、問題はこうなる。

第一、「古事記」の昔、日本の精神的構造のなかには、超越的な動機が含まれていたか。「神ながらの道」には、超越的な彼岸または価値または真理の概念があったか、なかったか。

第二、もし第一の問に対する答が否定的な場合に、その後の日本の歴史のなかで、大衆の精神の構造を、そこに超越的な契機を導入することで、根底から変革する影響の及んだことがあるか。仏教あるいは儒教あるいはキリスト教のいずれかが、「神ながらの道」の伝統を根本的に変えたかどうか。

その問題を歴史的に検討するのは、「戦争と知識人」を扱うこの文章の枠を越えるし、そもそも「日本近代思想史」の枠を越えるだろう。しかし結論だけをいえば、第一の問に対する答は、否であり、第二の問に対する答も、そこには註釈の必要があるけれども、つまるところ否でしかないだろうと私は考えている。要するにその意味では戦時中の知識人といえども、彼ら自身がみずから時々宣言したことのあるように、はるかに「神ながらの道」につながっていたのだ。外来思想はそこへ及んだのであり、千年以上も実生活に超越することのできなかった「思想」が、そこで超越性を獲得しなかったとしても不思議ではない。ただ戦時中は実生活の方が「一億一心」という言葉のとおりに統一されていたから、矛盾がめだってみえたというにすぎないだろう。「神ながらの道」は、知識人の戦争協力のみならず、一般に日本の近代思想の担い手をその内側から解く鍵である。宣長はその意味で正しかった。

私が今この肝要な点について詳論することができないのは、紙面の問題だけではなく、そのためには日本思想史に対する私なりの展望を必要とするからである。他日を期したいと思う。

註一　丸山真男「日本ファッシズムの思想と運動」、「現代政治の思想と行動」上巻、未来社、昭和三十一年。

註二　たとえば梅原猛「京都学派との交渉私史」および佃実夫「戦時下の読書日記」、「思想」昭和三十四年・八月号。

註三　「インテリは日本においてはむろん明確に反ファッショ的態度を最後まで貫徹し、積極的に表明した者は比較的少く、多くはファッシズム運動の主張者乃至推進者ではなかった。むしろ気分的には全体としてファッシズム運動に対して嫌悪の感情をもち、消極的抵抗をさえ行っていたのではないかと思います。これは日本のファッシズムにみられる非常に顕著な特質であります」（丸山真男、前掲論文）。

「しかしながら知識階級の大部分は、二つの極（積極的な反対と便乗）のいずれでもなく、中間の地帯に立っていた」（清水幾太郎、大熊信行「国家悪」八八頁の引用による）。

真下信一「戦争責任の問題」（岩波現代思想講座XI、昭和三十二年）も、大多数の知識人の態度を、戦争の積極的支持と「ファッシズムの本質との否定的対決」との間に位置づけている。

註四　吉本隆明「高村光太郎ノート」、「文学者の戦争責任」淡路書房、昭和三十一年。

註五　大熊信行「国家悪」中央公論社、昭和三十二年。

註六　大熊、前掲書、「個における国家問題」。

註七　社団法人日本文学報国会の成立は、昭和十七年六月。昭和二十三年二月、戸川貞雄の報告によれば、「情報局第五部三課の指導監督下にある政府外郭団体」である。

註八　中野好夫評論集「怒りの花束」海口書店、昭和二十三年。

註九　註三を参照。筆者の知っていたかぎりでの東京帝国大学医学部及び文学部の学生の大多数は、「政治に無関心」であった。ということは、みずから検討することなしに、戦争宣伝の新聞記事をそのまま鵜呑みにしていたということである。それならば「忠誠」の問題など発生する余地がない。それは問題ではなく、自明のことであった。

註一〇　亀井勝一郎「現代人の救ひ」桜井書店、昭和十七年。

註一一　「近代の超克」創元社、昭和十八年。この本に論文を寄せているのは、亀井勝一郎、西谷啓治、諸井三郎、吉満義彦、林房雄、下村寅太郎、津村秀夫、三好達治、菊池正士、中村光夫、河上徹太郎であり、表題の問題についての座談会に出席しているのは、以上の諸家の他に鈴木成高、小林秀雄を加えた十三人である。

註一二　亀井勝一郎「我が精神の遍歴」(「現代人の遍歴」)養徳社、昭和二十三年。

註一三　吉本隆明、前掲論文。

註一四　丸山真男、前掲論文。

註一五　川島武宜「日本社会の家族的構成」参照。

註一六　田辺元「歴史的現実」岩波書店、昭和十五年。

註一七　戦時中「みそぎ」に凝った横光は、「ヴァレリはパリでみそぎをしている」などとわけのわからぬことを口走っていた。筆者は当時学生で横光の精神の内側にかまっている暇などはなかった。彼はわれわれの高等学校へやって来て講演をし、その後で座談会をひらいた。われわれは、「ヴァレリとみそぎとは何の関係もない、パリでみそぎに類することを扱っているのは、ヴァレリではなくて、デュルケームやレヴィ・ブリュールの系統の学者であろう」といった。横光にはその意味が通じなかった。われわれは横光のなかに道に迷った一人の俳人をみた。彼ははじめ俳句をつくっていた。それから「機械」や「時間」を書いた。それがわれわれを魅惑したのだ。しかしいくさやみそぎや大東亜共栄圏や世界史の哲学は、才能ある小説家を、つまらぬデマゴーグに変えてしまった。「旅愁」はデマ以外の何物でもない。

註一八　私はすでにこの点に触れて書いたことがある。筑摩書房版現代日本文学全集、「永井荷風集（二）」の解説、昭和三十三年。"Kafu et la littérature française" Bulletin Franco-Japonais. No. 42, Juin 1959.「罹災日録」のなかで荷風はほとんど和書をよんでいない。そのことと、ファッシズム反対の明瞭で疑う余地のない態度との間には、関係があるにちがいないということを、私はそこで指摘した。

註一九　「福音と世界」編集部、「太平洋戦争と日本の教会」、同誌、一〇月及一二月号、昭和二十八年。

註二〇　リルケは堀辰雄と「四季」、片山敏彦、芳賀檀等によって紹介された。片山は反ファッシズムの態度に一貫し、芳賀は日本浪漫派と共に歩んで、戦争協力に徹底していた。しかし戦時中の日本におけるリルケの流行は、消極的な戦時体制批判を反映し、現実逃避の道具として説明されるように思われる。

註二一　「無尽燈」は「文藝春秋」（昭和二十一年七月）に発表された。

「とどのつまり、わたしの生活では、何も書かないでゐるといふことがもつともよく美的形式をととのへる所以であつた。……いくさ仕掛の世の中にあつて、無器用なわたしがどうやら生きて載筆の兇人たることをまぬかれ、死んで……いや、とんでもない、気永に寿命を延ばし得るやうにはからふためには、たつたそれだけの秘訣しかなかつた」。

「やはりそのころ、世間では一般にことばがおそろしく乱れはじめてゐたが、わけても憂鬱に堪へなかつたのは、わたしが常に大切にしてゐるところの、精神といふことばが濫用されるのを見ることであつた。日本の精神史の井戸替へでもはじめたやうに、なんとか精神と称して、あやしげなものがごろごろ掘り出されて来た中に、葉隠といふのがある。すぐことわつておくが、わたしは葉隠といふものを、いくさがすんだ後の今日でも、さう安つぽくは踏みつけない……」。

「しかし実践に於てのみ把握されるべき葉隠が後世の解釈に依る複製をもつて配附されるやうになつたのは、明かに堕落と見るほかない。物は落ちはじめるときりの無いもので、葉隠の晩年はすつかり博徒じみて来た。そして、武士道のなれのはて、いよいよ犬死と相場がきまつたとき、青春あはれむべし、特攻といふ陰惨な仕掛が強制されてきた」。

そして「無尽燈」の主人公「わたし」はこういう。

「いくさといふ血なまぐさい細工物にこそ縁は無かつたが、この国土は、そこがぎりぎりの、わたしの棲家である」と。

たしかに石川淳は「国運を一手に請負ひでもしたやうな、えたいの知れぬタンカ」をきる手合いと附合わなかったが、日本の国土とその文化とは附合っていた。その附合いの浅からぬ次第は、戦後たとえば「諸国畸人伝」や「南画大概」の名著にも窺うことができる。戦時中「日本」にとりのぼせた多くの知識人の日本文化との附合いは、おそらく石川のそれの十分の一にも及ばなかったろう。

文芸文化の事は文士が徒党を組んで、情報局の指導のもとに、またはどこからも指導されずに、気勢をあげているだけでは、埒のあかぬものとみえる。蕪村一幅、おちついて眺める習慣があれば、もっともらしい演説をぶつのがばからしくなるという石川の気持ちに私は賛成する。芸術は天下の大事ではない。しかし天下の大事からまともな粗描一枚出てこないこともまたあきらかである。いくさの十五年が、石川において、時間の無駄でなかったのは、かねてその間の事情に明白な観念を抱いていたからであろう。

追記　本稿執筆にあたり、資料蒐集のために後藤宏行・松尾紀子・西崎京子の諸氏の協力を仰いだ。記して感謝したい。

〔追　記〕

この文章の終りに、一九五九年の夏、「他日を期したいと思う」と書いたことを、私は他日実行した。一年の後、私はカナダ太平洋岸の海辺の町に退いて、日本の古典をいくらか系統的に読み、その後で、『日本文学史序説』(「著作集4」「著作集5」)と『日本文学史の定点』（『著作集3』）に収めるいくつかの論文を書いた。「神ながらの道」あるいは日本土着の世界観についての、私の意見は、そこに詳しい。私は長く外国に暮しているうちに日本が懐かしくなったから、日本の古典を語ったのではなく、日本の歴史の悲劇を、殊に「戦争と知識人」のそれを、見きわめられるところまで見きわめたいと思ったから、古典を語ったのである。

「戦争と知識人」は、それが発表された頃に、久野収氏から批判された。批判の内容は、戦争中の知識人の心理が、「戦争と知識人」のなかで加藤のいうほど、簡単で明瞭なものではなかった、という点に集中していたと思う。一五年戦争の大部分の時期を、私は学生として過し、その間何をしていたわけでもない。久野氏は自ら反戦的立場に立って、多くの知識人と直接に係りあっていた。問題についての久野氏の知識は、私に百倍するだろう。その批判を聞いたときに、私はなるほどと思った。今日ではなおさらそう思う。たしかに私がここで書いたほど、簡単ではなかったにちがいない。しかし簡単にいえば、こうもいえるという、そのこうもいえるというところの核心を、もっと複雑で、微妙で、陰影に富んでいた現実が、否定するのではない。

この追記を書いている一九七九年、すなわち「戦争と知識人」という私の作文の二〇年後、その戦争の指導者たちは靖国神社に祀られ、元号は法制化された。そういうことは、ひるがえって戦争と日本の知識人との関係について、また日本人とそのカミとの関係について、多くを語るだろう。それは特殊日本的な現象である。たとえば今日の西ドイツで、かつての戦争指導者たちがいかなる意味でも祀られるということは、到底想像もできない。

〔『加藤周一著作集』第7巻、一九七九年〕

4

日本の新聞

戦後一五年鳴りをひそめて、外国ではほとんど記事らしい記事として報道されたこともない戦後の日本が、今度ばかりは安保新条約反対のおかげで、世界の注目をあびた。同時に日本の新聞の意見も、はじめて外部から注意されはじめたようである。しかし、日本の大新聞は、わが国の特産物であり、その独特な点をあらかじめ心得ておかないと、読みちがえがおこりやすい。ぼくの多年の観察によれば、——またことに英仏の新聞と比較すれば、日本の新聞には、次のような特色がある。

第一、発行部数が途方もなく大きい。いわゆる三大紙のそれぞれが何百万である。発行部数からいえば、これはイギリスの大衆新聞の型に属し、発行部数五〇万にみたぬ「タイムス」や「モンド」の型には属さない。

第二、小発行部数のいわゆる「クォリティ・ペーパー」は、日本にはない。その英仏、またはアメリカにおける役割、つまり詳細な報道と世論形成の役割を、日本では何百万の大発行部数の新聞が兼ねている。もちろん兼業は、内容の上で本職に及ばない。しかし日本の大新聞を、発行部数で同じ水準にある、たとえばイギリスの大衆夕刊紙にくらべれば、その報道機関としての内容は、はるかに充実している。

第三、日本の大新聞の性質は、これを要するに西欧の「クォリティ・ペーパー」と大衆紙との中間にあり、両者を打って一丸として二で割ったものである。その社会的な影響力は、当然大きい。しかも新聞社は、新聞の発行とは直接関係のない事業までやっているのだ。職業野球から南極探検、美人「コンテスト」から外国の管弦楽団の招へい、文学賞から国際的な美術展覧会まで。それには広告という意味もあるだろう。しかしそればかりでなく、政府がこと学問と芸術に関するかぎり、決してろくな金を出さぬという日本古来の伝統の故に、他の国では政府のやっている展覧会さえ、新聞社が主催するという面もある。

第四、大新聞は英語版をだしているが、その編集部は、たいていの場合、日本語版編集部とはちがう。したがって内容もちがう。これは外国人に誤解されやすいところで、英語版の内容がどれほど調子が低くても、日本語の新聞がそれほど低いわけでは決してない。なにも新聞にかぎらず、外国語放送の場合にも、放送局はよほど低い内容でなければ「海外向け」には適当でないと考えているらしい。たしかに日本人の一部には、外国人の知的能力を低く見つもる傾向があるようだ。もしそうでなければ、外国人係りの日本人の知能そのものが、よほど低いとしか考えようがない。とにかく日本の新聞の日本語版と英語版では、程度がまるでちがう。程度がちがうだけでなく、思想もちがう。五月二〇日の安保新条約強行採決の後に、国会解散を要求して議事堂周辺に集まった大衆を、日本語の新聞が「暴徒」とよんでいないときに、またはむしろ、そういう言葉では到底よびえなかったときに、ある英語版は「モッブ」と書いていた。「モッブ」は、日本語で「暴徒」に相当する。バスティーユを襲った大衆を「フランス人民」とよぶか、「暴徒」とよぶかは、立場と思想のちがいである。もちろん国会はバスティーユではないし、一九六〇年五月～六月に東京で革命が問題になったわけでもない。しかし五月二〇日の強行採決に抗議する大衆を、「日本人民」とよぶか、「暴徒」とよぶかは、日本の民主主義に対する立場と思想のちがいだろう。ぼくはここでその立場または判断の是非を問題にしているのではなく、東京で発行される日本語の新聞と英語の新聞との間には、それほど大きなちがいがある、ということを問題にしているのだ。これは偶然のちがいではなくて、傾向のちがいである。

第五、しかし日本語の「新聞の意見」そのものも、わかりにくいという事情がある。外国の新聞にくらべると、日本の大新聞が寄稿家に許す自由の範囲は広い。社説の立場と全くちがう立場の論文が、同じ日付けの同じ新聞に掲載される。社説と記事、ことに社説と署名のある論文との距離が、大きいのだ。寄稿家の立場からいえば、むろん好都合なことである。しかしそれだけではない。東京の新聞とロンドンやパリの新聞との本質的なちがいを前提とするかぎり、東京では社説の方向に紙面が統一されてはならないという十分な理由があるだろうと思う。前提となる本質的なちがいとは何であろうか。

第六、東京では新聞が公然と特定政党の立場を代表するということがない。超党派性がその原則である。新聞が本来党派性を原則とするパリの場合とは正反対だ。パリでは左翼的な意見は左翼の新聞によって、右翼的な意見は右翼の新聞によって、代表される。その場合には左翼の新聞に右翼的な意見が発表されなければならないという理由がない。ところが東京のように大新聞のすべてが超党派性をたてまえとし、その意味で同質的な立場をとる場合に、しかも紙面が社説の線に統一されるとすれば、それ以外の立場の意見は大衆に達する道を失うことになるだろう。公正で客観的な事実は一つかもしれない。しかし多くの事実のなかからその事実をえらび、その事実を他の多くの事実と関連させて意味づける仕事は、そうする人の立場による。立場は原則として一つではなく、複数である。相異なる複数の立場が立場を本来異にする複数の新聞によって代表されないとすれば、同質的な新聞のおのおのが、それぞれ複数の立場を反映するほかはあるまい。

第七、新聞の立場が原則として超党派的であるということから、実質的には、次のようなことがおこる。

すなわち対立する二つの陣営LとRの、——というのは、たとえば米ソの二大陣営というようなことではなく、国内でたとえば政府・与党と反対党・大衆というような対立する二派について、——双方を批判しながらLとRの中点Mを主張する。労使問題で中労委が調停案を出すように、中道を唱えるのである。このやり方によれば、LまたはRがいずれかの方向へ動くとともに、新聞の立場Mもまたその方向へ動くということになる。この動きは、中道主義の定義そのものによって受動的である。しかしそれが紙面にあらわれた瞬間から、その巨大な影響力によって、積極的な効果をもつ。受動的な原因が、積極的な効果をみちびき、その効果がまた受動的な原因を生むという循環が、中道主義の論理そのものに内在するのである。

こういう中道主義がはっきり破られたのは、五月二〇日以後、六月一〇日ごろまで——このころから米大統領の訪日歓迎を唱えはじめた新聞が多い——である。けんか両成敗・中道主義によれば、「二〇日の強行採決で警官を導入したのは与党がわるい、そのまえにすわりこみをしたのは反対党がわるい、どちらもけしからぬ」ということになるはずである。ところがこの場合にだけは、「警官導入はわるい、その直接の原因であるすわりこみもわるい、すわりこみの原因である岸内閣の安保改定強行方針はもっともわるい。故に内閣は辞職して国会を解散すべし」ということになった。この結論は反対党の言い分と同じであるから、対立するLとRの中点Mではない。この場合にRは極端に（かつ急激にだ）右へ寄り、したがってMもまた大きく右へ寄り、もはや新聞のみとめることのできる限度を越えた。その限度とは一体何だろうか。

第八、新聞がけんか両成敗方式を捨てたのは、安保強行採決から判断すると議会民主主義の形式が破られたからである。議会民主主義はまもられなければならない、ということだけは、それが対立する両派の中点であろうとなかろうと、そのものとして主張された。だから岸首相も「新聞は公平でない、客観的でない」といい、吉田元首相も旅先のアメリカで「日本の新聞は真実を伝えない」といったのである。その意味は、新安保をめぐっての国内政治の悪循環が、根本的には岸内閣の責任だということ以外ではない。

第九、新聞社も私的企業であり、当然日本の企業に固有の雇用関係から影響されている。

第一〇、新聞もまた日本人の仕事であり、当然日本人に固有の感情的反応を示している。

この最後の二点についても、西欧の場合とくらべて、独特の点が少なくないと思うが、今は詳しくいうことができない。しかし、とにかく以上の一〇大特色を心得ておけば、日本の新聞はこの国を誤解する原因になるどころか、かえってこの国を正確に理解するために役立つはずなのである。

安保条約と知識人

岸内閣と安保条約の不評判は、今ようやくヨーロッパの新聞にも伝えられだしたようだが、日本の国内では一年もまえから、この条約をめぐる争いがつづいていた。その争いの基本的な理由は、一方にアメリカとの経済的な結びつきの必要があり、他方にアメリカとの軍事的な結びつきの危険があって、それをどう評価し、どう調整するかに、意見のちがいがあるからだといってよいだろう。

政府は、アメリカに軍事基地を提供することで、日本が極東の軍事的紛争にまきこまれる心配はないと説明している。しかし、説明の根拠は、「事前協議」によって駐留米軍の行動を束縛できるからというので、多くの国民は釈然としていない（「事前協議」の一項はあっても、条約本文には入っていない。「協議」と「承認」とは言葉がちがうから、その意味もちがうだろう。軍事行動には機敏を尊ぶはずだから、事前協議は事実上の事後承諾になりかねないという意見がある）。そこで政府は「アメリカの善意に信頼する」と説明する。アメリカが友好国日本に不都合なことをするはずがない——そうア・プリオリに確信して、ゲタを他人にあずければ、安心立命の境地がえられるだろうが、これはいわば宗教的信念のようなもので、現実的な政策の裏づけとしては無理である。

そのうちに米機のスパイ越境事件が起こり、ソ連国防相は、ふたたび越境機があればその基地を攻撃するかもしれないといいだした。おそろしい声明である。そこで日本の「外務省筋」は「あの声明は本気ではなかろう」といった。しかし本気であったらどうするつもりか、ということには、触れなかった。

つまりアメリカの善意に信頼することと、ソ連の責任者の公式声明は多分本気ではなかろうということと、ただそれだけのことが、軍事的な紛争にこの国がまきこまれないという保証のすべてであるらしい。そういう軍事協定を、この先一〇年の期限でむすんでもよいものかどうか。国民の圧倒的多数は意を決しかねている。さらに有権者総数の四分の一にも達したという請願が議会に対して、条約の不承認または承認の延期をもとめていた。岸政府が議席の多数をたのんで無理にも条約の承認に押しきろうとしたのは、そういう状況のもとにおいてである。事実五月一九—二〇日の深夜に、突如、警官を議事堂内に入れ、反対党のいない議場で、与党はこの条約を可決・承認してしまった。長い間、安保条約そのものに関しては二分されていた世論も、その五月二〇日の暴挙以来、責任者岸首相の辞職と、国会の解散をもとめるかぎりで、圧倒的に一致した。

第三者である外国人の立場からみれば、警官を議会内に入れた状態で採決した与党だけがわるいのではなく、すわりこみで本会議の開催を妨げようとした社会党もおかしくみえるかもしれない。警官導入の直接の原因は、たしかに反対党のすわりこみであったろう。しかしすわりこみの原因は、反対党および国民の大多数にろくな説明もあたえず、これほど重大な案件をいそいで可決しようとした政府・与党の態度にある。この場合にけんか両成敗のみ方をするのは、第三者の立場を公平にすることではなく、浅薄にすることにすぎない。日本のほとんどすべての新聞は、このような議会民主主義破壊の責任をあげて岸内閣に帰したとき、君が外国で読んでいるだろう新聞のけんか両成敗的み方よりは、はるかに深く現実にたち入った公平なみ方をしていたのである。もとよりすわりこみは変則である。警官導入もまた変則である。しかし、すわりこみで法律は成立しない。警官導入による採決で法律は成立するのだ。法律は一度成立すれば日本国民を拘束するから、日本国民の目にもその二つの変則が同罪と映じないのはすわりこみの根本原因までさかのぼらなくても、当然のことであろう。

安保新条約は国民の大部分を十分に納得させていない、むしろ審議の過程で、それに対する疑惑がいよいよ大きくなっている。——ということを一応別にしてみても、安保新条約を調印した内閣は、あきらかに国内で民主主義的な手つづきの原則をふみにじった。そこで、日本の知識人の多くが思い出すのは、次のようなことである。戦前の日本の議会主義には、はじめから多くの制限があったが、その基本的な原則さえもが次々に破られた。

そして、ついにあらわれたのが、あの不幸な軍国主義体制である。その過程の進行を、みずから防ぎえなかったという苦い経験がわれわれにある。その経験をくり返したくないという気もちが、誰の心の底にもある。

言語道断な軍国主義は、突然、成立したのではなかった。軍人のクーデターは、そのまえに何度か試みられたが、いずれも失敗していた。東条政権は、クーデターによって成立したのではない。クーデターを必要としない条件のもとで、いわば合法的に成立したのである。そのような条件があらかじめいつとはなしにできあがっていたのである。しかしほんとうに「いつとはなしに」であったろうか。いちど東条政権が成立した後に、その政権を倒すことはもとより、批評することさえも――たとえその気があったとしてもだ――事実上不可能であったにちがいない。しかしそのまえに、もっとはるか以前に、やがては東条政権に必然的にみちびかれるであろうような条件が整うのを、あらかじめ押えることはできたのではなかろうか。

われわれの自由が完全に奪われたあとでは、どういう抗議もできない（ということは経験によってあきらかである）。とすれば、自由の奪われてゆく過程のどこかに、抗議が必要であり、また可能であり、それによってやがて自由が全く失われるだろう過程の進行をくいとめることのできる決定的な時期があるはずだろう。もしそういう時期がないとすれば、国民は自分の国の運命をきめることができないのであり、すでに民主主義はその原理において成りたつまい。逆に民主主義が何らかの意味で成りたつとすれば、みずから事を決することのできる時期の存在も、またみとめられなければならない。その決定的な時期は、一体いつだろうか。警官の入った深夜の国会で安保条約の採決が行なわれたときに、そういう時期の一つが到来した、とわれわれの多くが感じたことは確かである。

竹内好教授は、この内閣のもとで教職をつづけることはできないといって、その奉職していた大学に辞表をだした。それは、立場の左翼的であるとか、自由主義的であるとかいうこととは関係がない。ファシズムを通ってきた人間が、ファシズムをふたたび日本の国土に迎えたくないということ、またどういう種類のいくさであっても、いくさには一切まきこまれたくないということ、従ってすべての武装を放棄した平和憲法制定の精神をまもろうということであるにすぎない。国難をきり抜けるには、理想主義が必要である。

外からみて君は、日本の大学の自由は、それほどまでに圧迫されているのか、というかもしれない。もし大学の教授に言論の自由があれば、教職を去る必要はないのではないか、と。またそうすることで一体、現在の社会情勢にどんな影響をあたえることができるのか、というかもしれない。しかしその影響は、測定することの困難なほど広く大きいだろう、とぼくは思う。ただ影響は直接に政治的な面にではなく、精神的な面におよぶだけである。大学の教授が職を去るべき時が、今この時期であるかどうか、その情勢の判断は、竹内教授の判断が唯一の判断ではあるまい。しかし、一般に知識人は、みずからの原則に忠実であるべきこと、それは単に内心の問題ではなく、ある時期には、はっきりした進退として外にあらわれるべきこと、ただその二つのことは、竹内教授の行為によって、あきらかに示されたのである。それは示されるに値することであった。なぜならそのほかに、軍国主義成立の歴史からわれわれの学び得ることはないからである。

政府・与党は、条約承認の手つづきは、警官導入も含めて合法的であったといい、反省の余地は全くないと称している。しかし羅馬書三章二八節にもいう、「人の義とせらるるは信仰に由りて律法の行に由らず」と。民主主義的な理想への信仰がなければ、合法的にも民主主義のほろびた例は少なくないのだ。必要なのは理想主義である。

記憶喪失の幸福

君たちはいま、ユダヤ人排撃運動でさわいでいる。君たちというのは、ドイツ人だけのことではない。ぼくのような極東の住民からみれば、西ドイツばかりではなく、英仏の人たちもあわせておよそ西洋人ということになるが、君たち西洋人についておどろくのは、いかにも記憶力がよすぎるということだ。戦後一五年もして、今再びカギ十字があらわれると、すぐにさわぎ出すのは、アウシュウィッツで何百万のユダヤ人を、老若男女、ただユダヤ人なるが故に、毒ガス室へ送りこんで、組織的に、計画的に、一糸乱れず虐殺したヒトラー総統とその国家社会主義、ゲシュタポやSSの歴史を、忘れていないからであろう。そればかりではない。君自身も、今の西ドイツ政府の高官が昔ナチに属していたことを思い出している。イギリスの新聞のなかには、アーヘン、ボン、ドルトムント、デュッセルドルフ、エッセン、ゲルゼンキルヘン、ケルンの刑事部長がのこらず、もとSSの高い地位を占めていた、ということさえ忘れていないものがある。何という記憶力だろうか。われわれは、そういったことをみんな忘れてしまう。

現に日本の諺には、水に流すということがある。君たちからみれば、記憶喪失症とうけとれるかもしれないが、これこそは、昔のことを一切忘れて、幸福に暮らそうという日本の国民的伝統だといえるかもしれない。江戸っ子は宵越しの金を使わない。その日暮らしに、どうして過去を思い出す必要があろうか。日本の過去にも悲劇がなかったわけではない。アウシュウィッツほど組織的・計画的ではなかったようだが、とにかく無秩序で衝動的な南京大虐殺があった。そのほか、戦後の東京裁判もさらけ出したように、「無責任な軍国主義者」の侵略と人権無視のあらゆる例があり、ゲシュタポの日本版・特高警察もあった。そういうことは、すべて昨日あったのだが、われわれの流儀では、昨日のことは水に流して綺麗さっぱりと忘れるのである。

今の日本政府の高官に、もと「無責任な軍国主義」政府の閣僚がいないわけではない。その高官とは誰よりも総理大臣であり、絶対多数党の総裁である。しかし、われわれ日本国民の少なくとも大多数は、その過去を一切水に流して、この総裁をいただく政党を支持し、あらゆる国政をあずけ、殊に国の安全保障に関しては、その「大東亜戦争」指導の手腕に鑑み、満腔の信頼をよせている。昨日は昨日、今日は今日。そのとき巷に声あり、うたって曰く、昨日は日独軍事同盟、今日は日米安保体制と。しかし、ぼくのような一般庶民が過去を思い出すのは、そういう小さな巷の声よりは、むしろ日本人ならぬ西洋人の、途方もない記憶力に接しておどろき呆れるときだけなのだ。岸さんがアメリカへ新安保条約の調印に出かける。するとアメリカの有名な週刊誌は、こう書く。一九二〇年に岸信介は東京大学法学部を卒業し、農商務省に入った。二六年には最初の米国訪問。四一年には商工大臣として、戦争を積極的に支持した。四四年には戦局不利とみて東条追い出しを策し、戦後は戦犯として巣鴨に三年を過した。その間、床掃除をし、西洋の本をよみ、詩をつくった、と。そして、その詩の一つを英訳で引用する。英訳からもう一度訳しなおせば、「わが名を犠牲にしても、後世に伝えたいのは、日本が正義の聖戦をやったということだ」というのである。——そんなことを、われわれ日本人自身はめったに思い出さない。

しかし、われわれが一切水に流しているのは、敗戦までの軍国主義や聖戦や南京虐殺ばかりではない。敗戦後の平和憲法や武装放棄や人権擁護の理想主義もまた綺麗さっぱり忘れようとしている。

君も知っているように、われわれの憲法の第九条には、戦争の放棄が規定され、その次に「前項の目的を達するため、陸海空軍その他の戦力はこれを保持しない。国の交戦権はこれを認めない」と書いてある。この憲法は敗戦後、占領中にできた。それができたときに、総理大臣吉田茂は、議会で「自衛のための戦争を正義の戦争だと考えることは、侵略者を想定するもので、有害無益である。従って自衛のための戦力をもつことは許さるべきでない」と説明した。ところが今の総理大臣岸信介は、「自衛のための戦力は、憲法に矛盾しない」といい出している。総理大臣の憲法解釈、それも肝心なところで、一体軍隊をもってはならぬという憲法なのか、もってよろしいという憲法なのか、ということの解釈さえ、一〇年そこそこのうちには豹変するわけだ。こういう便利なことが、自由自在に行なわれるのも、われわれ日本人が、一〇年まえのことは水に流して、一切覚えていないからである。

憲法制定議会で田中耕太郎さんは文部大臣であった。海野晋吉さんという日本人としてはめずらしく過去に拘泥する人が、「速記録」から引用している田中さんの第九条に関する説明は、こうであった。「不正義の戦争を仕掛けてきた場合において、これに対して抵抗しないで不正義を許すのではないか、というような疑問を抱く者があるかも知れない……併しながら……不正義は世の中に永く続くものではない。剣をもって立つ者は剣にて滅ぶ、という千古の真理について、我々は確信を抱くものであります。……仮に日本が不正義の力に依って侵略されるような場合があっても、併しそれに抵抗することによって、我々が被むるところの莫大な損失を考えて見ますと、まだまだ日本の将来の為にこの方を選ぶべきではないか……戦争放棄ということも決して不正義に対して負ける、不正義を認容するという意味をもっていないと思うのであります」

今いわゆる砂川裁判で最高裁判所が憲法解釈を論じるときに、田中さんは最高裁判所長官である。その判決はいう。「わが憲法の平和主義は決して無防備、無抵抗を定めたものではない」

「自衛のための戦力の保持」を憲法が禁じているかどうかは判断を保留するが、「自国の安全と平和を維持し、その存立を全うするために必要な自衛のための措置をとることは当然」憲法の趣旨に適っていると。「剣をもって立つ者は剣にて滅ぶという千古の真理」の方は、もうこの判決のなかには出てこない。「千古の真理」とは、少し話が大げさすぎたのであろう。千古どころか、一〇年もちこたえる真理もなさそうな気配だ。

いや、ぼくのいおうとするのは、一〇年もちこたえる真理があるかないかではない。いわんや、それが田中さんにとってあるかないかではない。おそらく文部大臣としての発言と最高裁長官としての法律解釈が、いくらかちがうのは、あたりまえなのかもしれない。ぼくがいいたいのは、そういうことではなく、君たち西洋人の過去にこだわり、もとナチの領袖を信用せず、一〇年まえの解釈を覚えていて、事ある毎に思い出すという式の窮屈なやり方に対し、わが日本の伝統的水流し方式が、どれだけ楽天的で、どれだけ和気あいあいとした人生と国家の妙法であるか、ということである。

たとえば敗戦直後にも、だれかが一億総ざんげという言葉を発明した。一億総ざんげというのは、皆がわるかったということで、裏返していえば、誰も特にわるかったわけではないということである。つまりあれほどのいくさのあとで、責任をとる必要のある人間は一人もいなかったというのだから、素晴らしい。一同これには大賛成をした。従っていわゆる「追放」さえ解除されれば、戦争責任問題は忽ち消えてなくなり、そもそも戦争があったことさえ、ほとんど覚えていない。覚えているのは、敗けた戦争ではなく、勝った戦争、たとえば明治大帝と日露大戦争だけだから、幸福になるのがあたりまえである。われわれは不愉快なことは一切忘れ、愉快なことだけを思い出すという心術に長じているので、これこそは人生の幸福を獲得する最高の方法だという悟りに達しているのである。君たちは忘れたくても、忘れられない。もう少し鈴木大拙さんの英語の本でもよんで、心術を勉強しなければ、どうにもならないという気がする。

それでは日本流の生き方とは要するに無原則ということだろうと君は考えるかもしれない。しかし、君のように原則に固執することこそ、理想主義的であって、現実的でないのだ。そういう理想や原則をもつことを、日本語では、まだ大人になっていないという。われわれとしては、西洋人を育成して、西洋人が一日も早く大人になることを、悲願としている。

5

言葉と戦車

「イヴァンよ、おまえにやる花はない」（チェコスロヴァキアの花屋の広告）

1

一九六七年の早春から、チェコスロヴァキアでは言論の自由をもとめて知識人の動きが活潑になりはじめていた。（その動きには、イスラエルとの国交断絶問題も絡らんでいる。）政府は弾圧政策をもって臨み、ヤン・ベネシュ（Jan Benês）を投獄し、ムナッコ（Mnacko）を追出し、作家同盟の機関週刊誌「リテラルニ・リスティ」（Literarni Listy）の編集を作家たちの手から奪った。六七年の秋には、このような政府と知識人との間の対立が、党指導部の内側で「改革派」と「保守派」との対立となってあらわれる。同じ年の暮には、スロヴァキアの党第一書記ドゥプチェク（Dubcek）の率いる「改革派」と、党中央委員会第一書記ノヴォトニー（Novotony）の代表する「保守派」とが、党の指導権をめぐって抗争していた。その抗争の結果が、翌六八年一月のノヴォトニー解任、ドゥプチェク党第一書記就任である。「リテラルニ・リスティ」はただちに作家たちの手に戻り、しばらくして作家ヤン・ベネシュも釈放された。党内の人事は「保守派」を排除して大いに動き、三月末から四月末までのわずか三週間ばかりの間に、スヴォボダ（Svoboda）大統領、チェルニク（Cernik）首相、シュムルコフスキー（Smrkovsky）国会議長という指導体制が確立する。そのいわゆる「自由化政策」は、まず国外旅行の自由と、言論の自由において、徹底し、外貨制限にも拘らず、ユーゴスラヴィアや国外旅行者の数は、忽ちふえ、検閲の廃止と共に、新聞雑誌の発行部数は、数十万部も増加した。（たとえば「リテラルニ・リスティ」は、七月に四〇万部を刷っていた。プラハの人口一五〇万。この高度に知的な週刊誌の部数は、人口八〇〇万のロンドンの「ニュー・ステイツマン」の発行部数にも匹敵したのである。）今やプラハの大衆報道機関（新聞・放送）は、共産党政府の政策批判という点で、モスクワの「プラウダ」よりもはるかに自由であったばかりでなく、アメリカ帝国主義の公然たる批判という点で、東京のＮＨＫよりもまたはるかに自由であった。

ソ連の指導者たちは、プラハの「改革派」政府と接触しながら、「自由化」のゆきすぎを警告しつづけていた。五月のはじめに、ドゥプチェク、チェルニクの両指導者は、モスクワへ行った。ソ連軍の国境集中、コスイギン首相のカルロヴィ・ヴァリ訪問というようなことがあって、しかもプラハの「自由化」政策には、ほとんど変化があらわれなかった。そこで六月にソ連は軍隊をチェコスロヴァキアに入れる。「ワルシャワ条約軍の演習」をはじめ、「演習」の終った六月三〇日以後も、軍隊はそのままチェコスロヴァキア領内にとどまる。その間、プラハでは、政府の「自由化」政策の促進を要求して、知識人のいわゆる「二千語宣言」があらわれ（六月二七日）、外国軍隊の撤退をもとめて世論が湧きたった。ソ連側は七月一五日、ワルシャワに五ヵ国会議をひらき、チェコスロヴァキアの「自由化」政策を批判して、指導者会議を提案する。プラハは五ヵ国と共同の会議への参加を拒否し、七月末の三日間、ソ連国境にちかいチエルナ（Cierna-Nad-Tisou）で、ソ連の指導者たちと会う。同時にソ連軍は撤退をはじめ、軍隊のひきあげの終った八月三日には、ブラティスラヴァ（Bratislava）で、ワルシャワ会議の五ヵ国とチェコスロヴァキアが共同声明を出すところまでゆく。そのとき、ソ連は「反革命分子」の批判をつづけていたけれども、軍事的な介入の可能性は誰の眼にも著しく遠ざかったようにみえた。

ブラティスラヴァ会議の後、八月のチェコスロヴァキアには、外国からの訪客が絶えず、なかでも著名な訪問者は、社会主義国の共産党のなかで、「自由化」にもっとも批判的な党（東ドイツ）と、もっとも好意的な党（ユーゴスラヴィア、ルーマニア）の指導者たちであった。チェコスロヴァキアの国民は、外部からの批判（殊に軍事的な圧力を伴う批判）に対しては、いよいよ結束をかため、外部からの好意に対しては、熱狂的な共感をもって応えようとしていた。ソ連の軍事的な示威が、ドゥプチェク氏を、もはや知識人の代表ではなく、国民的英雄にしたであろうことに、疑の余地はない。

ソ連軍がチェコスロヴァキアに介入したのは、このような状況のもとにおいてであった。

六八年八月二〇日の夜一一時頃、かねて準備を整えていたソ連軍（及び他のワルシャワ会議四ヵ国の軍隊）(1)は、ソ連・ハンガリー・ポーランド・東独の国境を越えて侵入し、翌二一日の早朝六時頃には、早くもプラハの政府建物を包囲し、全国の主要な都市のすべてを占領していた。侵入した軍隊は、武力的な抵抗には出会わなかったが、占領と同時に、ありとあらゆる抗議の言葉に出会った。

チェコスロヴァキア政府は、軍隊に無抵抗を指示し、大衆に冷静を保つように訴えていた。占領軍の兵力は、五〇万に及び、戦車は一五〇〇台以上に達したといわれる。(2)武力の面では、占領側が被占領側よりも、比べものにならないほど強大であった。

しかし言葉の面では、逆に、被占領側が占領側を圧倒した。放送局の建物が占領されたにも拘らず、ほとんど占領と同時に活動しはじめた秘密放送の送りだす電波は、中欧の空にあふれていた。（その電波は、刻々に変る現地の情勢を伝え、チェコスロヴァキアの国内に何がおこっているかは、国外の聴取者にとってさえ、占領後にかえってはっきりしたほどである。）新聞社が占領されたにも拘らず、秘密印刷の新聞は、街頭で何万部も配られた。街の壁には、到るところで、見えない手が、大きな文字を書いていた。抗議と呪の言葉はまた、行進する青年の叫びとなり、拡声器の呼びかけとなり、老幼男女の通行人の面罵となり、兵士たちと議論をする市民の弾劾の声となって、占領軍の戦車をとりまいたのである。

今やドゥプチェク・スヴォボダの名は、チェコスロヴァキアの国中に遍在していた。占領軍と協力したといわれる人々の名まえは「裏切り者」として貼り出された。たとえば六匹の鼠が尻尾をつないだ図の一匹ずつが著名な人物の名札をつけていた（Koldar, Indra, Jakes, Pillar, Bilak, Svestka）。「自由（チェック語ではスヴォボダ）、社会主義、主権尊重、民主主義」の語もあらわれ、「中立主義」もまたそれに加えられる。「われわれは引返さない。占領に協力するな。」「社会主義の建設は戦車ではできない。」「民主主義は君たちの知ったことではない、占領はわれわれの知ったことではない。」「プラハ特派員のモスクワ宛電報に曰く、プラハで今朝《反革命分子》が二十人生れた、戦車二十台至急送れ。」「USSR＝SS。」「レーニンよ、墓から起ちあがれ、ブレジネフの頭がおかしくなった。」「一体何のために君たちはやって来たのか。」「早く帰れ。」(3) こういう言葉の溢れているなかで、チェコスロヴァキア政府の公式の訴えが、拡声器でくり返されていた、第一、占領は不法な侵略行為である、第二、「自由化」政策の目的は、「民主主義的な社会主義」の建設である、第三、政府は、ワルシャワ条約からの離脱をもとめず、その枠のなかでの内政不干渉・相互の主権尊重をもとめる。……

ソ連側の拡声器のいうところは、第一、軍事介入が「チェコスロヴァキアの政治的指導者の要請」にもとづくということ、第二、その目的は「反革命分子」に脅かされた社会主義をまもるためであるということにすぎない。軍事介入を要請したという「政治的指導者」（複数）の名まえは、あきらかにされず、「反革命」の定義もあきらかではなかった。

チェコスロヴァキア国民に対してはもとより、第三者に対してさえも、説得力がなかったろう。もし軍事介入が、「反革命」に脅かされた人民を救うためであったとすれば、嘗て赤軍がナチ権力の支配からチェコスロヴァキアを解放したときのように、乗りこんだ軍隊は人民から歓迎され、人民の協力を得られたはずであろう。しかし圧倒的多数は、敵意を示し、協力者は稀な例外でしかなかった。

言葉は、どれほど鋭くても、またどれほど多くの人々の声となっても、一台の戦車さえ破壊することができない。戦車は、すべての声を沈黙させることができるし、プラハの全体を破壊することさえもできる。しかし、プラハ街頭における戦車の存在そのものをみずから正当化することだけはできないだろう。自分自身を正当化するためには、どうしても言葉を必要とする。すなわち相手を沈黙させるのではなく、反駁しなければならない。言葉に対するに言葉をもってしなければならない。一九六八年の夏、小雨に濡れたプラハの街頭に相対していたのは、圧倒的で無力な戦車と、無力で圧倒的な言葉であった。その場で勝負のつくはずはなかった。

2

チェコスロヴァキア占領には、大軍五〇万が動いて、およそ東京一ヵ月の交通事故に相当する死傷者しかなかった。占領後一週間、チェコスロヴァキア側の発表によっても、死者は五〇人にみたず、負傷者は数百人にすぎない。ということは、占領軍の側に、規律があり、一般人民との衝突を避けようという命令が、よくまもられていたことを示しているだろう。しかしまた、暴力による抵抗を抑えたプラハの指導者の訴えが、大衆の間によく浸透したことも示しているにちがいない。

大衆の抵抗は、あきらかに自発的であった。直接の暴力以外のほとんどあらゆる手段が採られ、空港の電気はとまり、占領軍の駐在する地域では水道もとまった。戦車のまえには青年男女が坐りこみ、戦車そのものに「ドゥプチェク」、「侵略者」の語を大書し、鉤十字を落書する者さえもあらわれた。プラハの番地と住居の名札は消え、道路の方向標識は抹殺され、どの矢印もただモスクワを指していた、車馬の交通を禁ずる国際道路標識（赤い円）のなかには、戦車が描き入れられた。占領軍がヘリコプターで撒く声明書は、かき集められ公然と焼き捨てられた。本社を占領された新聞が、秘密の印刷所で印刷され、街頭で配布されたことは、まえにも触れたとおりである。一説によれば、その部数は、たとえば、「ルーデ・プラヴォ」（Rudé Pravo）が、プラハとブルノで、十万部に達したという。そういうことも、また周到な準備と組織がなければ、考えられないことであろう。殊に秘密放送局は、占領とほとんど同時に、多くの場所で、忽ち活動をはじめたのである。（私は二一日の夕方、ブルノの放送局員の悲痛な顔が、突然、ヴィーンのＴＶの画面にあらわれるのを見た。彼はドイツ語で、ヴィーンに訴え、ヴィーンを通じて世界に訴えようとしていた。そのかくれ場所に、いつ占領軍が踏みこんで来るかわからぬという、今チェコスロヴァキア政府には報道機関がないから、代って状況を伝えるのだといった。それは、合法的な政府のために語る合法的な放送であり、同時に絶えず追跡され、発見されれば破壊されるところの秘密放送である。「合法秘密放送」とチェコスロヴァキア人は、名づけた。もし占領が非合法ならば、その言葉に矛盾はない。占領下のチェコスロヴァキアでは、公然たるものは非合法であり、要するにチェコスロヴァキア国民の占領合法的なるものは秘密であるほかはなかった。）大衆の占領軍に対する自発的な抵抗は、非暴力主義の徹底という面でも、合法秘密放送・出版という面でも、また議会や組合の合法秘密集会という面でも、高度に組織されたものであった。大衆運動における組織された自発性、——そういうほとんど奇蹟的な状況が、なぜ六八年八月のチェコスロヴァキアには出現したのであろうか。

五六年のブダペストの大衆の反抗は、自発的ではあったろうが、必ずしも組織されたものではなかった。また指導組織の内側に分裂があり、ソ連軍の戦車がブダペストに入って二日後には、早くも新しい政権が成立していた。しかしチェコスロヴァキアの場合には、スヴォボダ・ドゥプチェクを排して、新政権を成立させることは、ついにできなかった。南ヴィエトナムの国民解放軍は、抵抗の過程を通じて組織された自発性そのものである、といってもよいだろう。しかし米軍が協力者を見出していることは、その抵抗が全国民に及んではいないことを示している。チェコスロヴァキアの場合には、組織のあらゆる水準で、組織をとおして、全国民が結束した。そういうことが可能であったのは、あらかじめ全国民的な組織が機能していたからにちがいない。（そういう組織は、むろん、南ヴィエトナムにはなかった。）四五年にナチからチェコスロヴァキアを解放したソ連軍は、共産党政権を成立させ、その組織を鼓舞することで、六八年の抵抗の組織性を準備した。六八年に介入したソ連軍は直接に、相手方の抵抗の自発性をよびさました。チェコスロヴァキアの大衆行動の独特の性格を可能にしたのは、ソ連軍そのものであるということができるだろう。しかしそれは、大ざっぱな話にすぎない。

戦後二〇年以上も、「スターリン主義的」共産党政権が、その国を支配して来たとすれば、その党のつくりだした組織そのものが、なぜ「保守派」指導者の手を離れることになったのか。たとえば中国では紅衛兵が党内の「実権派」を攻撃しつづけてきた。「改革派」指導者を支持する大衆が、「保守派」指導者の実権を握る党組織（の少くとも一部）と対立するという事態が、なぜここでは生じなかったのであろうか。とにかく六八年八月二一日現在、共産党とその指導してきた組織が、そのままドゥプチェク支持・占領反対の全国民的な運動の組織と化したことに疑の余地はない。そういうことがおこり得るためには、単にチェコスロヴァキアに、あらかじめ全国民的な組織があったということだけではなく、「スターリン主義的」な政権のつくり出した組織そのものを、「スターリン主義的」な政権への反対に、駆りたてずにはおかないような特殊な事情があったと考えなければならないだろう。その事情とは、どういうものであったか。ソ連軍介入以前の副首相オタ・シック(Ota Šik)、法相ボフスラフ・クチェラ(Bohuslav Kučera)[4]の言葉を考慮しながら、私に想像できるのは、次のようなことである。

第一、チェコスロヴァキアは東欧社会主義国のなかで、社会主義化以前に、工業化されていた唯一の国である。(東ドイツを算えれば、社会主義以前の工業化の例は、二つになろう。そのことには後に触れる。)殊にボヘミアは、中部欧洲で工業化のもっとも進んだ地域であった。そういう地域に、計画経済のいわゆる「スターリン方式」が適用されたとしよう。「スターリン方式」は、行政機関の徹底的に中央集権的な計画と、各企業の量的な「ノルマ」達成を、原理としている。この方式が、大きくみて、ソ連の工業化に成功したことは、確かである。しかし工業化が一定の段階に達したところで、大きな困難に出会うことになった。(複雑化した経済活動の詳細を、中央の機関で、充分に計画し統制することは、むつかしい。また製品の質や企業の能率の意味の大きくなった社会で経済活動を製品の量だけから評価することも、むつかしい。)したがって社会主義化以前のチェコスロヴァキアの工業化段階が、他の東欧諸国の場合とはちがって、「スターリン方式」末期のソ連の工業化段階に近かったとすれば、チェコスロヴァキアの場合には、はじめからその「方式」の限界と困難が大きかったはずであろう。経済的には、その困難が、オタ・シック氏のいわゆる「早くて広汎な生産の増加と、数年間つづいた消費材および生活水準の向上」によって、蔽われてきた。（しかし他方では、「農業、サーヴィス、基礎構造の犠牲」、「投資の無駄や、対外貿易上の損失」を伴っていた。）政治的にみれば、経済的困難の大きくなるにつれて、官僚統制の必要もいよいよ大きく感じられるだろう。しかし官僚統制が徹底すればするほど、経済的困難はいよいよ深刻になる。このような悪循環は、統制の機構そのもの、党組織そのものの内側で、もっとも鋭く意識されたにちがいない。そこで「方式」に重大な修正を加えるか、党組織そのものをさらに中央集権化して、党内の批判を一掃するか。前者が、改革派の考え方で、後者が「保守派」の考え方であろう。「チェコスロヴァキア経済を全面的な発展へ移行させるために、基本的なことは、今日の条件のもとで、生産の構造を根本的に変え、生産要因の（量的ではなくて）質的な発展を保証することである。」（オタ・シック）。

第二、党内の批判の一掃という手段は、クチェラ氏のいうところによれば、主として一九四九・五〇・五一年の三年間にとられた。そのとき裁判によらず、行政的決定によって、多くの人々が「思想善導所」（Lager für Besserungsarbeit）に送られたのである。その人々、および四八年―五六年のおよそ十年間に政治的理由で有罪とされた者、あわせて六万乃至七万人を、この六月以来プラハの裁判所は、再検討しようとしていた。再検討の結果、無罪とされる者は、おそらく半分、あるいは四分の三に及ぶだろう、と法務大臣自身が推定していた。少くみても三万人。そのすべてが共産党員ではなかったろうが、国内の多くの組織（組合、クラブ、その他）のどれかに属していたはずであろう。こういう前史があったとすれば、組織の活動家がドゥプチェク支持に積極的になったとしても、おどろくには当らない。彼らは大衆に対してではなく、大衆と共に、「自由化」の将来に、希望を託したのである。別のことばでいえば、そのときはじめて、チェコスロヴァキアの共産党は、政権を手にしながら、同時に「人民の前衛」となった。と同時に、必ずや一種の理想主義が現実(のむろん全部ではないにしても、その一部)となったはずであろう。嘗て「長征」の中国共産党のなかに、美しい理想主義が燃えていたように。たとえば社会党に属するクチェラ氏は、次のようにいったときに、プラハの共産党のためにも語っていたにちがいない。「チェコスロヴァキアの社会主義は、ポーランド・東独・ハンガリー・ソ連と同じものにはならないでしょう。……しかしあなた方の資本主義を輸入するつもりはない。西側の消費社会は、経済的には大きな成功かもしれません。しかし人間的には、われわれの誰にとっても必要なヒューマニズムを欠いている。私の意見では、今までわれわれはまちがった考えに捉えられ、その消費社会をまねようとし、しかも下手にまねしようとして来たのです。もちろん経済的な成功は必要だが、人間のために、人間的な社会秩序のなかでの成功でなければならない……」「人間のために」という言葉が題目以上の意味をもつとき、社会主義政党はほんとうに大衆の「前衛」となる。もし社会主義政党が、ほんとうに大衆の前衛であるならば、すべては大衆の、人間のために、計画されるだろう。

もとよりここで私がチェコスロヴァキアの共産党についていうことは、臆説にすぎない。

それが見当ちがいでない、という保証はない。しかし、もしそこに当らずとも遠からずの面があるとすれば、「人民の前衛」という言葉を絶えず題目として唱えて来た人々にとって、「人民の前衛」という現実のまことに捉え難いだろうことは、容易に想像できる。「前衛」の現実を認めるとすれば、そのことはただちに、「前衛」の題目の題目にすぎないことを認めることになるであろう。ところが題目にすぎないことのあきらかな題目は、題目としての役割も果さない。すなわちチェコスロヴァキアの状況には、各国独自の社会主義ということだけでは、片づけられない一面があった。現実と化した言葉——あるいはむしろ現実と化そうとしている言葉——というその一面は、モルダウ河畔にかぎってそれを認めることのできないものであり、世界のどこにおいても認めるか、どこにも認めないか、どちらかでしかありえないものであった。社会主義の世界において、しかし究極的には、地上のあらゆるところで。

3

六八年八月末ソ連の戦車がプラハの舗道の上を走り廻っていたとき、シカゴでは警察が無防備の青年男女を殴りつけ、蹴倒し、半殺しにしていた。彼らは何をしていたのだろうか。要するに権力が用いる言葉、題目と化した言葉に、別の意味を、現実的な中身をあたえようとしていたのである。

放浪の癖収らず。私は、六八年の初夏に、東京を発ち、モスクワを通り、ワルシャワに一瞥を投げ、しばらくヴィーンに旅装を解いてから、再び八月の初旬に、ドナウ河畔を南下して、ブラティスラヴァを訪ね、東に向って、タトゥラ山中に彷い、それから一転して、モラヴィアの丘を越え、ボヘミアの森を横切り、プラハの数日の後、再びヴィーンへ戻った。その間、私にとって印象の深かった見聞は、二、三にしてとどまらないが、事の全く意表に出たのは、なによりも次のようなことであった。

道中知人と雑談しながら、話題がヴィエトナムのいくさに及ぶと、社会主義国では勝手が大いにちがう。モスクワの知識人の反応は、東京の仲間のそれと全くちがい、プラハの学生の態度は、パリの学生のそれとほとんど逆であった。折からパリでは、北ヴィエトナムの代表が、北爆の全面的停止をもとめ、米国の代表が反対給付の保護なしに北爆をやめることは出来ない、といって対立していた。「ハノイも頑固ですね」とモスクワの知人はいった。しかし米国は北ヴィエトナムを爆撃し、北ヴィエトナムは米国を爆撃していない。「一体ハノイがどうすれば頑固でないのですか。」と私はいった。「いや、こまかいことは別にして、ここには、新聞の公式的な説明を信用しないという空気があるのです。御承知のように、ここの新聞ではワシントンが黒で、ハノイが白ですね。それならば、実際には黒白のはっきりしない問題なのだろう、という判断におちつく……」冗談ではない、自分でも少し資料をあつめて、考えてみたらいいではないか、という思いが、むろん、私の念頭にはうかんだ。しかし私がそういわなかったのは、私の話相手にとっても、東京の私にとってと同じように、ヴィエトナムのいくさについて、基本的な資料を手に入れることが容易なのだろうか、という疑問がおこったからである。基本的な資料は、少くとも紛争の双方の言分を含み、第三者の観察を含むものでなければならない。もし一方の言分だけがあたえられていて、それを鵜呑みにすることを望まないとすれば、その言分を逆方向に修正するほかないだろう。どこまで修正するかは、「勘」に頼る以外に、標準がない。私はそう思いなおして、話題を変えた。またプラハでは、ヴィエトナム反対の労働者「デモ」が米国大使館の星条旗をひきずりおろし、学生たちがそれをもとに戻したという話を聞いた。その評釈に曰く、「ここでは、ヴィエトナム反対運動が、たとえ下から起っても、すぐに上からの組織に組みこまれてしまう。官僚の統制に鋭く反対すればするほど、権力側が推進してきたヴィエトナム反対運動には参加できないということになりますね。」また大学生のひとりは私にこういった。「西ベルリンへ行ったときに、リースマンやポッパーの本を探そうとしたら、案内してくれたベルリン大学の学生が、そんなものはブルジョワ的で役にもたたないという。しかしライト・ミルズやマルクーゼならば、西ベルリンまでゆかなくても、ここで読めますよ。私たちの望んでいるのは、一つの立場からではなく、多くの立場からの解釈を知った上で、比較してみたいということです……」西側の革新的な青年たちや、権力に批判的な知識人たちの象徴は、ヴィエトナムも、マルクーゼも、すべて、社会主義国では、保守の象徴であり、逆に社会主義国において、もっとも過激な革新的要求は、議会内の反対党にしても、検閲の廃止にしても、すべて、西欧側では、もっとも保守的な意見にすぎない。その意味で、社会主義国は、ほとんどわれわれの住む世界の、鏡像のようにみえる。われわれにとっては、話し合いが簡単ではない。と同時に社会主義的なものの考え方に無縁なわれわれの側の保守主義者にとっては、「ソ連も今では自由主義国と変らぬ」といいだしたくなるほど、一応の話し合いは簡単だろう。現にたとえば一九六五年頃まで、米国では、大学教授と外国人留学生が、米国の「大衆資本主義」とソ連の「自由化社会主義」はよく似たもので、そのうち区別がなくなるだろうと、いかにも愉しそうに喋っていたものだ。……

モスクワとプラハの若い知識人たちのちがいは、私には、こういう風に感じられる。モスクワでは若い詩人が自作の詩を朗読するのに、五万人が集るという。その詩の内容は、「直接に政治的なものではなく、むしろ哲学的なものである。社会はどこへ向って進んでいるのか。その社会のなかで、生れ、育ち、働き、死んでゆくことに、どういう意味があるのか。そういう根本的な問いは、一九世紀のロシアの文学者たちが、それぞれのし方で、発しつづけてきた問いを想出させずにはおかない。ドストエフスキー、チェーホフ、またシェストフの虚無や、ベルジャエフの神秘主義……そういう問には、社会制度、経済的発展、外交政策という面でのどういう答を用意しても無駄である。私はモスクワの喫茶店で、友人がアンドレイ・ヴォズネセンスキーの詩のいくつかを暗誦するのを聞いた。低く、感情をこめて、訴えるように、恍惚として。その場で私のために英訳もしてくれた。「訳に原作のいうべからざる味のあらわせないのは、残念です。」「俗語を混えた簡単な言葉なのでしょう」と私はいった、「そういう言葉で日常的な風物と感情の動きを伝えながら、同時に、それをいわば形而上的な風景に転化させる――、そういうことがこの詩人の味ではなかろうか。」「まさにそのとおり」と友人はいった。私たちは英語で、ひそひそと、お互いの魂のなかをのぞきこむようにしながら、話していたと思う。(ロシアでなければ、今どき誰が「魂」という言葉を使いたくなるだろうか。いや、誰が突然喫茶店の片隅で、詩を暗誦しはじめて倦まないだろうか。)

プラハの作家は、会うといきなり、何語で話そうか、といった。訛のない早口のフランス語であらゆることを喋り、しかもプラハでのあらゆることは、当然、ただ一つのことでもあった。たとえば米国の黒人社会において、人種差別に係わりのないどんな問題もないように、失業も、成功も、住居も、恋愛も。話の内容は、あの有名な「二千語宣言」からも察することができる。スターリン以来の社会主義政府に対する不信は、外部から想像することもできないほど徹底していた。しかしその不信は、同時に将来への希望であり、その希望は具体的な制度や政策に翻訳することのできるものであった。そこでは反抗と建設がわかち難く、特殊な改革が直接に社会の全体に係わり、社会全体の方向転換がただちに具体的な改革案に翻訳される。どこの社会でも、知識人が政治にこれほど強い関心をもったことも少いだろうが、また政治的関心がこれほど全人間的なものであったことも少いだろう。六八年夏のプラハでは、「言論の自由」という観念が、「検閲の廃止」という制度上の事実となり、制度上の事実が、また一般的な観念そのものであった。（検閲の制度がなくても、「言論の自由」が制限されないわけではない――ということを、今日われわれは日本国において、熟知している。しかしそれは八月のチェコスロヴァキアの問題ではなかった。昨日までそこには検閲が常にあったからである。）

私はプラハの街からも、思いを遠く故国に寄せなかったわけではない。しかしその故国は一九六八年夏の東京ではなく、一九四五年秋の東京であった。そのとき占領軍の検閲はあった。しかし、日本軍国主義の検閲の廃止が解放した言論の自由は、日本国の史上未曾有のものであった。少数の読者に限られた出版物ではなく、新聞放送の大衆報道機関を通じて、政治体制の根本的な変革を公然と論じることもできたし、日本の古代史の事実をはじめて公然と語ることもできた。われわれは、希望や、計画や、胸にたまる思いや、新しいと信じる考えにあふれていた。

チェコスロヴァキアの人々は、「自由化」という言葉で、一体何を理解していたのだろうか。むろん人によって理解するところは、ちがっていたはずであろう。しかしそれが誰にとっても直接に係わりのある何かを意味することができるほど、広汎な内容のものであり、しかもその何かがほとんど誰にとっても一種の解放を意味していたことだけは、たしかである。私が運転してチェコスロヴァキアを走り廻った車は、オーストリアの標識をつけ、ヴィーンの番号をもっていた。そういう外国の車に対して、道中の人々は、老幼男女、どこでも、友好的であり、親切であった。彼ら自身が自分たちの政府に満足し、将来に希望をもっていたので、異国人にも寛大であったのだろう。警戒や猜疑心、硬わばった表情や氷のような冷めたさに出会うことは、ほとんどなかった。町や村の雰囲気が、陽気であったとはいえないが、ほとんど《gemütlich》というのにちかい落着きが支配していたと思う。話あったかぎりでは、むろん、誰もが不安をもっていた。しかしそれは、期待の裏切られるかもしれないという不安であって、現在の状況との違和感にもとづくものではなかった。不安の原因は外にあり、内にあるのではなかった。「ただひとつ願うことは、どうかゆっくり進んでもらいたいということだけです」と、流暢なドイツ語で語った老婦人の言葉を私は今も忘れることができない。そのとき私たちはボヘミアの小さな町の広場で、立ち話をしていた。私の眼は、広場をとりまく文芸復興期のアーケードを眺め、私の耳はプラハの知識人たちの活気縦横舌端火を吐く話しぶりを想出していた。

西側の外国に窓をひらくということは、たしかに「自由化」の一面であったろう。旅券発行の自由化ということには、まえにも触れた。外国人のためには、査証が容易にあたえられ、プラハでは英独仏の日刊新聞が売られ、国際会議の学者、各国新聞記者、観光客が、旅館や食堂や美術館に右往左往していた。経済的な面で、指導者たちがどういう計画をもっていたのか、私は知らない。オタ・シックの著書から察すれば、おそらく中央の計画と企業の自主的決定との組みあわせ、市場の重視、投資の能率化、労働生産性の向上というようなことを考えていたのであろう。おそらく貿易構造を変える計画ももっていたかもしれない。政治的には、選挙された代議員による議会に超越的な共産党の、中央集権的な組織を改革して、下部組織の自主性を強調し、さらに共産党以外の政党（社会党）の活動をみとめることで、党の役割を相対化しながら議会にむすびつけてゆく——その意味での「民主化」が計画され、現に党内人事の更迭によって、実行に移されつつあったといえよう。またチェックとスロヴァックの二国民の関係については、連邦制度による解決が考えられていたようである。宗教的には、カトリック教会の活動の自由が拡げられ、高等教育の面では、マルクス主義以外の哲学や社会思想が、教育過程のなかにとり入れられた。そういうことのすべては、「言論の自由」と密接な関係をもっている。なぜなら「言論の自由」は、そこでは、単に政策批判の自由を意味したばかりでなく、また価値とものの考え方の多元性を前提として、その選択の自由をも意味していたからである。「原稿はあなたの自由に書いてもらいたい。単なる叙述ではなく、問題の指摘を、条件はそれだけです。何をどんな立場から書いても、私たちのところでは発表します。」それは外国人の言論についてだけいえることであったのだろうか。「二千語宣言」をみると、どうもそうではないらしい。

「自由化」の目標は、「民主々義的社会主義」という言葉で要約されていた。この言葉は新しい。それは「社会民主々義」ではない。「社会主義は民主々義である」というのは、今日まで、社会主義国でのたてまえであった。そのたてまえと、「民主々義的社会主義」という言葉とは両立しない。もし社会主義が常に民主々義であるならば「民主々義的社会主義」というのは「社会主義」というのと同じことで、ほとんど意味をなさないだろう。もし「民主々義的社会主義」ということに格別の意味があるとすれば、民主々義的でない社会主義がなければならず、従って従来のたてまえは崩れるだろう。プラハの人々は、自分たちの目標をそういう言葉で要約したときに、その言葉が何を意味するかを充分に知っていたのだろうか。

4

ソ連はなぜチェコスロヴァキアに介入したか。

この問題には二つの意味が含まれている。第一、チェコスロヴァキアの「自由化」がソ連にとって堪え難かった理由は何か。第二、「自由化」を押えるためにソ連が軍事的介入という手段を選んだ理由は何か。第一の問いには、とにかく答を想像することができるが、第二の問いには、私は答えることができない。

チェコスロヴァキアの「自由化」を批判したソ連側の文書は多い。私はまだ公表された文書のすべてを調べてみたわけではない。しかし今まで英仏語に訳されたもののなかで、殊に意味が深いと思われるのは、占領直後八月二二日に「プラウダ」の掲げた論説である。(5) 論説は、第一に、過去七ヵ月の間、チェコスロヴァキアでは「反革命分子」の活動がいよいよ活発になってきたと指摘し、(「反革命分子」はまた「右翼修正主義者」、「反社会主義勢力」、「反共勢力」、等の名でよばれている。) 第二に、その「反革命分子」を抑えず、党の組織を弱体化しているというチェコスロヴァキア共産党の指導者たちを批判している。(党中央委員会書記チェストミル・チザール Cestmir Cisar 氏を除いて、名まえはあげていない。)「反革命分子」の活動として具体的に指摘されているのは、「二千語宣言」、マルクス・レーニンのイデオロギーへの攻撃、ナショナリズムの煽動、ソ連型の社会主義を押しつけられてきたという議論、ソ連との経済関係がチェコスロヴァキアにとって負担だという宣伝などである。これはすべて言論活動であって、言論以外の具体的な活動で、「反革命的」とされているものは、ひとつもない。たとえば経済問題だけについてみても、「悪意にみちた挑発的な嘘」は指摘されているが、「反革命的」な取引契約とか、賃銀体系の改革とか、経済活動そのものの例は引用されていない。論説のいう「反革命分子の活動」とは、具体的には、「反革命的」な言葉である。したがって、共産党指導者の過ちは、そういう言葉を許すこと、すなわち多くの新聞放送を「右翼反社会主義勢力」に手渡したことである。しかし論説がもっとも詳細に、もっとも力をこめて攻撃しているのは、共産党の組織問題、その人事と、その役割についてである。「右《ママ》翼に反対して確乎たる立場をとってきたところの、イデオロギー的にも、政治的にも、もっとも健全な共産主義者が共産党のみならず、政府機関・組合・青年組織などから、排除されたこと、二十万人三十万人の青年を共産党へ入れようという提案のあらわれたこと、そして一部の指導者たちが、「共産党の権力独占を廃し」、「共産党と他政党との間に《平等》を樹立しよう」ともとめていること、そういうことは、「反革命的」活動をとめどもなく発展させるのに役立っているというのである。

すなわちソ連側の関心は、主として、チェコスロヴァキア共産党の、組織とイデオロギーの問題に集中されていた[6]。ソ連側からみて、直接の問題は、プラハの政府の、外交政策でも、経済政策でも、なかった。そういう点で、ソ連の国家にとっての重大な危険がチェコスロヴァキアにあらわれているというのではなかった。したがって、チェコスロヴァキアに介入したのは、第一義的には、ソ連共産党であって、ソ連政府ではなかった、といえるであろう。もちろん実際の行動では、両者は一体となってあらわれる。しかし行動の動機については、いわゆる国家的利益と共産党の組織（イデオロギー）上の関心とを区別して考えることができるし、またそうすることで分析のし方もちがう。

「米国はその勢力圏内に振舞う、ソ連はその勢力圏内で同じように振舞う、両者はそのかぎりで相互に干渉をしないという暗黙の了解の上にたっている。キューバのミサイルが危機を生じたのは、その暗黙の了解をソ連側が破ったからである。北ヴィエトナムの爆撃が冒険であったのは、その了解を米国側が破ったからである」という意見は、軍事介入の後、西欧の解説者のしばしば繰返したところである。しかしそれは介入のために必要な条件の一つにすぎず、充分な条件ではない。そもそも国家間の力関係や国家的利益という観点から、どれほど分析を綿密にしても、もし今度のソ連の行動が、第一義的に、国家よりも党の行動であるとすれば、そういう接近のし方で説明されるところは限られている。

東欧の全体に対して遠心的にはたらくナショナリズム。それはたしかに事件の背景にちがいない。もっと一般化すれば、東西を通じて、モスクワ乃至ワシントンから離れようとする各国のナショナリズムの遠心作用について語ることもできる。しかしそれだけではチェコスロヴァキアの特殊な場合を説明することができない。そもそも「ナショナリズム」とは何を意味するのか。ソ連に対して独立をもとめる感情を意味するとすれば、そういう感情は、おそらくポーランドで、チェコスロヴァキアの場合よりも強い。ソ連から独立した外交政策を意味するとすれば、それはルーマニアで、チェコスロヴァキアの場合よりも著しい。しかるにソ連は、ポーランドでも、ルーマニアでもなく、まずチェコスロヴァキアに介入したのである。

私は「プラウダ」をそのまま信じるものではない。しかしこの場合に「プラウダ」の論説は、おそらく実情と係わりの深いものだったろうと思う。その具体的な事実の指摘は、チェコスロヴァキア側の、または第三者の報告と、ほとんど一致している。しかしもちろん、その評価は、正反対である。たとえば「検閲の廃止」という同じ事実を、「言論の自由」とよぶか、「反革命的無統制」とよぶか、「共産党の権力独占の廃止」ということを、「党の民主化」とよぶか、「弱体化」とよぶか。それはまさに言葉の問題にほかならない。ソ連の指導者は言葉に関心がなかったから、戦車を用いたのではなく、戦車を用いざるをえないほど、言葉に強い関心をもっていたともいえるだろう。言葉に関心が強かったのは、ソ連の戦車がプラハの意思に反しても国境を越え得たように、チェコスロヴァキアの言葉がモスクワの意思に反しても国境を越え得るだろうことを知っていたからである。

社会主義国の共産党は、一方では権力に接し、他方では大衆に接している。そこで党が大衆から離れてきたときに、とり得る手段は三つあるだろう。第一、権力との距離をちぢめることで、党がそれ自身を維持する。その結果大衆との距離は、いよいよ大きくなるだろう。第二、権力との距離をそのままにして、大衆との距離をちぢめるために統制された自由化を行う。その結果大衆へ近よる度合には限度があるだろう。第三、権力との距離をひきはなすことで、大衆との距離をちぢめる。その結果社会主義がどうなるかは、誰にもわからない。この三つの手段の選択は、必ずしも指導者の自由ではない。選択の範囲は権力の性質（惰性）、大衆の側の政治的な経験（教育程度）、また工業的発達の段階、国際的環境などの条件によっても制限されるであろう。

いわゆる「非スターリン化」以後のソ連は、それ自身の条件のもとで、第二の道をとった。しかし東欧では、教育程度と工業化の段階のもっともソ連にちかい東ドイツやチェコスロヴァキアの指導者たちによって、第一の道がとられた。第一の道は、悪循環を意味する。しかも国際的環境は、ソ連とちがってじかに西欧側に接していた。西欧（北大西洋条約軍）からの脅威も大きく、西欧の影響（消費社会・市民的自由）も浸透し易い。したがってソ連と密接な権力を強化する必要も大きく、同時に権力の強化への大衆の反発も強いという状況があった。（権力と癒着した共産党機構への反発は、西欧の誘惑・影響ということばかりでなく、そもそも東ドイツやチェコスロヴァキアの大衆には、議会民主主義の経験があり、その伝統的な風俗習慣・価値趣味・思考様式がはじめから西欧的であったということとも、関係しているにちがいない）。そこでチェコスロヴァキアが第三の道へ踏み切ったというのは、第一の道が破算したというのと同じことである。第一の道の破算は、大衆の権力への憎悪ということである。もしチェコスロヴァキアの党が、大衆との関係を恢復しようとすれば、たとえ指導者が誰であっても、権力と党との関係を根本的に変えるほかはなかったはずであろう。第二の道はひらけていなかった。したがってチェコスロヴァキアのなかには、ドゥプチェク氏の有力な批判者のあらわれようもなかったのである。批判者があらわれれば、有力でなかったろう。しかし党と権力との関係を根本的に変えることは、むろんイデオロギー上の冒険なしには不可能である。すなわち「言論の自由」であり、「民主主義的社会主義」ということになる。これを認めることは東ドイツの指導者たちにとっては、みずからの拠って立つたてまえを、崩すことであったろうし、ソ連の指導者たちにとっても、いくつかのたてまえの放棄を意味し、つまるところ「プラウダ」のいわゆる「社会主義の基礎」を揺がせることであったろう。(東ドイツの政権の崩壊が、ソ連の国家にとっても、大きな損失であろうことは、いうまでもない)[7] ソ連側からみれば、チェコスロヴァキアの「自由化」をチェコスロヴァキアにだけ認めるということはできなかった。故にどこでも認めることができない、という他はなかった。

ソ連はなぜ軍事的手段に訴えたのか。

はじめは国境に軍隊を集めることだけで、目的が達せられると考えたのであろう。現にモスカレンコ将軍は五月八日に、「ソ連はチェコスロヴァキアの国内問題に干渉しないだろう」といい、五月二二日には、コスイギン氏がプラハの指導者たちと交渉していた。交渉の目的は、おそらくプラハの指導者たちを通じて、作家や知識人をだまらせることであったにちがいない。その目的は達せられなかった。そこでチェコスロヴァキア領内での「演習」ということになり、五月三〇日には最初のソ連部隊が入った。この「演習」は後の占領の軍事的な準備行動としては、有効であったのかもしれないが、政治的には、その圧力によって何らの目的も達せられず、かえってチェコスロヴァキア国民を結束させ、反ソ感情を煽る効果しかなかった。そのあとが占領。軍事的にみれば、敏速で、秩序だっていて、よく準備された行動。政治的にみれば、現政権を倒して、親ソ政権をつくることが目的であり、周知のように、いつまで待っても、親ソ政権の成立する見透しはたたなかった。(ハンガリーの場合とのちがい)。一度連れ去られた指導者たちは、モスクワ交渉にあらわれ、スヴォボダ大統領と共に再びプラハにもどる。——これだけの経過を顧みても、ソ連側の行動にめだつのは、一種のためらい、状況判断の誤、目的の変更、小出しの圧力、一種の不決断が、めだつように思われる。その理由は、おそらく、ソ連の指導者たちのなかに意見のくいちがいがあり、全員一致のプログラムを確信にみちて実行するというのではなかったからであろう。もしそうであるとすれば、なぜソ連は軍事介入を決定したか、と問うのは、全く無意味であり、指導者たちのなかで、賛成者はなぜ賛成し、反対者はなぜ反対したか、と問わねばならないであろう。そういう問いに、賛成者、反対者の名まえさえ知らぬ人間が、答えることはできない。

しかしこのような経過を米国流に表現すれば《エスカレーション》とよぶこともできる。(フランス語では《engrenage》、日本語では《泥沼》だ。)政治的目的を達成するために行使する軍事(的圧)力が、その目的自身を破壊するということ。「自由」または「社会主義」をまもるために、「共産主義者」を討伐し、「反共主義者」に圧力をかけると、そのこと自身がより多くの「共産主義者」や、より多くの「反共主義者」を生みだす。したがって討伐または圧力のために必要な軍事力はもっと大きくなる。その悪循環が発展すればするほど、問題の地域に親米的または親ソ的な人口が少くなり、本来その国の人民のために軍事力を行使しているというたてまえと、折り合わない。そこでほんとうの敵は、ヴィエトナムの「共産主義者」でもなく、チェコスロヴァキアの「反共主義者」でもなく、国境の彼方に控えている（しかし一兵も送ってはいない）中国の「膨張主義者」か、西独の「報復主義者」だということになる……もちろんヴィエトナムとチェコスロヴァキアとは多くの点で、ちがう。いちばん大きなちがいは、ヴィエトナムでは大量の殺人がつづき、チェコスロヴァキアでは少くとも今までのところ死傷者が極めて少数にすぎないということである。また少くとも南ヴィエトナムでは内戦があり、とにかく米軍と共に戦う政府とその軍隊があるということ。チェコスロヴァキアには内戦がなく圧倒的多数の人民に支持された政府が、ソ連軍の占領にはっきりと反対し抗議していたのである。

5

一九五六年ハンガリーと、六八年チェコスロヴァキアとの、国際的にみて大きな相似点は、いずれの場合にも、西側がスエズまたはヴィエトナムの紛争にしばられ、強く反応する余力をほとんど全く残していなかったということである。大きな相違点は、五六年のソ連の行動は、各国の共産党に支持され、六八年の行動は、世界の共産党を賛否の立場に両分したということであろう。

中国およびアルバニアのソ連批判は、チェコスロヴァキア占領にかぎったことではない。しかし非社会主義国において最大のイタリア及びフランスの共産党の、公然たるソ連批判は、それぞれの党の歴史において劃期的なばかりでなく、中ソ紛争以後、国際共産主義運動の全体にとっても劃期的であった。（ソ連自身がそのことには敏感であった。モスクワの街頭からは、ただちに、仏伊の党の機関紙、「ユマニテ」や「ウニタ」が消えたという。）東欧では、アルバニアの他にも、周知のようにユーゴスラヴィアやルーマニアが、激しく軍事介入に反対した。こまかく見れば、もちろん、仏・伊の共産党の態度にも、かなりのちがいがあり（イタリアの方がはるかに戦闘的で妥協のない批判者であった）、またユーゴスラヴィアとルーマニアの政府のとった態度にも、それぞれの状況に応じて（ルーマニア国境にはソ連軍があった）、微妙なちがいがあった。しかしここでは、その詳細にはたち入らないことにする。

ここで私が注意したいと思うのは、「反対」の表現のちがいよりも、「賛成」のニュアンスの、これまた著しいちがいということである。占領のはじまったときに私はヴィーンにいた。そこでは夕方から中波で、西欧各国の放送と共に東ドイツ、ポーランド、ハンガリーの放送を聞くことができる。（もちろんソ連やチェコスロヴァキアの放送もよく聞こえる。）また私自身は東ヨーロッパの言葉を話さないけれども、ヴィーンでは、身近かに、スラヴ系の言葉を話す人が多く、ハンガリー語を解する人も少くなかった。私は毎晩東ドイツの放送局が、休みなしに、ありとあらゆる激しい言葉を用いて、チェコスロヴァキアの「反革命分子」と「帝国主義者の陰謀」をこきおろし、一刻も早くその粉砕さるべきことを、たて板に水のように喋りつづけるのを聞いた。しかしワルシャワ放送の内容は、それとは逆に、調子のおだやかなものであり、占領軍に対する非暴力的抵抗において、ほとんど人口の全体が一致しているということまで、示唆していたという。そもそも介入の目的は、「反革命」を抑えて人民を救うことにあったはずで、その人民の大部分が介入に抵抗しているということを認めるのは、間接に介入の誤を認めるのにちかい。同様の見解は、ワルシャワのカトリック系運動（PAX）の機関誌にもあらわれた(8)。そういうことは、ポーランドの共産党指導者たちの間に、チェコスロヴァキア問題について、重大な見方のちがいのあることを示していたといってよいだろう。それぞれの放送局の言葉使いを比較すれば、少くとも軍事介入に関して、東ドイツは極めて積極的な支持、ポーランドはほとんど懐疑的な支持、ハンガリーはその中間で、消極的な支持といえそうである。そのちがいが、どれほど忠実に、それぞれ国内の事情を反映していたかは、もとより軽卒に判断することができない。しかしハンガリーをしばらくおくとしても、東ドイツとポーランドとの対照が、単に放送局だけのものでなかったことは、ほとんど確かだろうと思う(9)。

ソ連のチェコスロヴァキア侵入は、われわれに、米国のキューバ上陸や北ヴィエトナム爆撃を想い出させた。したがって「ハヴァナとハノイがソ連の行動を支持した」という新聞報道は、われわれに一種の衝撃をあたえたといっても誇張ではないと思う。巨大な米国の力と相対した小国にとっては、他のどんな国の場合よりも、ソ連の援助が必要であるだろう。しかし同時に、大国に対する小国の力の源泉は、何よりも精神であり正義の言葉である。それがなくては、外部から加えられる長い間の圧力に、到底耐えぬくことができないだろう。キューバや北ヴィエトナムにとっては、チェコスロヴァキアでのソ連をどうしても支持する必要があり、どうしても支持してはならない必要があった――という状況と、「ソ連支持」という簡単な報道とは、容易に折合わない。しかし次のような報道とならば、折合うはずである。「ハノイのソ連支持」ということの内容は、政府及び党が沈黙をまもり、ハノイ放送がただ一度、ソ連の行動を支持するといった、ということであるらしい。「ハヴァナのソ連支持」ということの内容は、ハヴァナ、八月二四日発のロイター通信が伝えたカストロ首相のラジオ演説である。そこでカストロは、「占領がチェコスロヴァキアの主権の侵害であることに疑いの余地はない、法的観点からは何人もその事実を否定することができない」といい、しかし政治的にみれば、「この悲劇的な事件も、チェコスロヴァキアが資本主義の方向へ辿りはじめていたということによって、正当化されると思う」といったのである。

このような言葉の含みを考慮すれば、ハノイの指導者も、ハヴァナの指導者も、あたえられた条件のなかで、最善を尽したといえるのではなかろうか。彼らの条件は、われわれの条件とはくらべものにならぬほどむずかしい。ミュンヘンの酒場や、ヴィーンの喫茶店で、われわれが彼らを批判することはできないと私は思う。

事件はチェコスロヴァキアにとってばかりでなく、ソ連にとってもたしかに悲劇的であった。戦車は問題を解決しない。もし戦車に何かができるとすれば、問題を先へのばすということにすぎない。しかも戦車を導入することで直接にソ連が失うところは、世界の共産党の半分に対する指導力であった。(中国、日本、アルバニア、ユーゴスラヴィア、ルーマニア、フランス、イタリア、英国、オランダ、オーストリア、ベルギーの共産党の反対)。間接に失うところは、おそらく国際共産主義運動の理想そのものであろう。「法的にみて疑う余地のない侵略」(カストロ)の結果は、英国鉱夫組合書記長の言葉をかりていえば、「理想への信頼の全面的な崩壊」[10]ということにならざるをえない。しかもそういうことから、ソ連の知識人・大衆だけが免れうるだろうとは到底考えられない。したがって、共産党と権力と大衆との関係のプラハ流解決の戦車による圧迫、すなわちチェコスロヴァキアで問題を先へのばそうとする行動そのものが、同じ問題をソ連自身の手もとへひきよせる効果を生むことになるかもしれない。ドゥプチェクの名まえをプラハの壁から抹殺することは、その名まえがモスクワの壁にあらわれる危険を冒すことである。やがてソ連の指導層にも大きな変化が生じるかもしれない。

しかしソ連にとって悲劇的なことは、また全世界の左翼にとっても悲劇的なことである。もちろん各国の共産党は、将来いよいよモスクワから独立の道を歩もうとするであろう。しかし、そのことは、国際的な世界の全体のなかで、ソ連が代表的な社会主義国であるという事実を変えない。われわれがどれほど遠く共産主義から離れていても、共産主義が代表的な左翼運動であることに変りはない。そして左翼運動を含まずに、民主々義の進展は考えられないから、左翼運動に対する重大な打撃は、少くとも間接に、民主々義の全体への打撃にならざるをえないだろう。チェコスロヴァキア軍事介入の事を知ったサルトルは、ローマで記者会見をして、「チェコスロヴァキア侵略反対」といい、これを「いたるところで反動がよろこぶだろう」といった。

西欧での反応は、総じて二つの意見に代表される。その第一は、「米国も、ソ連も、やることは同じだ」という意見。権力政治の立場からみて、二大国の行動を分析し、意味づける。世界の二大勢力圏への分割。その歴史的背景。表の冷い戦争と、裏の馴れ合い。その関係の詳細など。第二の意見は、「ソ連はおそろしい、ソ連は共産主義国である。故に共産主義はおそろしい、故に北大西洋条約を強化しよう」に要約される。これは権力政治の、またはイデオロギーの、または軍略兵法の観点を勝手にとりまぜながら、天下の政事を論じて、みずから現実的と称するものである。どちらも新しい考え方ではないが、第一の意見は、真実の半分を伝えている。第二の意見は、つじつまが合っていない。どういう風に合っていないかは、別の機会に述べたことがあるから、[11] ここでは繰返さない。第一の意見が残した真実の他の半分は、私がここで述べようと試みたことである。

西欧から北米へ移ると、雰囲気が全く変る。西欧では、チェコスロヴァキア事件が、ヴィエトナム戦争よりも、はるかに強い関心を、一般大衆のなかによびさました。とにかく事件は、ヨーロッパのまん中でおこったのである。しかもその性質が、ドイツ人にとっては、東ドイツ問題に、フランス人やイタリア人にとっては、自国において強大な共産党に、オーストリア人にとっては、親類縁者・亡命者・中立維持の問題に、直接につながるものであった。しかし北米からみれば、CIAの演出した事件でも、米軍の介入の考えられる事件でもない。またそうでないかぎり、大部分の米国人は、ヨーロッパの出来事には何らの興味ももっていない。しかもその事の本質が、共産党の組織と共産主義のイデオロギーに係わっているときにはなおさらであろう。米国人は「共産主義の拡大」に情熱的な関心を抱いているので、「共産主義」に関心をもっているのではない。たとえばフランスの「ル・モンド」紙のチェコスロヴァキアに関する記事の大部分は、たとえ英語に訳しても、北米の大学の演習の教材にはなるだろうが、一般人民には意味の通じないうわ言のようなものでしかないだろう。北米には北米の問題がある。ヴィエトナム、人種差別、大統領選挙、ケベック……秋のはじめに私は北米の大学で、多くの知人に会い、「今年の夏はどちらでしたか」と訊かれるたびに、「プラハ」と答えた。するとほとんどすべての知人は、落着きはらって、「あっ、そうですか」というだけであった。「おや、いつでしたか」と訊きかえされたのは、一度だけだ。そのときの相手はユーゴスラヴィアの学者で、みずからチェコスロヴァキアを七月に訪ねた男であった。そういうことは、ヨーロッパでは考えられない。多分日本でも考えられない。

八月二一日、プラハの青年たちが戦車のまえに坐りこんでいたときに、西欧の主な都会では抗議の「デモ」が、ソ連の大使館や領事館に向っていた。国旗を掲げたプラハの青年たちは「主権尊重」を叫び、「国境廃止」を叫んだ。一方には「議会内反対党」の要求があり、他方には「議会外反対」がある。一方の英雄はチェ・ゲバラで、他方の英雄はケネディ、一方は「学生寮の開放」をもとめ、他方は「学生寮の建設」をもとめた。しかし万事が逆のようにみえるのは、おそらく中間の過程においてであって、出発点と究極の目標は、本来同じ性質のものであるかもしれない。青年の出発点は、いずれの側でも権力によって保証された社会秩序vs、個人の理想主義的な自発性、警棒（つまるところ戦車）vs、人間の言葉であり、究極の目標は、「民主主義的社会主義」、すなわち、言葉が戦車を克服し終ったユートピアであろう。パリの自由は、数週間（あるいはむしろ数日というべきか）、プラハの自由は、数ヵ月のうちに終った。それが終らざるをえなくして終ったということは、当事者みずからがもっともよく知っていたことであろう。一つの夢が過去る。しかし人間は夢なしに生きることができない。必ずや同じ夢は再び青年たちと彼らと共にある人々とを、日常の秩序のなかから、歴史の、あるいは叙事詩の舞台に抽きだすことであろう。

チェコスロヴァキア占領に対する私の反応はどういうものであったか。私はただTVの画面に映し出される戦車を醜悪そのものだと感じた。またそれを抹殺するどういう力も私にないということを思った。

チェコスロヴァキアの夏については、想出すことが少くない。その山河、その牧場の樹陰、スロヴァキアの娘、プラハの編集室、学生、腸詰とビール、スコダの工場、文芸復興期の小さな町、比類のない後期ゴティック……しかしその町とその国に戦車の砲口の向けられているかぎり、語ることのできる話題には限りがある。今私は八月二一日以前についてただひそかにボードレールの一句を呟くほかはない。さようなら、あまりに短かかりしわれらが夏のきらめきよ。(一九六八年九月二五日、カナダ)

(1) これは後からみての話で、当時の新聞報道に、国境の大軍の進撃態勢を伝えるものはなかった。一説によれば、西欧側の情報機関は八月一八日に戦車隊の進撃準備を確認していたという。(*Der Spiegel*, NR. 36, 2. 9. 68)。ソ連側が米・英・仏の政府に、軍事介入を通告したのは、軍隊が国境を越えたのとほとんど同時であった。(*Le Figaro*, 22. 8. 68)。

（2）占領直後ヴィーン放送局の報道による。
（3）主として *Le Monde* の特派員 Isabelle Vichniac の仏訳による。一部独訳によったところもある。重訳であるから、スローガンの訳にいくらか正確でないところがあるかもしれない。
（4）Šik, Kučera 両者の言葉は、次の資料による —— Ota Šik: *Plan und Markt im Sozialismus*, Verlag Molden, Wien, 1967;“Spiegel-Gespräch mit dem Prager Justizminister Dr. Bohuslav Kučera”, *Der Spiegel*, NR. 30, 22. 7. 68.
（5）この論説は〝プラウダ〟の二頁に及ぶといわれるが、私はまだその全訳を読んでいない。私が読んだのは“*The Times*”（23. 8. 68）の一頁ほどの要約である。（要約は多くの引用を含んでいる。）
（6）たとえば Mark Gain 氏も、過去数年間毎年ソ連を訪ねた経験を想出しながら、C・B・Cとの会見で党問題を強調している。（Banff, 21. 8. 68.）。
（7）チェコスロヴァキアの自由化に東ドイツが敏感であったろうという説をとる人々は多い。今英・独の二人のジャーナリストの名まえだけ挙げておく —— Terence Prittie（*Manchester Guardian Weekly*, 12. 9. 68）及び Rudolf Augstein（*Der Spiegel*, NR. 36, 2. 9. 68）。東ドイツ放送局の態度については、本文(5)に触れる。
（8）*Le Monde*（1-2. 9. 68）。
（9）東ドイツについては多くの観察者の意見が一致している（註1参照）。ポーランドについては、たとえば Bernard Marguerite のワルシャワ八月二四日発の報告（*Le Monde*, 25–26. 8. 68）が、よくその雰囲気を伝えていると思う。〝チェコスロヴァキア人の示しつづけてきた誇りと冷静と結束は、共産党員を含めてポーランドの人々に強い印象をあたえている。〟ワルシャワ市中の壁には、Dubcek の名が大書され、チェコスロヴァキア文化センターには花が絶えず、チェコスロヴァキア大使館には電話で激励・同情の言葉が送られている。知識人・ジャーナリストは、あるいは〝反革命の成功を妨げたら、ただちに占領を中止すべし〟といい、あるいは〝Dubcek との妥協以外に解決の道はない〟といい、あるいはチェコスロヴァキア介入を米国のキューバ介入（ピッグ・ベイ）に比較している。今や共産党員の間にさえも、〝一種の不快感〟（un certain malaise）が次第にはっきりとあらわれてきている、と。

（10） Will Paynter: *The Times*（23. 8. 68）の会見記による。

（11）〝中欧臆説〟（毎日新聞夕刊、20–21. 9. 68）。

ベトナム　戦争と平和　上

武皇開辺意未已　　杜甫

内乱と呼ばない米側の虚構

ベトナム戦争の源は、一九五四年ジュネーブ協定成立の後、米国がサイゴンにディエム政権をつくって、軍事顧問団を送ったときにさかのぼる。そのディエム政権はジュネーブ協定を破り、南北境界線を封鎖して、予定された統一選挙を拒否し、政治的弾圧を強化した。南ベトナムの大衆は反抗し、その反抗と弾圧の相互作用が、一九六〇年（民族解放戦線の結成）前後から、あきらかな内乱となったのである。

米国政府はその内乱を内乱と称《よ》ばず、「北側からの侵略」と称び、軍事的介入を強めた。一九六五年からは北爆をはじめ、大軍五十万を投入し、ラオスを爆撃し、カンボジアに侵入し、一時中止した北爆をさらに大規模に再開し、北側の港湾を機雷封鎖したことは、人の知る通りである。

もし米国政府がはじめから内乱を内乱と称んでいたら、戦争の口実はなかったろう。しかし米国では政府のみならず、言論機関の圧倒的多数までも、決してこの内乱を内乱とは称ばなかった。遂にたとえば「ニューズウイーク」（七二・一一・一三）が、「ほとんど二十年まえに始まったベトナムの内乱」について語りだしたのは、最近停戦交渉が進みはじめてからである。古語に曰《いわ》く、おそかりし由良之助。そういう必要は、二十年まえ、十年まえ、いや五年まえにもっと大きかったはずだろう。

宣戦布告なきアジア侵略戦

この戦争の特徴は、次のように要約できると私は考える。

第一、ベトナム戦争は、阿片戦争の変種である。白人帝国主義（後には日本帝国主義が加わる）の圧倒的な軍事力によるアジア侵略。その意味では、ベトナム戦争もまた阿片戦争以来の歴史に属する。しかも「アジアの一国」である日本政府は、この戦争のいかなる局面においても、ただ一言の反対も表明しなかった。もしアジア侵略史がここで終わるとすれば、それは日本政府の故にではなく、日本政府にも拘《かかわ》らず、かくも長い間、かくも多くの犠牲を忍んで、史上最大の軍事力に抵抗しつづけた偉大なベトナム人民の意志によるのである。

第二、ベトナム戦争は、宣戦布告なき戦争である。米国政府は、ベトナムではじめから大規模な戦争を計画していたのではなかった。そのアジア政策の出発点における誤り（またはごまかし）のために、みずから望まずして、泥沼にひきこまれていったのである。その状あたかも五〇年代のアルジェリアにおけるフランス、三〇年代の中国大陸における日本に似ていた。その過程で、行政府、ことに軍部に秘密裏の行動が多かった、という点でも、日仏の先例を思わせる。当然、当事国内部の民主主義は著しく損なわれた。（たとえばトンキン湾事件以後の、同事件に対する米国上院外交委員会の反応をみよ）。

また、宣戦布告なき戦争は、米国にとって、総力戦ではなく、いわば左手の戦争であった。合衆国はその巨大な経済力と軍事力の限られた一部分を、ベトナムに用いていたので、いわゆる「エスカレーション」の悪循環も可能になったのである。

イデオロギーと人民の戦争

第三、ベトナム戦争はイデオロギー戦争である。

五〇年代のフランスがアルジェリアに、三〇年代の日本が中国大陸にもっていたような具体的な経済的利益を、五〇・六〇年代の米国はベトナムにもっていなかった。その代りにあったのが、「冷戦」イデオロギーである。たしかに米国は東南アジアに経済的利益をもとめたのではない。そうではなくて、民主主義的な「自由のために」、軍事独裁政権を擁護し、ベトナム人の「自由のために」、百万人以上の非戦闘員を殺したのである。具体的な経済的利益には限度があるから、そのための犠牲にも限度がなければならない。

が「ジェノサイド」へ向かわざるをえないのはそのためである。(より小規模には、欧州十六世紀の宗教戦争がみな殺しを正当化した論理も同じ)。しかもそれだけではない。

第四、ベトナム戦争は人民戦争である。

人民戦争は、侵略者側からみて、一般の人民と敵とを区別することのできないいくさである。ゲリラは名乗りを上げない。したがって残された解決法は二つしかないということになる。戦争をやめるか、無差別的に人民を殺すか。ソンミの虐殺は、偶発事ではなく、人民戦争の必然であった。同じ理由によって、アルジェリアのフランス軍による拷問、中国大陸の日本軍による婦女子虐殺もまた、事の必然であった。

核の傘の下で戦争技術開発

第五、ベトナム戦争は「エレクトロニック」戦争である。

米国はベトナムで手もちの最新式武器を用いたばかりでなく、一九六六―六七年以来、年間七―八億ドルを投じて、ベトナム用の新兵器を開発したといわれる。枯れ葉剤(二百万ヘクタールの森)、巨大ブルドーザー(村落の破壊)、高空で爆発する六千八百キロ・グラム爆弾(五十ヘクタール内の人畜の殺傷)、対人用爆弾(多くの子爆弾に分かれ、子爆弾から高速の金属破片などが無数にとび出す)、レーザー爆弾、テレビ・カメラ誘導爆弾、各種の人間・機材の発見器（汗のアンモニア、磁気、震動、音響、温度変化などによる）……このような人間の発見器の送る情報を計算機があつめて、爆撃機に指令すると、数分後に攻撃が加えられる、というのが「エレクトロニック」戦争の機構であるらしい。（「ル・モンド」七二・一〇・三一、「ニューヨーク・レビュー」七二・一一・一六、ミカエル・クレア「終わりなき戦争」、クノップフ、七二などによる）。

汗のアンモニアや、足音や、体温によって、「ゲリラ」と農民とを区別できないことは、いうまでもなかろう。「エレクトロニック」戦争は、米国側からみれば無人戦争、ベトナム側からみればみな殺し戦争である。

第六、ベトナム戦争は、「核の傘」戦争である。

米国はベトナムでは、核兵器を用いなかった。しかしその他のあらゆる武器を用いて、傍若無人に振る舞い、中国の義勇軍にも出会わず、大量のソ連製最新式ミサイルにも出会わなかったのは、米軍の上に「核の傘」があったからである。もし核戦力が中・ソにあって、米国になかったら、これほど大規模な戦争は不可能であったろう。

わが日本政府が、常に「理解」し、「やむをえない処置」とみとめてきたのは、まさに、このような戦争であった。日本国民の一人として私はそのことを痛恨なしに考えることができないのである。

ベトナム　戦争と平和　下

（殺人）以刃与政有以異乎　孟子

廃墟のなかに軍隊だけ残る

この戦争が終わり、米軍がひき上げれば、その後のベトナムに残されるものは、何であろうか。枯れ葉剤九千万リットルが荒廃させた山林、ブルドーザーがつぶした部落、爆弾六百八十万トン（第二次世界大戦で米軍が日独に使用した量の三倍以上）が破壊し尽くした町、そして何よりも二百万人の屍体と、三百万人の負傷者である（数字は「ニューズウィーク」七二・一〇・三〇による）。戦終わって、山河なし。かつては飢える者がなかった戦前の農業国の社会構造もまた崩壊したはずである（インドシナ全土の離村者は一千万人以上といわれる）。その廃墟のなかに解放戦線とサイゴンのチュー政権の軍隊だけが残る。

チュー政権の実体は、軍隊である。早くも六九年秋にたとえば、「ニューヨーク・タイムズ」（六九・一〇・二四）の記者（テレンス・スミス氏）は、南ベトナム側の情報源を引用して、「米国は一年あるいはもう少し先にチュー政権を捨てようとするかもしれないが、南ベトナム軍を破壊することはできまい。チュー大統領が自分の運命と軍隊の運命とを分かち難くむすびつけさえすれば、米国はチューを罷免できないだろう」と書いていた。サイゴンと米国との停戦交渉の経過は、大統領が自分の運命と軍隊の運命とをむすびつけることに成功したことを、物語っているようにみえる。米軍撤退後の停戦がどの程度まで維持されるか、南ベトナムに大衆に支持された政府が成立するまでにはどれほどの曲折があるか。今日到底予測することができない。

冷戦イデオロギーは死んだ

しかしおそらく予測することができるのは、ベトナムに何がおころうとも、世界は、少なくとも米・ソ・欧州・中国・日本に関するかぎり、「平和」になるだろうということであり、それぞれの国で安定した政権が、互いに他を牽制しながら、つり合いを保ってゆくだろうということである。

これを米国側からみれば、「冷戦」のイデオロギーによってはじまった戦争が「イデオロギーの死」によって終わる、ということである。純粋イデオロギー戦争は、イデオロギーの死んだときに終わり、またそのときにしか終わらない。

ダレス以来、ケネディ―バンディを通じて、ジョンソン―ロストウに至るまで、「冷戦」のイデオロギーによれば、世界中の紛争はモスクワまたは北京の使嗾《しそう》・煽動・指揮に応じて起こるとされる。そこで、あるいは「世界革命の脅威」を、あるいは「中共の膨張政策の封じこめ」を唱え、米国は世界中のあらゆるところに介入してきた。そのたてまえは、「自由」をまもるという理想主義であり、その実行手段は軍事力を背景にした権力政治である。（この考え方が日本国の指導層にも熱烈な信奉者を生みだしたことはいうまでもない）。

ニクソン—キッシンジャー路線は、あきらかにこれとちがう。すなわちソ連は世界革命よりも国境（または勢力範囲）の防衛と自国の経済的建設に熱心であり、中国は膨張政策どころか国内問題に忙しくて外国のことにかまっている暇はない、という見方をとる。

この見方がダレス以来の中・ソ解釈よりも、はるかに冷静で、現実的であることは、いうまでもない。前者は中・ソ側の言うこと（イデオロギー）を重視し、後者は相手方の為すこと（国際関係の歴史）に注目する。しかしいまだかつてこの地上に言行一致の国家権力などというものが存在したことはない。第二次大戦後、中・ソ両国の対外的行動は、その対外的声明とは別に、全く膨張主義的ではなかった。

理想主義の死　政治から逃避

そこでたとえば一米国人（リチャード・J・バーネット「世界を救うニクソンの計画」、ニューヨーク・レビュー、七二・一一・一六）も、ニクソン—キッシンジャー路線を解説していうように、「強硬な言葉、軍事力の見せつけ、魅力的な経済的譲歩を巧妙に組み合わせれば、相手方の断われないような提案をすることができる」ということになる。現に七二年二月ニクソン訪中の後、二か月を出でず、四月には米軍機がハノイ、ハイフォンを爆撃していたし、五月、北ベトナムの港湾機雷封鎖と北爆の真っ最中に、モスクワはニクソンの訪問を受け入れていたのである。

西欧がこのような接近法において米国に先んじていたこと（ドゴール外交政策、ブラントの対東側政策）、日本が一周り後れていたこと（「ニクソン・ショック」）は、いうまでもない。

かくして長い「平和」の時代が来るように思われる、米国にとって、ソ連にとって、欧州にとって、中国にとって、またわが日本国にとって。その「平和」は、国際的な勢力分野の現状凍結、軍事力の均衡、経済的な競争と同時に経済・技術的な一体化の進行、またおそらくは持続する物質的繁栄を意味するにちがいない。

また国内的には、うち破ることのできない現体制の安定、計算機化され、組織化され、官僚化された管理社会の発達、そして殊に、大衆の政治からの逃避と政治への犬儒主義を、ほとんど必然的に意味するだろう。

阿片への、芸術への、宗教への逃避。対外政策上の「イデオロギーの死」は、また同時に国内的な理想主義の「イデオロギーの死」でもあった。

理想主義は、まず欧州で死に、ソ連で死に、日本で死んで、中国の「文化大革命」と、米国の「アメリカ的価値の体系」に生きていたが、今米国では、反共冷戦イデオロギーの死と共に、中産階級の伝統的価値の体系が崩れようとしているのである。やがて米国人はベトナム人を殺す代わりに、ニューヨークの街頭で別の米国人を殺すことに専心するだろうし、日本人はトンネルの中で汽車の乗客を焼き殺したり、路上で別の日本人をひき殺すことに専念しつづけるであろう。

一つの時代の終わり告げる

そして「平和」は停戦後のベトナムには来ない。ベトナムの「戦後」については、すでに触れたとおりである。しかもベトナムばかりではない、北米・極東・ソ連・欧州以外の地上の大部分の地域では、経済的発展の停滞、しばしば飢餓、しばしば大きな文盲率、軍事独裁政権・前近代的特権層・外国人の会社の支配、そしてたまりかねた革命運動の無慈悲で野蛮な弾圧が、際限もなく繰り返されることであろう。そしてその事態を変える力は、長い間小国の側にはないし、「平和」を享受することで意見の一致した大国は、そのすべてを忘れて暮らすことに慣れるにちがいない。

二十年にちかいベトナム戦争は、一時代の終わりを意味する画期的な出来事であった。そして一時代の終わりは、また次の時代を予測させる。史上未曾有の軍事力は、ベトナムの自然・社会・人命を破壊したばかりでなく、米国自身を含めて世界中の人間的価値の実現へ向かっての希望をも破壊し去ったのである。

わが思索わが風土

言葉について――日本語とは何か

――われ考う、故にわれ在らず（ブリス・パラン）

不幸にして私には、日常生活に外国語を用いざるをえない機会が多い。そこで気がつくことの一つは、一カ国語による表現には、他の国の言葉に訳せる部分と、訳せない部分がある、ということである。訳せない部分は、人情の機微につながり、ものの考え方の特殊な習慣に係り、つまるところその言葉による文化の総体と関連している。日本語ではいえて、外国語でいえないことが多いのは、当然だが、稀には逆の場合もおこり得る。あることは仏語で話し易く、また別のことは英語で喋り易い。そういう経験は、何が一体私の本心であるのか、という考えを喚びさます。

何処の国の言葉でも表現できることは、私の本心からは遠く離れている。今何かが私の意識のなかにおこるとしよう。それを忠実に言葉に移すことは、どういう言葉を用いても、困難である。(その困難さの自覚が、恋人たちをして眼で語らせ、禅坊主をして棒喝を言葉に換えさせるだろう)。言葉で表現すれば、出発点にあった私の意識のなかの出来事の一部分は、捨て去られる。さらに、いかなる国語でも表現できるような表現を択ぶとすれば、——ということは、言葉(意味するもの)と概念(意味されるもの)との対応を明らかに一義的にしようと努めることになるが、最初の意識のなかで表現されない部分は、いよいよ大きくなるだろう。明瞭に、あいまいでなく考えることは、その意味で、私の本心を遠ざかることである。われ考う、故にわれわれ在らず。

「およそ言い得ることは、はっきり言える」という極端な立場を、ヴィットゲンシュタインはとった。しかし「はっきり」とは程度の問題であり、常に「はっきり」の極度をもとめれば、この世の中の大抵のことについては、話ができなくなるにちがいない。「はっきりさ」については、目的と場合に応じて、その「適度」を心がける他ない、と私は考える。「適度」を決めるのは、主として、利用する言語についての技術的な考慮と、話題についての知識の程度とであろう。すなわち単に話し手の趣味に帰するのではない。

本心に何らかの表現をあたえたいという念願は、私の場合には、常に必ずしも強くない。しかし、それが強いときには、詩を思う。現に私は詩句を案じて無為の時を過ごすことがある。それは世界を理解するためには役立たない。(世界を理解するために必要な言葉は、詩の言葉ではなくて、科学の言葉である)。しかし自分自身とつき合うためには、役立つのである。

日本語による作文は、私の仕事である。そこで感じることの一つは、日本語なるものが決して今日までに書かれた日本語の文章の総和ではなく、今日まで誰も書かなかったが、将来書かれ得る文章のすべてをも含むものだということである。どういう文章が、日本語として、書かれ得、書かれ得ないか。それは今までに書かれた文章の分類・整理・分析ということだけからは、定まらない。日常生活においてと同じようにわれわれは直観によって、これを日本語とし、それを日本語としないのである。その直観はむろん人によっていくらかちがうだろう。しかし同じ世代の、同じ地方の、同じ教育程度の日本人の間では、かなりの程度まで一致するだろう。——ということを、まだ実際に確かめてはいない。そのうち検討してみたいと思う。それを検討する過程で、一世代、一地方、一定の教育程度の、私自身を含めて日本人の、日本語とは何か、という現に働いている直観の内容も、もう少しはっきりして来るかもしれない。

「日本語はあいまいである」という誤った俗説がある。日本語をあいまいなし方で用いる人が、世間に多かった、ということは、一つの事である。日本語の性質そのものが、あいまいな表現しか許さない、ということは、また別の事である。「よく考えたことが、はっきり表現される」のは、一七世紀の仏語に妥当するばかりでなく、二〇世紀の日本語にも、妥当すると思う。それにも拘《かかわ》らず、しばしば世間にはあいまいな表現が通用してきたのである。その理由は日本語そのものにではなく、日本語のそのような用い方を一般化してきた文化の性質にもとめなければならない。遠くは享保の富永仲基が、はやくも、文化と言葉との密接な関係に注目し、近くはレヴィ・ストロースが文化および言葉の通時的側面（歴史的条件）と同時的側面（合理的構造）とに注意している。言葉から入って、言葉を超える問題が、彼らの仕事の延長上で、追求されなければならないだろう。

知識について――判じがたい功罪

――真実をもとめるためには、方法が必要である（デカルト）

私は知識と信念とを区別する。たとえば、「今日は雨が降っている」とはいうが、「今日は雨が降っていると信じる」とは誰もいわない。これは知識である。他方誰でも、「明日は雨が降るだろうと信じる（と思う）」という。この方は信念である。戦時中から戦後にかけて、私は、自然科学の研究室で暮していたことがある。「心電図の一部（ST）の特定の曲線は、特定の強心剤（ジギタリス）の効果か、心筋障害を意味する」というのは、当時の医者の知識であった。「勝ち抜くまでの辛抱だ」というのは、「必勝の信念」という言葉もはっきり示していたように、当時の日本人多数の、知識ではなくて、信念であった。

知識の根拠は、およそ次の如くである。第一、単純な感覚的経験（雨の音、雨の光景、ST曲線）、第二、少数の単純な、証明できない前提と、若干の論理上の規則から成る推論の手つづき、第三、検証可能な結論（検証の結果、そのときまで、結論を否定する事実の知られていないこと）――である。日常生活のなかでの知識と、科学的な知識とのちがいは、推論の手つづきが、後者の場合により複雑であるということ、また、知識の広がりが、後者の場合により大きいということであろう。日常的な知識の多くは、科学的な知識のなかに含まれる。古典的な哲学は、知識の体系ではない。

信念の根拠は、場合によって異る。「明日雨が降るだろう」と私が信じるのは、天気予報がそういったからである（権威への信頼）。「日本がいくさに勝つだろう」と多くの日本人が信じたのは、そうなることを希望していたからである（希望と将来の現実との混同）。「鉄斎は偉大な画家である」と特定の個人が信じる根拠は、絵画一般を、殊に南画を、沢山見てきた上で、鉄斎を見た経験である（極めて複雑な、したがって万人に共通ではない経験）。

「天は人の上に人を造らず」というための根拠は、常人の個人的な経験（複雑な経験）と、特定の歴史的な文化に対する信頼とをふまえた一種の直観であろう（個人的および社会的に条件づけられた本質直観）。信念の根拠は、時と場合により、合理的でもあり得るし、非合理的でもあり得る。合理的に考えられた信念の体系は、その人の哲学である。

私が世界についての知識をもとめる動機は、二つある。その一つは、好奇心を満足させたいからである。私には、性欲があるように、知識欲がある。いずれの場合にも、自己の欲望を満足させたいということが、おそらく、特定の行為のもっとも強い動機であろう。しかしそれだけではない。もう一つの動機は、ある対象についての知識が、その対象を支配する能力を増大させるからである。自動車についての知識がなければ、いかなる信念に燃えていようと、自動車を動かすことはできない。それは日常生活においてあきらかなことである。科学的な知識については、いくらか事情が異る。たとえ私がいくらかの知識を獲得しても、そのために私が私の環境を支配する能力は、ほとんど増大しないだろう。そうではなくて、私がその発展の何万分の一かに貢献するところの科学的な知識の総体の増大が、それを利用する組織の、環境支配能力を、ほとんど無限に増大させるのである。そのことの善悪は、にわかに決し難い。誰が、何のために、どういう知識を利用するか。時と場合により、知識の増大は、より多くの人命を伝染病から救いもするし、より多くの人命を「ナパーム」や核兵器で奪いもする。知識の普及は、魔女狩りを廃するのにも役立ったろうが大衆操作の技術を洗練するのにも貢献してきた。

知識の総体の無制限に大きくなることが、一社会にとって（その社会に住む人々の幸福のために）、よいことであるかどうかは、大いに疑わしい、と思う。知識欲を満足させることが、個人にとって、望ましい生き方であるかどうかは、なおさら疑わしいだろう。無為にして化するの道は、かえって、人生の幸福に大切であるかもしれない。私が知識をもとめるのは、何らかの価値の確信にもとづくのではない。習いの性となって、俄《にわか》にこれを廃し難いからにすぎない。

信念について――「強き者」を好まず

――好信不好学其蔽也賊（論語）

信念、または偏見、または価値について。

私は狂信主義を好まない。また特定の価値を信じて勇気ある人間を尊敬しない。価値について私は相対主義者であり、特定の価値を信じて疑わないのは、おそらく歴史と社会についての、また人間の生理・心理学的機構についての、情報の不足、無知の結果だろうとさえ、考えている。たしかに勇気は、私の、また多く人の、持ちあわせることの少ない性質である。勇気を出すことは、むずかしい。しかしむずかしいことが、必ずしも、値うちのあることではない。

鷗外は、生涯を通じて、信じることのできる哲学には遂に出会わなかった、といったことがある。そこまでのところで、私は鷗外に賛成する。普遍的な価値の体系を、合理的に基礎づけるような理くつは、どこにもなかろう、と思う。人は常に、合理的に基礎づけることのできない信念から出発するのである。その信念は、おそらく、歴史的・社会的・生理的・心理的諸条件の複雑な相互作用から生れたものである。たとえていえば、多くの変数を含む関数のようなものである。関数の形はわからない（マルクスや、フロイトは、変数を一つに絞って、関数の形を定めようとした人たちである）。

そこで鷗外は、世間に行われている価値を、あたかもそれが動かすことのできない価値である「かのように」、尊敬して暮してゆく他に、さしあたり生き方はなかろう、と結論した。その結論には、私は賛成できない。もしすべての価値が相対的であるとすれば、生きてゆくためには、何らかの基準を、価値である「かのように」みなす必要があるだろう。しかしそのことから、その基準が、「世間に行われている価値」でなければならぬという理くつは、出てこない。全く逆に、「世間に行われている価値」の全面的な否定を、価値である「かのように」みなしても、理くつのすじは通るはずである。価値の相対性は、価値である「かのような」ものによって解決されるのではなく、価値である「かのような」ものの相対性に、移されるにすぎない。

生きてゆくかぎり、私は、成立の事情のあきらかでない私自身の信念から、出発するほかはない。同じことは、私以外の、また殊に私の属する団体（たとえば日本国、その中産階級など）以外の、誰にも通用する。したがって私は、私の信念をまもるために、私自身が他人を殺すことを正当化できない。中産階級は労働者の犠牲において繁栄することを、日本帝国主義は他民族を隷属させることを、正当化できないだろう。

またそのこととも関連して、「弱きを援け、強きを挫く」というところまでは到底ゆかぬが、少なくとも私は世の中の「強き者」を好まない。「強き者」は、総じて、自己の信念から導き出した結論を、「弱き者」に押しつける傾向が著しいからである。親が子に対し、男が女に対し、教師が学生に対し、特権階級が人民に対し、日本帝国主義が朝鮮半島に対し、アメリカ帝国主義が日本に対し……私自身が教師であり、いくらか特権的な階級に属し、強大な日本帝国の国民であるから、そのかぎりにおいては、私は必ずしも私自身をも好まないのである。

しかしそのために私が不幸なのではない。私は、私自身を好まぬときに不幸になるほど、私自身を重んじてはいない。自分自身をそれほど重んじるためには、おそらく私以外の周囲の世界に対する私の関心があまりに強すぎるからであろう。関心の内容は、単に好奇心だけではなく、また愛着でもある。その対象は、必ずしも、私有の品物ではない。おそらく旅から旅へ暮し、私有の品物を容易に携帯することができない環境に慣れたからでもあろう。

私の愛着の対象は、たとえば、落葉松の林の匂いであり、夏の雲の輝きである。また京都の白壁の築地にあたる夕陽、殷の銅器の緑色に錆びた表面、鷗外の史伝の散文、プロヴァンスの丘のラヴァンドの匂い……しかし殊に特定の個人の小さな行為、さりげない言葉、表情の微妙なかげり、そういうものと、その人の全体である。

私のなし得るだろうことのなかで、どういうことに私は価値をおくか。天下の人民の幸いは、たとえ願っても、私の成し難いところである。またおそらく一人の人間を生涯にわたって幸福にすることも不可能であろう。私は辛うじて日本語の作文に、みずから、いくらかの価値をおく。またきわめて限られた個人の、限られた時間に、何らかの幸いをもたらすことができれば、そのことにも、価値をおく。このような理想は、まことに雄大でない。しかし無知に勇気づけられ、あいまいな言葉に鼓舞されて、雄大な理想を説くのは、私の仕事ではない。

美しいものについて——女の表情・音楽……

——秋風一夜百千年(狂雲集)

美しいものは、私に恍惚としてわれを忘れさせることがある。周囲の世界は消え、時間は停り、その対象の現在だけが、いわば私の全体をみたす。もしそれを陶酔の状態というとすれば、完全な陶酔の状態は、稀れに、しかもおそらくただ二つの機会にしか、私にはおこらなかった。

その機会の一つは、ある瞬間の女の顔である。愛する女の、あるいは愛したかもしれない女の、ある時の表情は、私にはかぎりなく美しく、そのとき、その美しさは私にとっては世界全体の重みにも匹敵する。一休宗純もうたったように、吹き来たり吹き去る秋風のなかの短い一夜に、私は百千年の人生の歓びのすべてをみる。

もう一つの機会は、ある特定の時に聞くある種の音楽である。戦時中の能楽堂で、鼓と笛は、あるとき、突然、私の世界の全体となった。またある年ザルツブルクでモーツァルトが私の全身の完全な陶酔をよびさましたこともある。今かりにそれを「美しい」という。しかし事はむしろ逆であって、美しいものの極致を、私は、私が見た女の顔と聞いた音楽の響きとによって定義するのである。

美しさの極致の経験は、ながくは続かない。そこには考えの入りこむ余地がなく、したがって経験が同時に自覚的に自己を理解するということもおこらない。ロダンは「逃げ去る愛」を彫ったが、大理石を彫ることは、「逃げ去る美」の経験を捉え、それを外在化し、対象化し、永久化しようとすることではなかろうか。

経験の外在化は、むろん、社会化である。しかしこの経験の根底には、排他的な性質がある。近頃の俗謡にも、「世界は二人のためにあるの」という、――その「感じ」の内在性、主観性、親密性、不透明性は、それを表現するときに、すでにいくらか犠牲にされるだろう。しかし完全にではない。本来外在的・客観的・社会的・透明な(理解することのできる)伝達の手段は、受けとり手を、内在的・主観的・非社会的・不透明性へ、いわば送りかえす作用を失わない。その意味で、芸術的表現、非社会的なるものの社会化だということができるだろう。

故に純粋に美的な世界は、社会において、保守反動を正当化する根拠ともなり得るのである。「救うべき人々は、大理石の人々である」――ということ。一方には「アンコール・ワット」があり、他方には「ナパーム」の降りそそぐヴィエトナムの村落がある。一方には救うべき京都の寺があり、他方には原爆で抹殺された広島の人々がある。

私は少年の頃、美しいものの表現を、「万葉集」の、少し後れてまた「金槐集」や「拾遺愚草」の、日本語の歌を通じて知った。長ずるに及んでは、巴里《パリ》に遊び、造形美術の世界を、また占領下の維納《ウィーン》ではロマン派の音楽の響きを知るようになった。それを知ることは、私の生涯に、それぞれ決定的な影響を及ぼしたようである。

しかし私は数学を、そこにみずから美しさを感じるほどには、知らなかった。もし数学を知っていたら、私の美の定義は、全く別のものになっていたかもしれない。おそらく美しいものを定義するのには、全く異る二つの方法がある。われわれは、激情と陶酔のなかにあらわれる女の顔のいうべからざる甘美さから出発することもできるし、また、たとえば群論と記号論理学の交わるところ、思考の形式のあの整然たる秩序の、ほとんど崇高な美しさから、出発することもできるであろう。

二つの定義は、——その他の美の定義には、私はさしあたり興味をもっていない、——どこかで出会うだろうか。

ヴァレリーはそういうことも考えていたらしい。「エウパリノスまたは建築家」の主人公は、みずから建てた寺院について、それが彼自身の恋人の記憶を形にしたものだ、という。私は「源氏物語絵巻」や宗達のことを考える。またそれ以上にフェルメール。また、たしかにバッハの「平均律ピアノ曲集」の整然たる構造は、一種の激情の表現にちがいなかろう、と思う。南仏の山中に今も残るシトー派の僧院建築は、まさに、幾何学的秩序と化した詩情である。しかし芸術について語りはじめたら、際限がないだろう。

政治について——出来ることをする

——王者の幸福は多くの災厄と混合す（読人不知）
regum felicitas multis miscetur malis

一九四五年、国敗れて後、東京の焼跡に立って、私には三つの考えがあった。第一に、食糧を得るには、どうすればよいか、と考え、第二に、広く開けた夕暮れの空を美しい、と思い、第三に、日本の社会の構造が、いくさの前とくらべて、一変することを、願った。第一の考えは、空腹すなわち私の生理的状態に係り、第二の思いは、いわば私の美的感受性に係っていたが、第三の願いは、私の政治的関心と相渉る。その焼跡はいくさの結果であった。いくさは政治現象である。そこが関東大震災とはちがうところで、焼跡に立って、一切ものを考えなければ別だが、何かを考える以上、いかなる考えも、「政治」に行きつかざるをえなかったはずだろう。

私は「政治」を好まない。むしろ私は実験医学の研究室で、あたえられた情報から、水も洩らさぬ論理でひき出せる結論だけをひき出すことの、一種の知的潔白さを好むのである。「政治」については、そういうことができない。政治についての意見は、ほとんど常に、不充分な情報から疑わしい手続きでひき出された不確かな結論である。また私はひとり閑居して詩句を弄ぶことを愉しみとするが、「政治」は、徒党を組んで行うほかない事業である。来る者は拒まず、去る者は追わず、これはいわば私の個人的信条だが、「政治」的行為は、来る者を拒み、去る者を追い、殊に他人の生活に力を用いて介入する。故に私は「政治」を好まない。しかし「政治」は、こちらから近づかなければ、向うから迫って来る何ものかである。

「戦後民主主義の虚妄」という言葉は、六〇年代末学生運動の興隆と共に、世間に広く行われたことがある。しかしその意味は、必ずしもあきらかでない。もしそれが、戦後日本の政治の実際と民主主義の理想とのくいちがいを、意味するとすれば、あたりまえにすぎる話である。「虚妄」でない民主主義は、どこにもない。もしそれが、戦後日本の社会は戦前の社会よりも民主主義的になったわけではない（そう思うのはまちがいである）、ということを意味するとすれば、その意見はあまりにも明らかな誤りである。戦前から戦後にかけて、日本社会の政治制度は変り、その変り方には一定の方向があり、その方向は「民主主義」をどう定義するにしても「より民主主義的な方向」であるとしかいえないものである。

民主主義は程度の問題である。もう少し話をせばめて、たとえば「言論表現の自由」もまた、程度の問題である。したがって、戦後日本社会が、民主主義的であるか、ないか、という問いに、意味があるとは、私には考えられない。意味のある問いは、戦後日本社会が、どの程度に民主主義であったか。将来この社会をより民主主義的にする道がひらけているか、どうか。それとも今日の状況は、不可避的に、社会をいよいよ非民主主義的にする方向に動いているのか、ということである。前者の道がひらけていれば、先へ進む、後者の状況が現実ならば、抵抗して現状をまもる、他にすることはなかろう。これが私のいわば「政治」的信条の要旨である。そのためには、当人なりの民主主義の定義を必要とするが、民主主義的ユートピアの実現の可能性を、信じる必要はない。

私の民主主義の定義は、実践的な目的のためには(理論的な目的のためには、ではない)、甚だ簡単である。強きを挫き、弱きを援く。日本国内で、できるだけ支配層の権力を制限し、人民の権利そのもの、その行使の範囲を拡大すること。国際的には、工業先進国による後進社会支配の現状を破ること。

そのように定義した民主主義にちかづくためには、何をすることができるだろうか。戦略についての私の意見は、簡単ではない。私にわからぬことが、多すぎるからである。しかし私は、私一人に一体何が出来るのか、ということで思いわずろうことはない。私ははじめから私自身に多くを期待しないから、世の中が私の念願とは逆の方向に動いても、格別の「挫折感」は覚えない。念願の方向に動くよう、何万分の一かの貢献をつづけるだけである。また貢献のし方は、人によってちがうのがあたりまえだ、という立場をとるから、勇気凜々として陣頭に立つ人々に感心はするが、みずからそうでないことに、ほとんど全く後ろめたさを感じない。私は私にできることをしてみずから足れりとするのである。

〔追　記〕

「私の立場さしあたり」〔本文庫版の初出「わが思索わが風土」を改題〕は、いくつかの題目について、私の基本的な態度を説く。一般化すれば、それは、世界に対して人がとり得る複数の態度の、どれを私が択ぶか、という問題である。態度の選択は、また対象の複数の解釈の、どれを択ぶか、という問題とも関連する。

しかし「私の立場さしあたり」は、個別の題目についての態度相互の関係を説かない。その意味で、これは、全体としての私の態度の説明ではなく、全体としての世界の解釈でもない。しかるに私の現実は、一箇の具体的な人格の全体としてあらわれ、その現実を理解するためには、全体の構造を明示的に意識化しなければならない。個物の具体的な全体は、決して繰り返されないから、その意識化は同時にまた一回性の意識化でもある。個別的具体的な意識の、その全体性と一回性における意識化は、サルトル Sartre のいった「実存」である。「私の立場」を発展させれば、やがて「実存」の構造の理解へ近づくはずであろう。

しかしいかなる理解も、具体的な対象の抽象化を伴う。抽象化の水準は、必要に応じて択ぶことができる。諸科学は、必要な抽象化の水準で、世界の事実と事実相互の関係についての、もっとも信頼度の高い、もっとも包括的な知識を提供するものである。しかしそれは世界の部分（または一面）についてであって、全体についてではない。しかるに、ヘーゲル Hegel もいったように、部分を意味づけるためには、その全体との関係においてする他はない。したがって当人の世界に対する態度との関連において、誰でも、考えられる複数の世界像のなかの一つを択ぶ。私はどういう世界像を択んでいるか、——それは、「私の立場」から出発しての結論でなければならない。

私はすでに出発点を説明した。そこからどこへ行き着くか、到達したところをいくらか秩序だてて叙述したい、というのが、今日の私の望みである。望みを叶えることができれば、現代の日本人の一人が知っていること、信じていること、感じていることの間に、いかなる内的連関があるかを、断片的にではなく、綜合的に、明示することになるだろう。そういうことを、現代の日本人は、一八世紀の日本人が——徂徠から宣長まで——やってきたほどにも、やっていない。

〔『加藤周一著作集』第15巻、一九七九年〕

6

危機の言語学的解決について

思えば私は少年の頃から「危機」の時代を生きてきた。まず「満州生命線」の危機があり、その次に「ABCD包囲網」の危機が続いた。「坐して滅びるよりは」始めようといって始めたいくさが、危機であったことは、いうまでもない。「危機」または「非常時」。敗戦が危機でも非常時でもなかったのは不思議だが、その後ただちに危機が復活した。

誰が唱え誰が説く

朝鮮戦争の頃には、「釜山に赤旗が立つ」危機、その後が「キューバ危機」、アメリカの越南征伐と共に「中国南進ドミノ危機」。軍拡競争でアメリカがソ連に負けそうだとアメリカの軍人が唱えて日本人がこれに和する「ミサイル・ギャップの危機」は何度かあった。同じ種類の危機が何度も起こるのは、もちろん、前の危機が立ち消えになったからである。一般に危機というものは、あるいは華やかに、あるいは勇ましく、いわゆる専門家や「ジャーナリスト」や学識経験者の「公平中立」な解説・評論の合唱を伴って、にぎやかに始まり、数年経つと静かに、それとなく、春の雪がとけるように、消えてゆくものらしい。去年の雪今いずこ。たとえば「中国の軍事的脅威」のようなものである。

かくして一つの危機が消えれば、また別の危機が始まる。今では、「エネルギー危機」「中近東危機」「ソ連の軍事的脅威」にもとづく危機、アフガニスタンやポーランドの危機がある。要するに、のべつまくなしの危機状態のなかでわれわれが生きているという次第ではあるが、これは一体誰にとっての危機であろうか、という疑問が、山中閑居の男の脳裡をふと横切ることもある。昔日本国には戦争責任について「一億総ざんげ」ということがあった。しかし、「一億総危機」というわけでもなさそうだ。たとえば、「エネルギー危機」すなわち「石油危機」なるものが叫ばれて、まさにその年の終わりの決算では、大きな石油会社のもうけが急増していたようにみえる。もうけの大きくなる状況は、少なくとも会社にとっての危機ではなかろう。軍事的な危機があるから、軍需産業がもうかるのか、軍需産業がもうかるから、軍事的な危機があるのか、俄《にわ》かにこれを決し難いとしても、たとえば軍事的な危機なるものが、誰にも一様の危機であり、危機のみを意味するのではあるまい。

私は必ずしも「危機」の共同謀議説を採らない。しかし「危機」を唱えることによって生じる損得が、経済的にも、政治的にも、一様に配分されているのではなさそうだ、ということには、注目せざるをえない。したがって誰が危機を言い出し、誰が熱心にそれを説いているか、ということにも、おどろきあわてて「ショック」を受けるまえに、いくらか興味をもつのである。

敗戦を終戦とよび

閑話休題、とにかく「危機」がのべつまくなしに続いているとして、それを解決する対策や如何。数ある対策のなかで、殊に日本社会が好んでとってきたのは、知る人ぞ知る、言語学的対策である。ふり返ってみれば、日本における危機の言語学的解決法の洗練は、「敗戦」を「終戦」とよび、「占領軍」を「進駐軍」とよんだときから始まっていた。「終戦」という言葉は、いくさの勝ち敗けを明示しない。敗けいくさは危機だが、いくさの終わりは平和の希望であろう。「占領軍」は、日本の法律と天皇の権威に超越しておそろしいが、もしそれが「進駐軍」ならば、日本国と天皇制の安全をまもってくれる有り難い存在である。

「主権侵害・見殺し・ウヤムヤ主義」は国の権威の失墜だろうが、「政治的解決」といえば威風堂々たるものだ。「アメリカ追随」、——これを称して、ときには「日米対等」、ときには「等距離外交」、ときには「国際的責任を果たす」という。「アメリカ追随外交」は、——中国承認でさえも米中接近の後であって前ではなかった——、日本国の独立の危機でないこともない。しかし、「国際的責任を果たす」のは危機どころか独立の精神の顕現である。

かくして多くの危機は、単語のさし換えという比較的単純な言語学的操作によって忽《たちま》ち解決される、あるいは解決されたかのようにみえる。しかも政治の世界では、問題が解決されることと、解決されたようにみえることとの間に、あまり大きなちがいはないだろう。もちろん日本で行われる危機の言語学的解決法には、もっと複雑なものもある。そこではもはや単語のさし換えではなく、独特の論理的手法が駆使される。最近の傑作は、たとえば次のようなものである。

周知のように、太平洋戦争の結果として、アメリカはまず日本の非軍国主義化を望み、その次に冷戦の結論の一つとして、日本の再軍備を望んだ。そこでアメリカが日本に「押しつけた」のは、第一に、軍備を禁じる憲法であり、第二に、小規模の軍備すなわち自衛隊である（警察予備隊→自衛隊→その増強）。この「押しつけ」第一と「押しつけ」第二とのつじつまは合わないから、そこに制度上の危機が生じた、といえるだろう。その危機を解決するために用いられる言語学的手法には、二つがある。

その一つは、従来政府がとってきた解釈学的方法で、「小規模の軍備は軍備でない」（憲法でいう「戦力」ではない）というものである。またあるいは「自衛のための軍備は軍備ではない」ともいう。「小規模」とは相手次第で変わる相対的な概念である。「自衛のため」といわない軍備は、どこにもなさそうだから、「自衛のための軍備」とはつまり「軍備」

というのに近い。四つ足の猫は猫に非ず。白馬は馬に非ず。名家の伝統は本朝に伝え、ここに脈々として生きていて、さすがに「押しつけ」概念などをもちこむ余地はない。

宣長以来「言は事」

もう一つの解決法は、折にふれて人の唱える憲法改訂、第九条修正主義の議論である。この方は、専ら「押しつけ」に注目し、「押しつけ」第二を採って、「押しつけ」第一を捨てる。要するに、アメリカが押しつけたのはイヤだから（憲法）、アメリカが押しつけるものを歓迎する（軍備増強）、というのである。ただしアメリカは、日本国の自前の核武装を「押しつけ」ない。それどころか、強くそれに反対するだろうから、この議論の「軍備増強」には核武装を除く。

危機は来り、去り、また来る。その度にわが日本国が、言語学的対策を生みだして、巧みにそれぞれの危機をのり超えてゆく早業の水際だっていることは、およそ以上の如くである。どうしてそういうことが、日本国においてだけはできるのだろうか。それはむずかしい問題である。おそらく、本居宣長翁もいったように、言《コト》は事《コト》だからであり、それこそ「外人にはわからない」神ながらの道だからであろう、と私は考えている。

軍国主義反対再び

憲法をまもり、軍備を拡張しない、――これが日本国民の安全と幸福のために大切なことであろう、というのが、私の意見である。ここではその理由を述べない。この文章の目的は、反対意見の人々を説得することではなく、意見を同じくする人々に、近ごろの私の感想を伝えることである。私の感想は私の発明ではない。たまたま新聞雑誌を通じて知った内外の人々の活動や意見から、一人の市民にもできそうなことを、あらためて考えた、――その考えの要約である。

戦禍を語り続ける

憲法「改正」を唱える自民党は、今日まで憲法を改めるに至らず、なしくずしに軍備を拡大してきた政府は、まだ公然と「非核三原則」を棄ててはいない。その最大の理由は、国民の大多数が憲法（殊に第九条）を改めることに反対し、核兵器に反対してきたからであろう（憲法第九条改めに反対なのは、八一年一月の「読売新聞」の一般世論調査で七一・二%、三月の「朝日新聞」の調査で六一%、「法律時報」の二月の質問に答えた五百人に近い公法学者の間では、七八・七%である)。このように反軍国主義的な世論が日本国で強いのは、何よりも国民の間に悲惨な戦争の記憶が生きていたからにちがいない。世代が変わり、その記憶が薄れてゆくのを防ぐためには、どうすればよいか。

それには、学校でも、家庭でも、教師や親や社会が、子供たちに戦争の悲惨を語り伝えてゆく他はないだろう。「悲惨」の内容には、被害者としての面ばかりでなく、加害者としての面もある。また物理的な面(飢え、親子離散、死)ばかりでなく、精神的な面もある(「私たちはだまされていた」)。そういう悲惨な戦争の経験を次の世代に語り伝えようとして、勝又喜美子氏を中心とする小田原在住の女の人たちが、雑誌「自立と平和」を、もう五年間もつづけてきた(発行所、小田原市、市民平和研究所)。私はこういう仕事をすばらしい、と思う。それは一市民にできることで、しかも決定的に大切なことである。

戦争宣伝は人をだますのに、言葉をすりかえる。一九八〇年九月九日に、ダニエル・ベリガン師を中心とする八人のアメリカ人男女が、核軍拡競争に反対し、ジェネラル・エレクトリック社の核兵器組立工場へ侵入して、核弾頭の先端円錐部二個を槌で損傷するという事件がおこった。最近行われたその裁判で、裁判官は被告の損傷したものを、「核弾頭円錐 nuclear-warhead cones」とよぶことを禁じ、その代わりに「装備 materiel」とか「金物 hardware」とか「先端円錐 nose cones」とかという言葉でよぶべきだと主張したそうである。詳しくはロバート・リフトン教授の「ニューヨーク・タイムズ」の記事にみえる（Robert Jay Lifton, "Norristown, Pa. 1981: The Plowshares 8." The N. Y. Times, 28 MAR 81）。裁判官は被告たちに向かって、「ここで裁かれているのは核戦争ではなくて、あなた方だ」といった。――「たしかに被告たちは、裁判所で核戦争を裁くことには成功しなかったかもしれない」とリフトン氏は書いている、「しかし、近いうちに別のところで核戦争が裁かれるべきだ、とわれわれに告げることには成功した」と。けだし言語学的水準において、市民にできることの一つは、猫を猫とよび、侵略を侵略とよび、軍隊を軍隊とよび、核弾頭を核弾頭とよぶことであろう。

つり合いに頼れぬ

私はまた同じ「ニューヨーク・タイムズ」で、メアリー・エレン・ドノヴァン氏が米ソ間の軍拡競争に反対する記事を読んだ（Mary Ellen Donovan, "Plainfield, N. H. 1981: Against the Arms Race." Ibid.）。ニュー・イングランド諸州の町には、一種の直接民主主義である町民会（town meeting）の制度がある。そこでニュー・イングランド二州（ニュー・ハムプシャーおよびヴァーモント）の一六の町が州を代表する上院議員に、米ソの核兵器凍結の決議案を上院に提出することを要求した。その要求は、町民会の圧倒的多数によって採択されたという。このような町民会の伝統は、日本にはない。しかし日本国にも、集会の自由はあり、町民の有志が集まって、その意思を該当選挙区の代議士に伝えることはできる。それが地域的問題でなく、軍拡競争とそれへの日本国の加担という問題であっても、不可能ではないだろう。中央から地方へ、という流れを、地方から中央へ、という流れに変えてゆくことが、地域住民運動の延長線上に考えられるのではなかろうか。それがむずかしいだろうことは、世間の事に暗い私にもわからぬではない。しかし核戦争がおこれば、地方も中央も、政治に関心のある者もない者も、みんなそろって亡びるのである。

たしかに核戦争は、ヒロシマ以来今日まで、おこらなかった。その理由のいちばん有力な説明は、核抑止力のつり合いである（超大国の一方が他方を核攻撃すれば、報復によって自国も亡びる）。すなわち「相互の確かな滅亡」（Mutual Assured Destruction）の予想であって、英語では略してＭＡＤという。この気狂いじみたつり合いは、超大国間の核軍拡競争が激しくなればなるほど、少なくとも一時的に破れる確率が大きくなるだろう。したがって全面核戦争の危険も増大する。過去にそれがなかったことは、将来もそれがないだろうことの保証ではない。

米ソだけの「限定」

しかも核兵器は、技術的に進歩しつづけている。その事の詳細は、専門的知識に属するだろう。しかしその事と関連して——おそらくその事のみと関連してではあるまいが——

最近アメリカに「限定核戦争」の可能性を説く人がふえているということは、専門的知識ではなく、毎日の新聞にも書いてあることだ。現に「核の危険を語れば破壊分子だ、という宣伝教育がまた始まっている」とI・F・ストーン氏もいう（I. F. Stone, "Meanwhile, the bomb is ticking". The Boston Globe, 27 MAR 1981）。まさか全面核戦争が危険でないはずはなかろうから、これは「限定核戦争」の話である。「限定核戦争」が本当に「限定」されれば、――その保証はないけれど――、アメリカ人にとって、またおそらくソ連人にとっても、危険ではないかもしれない。しかしその舞台の住民、――ヨーロッパやその他の地域の、たとえば朝鮮半島や日本列島の住民にとっては、危険でないどころか、ほとんどみな殺しに近い状況を意味するだろう。したがって今ヨーロッパで、CND（核軍縮運動）が活力をとりもどし、ヨーロッパの非核地域化をよびかけているのは、少しも不思議ではない。たとえばCND指導者トムプソン氏の議論である（E. P. Thompson, "Freedom and the Bomb." Václav Racek あて公開状、New Statesman, 24 APR 81）。同じ理くつで、極東を舞台とする「限定核戦争」の可能性に、日本人が敏感であっても当然だろう。

「非核三原則」の形骸化を防ぐためには、それを日本の周辺地域にまで拡大しなければならない。今まで政府に「非核三原則」を押しつけることに成功してきた日本国民の世論は、今政府に、周辺地域の軍拡競争加担ではなく、軍縮・非核化政策を要求して、活発になることができる、と思う。

遠くて近きもの・地獄

私は初冬の話を真夏にする。なぜなら夏に終わったことは、冬に始まったからである。一九四一年一二月八日に、太平洋戦争は、どういう風に始まったか。

三〇年代の日本のいくさは、宣戦布告を伴わない「なしくずし」の過程であった。そのとき政府は、「不拡大方針」を掲げながら大陸でのいくさを拡大し、「蔣介石を相手にせず」に、蔣介石を征伐しようとしていた。その頃「皇軍」とよばれていた日本帝国の自衛のための戦力は、「東洋平和」のために、「便衣隊」すなわち抵抗する中国人民と戦っていた。

なしくずしに進む

しかし南京は東京から遠かった。市民は「真相を知らされていなかった」し、また強いて知りたいと思っていたわけでもなさそうである。軍隊に召集されない限り、いくさは新聞紙上の出来事であり、毎日「赫々たる戦果」があって、日常の生活とは係わりがなかった。食糧その他の必需品は、まだ不足していなかったし、生活の「リズム」は常に変わらず、身の周りでは、冠婚葬祭を含めて、万事が何事もないかのように進行していた。

たしかに政府は、右の「テロリズム」に寛大で、左からの批判に厳しかった。周知のように、陸軍はそれを利用し、権力機構内部での影響力を次第に強めていたにちがいない。既成事実の積み重ね、政策の選択の幅の縮小、各段階での妥協の連続、ますます狂信的になってゆく軍国主義……しかしそれもまた「なしくずし」の過程であり、その過程のどこに、決定的な段階、すなわち方向転換のための最後の機会があったかを、見きわめることは、誰にとっても困難であった。一社会が「なしくずし」に破局に近づいてゆくとき、破局はいつでも遠くみえる。

その頃、私は学生であった。今日の若者と同じように、試験のために俄《にわ》か勉強をして、成功したり失敗したりしていた。空腹になると、深夜の屋台で「支那ソバ」を食べた。また運動競技の対校試合や「トーナメント」に出場して、勝ったり敗けたりしていた。そのために合宿をしたり、旅行をした。また映画館へ通い、築地小劇場で新劇を、歌舞伎座で歌舞伎を、新橋演舞場で人形芝居を、水道橋の能楽堂で能狂言を、要するに見物できるものは、何でも見物していた。いくさとの関係はそこになかった。

日本国の将来には希望をもたなかったが、何時かいくさが私の身辺に押しよせてくるだろうとは、信じ難かった。商店街を通ると、電灯が明るく、人通りが賑《にぎ》やかで、そこがやがて焼け野原になるだろう、とは想像できない。日比谷の公会堂では、ドイツ系のユダヤ人音楽家が、ピアノを弾いたり、管弦楽団を指揮したりしていて、その音楽会の帰りに、日比谷公園の木立の繁みの下を、銀座の方へ歩いてゆくと、耳にはまだショパンかブラームスの最後の和音が響いていて、通りすがりの若い女たちが、みんな美しく見えた。そのとき私は、いずれ破局が来るだろうと考えてはいたが、その破局のなかで美しい女たちや音楽が、忽《たちま》ちかき消えてしまうだろうとは、感じていなかった。太平洋のいくさの可能性は、あまりに想像を絶し、あまりに私の生活感情から遠かったのである。

静かに見逃す変化

しかし太平洋戦争は、ある朝、突然、私たちの寝こみを襲った、もはやとり返しのつかない出来事として、おそらくは私自身を含めて数百万人の日本人の死を意味するほかはないだろう事業の始まりとして。それがどれほど私から遠くみえ、どれほどあり得ないことのように感じられていたとしても、そういう感じは、いくさが起るか起こらぬかとは、何の関係もない。

私は今そのことを想い出し、核兵器の時代に東アジアを舞台にした戦争を考える。もしそういう戦争が起これば、今度は数百万人でなく、数千万人の日本人が死ぬだろう。そういう事態は、太平洋戦争よりも、もっと想像し難い。しかし想像し難いことは、起こり得ないことではない。

昔清少納言は、「遠くて近きもの・極楽」といった。もし清女をして今日に在らしめたならば、「遠くて近きもの・地獄」といって、「なしくずし」の軍国化の過程に警告していたかもしれない。今日の地獄とは、いくさである。

昨日は遠くて、今日近きものがある。たとえば、文部省が日本の「中国侵略」という代わりに「中国進出」といいたがること。首相の靖国神社公式参拝、または国家神道の復活。憲法第九条の空文化、または巨大な軍事予算。非核三原則の「持ちこまず」が、あらゆる証言にも拘らず、そのまま静かに見逃されること。

また今日は遠くて、明日近きものもあるだろう。たとえば「自衛のための」核武装。「国際的責任のための」海外派兵。「愛国心のための」徴兵制度。「平和と自由のための」局地戦争、または両超大国間の軍事的紛争へのまきこまれ。

想像し難いことも

「遠くて近きもの」を判じるために、私は私の実感や、想像力や、生活に即した感情を、一切信用しない。ただ新聞雑誌の記事を通じて、私の会ったこともない人々が、見たこともない場所で、何をしているかということについての、いくらかの情報を得、その情報の検討から私にもっとも確からしいと思われる結論を抽《ひ》きだす。その結論の多くは、こういう事がおこるだろう、というほど強いものではなく、こういう事がおこり得る、という程度の弱いものである。

すなわち物質的に豊かな日本社会、多くの商品と多くの広告と多くの消費、夏休みに自家用車で遠出する家族、海と浜辺を見に飛行機でグァム島まで出かける若者たち、三日に一度位創刊される雑誌、三日に一度位開店する料理屋、私の身の周りの酒や煙草や薪、パレストゥリーナからブーレーズまでの音楽、殷周銅器から浮世絵までの美術、フェミニスト、平和主義者、漠然と自由主義的な考えの男女、その他親切な多くの人々、——そういうものすべてが、忽ち消えてなくなることは、今日想像し難いけれども、今日の過程が方向を変えないかぎり、他日大いにあり得ると思う。

教科書検閲の病理

「すべてが変るようにみえても、実は何も変らないと彼は信じていた」
ボードレール（プレイヤード版全集第二巻、七五八ページ）

状況は簡単である。

文部省が教科書会社に加えてきた強い圧力は、形式的にみれば、教育の中央集権化の現れであり、その内容からみれば、日本軍国主義の復権への努力である。いずれにしてもこれは孤立した現象ではない。権力の集中化と軍国化の傾向は、殊に八〇年代に入ってから、衆参院同時選挙での自民党の成功、政府の米国追随、レーガン政権の軍拡政策という条件のもとで、いよいよ著しい。

教科書の検閲とその内容に対する批判や抗議は、早くから日本国内にもあったが、政府は、それを無視してきた。中国および韓国の政府が、公式に抗議し、両国はもとより東南アジア各国（香港・シンガポール・フィリッピン・タイなど）の世論が激しく日本の侵略を弾劾しはじめるに及んで、はじめて、日本政府は反応し、対策を考えるようになった。

今までのところ（一九八二年八月現在）、以上のようなことがあって、それ以外のことはなかった、といってよいだろう。

孤立した現象ではないこと。

軍国化の傾向は、まず軍事予算の増大にあらわれた。軍事予算がある程度以上になれば、軍需産業の拡大（軍産体制の成立、したがって軍拡への圧力）や、軍機保護法の強化（したがってより大きな人権の制限）を伴うだろう。軍事予算増大の動機は、米国の圧力と共に、国内の自発的な要因をも含む。前者は核武装へ導かないだろうが、後者は「自前の核兵器」を、晩かれ早かれ説きはじめるにちがいない。軍事力を拡大するための大きな法的障害は、憲法第九条（「陸海空軍その他の戦力は、これを保持しない」）である。したがって第九条を中心として憲法を改めようとする動きもある（自民党内の「改憲」派）。

しかし将来へ向って、軍事大国への道を正当化するためには、過去をふり返って、今世紀前半、殊に一五年戦争の軍国日本を、少くともある程度まで、復権させておく必要があるだろう。反軍国主義的な国民を率いて、軍事大国を建設することは、むずかしい。そこで靖国神社に、戦場で死んだ兵士ばかりでなく、その戦争を計画し、指導した軍人をも併せて祀り、そこに閣僚の大部分が参拝する。「軍閥が国を誤った」という説は、いつの間にか、ひっこめられたらしい。軍閥は今やカミである。それならば、子供たちに歴史を教えるのに、一五年戦争が侵略戦争であっては、つじつまが合わないだろう。そこで文部省は、教科書を検閲して、日本軍が中国を「侵略」したというのを、「進出」に改め、「太平洋戦争」を「大東亜戦争」とよび、「戦争によりアジア諸民族にはかりしれない苦しみと被害を与えた」という文句を削除するように、圧力を加える[1]。「日本の過去の戦争を悪く書くな」である。

このような軍国化、またはもう少し漠然とした意味で「右寄り」の傾向を進める過程で、権力側の用いてきた際立った手法が、二つある。その一つは、「なしくずし」であり、もう一つは言葉の「いい代え」である。いずれも問題の傾向に対する抵抗を弱めるために、役立つ。

「なしくずし」の過程について。

状況を少しずつ一定の方向に変えて、急な変化を避けるのが、「なしくずし」である。たとえば、降伏と武装解除以後の、軍備の増強は、その典型的な例である。戦力放棄→警察予備隊→自衛隊→その予算の漸増→領海・領空を超えての行動範囲の拡大。戦後のどの時期をとってもそこに急な拡大はみられない。しかし拡大の方向は常に一定していた。

憲法の条文は、変えるか、変えないかであるから、「なしくずし」の手法になじまない。しかし条文、殊に第九条の解釈は、なしくずしに、とめどなく、それがほとんど全く空文化されるまで、拡大されてきたことは、周知の通りである。「自衛のための戦力は、憲法の禁じる戦力ではない」という解釈が、そもそも第九条の空文化であろう。戦力の自衛のためであるかないかを決めるのは、日本政府自身である。しかるに当事国の政府が、みずから、自国の戦力を「自衛のため」でなく、「侵略のため」と称する例はない。したがって「自衛のための戦力」というのと、「戦力」というのとは、要するに同じことである。

靖国神社の「戦犯合祀」は、ひそかに行われて、半年ほど経ってから、新聞に出た。閣僚の参拝は、「私人の資格」から始って、「私的か公的か明言しない」段階へ進み、おそらく事実上の公式行事に到るだろう。教科書の検閲の内容も、突然「侵略戦争」という表現だけを禁じたのではなく、多くの技術的な改善要求に混えて、次第にその反動的傾向を強めてきたのである。

「なしくずし」の過程は、既成事実の積み重ねである。事実の積み重ねは、第一、計画にもとづき意識的に行われる場合もあり(たとえば政権奪取からポーランド侵略までのヒトラーの膨張政策)、第二、非計画的・無自覚的になされる場合もあり(たとえば六〇年代の米国のヴィエトナム侵略戦争)、第三、権力の内部に意見の対立があるときには、両者の混合する場合もある(たとえば「シベリア出兵」から「日中戦争」まで)。いずれにしても、「なしくずし」過程のそれぞれの時点において、状況の変化は小さい。小さな変化を問題として、根本的な権力批判を展開することは困難であり、まして大がかりな抵抗運動を組織することは困難であろう。しかもその時点以前の既成事実の積み重ねは、政策立案者にとって、多かれ少かれ与件としてあらわれ、その時点における政策選択の幅を狭くする。その狭い幅の承認が政治上の「現実主義」である。「なしくずし」の過程は、必然的に「現実主義者」を生みだし、「現実主義者」に支えられて進行するだろう。

たとえば中国に「対支二一ケ条要求」を強制すれば、五・四運動と日貨排斥がおこる。日貨排斥を弾圧するために、軍隊を送れば、中国の反日運動はいよいよ激しくなって、もっと大きな軍隊が必要となる。その段階での「現実主義者」は、中国大陸からの撤兵があまりに非現実的で、到底政策の選択肢として考慮されない、といっていた。今日本の文部省が教科書を検閲して、日本帝国主義の大陸膨張政策の内容をごまかそうとすれば（「日本を悪く書くな」）、当然中国側には日本政府批判がおこる。そこで今日の「現実主義者」は、一度してしまった検定を反故にするのは、困難だというのである。

「なしくずし」の過程がある段階を超えれば、破滅が先に見えていても、途中からひきかえすことはむずかしい。殊に社会的慣習としての大勢順応主義が強ければ強いほど、方向の転換は困難である。かくして三〇年代の日本は次第に太平洋戦争に近づいていった(2)。破滅するまえにひき返すためには、権力機構の外部に十分に強力な批判勢力がなければならない。たとえば六〇年代後半の米国におけるヴィエトナム反戦運動である。世界的規模で今日「なしくずし」に破滅に向って進んでいるのは、いうまでもなく、核武装拡大の過程

（量的および質的な・垂直および水平の）である。それでも世界中の「現実主義者」は、途中からひき返すことはできない、と信じているらしい。

「いい代え」の手法について。

「厳しい表現を和らげ、直接明瞭な表現を漠然とした表現に代えること（またはそう代えた表現）」を英語で euphemism という。それを訳して、ここでは言葉の「いい代え」ということにする。「いい代え」または euphemism は、何処の社会にもある。しかし一九四五年八月降伏後の日本国では、これが一種の「お家芸」であり、殊に政府または権力側が、「いい代え」の手法を翻訳に応用し、外向け（英語）と内向け（英語に対応する日本語の「いい代え」）の表現を使い分けてきた手腕は、ほとんど至芸というのに近い。

「いい代え」は、降伏（surrender）を「終戦」とし、占領（occupation）を「進駐」としたときから始る。戦力（armed forces）は「自衛隊」、検閲（censorship）は「検定」となる。「自衛隊」が戦力でないといい、「検定」が検閲でないというのは、上品に表現すれば、名家の伝統に「白馬は馬に非ず」というようなものであろう。下世話には、へ理くつ、またはこじつけという。軍事予算について「米国の要求に従う」といえば、追随の極まるところほとんど奴隷的に聞えるが、「国際的責任を果す」といえば、内容は全く同じことでも、「経済大国」に適しく堂々と聞える。そこで文部省が教科書の検閲に「いい代え」の要求をもちだしてきたこと自身は、独創的ではない。文部省の独創性は、「いい代え」の手法を、降伏以後のことばかりでなく、以前にもさかのぼって歴史の記述に応用したことである。

「いい代え」の、文部省自身による説明は、たとえば次のようである。(3)日中戦争について、「侵略」を「進出」・「進攻」とするのは、後者が「より客観的な表現」だからである。南京事件の犠牲者数を削除するのは、「史料によって非常に大きな違い」があるからである。朝鮮の三・一独立運動を「暴動」とよぶのは、「暴動」という表現が「決して悪い意味で用いられているわけではない」からである。朝鮮人の戦時中の強制連行の「強制」を削るのは、「戦時中の朝鮮人労働者の内地移入」の形式が、「自由募集」→「官あっせん」→「国民徴用令の適用」と変ったからである。

——このような説明は、むろん中国人・韓国人に納得し難いだろうが、日本人である私にも納得し難い。「侵略」と「進出」は、どちらが「より客観的な表現」かということではなく、「進出」の一つの形態が「侵略」であるにすぎないだろう。日中戦争は、その「侵略」に相当する(大規模の軍隊による広大な土地の占領・数十万人から数百万人に及ぶ殺傷・植民地化)。したがって「侵略」を「進出」にいい代えるのは、表現の客観化ではなく、歴史的事実のごまかしである。南京事件の犠牲者の数が、史料によってちがうのはあたりまえの話である。文部省自身が数万人の説があり、数十万人の説があるという。それならばそう書いたらよかりそうなもので、「犠牲者多数」では何のことかわからない。「多数」とは数百人か、数十万人か。教科書の「客観性」に熱心な文部省が、なぜここでは全く主観的な「多数」という表現をとるのか。「いい代え」は、ここでもごまかしであり、隠蔽であって、それ以外の何ものでもない。「暴動」という言葉が、法と秩序と権力の側からみて、「悪い意味で用いられていない」ことなどはないはずだろう。植民地の「官」による「あっせん」が、強制を伴わぬことは、ほとんど考えられない。「国民徴用令」には、無論強制力があった。戦時中の朝鮮人が日本内地へ来たのは、自由参加の観光旅行ではなく、強制労働のためである。その「強制」をごまかすことが教育ではなく、再びそれをしないように教えることが教育でなければならない。教育の原理は、「臭いものにふた」の言葉の手品ではない。

もちろん「いい代え」は、政府だけの問題ではなく、いわんや文部省だけの問題ではないだろう。また常に何処でも、悪いことではなく、善いことでもあり得るだろう。たとえば、「あの男は狂っている」というよりも、「あの男は変だ」という方が、日常生活においては、角がたたなくてよろしかろう。しかし精神科の医者が、「変だ」というのでは、用を弁じない。男が「狂っている」かいないかをはっきりさせ、「狂っている」ならば、どう「狂っている」かを見きわめなければならぬ。政府が国民をごまかすのは、民主主義的でない。

外国の抗議を俟って初めて政府が反応したこと。

その意味で、教科書問題は、「ロッキード事件」に似ている。もし中国・韓国の政府が抗議をしなかったら、政府は誰にもその「真意を誠意を以て説明」しようとはしなかっただろう。もし米国で曝露されなかったら、「ロッキード事件」が事件になったかどうかさえ、大いに疑わしい。いずれの場合にも、主権在民の日本の国の話として、政府の力は強く、その態度は傲慢であり、人民の批判能力は弱い、といわなければならない。

戦後の日本で自発的に曝露され、ある程度までの対策がとられたのは、公害問題である。しかしそれは、産業による環境の破壊が世界一の水準に達し、致命的な犠牲者が生みだされ、多くの地域が人の住み得ないほどの状態に達した以前のことではなく、以後のことである。環境汚染の「なしくずし」の進行を、中途に抑え、方向を転換させる能力が、日本の社会に十分に備っていたからではない。自発的な方向転換能力の弱さ、権力の濫用をみずから抑制する作用の弱さは、——一言でいえば、日本国の民主主義の弱さということになるだろう。その弱さが、中国・韓国からの抗議があるまで、教科書の検閲の制度および内容を、日本国内において大きな政治問題とすることができなかったことの、根本的な理由である。

政府・自民党の反応、または鎖国心理。

外国からの教科書再改訂要求に対する反応のし方は、政府・自民党の、したがってまたそれを支持する多数の国民の、対外的態度を、実に典型的に示している。その態度は鎖国心理を背景としていて、鎖国心理は、次の三点にもっとも鮮かにあらわれている。

第一に、国内事情を対外事情に優先させる習慣。外務省と文部省、また自民党の文教委員会内部の意見の対立を、調整し、妥協点を見出し、権力機構の内側での力関係の均衡を維持することの方が、対外事情の悪化に有効な対策をとることよりも、政府殊に鈴木首相の主要な関心であったようにみえる。そういうことは、鈴木首相個人の問題でもなく、偶然の状況でもなくて、党内事情を、対外的な国益に優先させないかぎり、誰も首相にはなり得ないだろう機構の必然の結果であったにちがいない。

第二に、対外的にも国内向けの手法をそのまま用いる態度。そういう手法が、対外的に通用しないことは、忽ち明かになるが、事前にその無効なることを見透さないのは、おどろくべき国際感覚の欠如である。国内向け手法の一つは、「しらばっくれ主義」であり、「わが国の検定制度を説明して誤解を解く」というのは、その例である。中国や韓国や他のアジア諸国の関心が、「わが国の制度」の詳細や「検定」が文部省の何階のどの部屋で行われて、そこにお茶が出るか出ないか、というようなことにあるのではなく、日本の教科書の侵略戦争の記述を文部省ができるだけ美化しようとしてきたことにあるのは、はじめからわかりきったことであった。「誤解」が問題ではなく、意見の相違が問題だということが明かなときに、平然として「誤解を解く」という「しらばっくれ主義」が、外国の政府に受けつけられないのは、あたりまえであろう。

国内向け手法の二つは、責任転嫁である。抗議をうけた文部省が、「あれは強制ではない、教科書出版社の自発的改善である」という。しかし検閲が、法的強制であるか、強い圧力による事実上の強制であるかによって、相手方が問題とする文部省の責任に変りがあるわけではない。

国内向け手法の三つは、日本製「誠意」である。昔「勤王の志士」は、徳川幕府を倒すことに誠心誠意努力し、「新撰組」は、徳川幕府をまもるのに、「誠」の旗印を掲げた。周知のように、今日なお日本国内で、「勤王の志士」にも、「新撰組」にも、人気があるのは、どちらにも「誠意」があったとされるからである。徳川幕府を倒すか、守るかは、大した問題ではない。問題は当人の気持、誠の心である。石門心学にもいうように、日本製「誠意」は、「イデオロギー」に超越し、行動の目的に超越し、殊にその結果に超越する。文部省が三〇年代の日本の中国侵略を否定するか、しないかは、問題ではない。どちらにしても文部省の「誠意」が問題である。

――しかしそれは日本の国内で通用するだろう議論で、国外では全く意味をなさない。日本国の外では、ナチがいかなる気持でユダヤ人を虐殺したかということが問題ではなく、ユダヤ人を虐殺したという事実が問題である。したがって「ユダヤ人の虐殺」を「ユダヤ人が死にました」といい代えた上で、その「いい代え」の「真意を誠意をもって説明すれば誤解が解けるだろう」などとはいわない。たとえそういっても誰にも相手にされないだろうことが、常識だからである。日本の国内と国外との常識のくいちがいは、何に由来するのだろうか。けだし鎖国心理の他にその由来をもとめることはできない。

経済的合理性からの逸脱。

しかし戦後の日本、殊に六〇年代以後の日本の指導者たちの行動は、経済的目的を実現するための目的合理性を備えていた。十五年戦争以来の軍国日本の非合理主義は、潜在して、しばらく政治と社会の表面には出てこなかった、といえるだろう。それが最近、文部省の歴史の書き代えに典型的なように、表面に出てきはじめたのである。

文部省は侵略戦争の歴史を書き代えようとして、アジア諸国を挑発するつもりだったのだろうか。もしそうであったとすれば、その意図は、あきらかに日本国の経済的利益に反する。もしそうではなくて、挑発の意図をもたず、相手国の反応を考えなかったのだとすれば、その国際的感覚の欠如、相手国の心理についての無知そのものが、日本国の経済的利益——まさにアジア諸国との友好関係に依存するところのそれ——に反するだろう。すなわち文部省の動機や気持や誠意の如何にかかわらず、その行動は経済的合理性からの逸脱である。下世話にもいう通り、百害あって一利なし。

しかも百害は、対外関係にとどまらない。政府が教科書を操作して過去の誤をごまかせば、二つのことが起り得る。第一、次の世代の日本人が、教科書を信用せず、政府を信用しなくなるかもしれない。長い眼でみれば、それは政府がみずから墓穴を掘ることであろう。第二、もし多くの若い日本人が教科書を信用すれば、帝国主義的膨張政策の誤のくり返されるだろう蓋然性は、大いに増すにちがいない。いずれにしても、その結果は日本国民の安全と利益に反する。

国際的には日本国がアジアで孤立し、国内的には青年の政治からの離反が進めば、その二つの傾向は相互に絡みあいながら、悪循環を作りだすにちがいない。アジアでの孤立は、米国依存を強め、強められた米国依存は、アジアでの日本の孤立を促進するだろう。青年の離反は、政府側からの締めつけと世論操作を促し、政府のしめつけと操作は、青年層をいよいよ政治から離反させる。その悪循環は、おそらく民主主義の犠牲において、軍国化を導き、軍国化が一定の段階を超えれば、「軍産体制」そのものが、さらに軍国化を促進する。かくして経済的合理性からの逸脱は、つまるところ軍国の非合理主義――みずから自己の利益に反する行動をとる狂信的な傾向――へ道をひらくのである。

対策。

応急処置は、できるだけ早く教科書を再改訂して、日本帝国主義の侵略を明記することである。

根本的対策は、文部省の廃止である。それができなければ、検閲の廃止と「指導要領」の廃止である。それもできなければ、検閲の内容の公開と、問題点の公開討議である。

しかし教科書問題をその一部として含むところの一般的傾向に対しては、もっと根本的な解決法しかない。それは、「経済大国」が、次の段階として「軍事大国」へ進むか、「福祉大国」へ進むか、日本国民みずからが選択するということである。

（1）『朝日』一九八二・八・一五が紹介した「出版労連報告」による。

（2）真珠湾攻撃がおこったときに、日本およびナチ・ドイツの敗北をほとんど世界中が確信していた。ローズヴェルト自身、チャーチル、ロンドン亡命中のドゥ・ゴール、またおそらくはスターリン。東京の政府でさえも、「坐して滅びるよりは…」といっていたのである（政策選択の幅の極度の縮小）。ただ日本の国民だけが提燈行列をして「真珠湾の大勝利」を祝っていた（井の中の蛙、悲しい鎖国心理）。

（3）「中国・韓国両国政府が修正を要求している戦争記述に対する文部省見解」、『朝日』八二・八・一〇による。

『加藤道夫全集1』読後

加藤道夫逝って、三〇年。今『全集』の第一巻（青土社）に、その劇作のすべてを収める。私は異郷でその本を手にし、ただちに読み終わって、はるかに遠い日本の戦後の一時期を考えた。あれは一体いかなる時代であったのか。

新しい何ものかを

加藤道夫が、次々に芝居を書き、みずからそれを演出していたのは、敗戦後八年間のことである。その頃の私は医を業としていたから、二人の道の直接に交わることは少なかった。しかし同時代の多くの青年が共有していたある種の感情がそこにあった。誰もが、それまでの日本国にはなかった新しい何ものかを創りだそうと夢みていた。戦後文学は、そういう夢と気負いとから、大家に倣うことではなく、大家に挑むことから始まったのである。

もちろんそれは文学だけのことではなかった。町にはまだ焼け跡が残っていて、闇市が栄え、占領軍の兵士が歩いていた。日本社会の将来は、政治的にも、文化的にも、またもちろん経済的にも、まだ決まっていないようにみえた。将来は、十五年戦争をもたらした明治以来の日本と根本的に異なり、外に対してはより開かれ、内においては貧しくともより平等で、創造的になるはずであった。要するに誰も元の木阿弥を望まず、漠然とした希望を将来に託していた、といえるだろう。

その漠然とした希望をいくらか明瞭な仕事の方向として表現するためには、戦争の意味を各人がそれぞれはっきりと見定めておく必要があった。今加藤道夫の仕事をふり返ってみれば、彼をつき動かしていたのも、みずから経験した「戦争」の正体をつきとめようとする情熱であったことが、実によくわかる。

第一、戦争は、遠い戦場に送られた兵士にとっても、家族を失い家を焼かれた市民にとっても、決して英雄的な事業ではなく、悲惨な経験であった。その悲惨は、極端な身体的苦痛や物的損害にとどまらず、また精神的退廃にまで及んでいた。当時の軍隊の内部に何がおこっていたかは、たとえば野間宏の『真空地帯』からも察せられるだろう。加藤道夫は、『挿話』を書いて、南海の熱帯林のなかにとり残された日本軍の将校の、傲慢と気ちがいじみた非常識を描いていた。

第二、しかし日本人は被害者であったばかりでなく、加害者でもあった。中国侵略の罪の意識は、多くの日本人の心のなかに残る（したがって最近の「教科書問題」でも、「侵略」

(…)を「進出」といい換えるごまかしに、中国政府ばかりでなく、多くの日本人自身が反対した)。また日米両軍が戦った太平洋の島では、何らの正当な理由もなしに、現地の住民の多数が犠牲にされた。そのこともまた敗戦直後に、加藤の芝居『挿話』が見落としていなかった点である。詩人の慧眼おそるべし。後に大岡昇平の『レイテ戦記』が周到に指摘した通りである。

第三、戦争は天災や事故ではなく、国家権力の計画的な行動である。故に武者小路実篤は、「だまされていた」といった。「だまされて」いなかった丸山真男は、『超国家主義の論理と心理』を書いて、十五年戦争を行った国家の構造を分析した。堀田善衞は、国家権力に対する不信を、上海の複雑な状況を通して「広場の孤独」以後の小説に表現した。堀田の原作を、芝居にしたのが、加藤道夫である(『祖国喪失』)。そこには堀田の鋭い直観力と、加藤の要点を見抜いて構成する表現力との、幸福な結合がある。

「死」に独自の視点

第四、太平洋戦争の間、青年たちは、死と隣り合って暮らしていた。生命はいつ中断されるかわからなかったから、もし生きていることに意味があるとすれば、その意味はそれぞれの瞬間において決定的で、自己完結的であるほかはなかった。まさに加藤の芝居『なよたけ』の女主人公が、愛の抱擁のなかでいったように、生涯に起こり得ることのすべては、短い現在のなかで同時に起こってしまわなければならなかった。「もうこれで何も彼もが一度にみんな起こってしまったんじゃないか」(『なよたけ』四幕二場)――それは、死に対してさえも超越的な経験の密度ということになるだろう。多くの青年がそれを感じたにちがいない。しかし殊に加藤道夫は、その点に敏感で、徹底していて、少しも妥協しなかった、と私は思う。『なよたけ』のなかで、またおそらくは彼のすべての仕事のなかで、もっとも美しく、もっとも確乎としたものが、そこにある。それは決してジャン・ジロドゥウの影響というようなものではない。たとえ影響があったとしても、私が感動するのは、ジロドゥウをそういう風に読み得た彼に対してであり、私は私の感動を信用する。

第五、戦争が終わると、一夜にして世の中が変わった。昔攘夷鎖国から文明開化に早変わりしたように、今度は「皇国史観」から「平和と民主主義」に旗印が一変した。旧を忘れて、新に就く。これは思考と感情の参照枠組みが、歴史的に発展し、時代と共に移る、ということとは、いくらかちがうだろう。発展は、旧を忘れるのではなく、否定することから始まる。否定の前提は、対決である。忘却は対決を必要としない、むしろそれを避ける心理的装置にすぎない。加藤道夫が、戦後、その作品のなかで、記憶喪失をくり返しとりあげたのも(『思い出を売る男』、『襤褸と宝石』)、おそらくそのことと無関係ではない。彼は記憶喪失を語りながら、実は時代の基本的問題を語っていた。

時代の全体像追求

私が加藤の作品を読み返して、敗戦直後の一時期を、昨日のことのように鮮やかに想いだしたのは、おそらく感傷のためだけではない。この若い詩人こそは、その出発点において、その一時期を徹底的に生き、あらゆる面から描きつくそうとしていたからである。もちろん出発点は、到達点ではない。若書きの弱点は、たしかにある。たとえば『竹取物語』の成立は、平安中期ではなかろうし、ヤクザの男の想い出は、まさか「巴里の屋根の下」ではあるまい。しかしそういうことは、すべて大したことではない。大切なのは、彼が戦後文学の魂を代表していたということである。

彼が死んだときに、私は巴里に住んでいた。その後三〇年、英国に暮らしながら、かつては書かなかった加藤道夫の誄《るい》を、私が今作る気になったのは、私自身、いつまで生きられるか知れたものではないからである。しかしそれだけでもない。詩人が去り、その代わりに高度成長が来て、私は近頃、日本国に必要だったのは、経済的能率よりも詩人の心の質ではなかったか、と思うこと頻りだからである。

7

「過去の克服」覚書

一　定義その他

ここでいう「過去」とは十五年戦争である（一九三一―四五）。ドイツに触れる場合にはナチの時代とする（一九三三―四五）。

負債は「清算」することができるが、過去は必ずしも清算することができない。「壮士ひとたび去って復た還らず」（壮士一去兮不復還、『春秋戦国』、「燕」）。戦争は人を殺す事業であり、死者は決して還らない。ドイツ語では「清算」をAbrechnungという。ドイツで頻りに用いられる語は、「過去の清算」ではなくて、「過去の克服」（と今かりに訳す）（Vergangenheitsbewältigung）である。その意は、戦争責任を認め、謝罪し、補償し（対国家・対個人被害者）、将来に向って道を開こうとすることである。過去は清算できないが、克服することはできる、――あるいは少なくとも克服しようと努力することはできる。

「過去の克服」または戦争責任の処理の条件は、過去と現在の、――詳しくいえばそれぞれの政治・社会・文化的体制の「断絶」を、あらゆる機会に全力を挙げて強調し、「持続」を可能なかぎり抑制する、必要ならばそのために法的手段さえもとることである。ここで「現在」というのは、敗戦から今日までの「戦後」(一九四五―九五)である。過去の克服に熱心な社会は「断絶」を強調し、不熱心な社会は「持続」に固執することになるだろう。

戦後日本は、しばしば戦後ドイツ(主として旧西ドイツ)と比較され、アジア諸国で、また欧米でも、経済的な繁栄と共に、戦争責任を明瞭にせず、過去の過ちをごまかしてきた国として有名である。(1) そのことは日本国内では必ずしも有名ではない。その理由は、おそらく二つある。その一つは、大衆報道機関が外国についての情報を伝えること甚だ少ないからであり、(2) もう一つは、日本から経済的援助を受けている諸国の代表者が日本の政府または大企業の代表者に対して不信感を直言することは少ないはずだからである。(3) 対外的に戦争責任をとらぬ国は、対内的には、さまざまの機会に、過去と現在の持続性を強調する。たとえば最近保守党の政治家がくり返す「失言」の大部分は、実に鮮やかに戦時中の日本政府の言い分と一致し、彼らの考え方や心理が、過去のそれと変っていないことを示している。

過去をはっきり過去として検討せず、そのまま現在へつないで、戦争責任に言い逃れを繰り返してきたことは、戦後日本の最大の失敗である。その失敗には二面がある。

第一、倫理的失敗。「過ちを改めざる、是れを過ちと謂う」(「過而不改、是謂過矣」、『論語』、「衛霊公」）は、よくそれを要約するだろう。過ちは過去にあった。数百万人、または数千万人のアジア諸国民を殺す、これはあきらかに正当防衛ではないから、倫理的にみて大きな過ちであり、被害者が戦闘員だけではないから、法的にみて犯罪である。その過ちを認めなければ、改めることはできない。それが現在における過ちである。現在における過ちは、日本国の品位を下げ、倫理的権威を失わせ、誇りを傷つけるだろう。

第二、政治的失敗。日本国にとっての利害得失という観点からみれば、長期的に重要なのは、あきらかに、東北アジアの安定であり、さらには東アジア全体の平和的な友好関係であって、その基礎が相互信頼であることはいうまでもない。しかるに戦争責任に対する日本の態度は、信頼関係を不可能にした。戦後五〇年の日韓・日中関係は、たとえば今日のドイツ―ポーランド・独仏関係とはくらべものにもならない。もちろんアジアにおける日本の孤立は、戦争責任問題にのみよるのではない。孤立は対米依存を強め、外交政策上の極端な対米追随はさらにアジアでの孤立を深める、という面がある。その悪循環の根底には、現在の日本と過去の日本との「断絶」が明確でないということがあるだろう。かくして過去との「断絶」を強調せず、「持続」を主張することは、倫理的に正当化されないばかりでなく、利害損得の見地からも国益に反する。しかもその失敗は、今もつづいている。たとえば先にも触れた保守党の政治家のいわゆる「失言」のくり返し。そのことには、仲間内での意味があるのかもしれない。しかし国際社会での日本の国益にとっては、百害あって一利もない。

過ちを改めるには、どうすればよいか。まず過ちを過ちとして認めなければ改めようがないだろう。過去の事実を認めることは、第一の要件である。その事実の要点は、十五年戦争を行った日本政府（および国民の一部）が他国民に加えた害悪と破壊であり、また自国民に加えた犠牲である。第二の要件は、その責任をとることだが、それは謝罪・補償であると同時に、現在の日本政府および社会と過去のそれとの断絶を明確にすることである。もとよりその断絶は、法的制度だけではなく、また価値観であり行動様式でなければならない。なぜなら十五年戦争の日本の特徴は、単に制度にあったのではなく、大いに超国家主義の思想と心理に係っていたのだからである。

二 「過去」について

十五年戦争の大すじについては、敗戦後一三年、一九五八年に矢内原忠雄の書いた明快な要約がある。(4) そこで矢内原は「十五年戦争」という言葉を用いていないが、「満州事変」（一九三一）から「日華事変」を通って「太平洋戦争」に到る経過の全体を、密接不可分の一つながりの出来事として叙述している。すなわち実質的には「十五年戦争」の概念を明確にしたということができるだろう。その内容をさらに要約すれば、次の通りである。

第一次大戦中に膨張した日本資本主義は、大戦後に行きづまる。しかるに国際市場での日本商品の競争力の回復を目的とした緊縮政策は、主として「農村と中小企業と軍部」に犠牲を強いる。しかも外部からは大戦後の軍備縮小傾向の圧力も加わる。そこで「満蒙を日本の特殊権益の勢力範囲として確保することを使命とした関東軍」は、全体主義体制と統制経済によって、日満広域経済圏を計画しはじめる。満州国建設の名目は、「民族自決」・「王道政治」・「満州は日本の生命線」などであった。

この名目に対する矢内原の批判は、戦後に発表されたが、戦時中にも十分に見抜くことのできる性質のもので、現に矢内原は早くからそのことを見抜いていた(5)。満州には中国から独立して別の国家を作ろうとする民族運動そのものが歴史的に存在しなかった。したがって「民族自決」の名目が「偽装であることは最初から明白」である。「王道政治」とはいかなる政策を意味するのかわからず、軍部・官僚の単なるスローガンにすぎない。他国の領土が日本の「生命線」乃至「国防線」というのは、「明瞭な軍事的帝国主義」以外の何ものでもない。

満州の漢民族の大部分は北支からの移住者であるから、満州国を安定させるためには、北支を支配しなければならない。北支を支配するためには、中国全土を影響下におかなければならない。二・二六事件(一九三六)によって東京の中央政府を脅迫し無力化した軍部は、その翌年から大規模な中国侵略戦争を開始するだろう。その結果、第一に、中国の反帝国主義運動は「抗日」に集中する(日中戦争は当然「泥沼化」する)。第二に、欧米諸国との鋭い緊張関係が生じる(「リットン報告」、国際連盟脱退、日独防共協定、「援蔣ルート」、「ABCD包囲網」)。後者からはほとんど必然的に太平洋戦争がおこる。その名目はアジア諸国を欧米の植民帝国主義から解放して「大東亜共栄圏」を建設するというものであった。

名目は実現したか。日本帝国主義は潰滅し、日本を盟主とする「大東亜」は成立しなかったが、欧米の植民地であったアジアの多くの国は、独立した。しかしその独立が、日本による解放であったとはいえない。日本は欧米諸国に代ってそれらの地域を軍事占領下においたのであり、「住民は日本の軍事行動の被害者になったのであるから、日本がこれら諸民族の独立を助けた解放者であるとは言えない」のである。

これが一九五八年における矢内原忠雄が理解した十五年戦争の要旨である。その後三七年、今なお大すじにおいて、私は矢内原説を訂正すべき何らの理由を認めない。しかし三七年前には見ることの少なかった異説が近頃しきりに行われるようになった。それは戦時中の「大東亜戦争」=解放戦争説の復活である。私はその点について、矢内原の批判に、いくつかの補足を加えておきたいと思う。

第一に、早くも一九四〇年七月、大本営政府連絡会議が対外政策として決定した「世界情勢の推移に伴う時局処理要綱」は、「仏印の軍事基地化および資源の獲得」や「蘭印の重要資源の確保」を南方進出の重要な目標としてかかげていた。インドシナの諸民族をフランスによる植民地支配から解放することや、インドネシアのオランダからの独立を主要な目的としていたのではない。また四一年の太平洋戦争をひかえて、二年間の燃料しか貯蔵していなかった日本海軍の関心が、南方諸民族の解放よりも石油資源に向っていたことは周知の通りである。第二に、もし当時の日本政府が植民地の解放に熱心であったとすれば、はるかに遠くインドネシアまで出かけてオランダ植民地を解放する前に、なぜ朝鮮半島や台湾の日本植民地を解放しなかったのか、説明がつかないだろう。第三に、地域の住民が「日本の軍事行動の被害者」になった程度と内容には、矢内原論文以後今日までに、日本で次第に広く知られるようになってきたものもある。たとえば大岡昇平の『レイテ戦記』(一九六七―六九)は、日米両軍が犠牲にして顧みなかったフィリッピン人への注意を喚起していた。また「バタアン死の行進」は連合国側では早くから有名であった。連合国側兵士の捕虜の死亡率が、ドイツでよりも日本ではるかに高かった(およそ二五%)という調査もある。また私は最近パグウォッシュ会議(一九九五、広島)で、父親を日本軍に殺されたインドネシアの数学者から日本軍占領の実情について詳しい話を聞いた。他方、朝鮮・韓国および中国において日本軍が隣国の住民に加えた人命の損害は大きい。その数を確定することはきわめて困難だが、中国政府によれば南京虐殺は数十万、中国全土では二〇〇〇万に及ぶという。加えて毒ガスの使用、「七三一部隊」による細菌兵器の生体実験、強制労働(苛酷な条件のもとでの高い死亡率)、従軍慰安婦の徴集と強制売春などは、すべて日本政府の調印した国際協定または国際法に違反する。(6)――このような日本政府の行為が、当該民族の「解放」と彼らとの「共栄」を目的としていなかったことは、あきらかだろう。第四に、日本の降伏を知ったときのアジア諸国の民衆の態度。彼らは「解放者」の敗北を悲しんだのか、それとも狂喜歓喜乱舞してほとんど手の舞い足の踏むところを知らなかったのであるか。ソウルにおいて、北京において、マニラにおいて、シンガポールにおいて、日本側の意図の如何にかかわらず、日本の軍政が彼らにとって「解放」でも「共栄」でもなかったことは、たしかである。「大東亜戦争」は植民地帝国主義からの「解放戦争」ではなかった。そうではなくて、「対支二十一条要求」、山東出兵、シベリア出兵、「満州国」建設、日中戦争とつづく日本の軍事的膨張政策の帰結であった。これが戦時中の「過去」である。その責任を明瞭にとらないままで今日に及んだのがもう一つの「過去」である。

三　「断絶」と「持続」について

敗戦と共に日本は連合国の、実質的には米国の、占領下に入った。米国の占領政策は、はじめ日本の非軍事化と民主化にあって、まず軍隊を解体し、十五年戦争を積極的に推進した官民の指導者たちを公職から追放した。また主権を天皇から国民に移し、法の前の平等（殊に男女平等）を保証し、国民の政治活動の自由を促進した。これらの改革は一九四五年以前の日本と、戦後の日本とを制度上鋭く区別する。その「断絶」を作り出したのは、占領軍である。

しかし完全な「断絶」は、直接の軍政を行わぬかぎり不可能である。占領軍が日本政府を通しての間接支配を望むならば、官僚機構と少なくとも中級下級の官僚の大部分を温存しなければならない。占領以前の日本は、政党・労働組合・御用新聞社や放送局以外の報道機関を解体していたから、戦後の政党・組合・報道機関は過去をそのまま引きついだものではない。その例外は官僚機構であり、さらにもう一つは、天皇である。もはや主権者でもなく、神格化もされなくなったが、かつて宣戦を布告し、降伏の詔勅を発した同じ天皇はそのまま公職にとどまった。占領軍が戦争責任者として天皇を逮捕しなかった理由は、おそらく日本国民の占領軍に対する反感と抵抗を、最小限度に抑えるためであった、と考えられている(7)。

しかし第二次大戦の終りは、米ソ対立(「冷たい戦争」)の始まりでもあった。その対立は中華人民共和国の成立(一九四九)と、朝鮮戦争(一九五〇年六月)で頂点に達する。同時に米国内では、極端な反共運動、マッカーシズム(上院の非米活動委員会、一九五〇年二月)がおこる。そのすべては占領政策に反映し、占領軍は日本の非軍事化と民主化から、日本の軍事基地化(さらには再軍備)と経済的復興へ、方針を転換する。左翼労働運動への弾圧は早くから始まっていたが(一九四七年GHQによる二・一ゼネスト中止命令)、一九五〇年に到って、共産党幹部を追放し、「レッド・パージ」を命令し、「全労連」を解散させると共に、過去の軍国主義者の追放を解除した。巣鴨の戦犯牢獄から解放された元東条内閣の閣僚の一部は、政界に復帰し、保守党の指導者となるだろう。日本では、左翼労働運動と共産党の活動が、過去と現在との「断絶」を強調し、かつての軍国主義者は、——もちろん一晩で民主主義者に生れ変ったのではあるが——戦後日本における過去の「持続」を保証する。戦後民主主義は後退した（いわゆる「逆コース」）。しかし一九五〇年の米国の関心は、もはや日本の民主主義にではなく、東北アジアにおける反共の砦、軍事的な前進基地、軍需品補給（「特需」）の効率にあった。その目的を達成するためには、単に間接支配にとっての官僚機構温存という一般原則にとどまらず、政治・産業・警察や軍事までを含めての行政・大衆報道機関などの各分野で、有能な専門家を動員し、彼らの活動を財政的にも技術的にも援助するほかはない。どういう専門家も一日に成らないから、それは軍国日本からの引きつぎを意味する。かくして米国によるおよそ七年間の日本占領は、「断絶」を作り出すと同時に「持続」をも作り出したのである。

五一年秋に調印され、五二年春に発効した「サンフランシスコ条約」は、まさに「冷たい戦争」の絶頂における米国の対日政策を固定するものであった。「条約」はソ連を除外し、中国大陸の政府ではなく、台湾の国民党政府との国交を回復する。と同時に、「日米安保条約」が締結され、占領終了の後にも無期限に、米国が日本国中に軍事基地を維持することになる。その「安保条約」は六〇年に改訂されたが、実質的には大きなちがいがなく、軍事的な日米関係はそのまま維持されて今日に到る。周知のように、その後の日本は、「憲法」第九条（「陸海空軍その他の戦力は、これを保持しない。国の交戦権は、これを認めない。」）を変えないままで、なしくずしに軍備を増強した。その名目は「ソ連の脅威」に備えるためであったが、ソ連が崩壊し、「冷たい戦争」が終った後にも、軍事予算の増大をつづけている。米軍基地と「核の傘」についても同じ。一九九五年現在（村山内閣）、敗戦後五〇年、「冷戦」の終った今、アジアにおける米国の最大の軍事基地は沖縄にあり、「安保条約」は「堅持」されている。

しかし戦前・戦後の日本の持続性は、米国の占領政策の転換と「冷戦」の枠組によるところが大きいけれども、ただそれだけによるのではない。なぜ戦後日本は過去を克服しようとしなかったのか。その理由は単に「冷たい戦争」だけからは説明されないだろう。

四　戦争責任について

十五年戦争の政治体制が反民主主義的であったということは、民衆の政治過程への積極的な参加がなかったということである。これを民衆の意識の側からいえば、戦争は軍部の戦争であって、彼らの戦争ではなかったということだ。権力は国民を操作し、大きな犠牲を強要した。強要の手段は、教育であり、「スローガン」であり（「滅私奉公」「欲しがりません勝つまでは」等）、暴力であって（警察、憲兵、等）、逃れようはほとんどなかった。その受け身の国民が、戦後、被害者としての経験を語り、反戦または厭戦という意味での平和主義を強調しても、加害者としての戦争責任に言及しなかったのは、当然であろう。

殊に農村共同体は外部に対して閉鎖的であり、戦時中といえども、政府の「スローガン」の大部分は農家に浸透しなかった。若い労働力が徴兵で失われ、農産物の徴発（「供出」）が強行されたので、生活は苦しかった。たとえば中年を越えたある自作農一家は、息子を兵隊にとられ、赤子を背負った息子の嫁と、夫婦で、畑を耕していた。早く息子に帰ってもらわなくてはどうにもならない、と彼はいい、それ以外の何もいわなかった。その時、彼と話しながら私は、「聖戦」や「鬼畜米英」や「大東亜共栄圏」のような「その頃都で流行《はや》るもの」が彼の心には何らの影響も与えていないということを、あきらかに感じた。その感じはほとんど爽やかというのに近かったろう。そこには、種まきや雑草の種類や収穫のように彼自身がくわしく正確に知っていることと、ラジオや新聞が繰返してはいるが彼自身が知らぬこととを、鋭く区別して生きる一人の人物がいたのである。おそらくそういう人物は、戦時中の農村で、彼一人ではなかったろう。

東京では事情がちがっていた。隣近所には、「隣組」や「防空演習」に熱心な男女もいた。しかしそれは官製の儀式にすぎず、防空にも、消火にも、全く役に立たぬことははじめからわかり切っていた。(8) 彼らはなぜ熱心だったのだろうか。一部には積極的な便乗主義者もいたにちがいない。しかし大部分の人々は、受け身の大勢順応主義者であったのだろう。もしそうでなければ、近所づきあいに、あるいは職場での立場に、かなりの支障があったはずだからである。彼らは「竹槍」とか「神州不滅」とかいう言葉も口にしていた。しかし東京の空を飛ぶ米国の爆撃機の銀色の翼を見上げながら、そういう言葉をそのまま信じていたわけではあるまい。そう言うことになっていたから、そう言っていたのにすぎない。敗戦後、別の言葉——「平和」とか「文化」とか「民主主義」という言葉が流行すれば、またそういう言葉を喋るのである。

彼らは私が知っていた農家の主人とはちがう。彼らにはタテマエとホンネ、表と裏の微妙な使いわけがあった。その使いわけはあまりに微妙であったために、しばしば本人にもどちらがホンネで、どちらがタテマエか、よくわからないこともあったらしい。少なくとも太平洋戦争の後半には、都会の中間層のなかに、多かれ少なかれ戦争に批判的または懐疑的でありながら、決して「聖戦完遂」を唱える政府を批判しない人々の「広大な灰色地帯」が拡がっていた。戦後そこから、厭戦ではない戦争批判があらわれることはなかったし、いわんや戦争責任——大日本帝国の、または彼ら自身のそれ——が語られることはほとんどなかった。そもそもその「広大な灰色地帯」の記録や描写や分析はほとんど存在しない。(9)

日本の戦争を計画し、実行した権力は、戦後何をしたか。連合国は「東京裁判」を行って「戦犯」の一部を処刑した。占領政策上の考慮から天皇は逮捕せず、軍事的な取引きから「七三一部隊」の責任者は追及せず、すでに述べたように反共日本の再建の必要から多くの責任者の公職追放は解除した。しかし日本側がみずから行った戦犯裁判は、ただの一回もない。この状況は、「ニュールンベルク裁判」の後、みずからナチの犯罪を追及するのに「時効」を廃止したドイツの場合とちがう。また対独協力者を追及したフランスの場合ともちがい、ファッシストと戦う「パルティザン」部隊が国内からまき起ったイタリアの場合ともちがうだろう。そのちがい、その対照、その「国体」の特殊性は、日本では過去の反民主主義的体制と戦った人物が戦後の政治に中心的役割を演じたのではない、ということと分ち難い。過去の体制に協力した人物こそが戦後の指導者となったのである。吉田茂は戦時中の協力者ではなかった。石橋湛山も片山哲も同じ。しかし彼らは例外であり、例外は原則を証するにすぎない。日本国は戦後権力の例から、明瞭な戦争責任の追及と、そのことを通じての「過去の克服」への努力が、行われるはずはなかった。

かくして国民（の大多数）も、権力も、加害者としての日本の過去を水に流した。水に流さなかったのは、被害者、主としてアジアの諸国民だけである。そのことから多くの問題が生じたし、今でも生じている。このままの状態がつづけば、必ず将来にも問題は生じ、つまるところ日本国の国際的孤立は避け難いだろう。(10) もちろん事の一面は、日本の場合にかぎらない。中国には南京虐殺の記念館があり、日本には広島の原爆記念館がある。米国は真珠湾奇襲を忘れていない。しかし日本には、かつて日本の新聞が掲げた「百人斬り」

競争の二人の日本軍将校の写真を展示しているところはない（もしそれを見たければ、盧溝橋の戦争博物館へ行くほかはない）。周知のように、米国のスミソニアン・インスティテューションでは原爆の展覧会を開くことができない。しかし戦後日本の過去を水に流す風習は、どこの国にも共通の一般的な傾向にだけ還元することはできない。第一、中国が日本を侵略したのではなく、日本が中国を侵略した。太平洋戦争を始めたのは、米国ではなく、日本である。第二、また程度のちがいということもある。過去の日本が与えた損害は巨大で、現在の日本がそれについて語ることは極端に少ない。したがって今日の日中関係は、――それだけが理由ではないけれども――、今日の独仏関係とちがうのである。

知識人は十五年戦争に対し、どういう態度をとったか。

第一、少数の狂信的な超国家主義者がいた。彼らのなかには、戦争と軍部独裁体制に批判的な自由主義者を、権力に告発した者もいる。御用学者というよりも番犬学者というべきか。

第二、きわめて少数の反戦主義者で、戦争に非協力の立場を貫いた人々もいた。戦時中公職を追われ、自宅で聖書講義の集会を開いていた矢内原忠雄もその一人である。南原繁や渡辺一夫は、大学の研究室の奥深く隠れていた。林達夫はみずから宣言して筆を断った。石川淳や永井荷風は陋巷に韜晦し、宮本顕治は牢獄で宮本百合子との往復書簡を書いていた。彼らの多くは、いわば国内亡命の状態にあった、といえるだろう。

しかし独軍占領下のフランスの知識人の大部分が、積極的な協力者でも、英雄的な抵抗者でもなかったように、日本の知識人の大多数も、また以上二つの「カテゴリー」のいずれにも属していなかった。

第三、権力機構の内部に入って、その動向を少しでも合理的・人間的な方向へ変えようと望んだ知識人がいた。たとえば三木清や岸田国士は、おそらくその意味での善意の協力者を代表していたのかもしれない。しかしそのことで、彼らは戦争に対する態度を決しかねていた多くの青年たちを、権力支持の方向へ誘う効果も、生みださざるをえなかった(三木清や岸田国士さえも支持する近衛新体制!)。たしかに権力の外部に留まってその方向に影響をあたえることはできなかった(反民主主義的体制)。しかしその内部へ何人かの自由主義者が踏みこむことで、権力の狂信化に歯止めをかけることもできなかった。ミイラ取りはミイラになった。

第四、多くの知識人は、日本型「ファシズム」の体制に批判的であったが、始めた戦争には勝たなければならない、したがって戦争努力には協力しなければならない、と考えた。この考え方には、二つの弱点がある。その一つは、戦争の本質に関する理解の誤りである。帝国主義的膨張政策は過ちであり、侵略戦争は過ちである。過った行為は、その主体が国家であろうと個人であろうと、始めた以上貫徹すべきものではなく、一日も早く改めるべきものである。もう一つは、戦争の現実に関する判断の誤りである。中国の人民の抵抗に日本軍が勝つ可能性はなく、米国の軍事力に勝つ可能性も全くなかったことは、当時すでに明らかであった。勝つ可能性のない戦いに「勝たなければならない」と言うのは、意味をなさない。しかしこの種の知識人のなかには、人間として実に立派な人物も含まれていた。たとえば中野好夫。戦後みずからの過ちを公然と認め、その過ちを改めようとした。もし「過ちて改めざるを過ちと謂う」とすれば、過ちて改め得た中野好夫は、過ったのではない。

第五、しかしもっと多くの知識人は、要するに大勢順応主義者であったのだろう。狂信的超国家主義者ではなかったが、超国家主義とそれぞれに折り合いをつけて暮していた。「西洋の近代は行きづまった」、「個人主義と物質文明はダメ」、「西洋人自身もそう言っている」、「これからは日本の時代だ」、「日本精神は言挙げせず」、「無の心」、「絶対矛盾の自己同一」その他。私は当時大学の学生であったが、彼らの知識の豊富さと、結論の途方もない現実離れに、啞然として、理屈はつけようだと思った。今でも日本浪漫派風の「日本の美学は無常だ」とか「慟哭の文学」だとかいう類の、漠然としてもっともらしい文句を好まない。私が好むのは、「さよならだけが人生だ」といった太宰治〔井伏鱒二か？――文庫編集部注〕の言葉である。その方がはるかに明瞭で、簡潔で、しかも微妙な情緒を湛えている。

このような知識人のどこから日本の侵略戦争の責任について、はっきりした発言があらわれ得たか。きわめて少数の反戦知識人と、第四の型の中野好夫に代表されるような人々からであろう。そこに戦後に活動しはじめた若い人々、殊に左翼の知識人が加わった。故に左翼の後退は、戦争責任問題のごまかしを容易にするのである。

十五年戦争を解放戦争であった、と主張するのは、政治家的ごまかしである。侵略の責任を過去の事実の細部の検討に解消するとすれば、それは学者的ごまかしである。ごまかしは、日本の政界または学会の鎖国的環境の内部においてしか通用しない。

(1) 一九九五年夏に朝日新聞社がアジアの七都市で行った世論調査によれば、「日本は戦争の償いをしてきていない」という意見が、ソウルで九二%、北京・上海で七〇%以上、東南アジアのなかでもシンガポールでは五五%であった。

(2) 日本の大新聞に全世界に関するニュースが占める紙面は、国内のスポーツ記事が占める紙面の半分にも足りない。これはほとんど情報鎖国状態である。そういう途方もない状態は、筆者が少なくとも数カ月続けて読んだことのある英・米・独・仏・伊の一流日刊紙には存在しない。

(3) 前掲世論調査によれば、「日本はアジアで信頼される国になっている」かいないかという問いに対する答は、中韓と東南アジアで著しい対照を示す。肯定的な答は、北京・上海で二〇%以下、ソウルで二八%にすぎないが、東南アジアでは、最高ジャカルタの八五%から最低のマニラの五五%まで、いずれも半数を超える。今ソウルには特殊な条件があるのでしばらく韓国を措けば、日本への信頼度は、過去の被害の程度と、現在のその国の経済に占める日本の役割の大きさの函数として説明されるだろう。

(4) 矢内原忠雄編『戦後日本小史』東京大学出版会、一九五八年の「総説」(矢内原)。殊にその「第一章 太平洋戦争の歴史的意義」(同書三―一六ページ)。第二章以下は占領とサンフランシスコ条約前後の時期を扱う。

(5) 戦時中の私的会話による。また戦時中の彼の行動からもその考えを推察することができるだろう。もちろんこのような満州国建設の名目、あるいは宣伝に、「だまされていた」と、戦後に告白した知識人もいた。彼らはみずから「だまされる」ことを欲したのであろう。

(6) 今ここでこれらの事実を検討することはできない。しかし二つの点にだけは注意しておきたい。第一、犠牲者の数の不確定と、事件の存在とは、別の二つのことである。かつて文部省(の組織した教科書検定委員会)は、南京虐殺の犠牲者の数には異説が多いから、虐殺の叙述を教科書から抹殺すべきだ、と主張したことがある。これは倒錯的論理であり、歴史の歪曲である。同じ論法に従えば、ヒロシマの原爆犠牲者の数を正確に決定することはできないから、原爆の記述は教科書から除くべきだということになろう。アウシュヴィッツの犠牲者の数には異説もある。したがってナチの歴史の記述からもユダヤ人虐殺を省かなければならない。第二、政府の命令による犯罪と個別の兵士または部隊の行った犯罪とは、区別するのが当然である。「七三一部隊」は日本政府の犯罪である。南京虐殺は、日本政府の方針でも命令でもなく、現地の部隊の犯罪である。しかし政府は、その双方に対して然るべき責任をとらなければならない。最近「従軍慰安婦」の問題がおこったときに、政府は二重の過ちを犯した。政府側の最初の反応は、慰安婦を集めたのは日本軍ではなく、民間業者であり、したがって政府がその責任をとる必要はない、というものであった。その第一点は、後にあらわれた公式文書により、ウソであることが明らかになった。第二点は、たとえ「慰安婦」を集めたのが政府でなくても、彼らを利用したのは政府機関、すなわち大日本帝国陸軍であるから、政府の責任がない、ということはできない。この二重の過ちは、戦後の日本政府が「過去の克服」に全く不熱心でありつづけたということの一つのあらわれであろう。

(7) 占領下の日本では天皇制の廃止をもとめる議論が少なかった。しかし退位をもとめる議論は、天皇制擁護の立場からも、唱えられていた。なぜ昭和天皇の退位は実現しなかったのか。その事情に、今詳しく立ち入ることはできないが、国際的にみれば、敗戦国の主権者が戦後もその地位にとどまるのは、きわめて稀な例外である。たとえば第一次大戦後、ドイツとオーストリアは王制を廃し、共和国となった。第二次大戦後、ヒトラーとムッソリーニは死に、イタリアは王制を廃した。昭和天皇は十五年戦争当時の「大日本帝国憲法」によれば、単に主権者であったばかりでなく、陸海軍の最高司令官であり（第十一条）、「戦ヲ宣シ和ヲ講ジ」る権限をもっていた（第十三条）。戦後その政治的権限は失われたが、国の「象徴」としてとどまり、戦争責任は免責されている。

(8) 「積極的な便乗主義」とここでいうのは、どういう状況に臨んでも巧みに立ち廻ってうまい汁を吸う機会主義者のことである。そういう人物の典型をヴィーンのカバレティスト（クヴァルディンガー）が《Herr Karl》と称んで、その戦前・戦中・戦後の回想を独演したことがある。「おれはいつでも巧くやった」という自慢話で、当人には少しの反省も後悔もない。痛烈無残。「カルル」はよくある名前で、「ヘア」とは英語の「ミスター」に相当するから、「ヘア・カルル」は日本語でいえば「太郎君」位のところであろう。この《Herr Karl》に相当する激しい批判は、おそらく日本にはなかった。

（9）「広大な灰色地帯」（la vaste zone grise）というのは、スイスの歴史学者（フィリップ・ビュラン）がナチ占領下のフランスについて用いた言葉である（Philippe Burrin, *La France à l'heure allemande*, Seuil, 1995）。そこで著者は占領下（およびヴィシー政権下）のフランス人は、決して対独協力者（collabos）と決然たる抵抗者（résistants）から成っていたのではなくて、大多数は占領軍やヴィシー政権に批判的でありながら明瞭な抗議や抵抗をしない「灰色地帯」に属していたといっている。資料には家族間や友人間の多数の私信までを用い、それぞれの人物の行動の型や動機を分析し、分類して、周到を極める。もちろんドイツ占領下のフランスと、太平洋戦争下の日本との条件は、大いにちがう（戦後日本の米軍による占領と全く性質がちがうこと、いうまでもない）。しかしペタン元帥のヴィシー政権統治地区と、東条政権下の日本との間には、共通点がなくもない。どちらの政権もヒトラーと提携して英米に敵対し、国内の体制は反民主主義的であった。またヴィシー政権に批判的でありながら、それを正統なフランス政府と認めざるをえなかったフランス人も多かったらしい。同様に東条政権を批判しながら、日本政府の行う戦争には日本人として協力すべきだと考えた日本人も多かったのである。決定的なちがいは、フランスにはドゥ・ゴール将軍のロンドン亡命政権があったのに対し、日本には一人の天皇・一つの政府しかなかったことである。戦後のフランスの権力は、ペタン政府と断絶し、ドゥ・ゴール政権とつながる。「国体を護持」して東条政権を継承した日本の場合とは大いにちがう。

（10）国際的孤立のもっとも優雅な解決法は、鎖国である。もっとも乱暴で愚かな解決法は、世界を敵としていくさをすることである。しかし二一世紀には、どちらの解決法も不可能であろう。

8

再説九条

昨年の初夏、憲法九条のために日本国民に呼びかけたのはわずか九人。今年の夏、東京・有明コロシアムで開いた講演会に参加して下さった方はほとんど一万人。呼びかけに賛同して各地につくられた「会」は三〇〇〇になりました。このことは九条を支持する意思をもちながら、その意見を明示する機会を持たなかった人口が、いかに大きかったかを、反映しているでしょう。

しかし議会のなかでは、大政党と圧倒的多数の代議士たちが改憲を推進しています。それに対して大きな報道機関は、TVも日刊の全国紙も、はっきりした護憲の立場をとっていません。世論調査によると、一般国民の意見は改憲か護憲かでおよそ二分されています（九条については改め反対が半分以上）。このように世論の半分を超える意見が、議会にもマス・メディアにもほとんど反映されてこなかったのは、正当な状態とはいえないでしょう。

九条は、その第二項で戦争をする手段の放棄を定めています。その九条をまもるのは、消極的には、戦争へ参加できない道を択《えら》ぶことです（イラクへの自衛隊派遣は、戦争へ参加しながら、できるだけ戦闘への参加を避けようとするもので、憲法との関係は微妙です）。積極的には、日本国のみならず東アジアの、さらには世界の平和を目指すことです。改憲か護憲か、そのどちらの道をとるべきかについて、今、日本国は歴史的に重要な岐路にさしかかっているのです。今度の総選挙の争点の一つは、郵政民営化の是非とされていますが、九条の是非の方が日本国民の将来には大きな影響をあたえるでしょう。

戦争とは何でしょうか。辞書によれば「武力による国家間の闘争」（『広辞苑』）です。また同じ辞書は、平和を単に戦争のない状態ではなく、「戦争がなくて世が安穏であること」としています。この定義は簡単で明瞭なようにみえますが、必ずしもそうではありません。正規軍による主権国家間の闘争はあきらかに戦争ですが、一方の当事者が正規軍でない武装集団で、他方が正規軍である場合も戦争ではないでしょうか。

その主体が国家ではない非正規軍（または「パルティザン」、または「便衣隊《べんい》」、または「テロリスト」など）と、その主体が国家である正規軍が、あるときには小規模に、あるときには大規模に、ゲリラ戦を戦う場合が、二〇世紀には多くなりました（大がかりな例は、中国大陸での日本軍対中国側抗日統一戦線、ヴィエトナムの米軍対抵抗する現地軍民）。それを便宜上「戦争」とよぶとすれば、二〇世紀の後半には、戦争の主要な形態が、国家対国家、正規軍対正規軍の戦いから、国家対民族、正規軍対人民のなかに分散した武装集団の闘争に移って来たようにみえます。そういう戦いに共通しているのは、ほとんど常に強大な正規軍の側の敗北です（たとえばアルジェリアでの仏軍、ヴィエトナムでの米軍、またおそらく現在進行中のイラクにおける米英占領軍など）。新しい型の戦争は、そもそも地域紛争の解決に武力が有効な手段でないことを示唆しているのではないでしょうか。

他方旧《ふる》い型の戦争、すなわち主権国家間の武力による対決が、当事国の双方にとって、得る所少なく、失う所あまりに大きい（殊に人命！）という意識が第一次世界大戦の後欧米で強くなりました。その代表的な表現が、国際連盟と不戦条約（ケロッグ＝ブリアン条約、一九二八年）です。周知のように、このような組織や条約は強制力をもたず、戦争を防ぐことができませんでした（三〇年代の日独伊による武力行使と第二次世界大戦）。

それはあきらかに失敗でした。しかし失敗のみを強調して国際社会の、あるいは世界史の、「現実」と称するのは、不正確だと思います。国際社会の現実には二面があり、その一面は失敗ですが、他面は失敗にもかかわらず戦争を排除しようとする一貫した意志と、そのために国際機関を創《つく》り、強化し、拡大してゆく世界の潮流でしょう。その中心が憲章に原則として戦争の禁止を掲げる国連であることはいうまでもありません。日本の「平和憲法」と第九条は、国連憲章にあらわれた世界の潮流の先駆的表現です。九条の前段は戦争排除の原則を示し、後段では戦争の手段の放棄をもとめます。

戦争は、他の多くの行為と同じように、特定の目的を達成するため、国家またはそれに準じる主体が、適当とみなす手段を用いて行う行為です。その目的には、二種類があります。第一に名目上の目的、第二に実質的な目的（目標）。戦争の名目は、当事者が戦争を合理化し、正当化するために、またそうすることで自国民をだまし、他国民を説得するために、必要なのです。いわゆる「戦争宣伝」はその基礎の上に作られます。

戦争の実質的な目的は、原則として、戦いに伴う損害よりも大きいと戦争指導者がみなす利益です。しばしば「国益」とよばれるものがそれにあたります。国益の受益者は――徴兵により戦場で死ぬ多数の若者や、爆撃の下で逃げまどう市民でないことは明らかでしょうが――、明示されることも、暗示されることも、巧妙に隠されることもあります。戦争の名目と現実的な目標とは、大きく離れている場合もあり（たとえば西洋の植民地帝国主義からのアジア諸国の解放という名目と、日本の帝国主義による台湾、朝鮮半島、「満州国」、さらには東南アジア産油国の支配という「国益」）、その間の距離が小さく名目と現実とがほとんど一致する場合もあります（たとえば旧植民地の住民が戦った民族独立戦争の大部分）。

戦争の名目には、実におどろくべき多様性があり、ここで列挙できないほどです。しかしそれを見破る必要は大きいのです。戦争で死ぬのは、名目を作って宣伝する人たちではなく、それにだまされる一般市民だからです。いくつか重要な名目に触れておきましょう。

その一つは、「平和」です。内村鑑三は日清戦争を、それが東洋永遠の平和のためであると信じて支持したが、その一〇年後にもまた東洋永遠の平和のために日露戦争がおこった。一度はだまされたが二度はだまされないと言い、「剣を以て起《た》つ者は剣によって亡びなければなりません。

る」と警告しました。「平和を望むならば戦いに備えよ」ではなくて、「平和を望むならば武器を捨てよ」です。果たして日露戦争の一〇年後には世界平和のための最後の戦争、であるはずの世界大戦がおこりました。さらにその後何がおこったかは御存知の通りです。

大きな破壊の苦しみの後には、地上の楽園ではなく、大きな廃墟と新たな苦しみを予期しなければなりません。

もう一つ、常にくり返されてきた名目が、「自衛」です。これこそは実に便利な言葉で、吉田茂元首相も議会で説明したように、今までの戦争のほとんどすべては自衛のための戦争でした。たとえばカリビア海の小さな島国を世界最大の軍事大国が征伐するときには、その島国に住む自国民の安全が脅かされていて、彼らを保護するための軍事活動は自衛権の行使だと主張するのです。一九三〇年代に中国の東北部に駐留していた関東軍の参謀たちは、軍事力で東北部の全体を制圧し、そこに日本の傀儡《かいらい》政権を作ろうと画策していました。しかし軍事行動を起こすための口実がない。不幸にして、現地の中国人たちは駐在する日本人を脅したり、日本の既得権を侵したりしてくれない。そこで待ちきれなくなった関東軍は、みずから満鉄（南満州鉄道）の線路を爆破し、それを中国人の反日活動であるかのように繕い、大規模な一五年戦争を始める口実としました。その時の民政党内閣は、「満州事変」の不拡大方針を宣言します。しかし関東軍はこれを無視し、野党の政友会は関東軍を支持して、「満州事変」は「在満同胞の保護と既得権益の保護とを基調とする自衛権の発動に他ならず……」としました。新聞もその線に従って報道したのです。日本国民が事の真相を知るのは、敗戦以後のことです。戦争を防ぐためには、戦争目的を否定しなければなりません。名目的目的を見破り、実質的目的の誘いに抵抗することが必要です。名目的戦争目的の中でも殊に見破り難いのは、まさに自衛権の発動に他ならないのです。集団的自衛権についても自衛権の魅力に変わりはありません。

第三に注意すべき名目は、いわゆる「人道的介入」です。戦争当事者でない第三者が——多くは数カ国の連合——、予想される、または進行中である大量殺人や極端な人権の侵害に対し、それを防止または中止させるために、当事国の意志に反しても武力で介入する場合です。ヒトラーとその支持者たちがユダヤ人を焼く煙が毎日家から見える。それを黙って見ているか、それともやめさせるために何らかの手を打つか。しかし打つ手は一つしかないという状況において起こったのが第二次世界大戦です。連合国から見てこの戦争は是か非か。そもそも正義の戦争というものがあり得るか。

この問題については、多くの意見があり、多くの議論があります。私自身には客観的な理論的結論がありません。しかし黙って見ていることに堪えられなくなれば、おそらく戦争を支持するでしょう。支持の仕方は状況によるでしょうが、戦争そのものを否定はできないだろう、と思います。したがって私は絶対的平和主義者ではありません。他人が絶対的平和主義者であることを決して非難しないだろう相対的平和主義者です。だから私は日本社会が良心的徴兵拒否を許容し、死刑を廃止し、憲法の九条を変えないことを望みます。

戦争を廃するには、名目上の目的ばかりでなく、実質的な目的を不当とするか、その目的が正当ならば、それを平和的手段によって達成できると主張しなければなりません。その実質的な目的の追求は戦争の原因でもあります。原因を除かなければ、その結果を否定することはできません。第一次世界大戦はヨーロッパ諸国に大きな損害――世界史におけるヨーロッパの中心的役割が失われるほどの損害――を与え、ヨーロッパ人に二つの問題をつきつけました。第一、なぜ戦争がおきたか。第二、戦争の再発を防ぐことはできるか。

第一問には、全く異なる観点からの、説得的な、しかし厳密に「科学的」ではない説明がありました。社会の経済的構造が必然的に生みだす植民地獲得競争（資本主義最後の段階としての帝国主義）がその一つであり、人間の深層心理的構造の基本的な二面、創造的衝動（エロス）と破壊的衝動（タナトス）の均衡の破れ（熱狂的ナショナリズムを媒介とするタナトスの爆発的な表現）がもう一つです。どちらも戦争を因果論的連鎖の中での必然的な結果として説明します。したがってその説明が説得的であればあるほど、戦争の必然性が強調され、大戦に対する否定的な立場は弱められることになります。このような逆説的状況は、第二次大戦を超えて今日まで続くのです。戦争の再発防止可能性に関する第二問への答えは、否定的にならざるをえません。

しかし決定論的理論が扱うことのできる歴史的現実の範囲は限られています。私たちが経験する歴史は、小さな偶然や、あるいは小さな——小さければ小さいほど自由な、決断の積み重ねである他はないのです。個人にとっては、個別の場合に応じる個別の自由を、平和に向けて行使するか、戦争に向けて行使するかの問題になるでしょう。戦後六〇年、日本国の平和に向けた選択に憲法の九条は大きく貢献してきました。今日そういう選択の自由を可能にした九条を改めて戦争への道を開けば、いずれ戦争か平和かの選択の自由そのものが失われるでしょう。平和な日本は戦争か平和かを択ぶことができます。戦争をする日本では戦争か平和かを択ぶことができません。「九条の会」は選択可能性の選択を呼びかけているのです。

戦争があればもちろん平和はありません。しかし戦争さえなければ平和があるとはかぎりません。戦争の不在は平和の必要条件ですが、十分条件ではない。先に引いた『広辞苑』も「平和」を定義するのに「戦争がなくて」と共に世の中が「安穏」であることを挙げています。戦争がなくて世の中が安穏でないこともあり得るからです（たとえば一九二九年の世界的大恐慌、日本の関東大震災、アフリカのエイズ）。

憲法の九条は、平和の第一条件、「戦争の排除」に対応します。平和の第二条件「安穏」に対する脅威——国民の生命財産を脅かす自然・人為的災害を除くためには、何をすればよいでしょうか。戦争を含めて考えられるすべての災害の発生する確率（の推定）と、それが発生した場合の損害の大きさ（の推定）と、この二つの基準を組み合わせて作った優先順位に従って、対策の努力や予算を配分するのが、合理的対応でしょう。優先順位の根拠を十分に示さず、たとえばいきなり軍備増強の予算を組むのは、合理的でなく、説得的でありません。また戦争がなく、安穏な「平和」の状態が、それだけで一国の人民に十分な満足感を与えるとはかぎりません。そこでは人権がどの程度まで保障されているか。主権がどこまで尊重されているか。弱小国の強大国への従属はいつまで続くのか。そういう問題は、「平和」によって解決されるわけではありません。しかし戦争は問題を問題として意識することさえも破壊するのです。故に古代中国の兵書として有名な『孫子《そんし》』も、「戦わずして勝つ」ことをこそ理想としました。

そして現代フランスの政治家も、戦争を国際紛争の「最後の、また最悪の解決法」と称《よ》んだのです。

9

戦後五十年決議

戦後五十年は、今日の日本国が十五年戦争をどう考えているか、また日本軍が巨大な損害をあたえた諸国民に対しどういう態度をとるのかを、あらためて明らかにするよい機会である。そこで衆院が五十年決議をした（六月九日）。

決議の内容は、あいまいである。日本の戦争を侵略戦争と認めるのか、認めないのか、はっきりしない。戦争全体の性格は別として、日本が行ったことのなかに「侵略的行為」があった、というだけである。「侵略的行為」は、日本語では「侵略行為」よりも弱い。「侵略的」を英語に訳せば、《aggression-like》が当たらずとも遠からず、問題の行為は、疑いの余地のない侵略ではなくて、何やら侵略に似たもの、ということになろう。その結果、他国民とくにアジアの諸国民に「苦痛をあたえた」。

だから今日の国会がどうするのか。「苦痛をあたえた」ことを認めて、「反省」するが、「謝罪」はしない。「反省」は当方の心のなかですることで、「謝罪」は相手方に対してすることである。要するに「苦痛をあたえた」他国民に対しては何をするというわけでもない。万事は日本国のはじめた戦争から生じた、故に再び戦争をしない、と誓うのでもない。「不戦」の語は、この決議文には見えない。

このような決議は、空虚で、実質的な態度表明をほとんど全く含んでいない。しかしその決議に至る経過は、戦後五十年の日本の政治状況を、内外にあきらかにした。すなわち日本国内では、今なお十五年戦争についての異説——戦後国際社会での通説に対しての異説——が、多くの有力な政治家・国会議員・その支持者たちの間に生きている、ということである。自民党を中心とする連立与党は、通説と異説を折り合わせようとしたので、議決された文章は、何を言いたいのか要領を得ないものになったのである。

戦争解釈の異説は、主として三点から成り、さらに通説の要点の一つの無視を特徴としている。第一に、十五年戦争は、アジア諸国の独立を促進する植民地支配からの「解放戦争」であったと主張する。これは戦時中の「大東亜共栄圏」のタテマエに同じ。しかし、ほんとうに植民地支配からアジア諸国を解放することが日本の政策の目的であったとすれば、シンガポールやインドネシアではなく、まず朝鮮半島や「満州国」を解放したはずであろう。戦争の結果旧植民地が独立したということは、戦争の目的が独立であった、ということではない。そうではなくて、目的は、資源や労働力や市場の確保であり、そのために軍事侵略が行われたのである。

第二に、「たしかに日本軍は悪い事もした、しかしそれは格別の悪い事ではなかった」

という議論がある。戦時中ならば、いつ、どこにでもあったことにすぎない、というのである。私は日本軍の将校や兵士が、すべて悪い事をしたとは考えない。「大東亜共栄圏」を信じ、誠意と勇気をもって、任務に従った多くの青年たちがいた。「悪徳が戦争を準備し、美徳が戦う」というのは、一面の真実である。

しかし他面には、当時の新聞も報じたように（「東京日日新聞」三七・一一・三〇）、「百人斬《ぎ》り競争」を行った二人の若い将校もいた。戦闘中に刀で百人を斬ることはできないから、これは国際法の禁じる捕虜の虐殺である。そして南京虐殺があり、七三一部隊の生体実験があり、強制労働と「花岡事件」（四五・七・一）があり、「バタアン行進」や従軍慰安婦があった。中国の場合だけについてみても、中国政府の推定によれば、人命の損害は二千万人に及んだという。もちろん死者の数を確定することはできない。しかし一般市民の犠牲が少なくとも数百万の規模であったろう、とは想像することはできる。戦時中ならばどこにでもあることとして、片づけるわけにはゆかないだろう。

第三に、侵略と植民地化は、日本国だけが行ったことではない、ともいう。その主張に私は賛成する。しかし、だから日本だけが謝る必要はない、という議論には賛成しない。理由は、他国民にあたえた損害の大きさにもよるが、そもそも他者の過ちがわれわれ自身の過ちを免罪するのではないからである。私は日本人として、日本の国会に、みずからの非を非とする明瞭《めいりよう》な態度を望む。自国の責任を語るのに、他国を引き合いに出す往生ぎわの悪い態度には、倫理的な威厳がない。

第四に、異説は第二次世界大戦の「民主主義対反民主主義」という体制の争いに触れない。少なくとも太平洋で戦った日米を比較すれば、原則としての主権在民や議会制民主主義、人権や労働基本権、思想・信仰・言論表現の自由は、彼にあって我になかった。一九四五年が日本にとっての敗北を意味したばかりでなく、狂信的軍国主義からの解放を意味したということを忘れるのに、五十年はあまりに短すぎる。

戦争の意味に関する異説の要領と、その弱点は、以上の如《ごと》くであり、それこそが国会決議の背景である。しかし決議は、歴史解釈の言説であるばかりでなく、また同時に、政治的——殊に国際政治的な行為である。その効果は、どういう「国益」を生みだすだろうか。おそらく何らの利益も生みださない。

日本国の将来にとって、致命的に重要なことの一つは、アジア諸国との間に安定した友好関係をつくり出すことである。そのためには、アジア諸国民の、五十年間ついに消えることのなかった対日不信感——その程度は国によって異なる——を、日本側からの働きかけによって除かなければならない。戦後五十年の国会決議は、その意味で注目されていた。

しかるに国会は、「侵略戦争」を明言せず、謝罪せず、「不戦」を言わず、あいまいな「反省」を決議するのにさえ、かけ引きの長い時間を要し、しかも全会一致を実現できないことを、天下に暴露した。これによってアジアの不信感は強まっても弱まりはしないだろう。事の成り行きを注目していたある在日韓国人が「これで日本は最後の良い機会を逸した」といったとおりである。

国会決議は、倫理的な惨事であり、政治的な愚行であった。おそらくアジアでの日本の孤立は、これから強くなるだろう。アジア以外の地域、北米やヨーロッパとの関係も、さらに困難を加えるだろう。過去をごまかしながら、未来を築くことはできないのである。

原爆五十年

原爆五十年の機会に、私は広島へ行った。七月末に開かれた「パグウォッシュ会議」の総会で話すためであり、また八月六日広島市と「広島平和文化センター」が主催したシンポジウムに参加するためでもあった。前者は「ラッセル・アインシュタイン宣言」に基づく専門家の国際会議の第四十五回で、用語は英語、後者は米国人二人、日本人が二人の公開の議論で、日英語の同時通訳による。どちらの集会もその究極の目的を「核兵器のない世界」とする。

私は五十年前の広島を思い出した。それは原爆の後およそ一カ月、――私はそこに四十日ほど滞在した――、中心部では男も女も、子供も老人も、草も木も、すべて一瞬に焼き尽くされ、生命の痕跡もない瓦礫《がれき》の地域に、交差する道路といくつかの橋だけが、かつてそこに町があったことを語っていた。周辺部の病院に火傷《やけど》と放射線病の被爆者たちが溢《あふ》れていたことは、いうまでもない。もしあの言語道断な地獄がこの地上に決して再現されてはならないとすれば、「核兵器のない世界」がいつかは実現されなければならないはずである。

五十年後の広島で私は何人かの専門家たちの意見を聞き、彼らの話からさまざまの事を学んだ。そして核兵器の廃絶がいかに遠い未来の目標であるかを、あらためて考えないわけにはゆかなかった。

米ソ両超大国間の核軍備競争が終わり、ソ連が崩壊して冷戦のなくなった今までに、核兵器の廃絶に向かっては、およそ三つのことがなされた。第一には、米ソ（現在ではロシア）の戦略兵器削減条約（START）。しかしその縮小の結果はそれぞれに数千の核兵器を残す。

第二には、核不拡散条約（NPT）。これは五大国による核兵器独占条約である。たしかに核兵器保有国がこれ以上増加しないことは望ましい。しかし公式の核兵器保有国が、いつまでに、どれだけの兵器を縮小するのか、ということについて、条約は何も約束していない。

第三には、空中での核実験停止条約、さらに進んで、地下の核実験をも禁じる包括的核実験禁止条約（CTBT）の調印が来年の春に期待されている（そこで現在地下核実験を行っているのが中国政府で、実験予定を公表しているのがフランス政府である）。実験の目的は新しい型の兵器を開発することだから、CTBTが実現しても、従来型の核兵器の削減または廃棄と直接の関係はない。しかもある専門家たちによれば、特定の条件のもとで、特定の型の原爆を作るには、必ずしも実験によらず、「シミュレイション」技術で足りるとされる。すなわちCTBTは新型爆弾の開発を必ずしも妨げないのかもしれない。要するに今日までの成果が、核軍拡ではなく核軍縮へ向かっていること、したがって核武装に関し国際間の緊張の増幅ではなく抑制に向かっていることは確かであろうが、それが核兵器廃絶に向かっているとはいえない。

何が大きな障害であろうか。第一には、アイゼンハウア元大統領の有名な「軍産体制」を補足して「軍産学体制」というものが、工業先進国にはある。その既得権益は大きい。

第二には、「核かくし」ということがある。核爆弾を人口密集地帯の上で爆発させれば、その下で何が起きるかということを自国民に周知させようとする努力が核保有国にはない。日本社会は「南京虐殺」や「七三一部隊」の人体実験をかくそうとして来た。米国社会は、最近のスミソニアン・インスティテューションの展覧会の例からも察せられるように、「ヒロシマ」をかくそうとしてきた。かつて「ヒロシマの生き残り」を調査した米国の心理学者ロバート・リフトン博士の近著の表題にも『米国におけるヒロシマ——否定の五〇年』という(Robert Lifton and Greg Mitchell, Hiroshima in America. Fifty Years of Denial, A Grosset/Putman Book, New York, 1995)。米国民が事実を知れば、米国人のヒューマニズムは反応するであろうし、米国民の世論が動けば、民主主義的な米国では、その世論に政府も反応するであろう。

第三に、地下核実験には、二面がある。その一つは、環境汚染である。核実験を行うには、どの程度の汚染が生じるのか、その正確な資料が公開されなければならず、周知させられなければならないだろう。もし正確な資料による安全性の保証がなければ、――殊に長期的な環境破壊の資料は得難いだろう――、二つの態度が考えられる。安全性が確かでなければ反対する（ニュージーランドの核武装艦船の疑いあるときの入港拒否の論理）。非安全性が確かでなければ反対しない（日本政府の非核三原則の論理）。

第四に、核実験のもう一つの面、すなわち新型核兵器を必要とするという主張がある。およそ核兵器に関しては、極端な不平等原則がある。第一種の不平等は、核兵器保有国と非保有国との関係である。非保有国の立場からいえば――「唯一の被爆国」日本の立場からではない――、核保有国が核兵力の改善を図ることは受け入れ難い。期待されるのは、核兵力の縮小であって、強化ではないからである。実験――核兵力の強化――不平等の強化は一連なりのものであらざるをえない。第二種の不平等は、公式の核兵力保有五カ国の間の関係である。米ロの兵器は数千、英仏中では数百、この量的格差にはおそらく質的格差も伴っているにちがいない。英米には特殊な関係があるので、しばらく英国の場合を除けば、米ロ対仏中の極端な不平等を是正する方法は、米ロ側が仏中側に近づくか（少なくとも量的に）、仏中側が米ロ側に近づくか（少なくとも質的に）、二つしかない。「核兵器のない世界」へ向かうために、望ましいのは第一の方法で、現に起こりつつあるのは第二の方法である。仏中の地下核実験を非難することだけで、問題が根本的に解決しないことは、あきらかであろう。NPTを、さらにはCTBTを、長期間にわたって有効に維持するためにも、核兵器保有国対非保有国、保有国内部での格差という二重の不平等を何らかのし方で克服することが必要だろうと思われる。

私は米国の歌手ボブ・ディランが六〇年代に、いつか戦争がなくなるまで、一体どれほどの砲弾が飛び交うのだろうか、と問い、「答えは吹く風のなかにしかない」と唱《うた》っていたのを思い出す。その時から数十年経《た》った今も、いつ「核兵器のない世界」が来るのか。その答えを知っているのも、広島の高い空に吹く風だけなのかもしれない。

「心ならずも」心理について

新年（一九九七）が明けると、いきなり、戦後五十年間天下の常識とされてきた——そして今でも日本を含めての大多数の国の政府が公式に主張している——「核抑止力」という思想を誤りとし、核兵器廃絶の目標を掲げた元米戦略軍司令官バトラー氏の声明が出た。その声明は世界十七カ国の元軍最高幹部五十九人からも支持されている（共同声明、ワシントン、一月五日）。

周知のように、現在進行中の「核軍縮」は、冷戦時代からの「軍備管理」の原理にもとづき、「抑止力」の有効性を前提とする。「核廃絶」という目標の追求は、「抑止力」を「絶望的な神学」（バトラー氏、一月十日、ワシントンでの講演、『赤旗』九七・一・一八の要旨紹介による）として排除する。考え方の根本的な違いは、あきらかである。

米国政府の元高官が、その職を去って後、あるいは直ちに、あるいは数十年後、在籍中の行動の枠組みをくつがえすような声明を発するのは、今にはじまったことではない。先にはヴィエトナム戦争中の元国防長官マクナマーラ氏が、米国の越南征伐を誤りとした例がある。さらにさかのぼれば、アイゼンハゥアー元大統領は、「軍産体制」の危険について米国民に警告を発した。「軍産体制」の含意は、脅威があるから武器を作るのではなく、武器を作るから脅威が生じる、ということである。

元将軍、元国防長官、元大統領は、心ならずも、司令官であり、国防長官であり、大統領であったのだろうか。それとも退職後に、過去をふり返って意見を変えたのであろうか。しかし彼らの在職中も、政府の、そして報道機関の大部分の、公式または準公式見解に対する根本的批判は、少数意見として常に存在した。彼らがそれを知らずにいたわけではないだろう。退職後に突然一方から他方へ意見が変わったとは想像し難い。現に元高官の意見の内容、「抑止力」理論やヴィエトナム戦争の誤り、「軍産体制」の機能などは、いずれも彼らの発明ではなく、その在職中から少数意見が、全くウンザリするほど昔から、主張し続けてきたことの追認にすぎない。

しかし元高官の発言の影響力は大きい。冷戦後の世界が、冷戦の生み出した思考の枠組みから脱《ぬ》けだすために、彼らの発言は大いに貢献するだろう。核兵器のない世界へ近づくための前提は、「抑止力」の神話の清算である。「抑止力」体制の中心にいた元戦略軍司令官の意見は重い。湾岸戦争批判――はいずれ大いにあらわれるだろう――の前提は、ヴィエトナム戦争批判である。故に戦争を推進した元国防長官自身の証言の意味も大きい。今も盛んな地域的武装紛争の背景が、武器輸出であり、武器輸出が「軍産体制」の構造と係《かか》わることは、いうまでもなかろう。

私は、心ならずも要職にある個人について考える。なぜ現司令官は発言しないのか。なぜ元司令官は――少なくとも彼らの一部は――発言するのか。それは必ずしも米国の場合にかぎらず、政府高官の場合にかぎらない、一般に組織と個人との関係の問題であろう。組織個人間に根本的な考え方のちがいがないときに、「心ならず」ということはない。いわんや個人が組織に吸収され、埋没して、個人的意見をもたぬ場合には、そもそも組織個人間に緊張関係が生じないだろう。もちろん私的領域においての個人的意見は常にある。しかし組織の行動を方向づける思考枠組みが、そのまま組織内個人に無批判的に受け入れられるような状況も、至るところにある。殊に軍隊という組織は典型的であろう。

個人が組織の考え方に同調できない場合には、個人にとって二つの選択肢がある。第一、その組織を去ること。原則として発言の自由を得、社会への影響力を失う。すなわち得失相半ばするだろう。またもちろん公的領域を離れて、田園――もしそれがあれば――または市井に、かくれることもできる。第二、組織のなかに、心ならずも、とどまること。妻子を養い、口を糊《のり》するために、それが必要な場合も多いだろう。発言の自由はきわめて制限される。組織の社会的影響力は強大であるから、組織の行動をいくらかでもみずから信じる方向へ導くことができれば、――それは実現しない希望に終わることが多いとしても――、組織の外へ出て影響力を全く失うよりはマシだろう、と考えることもできる。

この第二の選択肢を探った後に、いつかは職を離れ、そこで初めて個人的意見、みずから信じるところを社会に訴えようとしたのが、たとえば六十人の元将軍たちである。そのことは、いかに多くの高官や将軍たちが、心ならずも、高官であり、将軍であったか、ということを示している。冷戦の立役者たちは、冷戦の論理に従って行動しながら、実はその論理を信じていなかった！　彼らは自国の大衆や外国の指導者たちを説得したが、彼ら自身を説得できず、「洗脳」されてはいなかった。組織の公式言説に賛成する内外の人々を、彼らは歓迎すると同時に、個人として軽蔑《けいべつ》していたにちがいない。

私はまた日本国のことも考える。この国ではいかに多くの政治家や、財界の指導者や高級官僚や学者や「メディア」の幹部が、心ならずも、組織のなかで組織から割りあてられた役割を果たしているのだろうか。別の言葉でいえば、組織と個人を峻別《しゅんべつ》し、当然必要な妥協や策略やごまかしにもかかわらず、個人としての意見・判断・理想・道義感を、組織の立場からは独立して、まもりつづけているのだろうか。要するにいかに多くの元要人が、まちがっていたのはオキナワの大衆ではなく政府であり、神戸の仮設住宅の住民ではなく行政と大企業であった、と他日声明することになるのだろうか。

夏目漱石も示唆したように、道義は国家にではなく、個人にある。一般に、組織ではなくて、個人にあることが多いだろう。社会を住みよくするためには、組織からの個人の独立、つまるところあらゆる組織への鋭い批判精神が、必要不可欠だろう、と思う。

サラエヴォと南京

市民の無差別殺戮《さつりく》を犠牲者の側から見た二本の映画に感動した。その一つは、アデミル・ケノヴィッチ（Ademir Kenović）監督の「パーフェクト サークル」（Le cercle parfait）で、一九九七年ボスニア・フランス合作。セルビア軍に包囲された一九九二年のサラエヴォを舞台とする。もう一つは、ウー・ツウニュウ（呉子牛）監督の「南京１９３７」（Don't Cry Nanking）、一九九五年香港・中国合作。上海での激戦の後、政府の「不拡大方針」にも拘《かかわ》らず、南京を包囲し、抵抗を排して入城した日本軍（「中支那方面軍」）の中国人捕虜・市民の大虐殺と婦女暴行などを描く。犠牲者は城内ばかりでなく、南京近郊にも多くて、その規模の大きさと残酷さは、当時から中国ばかりでなく全世界に知られていた。サラエヴォの包囲軍は、食糧や燃料など生活必需品の補給路を断ち、市街を砲撃して住居や諸設備を破壊した。電気は止まり、水は不足した。しかも道路上の通行人は、周囲の丘から狙撃されつづけた。そういう状況に対する市民の反応は、第一に、サラエヴォからの脱出であり、第二に、備蓄や防空壕《ごう》や狙撃を避けるためのあらゆる実際的な工夫である。

また第三に、市民相互の争い、たとえば配給の水の奪い合いなども、起こらざるをえなかった。しかし第四に、外部から切り離された市民の間には、一種の連帯感も生まれた。包囲と砲撃によって、人々の間に存在した伝統的絆《きずな》と秩序は破壊されたが、孤独な個人に還元された人々は、あらためて相互に新しい絆を見出し、新しい秩序を再建したのである。「パーフェクトサークル」の主人公は、妻と娘とが脱出して孤《ひと》り壊れた街に残された詩人と、砲撃で家と共に両親を失った二人の子供である。その兄弟の兄の方は耳が聞こえず、手まねで話すことしかできない。伯母の家を探して廃墟《はいきよ》を彷《さまよ》う彼らは、偶然詩人の家に転がり込み、次第に、詩人との間に新たな家族的絆を見出す。

題名の「サークル」という語には、二つの意味がある。話さない子供が黙って紙の上にくり返し描く「円」はその一つである。もう一つは、何かの身分や趣味や利益などによって結びついた人間のあまり大きくない集団をいう。たとえば「詩人のサークル」や、「登山家のサークル」や、「血縁による家族のサークル」である。しかしそういう「サークル」のすべてが破壊されたサラエヴォで、詩人と子供たちと、さらにはそこに加わる一匹の犬と、親切な隣人——その名前マルコからおそらくはセルビア人——が作る「サークル」には、彼らに共通の経歴や利益や、人種や宗教や言語がない。そうではなくて、いわば人間性によって、あるいは犬も含めて生きている者相互の愛情によって、またそういう絆によってのみ、その「サークル」は成りたったのである。それこそは、最後の、純粋な、その意味で最高の、「パーフェクト」な「サークル」であろう。

東アジアでは「円」のイメージにもう一つ、別の象徴的意味があり、仏教の「円相」は、悟り、究極の真理、完結した精神的世界を示唆する。もちろんボスニアの映画作者は、仏教を踏まえてはいないだろうが、アジアの観客には、「サークル」が「パーフェクト」を喚起するのである。かくしてサラエヴォの廃墟のただ中から、言葉によるコミュニケイションを超えて、少年の描く「パーフェクト サークル」があらわれる……。

映画が描くのは、瓦礫《がれき》の街であり、そこに動くボロをまとった人々だけである。しかしその画面は実に美しい。なぜ美しいのか。もちろん撮影の技術的効果もあろう。しかし決してそれだけではなく、つまるところ美しさとは、対象の性質ではなく、対象と見る人の意識との間に成り立つ相互作用の性質によって決まるものだからである。日常的に死と相対して生きているときには、すべての対象がかぎりなく貴重なものとなり、かぎりなく美しいものとなり得る。

サラエヴォの銃弾は、いつ、どこからでも、全く何らの理由もなく、飛んで来る。まるで戦争そのものの背理性を強調するかのように。ボスニアでは、なぜ戦争がおこったのか。なぜあれほどの殺戮と残虐が続いたのか。そこには最近まで人種や宗教を異にする実に多様な人々が、平和に共生していた。大量虐殺は、人種対立や宗教的不寛容のために起こったのではなく、ナショナリズムから生じたのでもない。旧ユーゴスラヴィア内部での政治権力がそういう要因のすべてをそれ自身の目的のために利用したから起こったのであり、外部の権力と「メディア」がそれに応じたからいつまでも続いたのである。
「南京１９３７」に詳しく触れることは、ここではできない。しかし最近のサラエヴォ市民の災害と、六十年前に南京の市民を襲った言語に絶する残酷な暴力との間には、共通の面がある。殺される側からみれば、それには全く理由がないこと、またその暴力に抵抗できる手段はなかったということである。市民の側の反応も、長い歳月を隔て、ヨーロッパとアジアの遠い距離を超えて、根本的には同じものであったにちがいない。

しかし加害者の側の理由は、――再び同じ事を繰り返さないためにもそれを知る必要があると思うが――、多様で、複雑である。「南京虐殺」はなぜ起こったか。「南京１９３７」のなかには、「中支那方面軍」の司令官が、武装解除した捕虜をも含めて、中国軍兵士のみな殺しを命じる場面がある。その理由は、多数の捕虜を養う準備がなかったこと、また解放された捕虜が再び対日抵抗の戦列に戻る可能性を考えたことなどであった、という（笠原十九司『南京事件』、岩波新書、一九九七）。また多くの歴史家が指摘してきたのは、当時の日本における外国人差別、人権無視、戦争における捕虜の否認などである。中国人を人間とみなしていたとすれば到底考えられぬような残虐な場面が、映画「南京１９３７」のなかには多く見出される。

しかし日本軍とその司令部は、常に戦時国際法を無視し、残虐を極めていたわけではない。一九三七年の南京で、日本軍は一九〇四―五年の日露戦争では行わなかったことを行ったのである。また非戦闘員を含めてのみな殺し命令は、その理由を別として、日本に固有のものではない。原爆の投下はみな殺し以外のものではない。「南京虐殺」の理由も、ボスニアの殺戮の理由と同じように、多くの要因の組み合わせとしてしか説明されないものであろう。

また9条

また日本国憲法の第9条について書く。それを書くことができるのは、憲法が言論の自由を保障しているからであり、日本国にはまだかなりの程度の表現の自由があるからである。今それを書く理由は、私の意見が変わったからではなく、変わっていないからだ。なぜ同じような議論をくり返すのか。周囲の状況が変わり、9条の制約を除こうとする意見が、政府や議会や報道機関に昂《たかぶ》ってきたからである。二〇〇四年現在、世論調査では、日本国民の9条賛否の意見はおよそ二分されている。私はあらためて私の意見を整理しておきたい。

意見の内容は、いきなり世界や永遠や平和一般にはかかわらない。そうではなくて、この特殊な日本国の、二十一世紀初頭の状況と、憲法の特定の条文が明示する「平和主義」の話である。9条は周知のように国際紛争解決の手段としていかなる武力も用いないことを原則とする。その原則から戦後日本の安全保障政策は、一方で、非核三原則・武器の輸出禁止・軍事予算の制限・海外派兵の禁止などの一連の措置を引き出した。しかし他方では、日米安保条約と連動して、いわゆる「解釈改憲」により9条の束縛を破って軍備を拡大し、軍事力使用の範囲を広げようとしてきた。その後者の傾向のあらわれが、「新ガイドライン」から「有事法制」へと続く動きであり、その延長線上に9条改変を中心とする改憲の機運の昂りがある。改憲論は突然天から降ってきたのではなく、戦後史を顧みれば事実上(de facto)の改憲から法的(de jure)なそれへの切りかえ計画にすぎない。

このような経過の背景には、もちろん、9条の要請と日米安保条約の要請との矛盾がある。9条は直接の自衛権の行使を例外として許容するとしても、それ以外の武力の使用を認めない。しかるに安保条約によって日本に駐在する米軍は、日本の安全に寄与するとしてもそれだけが彼らの任務ではない。米軍が世界のどこかで戦争をすれば、自衛隊はまきこまれる可能性があり、米軍が攻撃されれば自衛隊が応戦しないことは軍事同盟の性質からみてきわめて困難だろう。発砲すれば9条に違反し、しなければ安保条約が成立しない。そこで二つの解決法が考えられる。一つは9条を変えることであり、もう一つは安保条約を変えることである。たとえばその代わりに非軍事的な日米友好条約を結ぶ。後者の道を選べば9条は保存されるばかりでなく、再生されて、大いに役立つだろう。安保条約は冷戦の最盛期、朝鮮戦争の最中に作られた。しかし今では相手方のソ連邦はなく、「日本を脅かす」超大国はない。朝鮮戦争も終わって久しい。今や日米両国の「国益」にとって見直されるべきものは、9条ではなくて、安保条約であろう。

改憲論者の中には憲法の「押しつけ」を強調する人も少なくない。しかし戦争に疲れ切っていた日本国民の大多数は、9条を含んだ憲法を抵抗することなく受け入れた。占領軍に押しつけられて、泣く泣く従ったのではない。今議論されている9条改訂にも外圧がないとはいえないだろう。「押しつけられた憲法だから改訂すべし」という議論には一貫性がない。憲法は昔押しつけられたから改訂したいのか、今改訂を押しつけられているから改訂したいのか、はっきりしない。

また「戸じまり論」というものがある。今も小泉首相の「備えあれば憂いなし」にはそれが生きている。しかし軍備はほとんど常に仮想敵との軍備競争をおこす。軍備競争は緊張関係を誘発し、緊張は戦争の確率を高くするだろう。他方状況によっては軍備が抑止力を強める場合もあり得る。かくして「備えあれば憂いなし」の当否は、時と場合により、殊に「備え」の両面、戦争を生む効果と抑止する効果との具体的な差し引き計算によるのである。9条の精神は、軍事的抑止力を放棄することで緊張緩和から平和へ向かう。今日の日本がおかれている状況では、その方が日本国の安全を保証するためにはるかに現実的な方策だろうと私は思う。

9条を今変えなければならない理由は何か。昨年三月、米国がイラク攻撃を始める前に小泉首相は早くもブッシュ大統領の戦争を「支持する」といった。そして「人道支援のために」自衛隊を戦地へ送った。しかしその戦争には、国連安保理事会による正当化がなく、直接に米国を脅かすイラク側からの攻撃もなかった。アルカイダとの関係の証拠はなく、米国が先制攻撃を主張した大量破壊兵器も見つからず、イラクの街と市民と治安は破壊され、今年六月現在、捕虜をいくら拷問してもイラク社会の「民主化」は遠い。そこで小泉首相はブッシュ大統領に会い、イラク戦争の現状を支える国連決議案を米国の「大義の勝利」といった、と新聞は伝えている。同じ頃米国の新聞の有名なコラムニスト、ウィリアム・パフ氏は、米軍がバグダッドの収容所でやっているような捕虜の虐待と侮辱と拷問について、「アメリカ史上最悪のぞっとするようなスキャンダルの一つ」といい、「もし議会に勇気があれば、この大統領を弾劾する明らかな理由になろう」とまでいっている(William Pfaff, International Herald Tribune, June 12-13, 2004)。「大義」と「弾劾」とは、かなりちがう見方を代表する。

9条がなければ、すなわち日本国が国際紛争を武力で解決しようという道を選択すれば、どこまで行くだろうか。東北アジアで隣国の不信感を除くことができないだろうし、緊張を緩和することもできないだろう。それは「国際協力」の道ではなく、「国際孤立」の道である。現にイラク派兵はそのことを早くも示唆している。中国も、ロシアも、さらにはフランスもドイツもスペインも、またインドやカナダも、イラクに出兵はしていない。それらの国々と日本国は「協力」していないのである。

9条があれば、どうなるか。軍事的行動は制限される。しかし外交的選択の幅は広くなり、対米従属と国際孤立から抜け出して、対米も含めての国際協力の可能性を開くこともできるだろう。その時にこそ私も昔軍国日本の犠牲となって死んだ私の友人や、私の知らなかった中国人や朝鮮半島の人々の霊と過ぎ来し方を語ることができるだろう。以上二つの道のどちらを選ぶのか、それを決めるのは、つまるところこの国の主権をもつ国民である。

60年前東京の夜

一九四五年三月一〇日に、米軍のB29はおよそ二時間半にわたって東京を爆撃した。焼《しょう》夷《い》弾《だん》による波状絨《じゅう》毯《たん》爆撃。抵抗はほとんどなく、東京の半分は焼きつくされて廃墟《はいきょ》と化した。市民の死者は八万人以上、負傷者は四万人を超え、非武装の市民の犠牲は、その五カ月後ヒロシマの被害に匹敵する。

私は何をしていたか。東京の大学の附属病院で内科の医者として働いていた。運よく病院は焼けなかったが、隣接する上野、神田、浅草などの地区は火の海となり、家を失い、家族にはぐれ、火傷《やけど》に苦しみながらもかろうじて脱出した多数の人々が病院に集まって来た。しかし、病院の寝台は少なく、病室はせまく、患者は廊下にまで溢《あふ》れた。しかも薬剤は不足し、輸血用の血液をもとめることはできない。そして何よりも人手が足らなかった。それほど多くの患者の手あてに応じるためには医者も足りず、看護婦も足りない。われわれはみんな昼夜をおかず働きつづけた。そうして疲れきった時に、二、三時間だけ眠るという日が一週間も十日も続いたのである。私は今でも、床に寝ている患者をまたいで走るように廊下を歩いたことを思い出す。その時私の念頭には少しでも早く目標とする病人のところへ行くことの他に、どういう想念も感情もなかった。私にできることは何であったか。一人の男の激しい痛みを、――もし心臓の状態がよく十分な血圧があれば、鎮痛剤を用いて軽くすることであった。

戦争も、爆撃も、火傷さえも、与件であって、変えることはできない。私は私にできることをするのに忙しくて、できないことについて理解を深めたり感傷的になったりする心理的または心身的な余裕はなかった。それが東京大空襲についての私の当事者体験である。「反戦」というような考えが出て来たのは、それ以前、またはそれ以後のことだ。

それは私だけではなく、歴史的事件に何らかの意味で参加した多くの当事者がその事との係《かか》わりで体験した普遍的なことであろう。事件の大きさにくらべて事件との接点はきわめて小さい。東京大空襲は歴史的事件であり、その原因も、経過も、結果も、証言され、叙述され、分析されている。しかしそういうことを私が知ったのは、何年も後になってからである。私が直接知っていたのは爆撃直後の病院の内側でのことだけだ。その狭い空間の中で、私は事件の全体を理解しようとしていたのではなく、観察しようとさえしていなかった。

そうではなくて、事件の被害者の小さな部分、われわれの眼《め》の前に居た数百人の市民にたとえわずかでも医療を行っていたにすぎない。爆撃という事件の当事者は、加害者と被害者である。被害者に働きかける医者も小さな当事者である。当事者は行動し、観察者は行動しない。私はその時、東京市民と同じ目的、――何とかして生きのびる目的を共有し、彼らと共に当事者として全力を傾けて行動していたのである。

一九三七年末「南京陥落」を祝う提灯《ちょうちん》行列に私は参加しなかった。四一年一二月「真珠湾の攻撃」を歓迎することもなかった。四五年九月には「ヒロシマ」へ行ったが、その主要目的も観察と調査であって死者を弔うためではなかった。私は歴史的大事件の真ん中へとび込まず、ある距離を置いて事件に対そうとした。そのために同胞市民との距離は次第に開いた。その距離がほとんど完全に消え、私自身が全く市民の一人になったのは、あの三月一〇日とその後に続く数週間のことである。しかし時が経《た》つにつれて、そのことを次第に鋭く意識するようになり、同時にその意識が私だけのものではなかったということをも発見するようになった。

例えば堀田善衞は、目黒の友人宅から深川の知人宅に向かって焼け野原を徒歩で横断した。そして偶然「焦土を巒はせ給ふ」（当時の新聞の見出し、今制限漢字には含まれないだろう一字はミソナワスと読む）天皇の車列に出会う。焼け跡を彷《さまよ》っていた臣民＝難民は、その姿に土下座して、涙を流しながら、申し訳ありません、申し訳ありません、とくり返していたという。一九七一年にそのことを思い出しながら、堀田は「無常観の政治化 politisation」（『方丈記私記』、「政治化」はサルトルの用語）を指摘していた。彼は四五年に焦土を観察し、その観察をその後二五年間深め、広い視野を開いたのである。

さらに二〇年が経って、遠い少年時代の残酷な体験をふり返り、『方丈記私記』の堀田の観察を思い出したのは国弘正雄氏である（「物思わせる三月十日」、『軍縮問題資料』一九九二年四月）。国弘氏は「無常観の政治化」を「政りごとに対する諦《あきら》め」と訳して、堀田と同じように、そこに違和感を感じていた。時が経てば、事件のすじ道を変えるために行動することはできない。行動が不可能になったとき、観察の対象との距離が生じ、事件の全体を見透かす可能性が生じる。

しかしそれだけではない。行動（参加）と観察（認識）との間には絶つことのできない密接な関係がある。六〇年前に私は臨床医であった。臨床医の理想は、第一に診断、第二に治療であって、その逆ではない（実際には治療を先行させなければならない場合もある）。診断を誤れば適当な治療を期待することはできないからである。しかし医師の行動の目的は治療であって診断ではない。もし私が三月一〇日に焼夷弾の降る東京の真中の病院にいなかったら、あれほど強い被害者との連帯感は生じなかったろう。

もしその連帯感がなければ、なぜあれほど悲惨な被害者を生み出した爆撃、爆撃を必然的にした戦争、戦争の人間的・社会的・歴史的意味についての執拗《しつよう》な関心はおこらなかったろう。知識の動機は知識ではなくて、当事者としての行動が生む一種の感覚である。しかし戦争についての知識がなければ、反絨毯爆撃・反大量殺人・反戦争は、単なる感情的反発にすぎず、「この誤《あやま》ちを二度とくり返さない」ための保証にはならぬだろう。堀田も、国弘氏もその関係を見事に把握していた。

収録作品初出

1

天皇制を論ず（「大学新聞」一九四六年三月二一日、荒井作之助名義）
逃避的文学を去れ（「帝国大学新聞」一九四六年六月一一日）
知識人の任務（加藤周一・中村真一郎・福永武彦『1946 文学的考察』一九四七年、真善美社）

2

日本文化の雑種性（「思想」一九五五年六月号、岩波書店）
雑種的日本文化の課題（「中央公論」一九五五年七月号、中央公論社）のち「雑種的日本文化の希望」と改題

3

天皇制と日本人の意識（「知性」一九五七年二月号、知性社）のち「天皇制について」と改題

西欧の知識人と日本の知識人（「綜合」一九五七年四月号、東洋経済新報社／東洋時論社編）のち「知識人について」と改題
戦争と知識人（『近代日本思想史講座』第四巻「知識人の生成と役割」一九五九年、筑摩書房）

4

日本の新聞（「東京日記」27、「朝日ジャーナル」一九六〇年七月三日号、朝日新聞社）
安保条約と知識人（「東京日記」24、「朝日ジャーナル」一九六〇年六月一二日号、同）
記憶喪失の幸福（「東京日記」6、「朝日ジャーナル」一九六〇年二月七日号、同）

5

言葉と戦車（「世界」一九六八年一一月号、岩波書店）
ベトナム　戦争と平和（「読売新聞」夕刊、一九七二年一一月二一・二二日）のち「ヴェトナム・戦争と平和」と改題
わが思索わが風土（「朝日新聞」夕刊、一九七二年一月一七～二二日）のち「私の立場さしあたり」と改題

6

危機の言語学的解決について（「山中人閒話」、「朝日新聞」夕刊、一九八一年二月一〇

日）

軍国主義反対再び（「山中人閒話」、「朝日新聞」夕刊、一九八一年五月一二日）

遠くて近きもの・地獄（「山中人閒話」、「朝日新聞」夕刊、一九八二年八月二〇日）のち「「なしくずし」という事」と改題

教科書検閲の病理（「世界」一九八二年一〇月号、岩波書店）

『加藤道夫全集 1』読後（「山中人閒話」、「朝日新聞」夕刊、一九八三年三月三一日）

7

「過去の克服」覚書（『戦後日本 占領と戦後改革』第5巻「過去の清算」一九九五年、岩波書店）

8

再説九条（『憲法九条、未来をひらく』岩波ブックレット、二〇〇五年、岩波書店）

9

戦後五十年決議（「夕陽妄語」、「朝日新聞」夕刊、一九九五年六月二一日）

原爆五十年（「夕陽妄語」、「朝日新聞」夕刊、一九九五年八月二三日）

「心ならずも」心理について（「夕陽妄語」、「朝日新聞」夕刊、一九九七年一月二二日）

サラエヴォと南京（「夕陽妄語」、「朝日新聞」夕刊、一九九八年四月二二日）

また9条　（「夕陽妄語」、「朝日新聞」夕刊、二〇〇四年六月一七日）
60年前東京の夜　（「夕陽妄語」、「朝日新聞」夕刊、二〇〇五年三月二四日）

解説　「言葉と戦車」まで

成田龍一

0

一九六八年夏に、ソ連軍の戦車がチェコスロヴァキアの首都プラハに侵入し、おりから進められていた「自由化」を暴力的に抑圧した。その出来事を報告し、批判した「言葉と戦車」（一九六八年）は、加藤周一が残した文章のなかでもっとも美しい文章のひとつである。「圧倒的で無力な戦車と無力で圧倒的な言葉」との対比により、みごとに状況を切り取り、プラハ街頭における「戦車」と、それに抗議するチェコ国民の「言葉」による抵抗の様相とそれが示す原理とを描き出した。

このとき、プラハの街から加藤は「一九四五年秋の東京」を思いやった、と「言葉と戦車」に綴っている。「われわれは、希望や、計画や、胸にたまる思いや、新しいと信じる考えにあふれていた」と続け、敗戦直後の時空間が加藤の原風景となっていることが問わず語りに示された。

このセレクションでは「言葉と戦車」を真中に置き、この論稿を挟むようにして、加藤周一の発言を選択し、一巻に編集した。ここでは、加藤周一の多様で多面的な顔を貫くものとして、政治・社会に向き合う姿に着目し、いわば「抗《あらが》う知識人」としての加藤を強く意識している。知識人論、戦争体験を核とする作品の集成を試みており、状況論や対外認識論などは、心残りであったが見送っている。

1

敗戦直後の加藤周一の言葉は、後年の文章から見るときには別人のように激しい——「私は封建主義の暗澹たる黄昏に人民と理性と平和との来るべき朝に向って叫ぶ、武器よ、天皇制よ、人民の一切の敵よ、さらば！　と」(「天皇制を論ず」一九四六年)。加藤が「戦後」に社会に対し発言を開始したとき、批判の対象としたのは、戦時の指導者であった者たち、そして彼らに追随した人びとである。また、個々の人物とともに、加藤は政治・社会の体制やありようにも批判を向けている。

「荒井作之助」の筆名で発表した「天皇制を論ず」はその一編だが、ここでの加藤の思考は明晰で、問いの簡潔さと論の進め方の明快さが際立っている。「天皇制を論ず」は、①「天皇制は何故やめなければならないか」、②「何故速やかにやめなければならないか」と自ら問いを立て、「積極的理由」と「反対論の無意味なこと」を挙げることをその答えとしている。

歴史的な観点を入れたとき、③加藤の論が「問題は天皇制であって、天皇ではない」と言い切ることに、いまひとつの意義を見出すことができる。加藤は、天皇制が「戦争の原因」であり、さらなる戦争の原因となる恐れを挙げている。戦争の原因を日本資本主義の「封建的性格とそれに由来する軍国主義的傾向」に求めることと、この指摘は連動している。

「天皇制を論ず」の論旨をたどってみると、まず加藤は明治維新以来の近代日本の総体を視野に収める歴史的射程で思考し、日本資本主義の構造を「未曾有の低賃金で労働者を徹底的に搾取」したこと――「貧しい農民労働者の存在そのもの」と把握し、ここに「軍国主義と植民地獲得戦争」の原因を見出す。

そして日本資本主義発達史研究の成果、および敗戦直後の風潮にも学びながら、加藤は「日本的」ということは「封建的」ということを意味すると喝破し、「批判精神の麻痺」「陰鬱な封建的家族制度」を天皇制に由来するものとする――「光は東より来た如く、凡ゆる不合理主義は天皇制より来た」。戦後の出発に当たり、語気を強めながら加藤は批判的な言論を展開していった。後年、加藤は「著作集」に付された「追記」などで用語や表現に「不適当なところ」「不正確な部分」があることを言う。とくに「「封建的」の用法」に関しては他の論稿にかかわっても気にとめているが、同時代の用法としては一般的であった。

「天皇制を論ず」では、加藤は天皇個人については論評をしていない。この点に踏み込んだのは、一一年後に公表された「天皇制と日本人の意識」（一九五七年。のち「天皇制について」と改題）である。「天皇制と日本人の意識」では、加藤自らがアンケート調査を行い分析しており、主に文献を考察の対象とする加藤にしては珍しい論考となっている。アンケートで「天皇制と宗教意識」を問い、回答から「天皇に対する四つの考え方」を抽出し考察を加えたが、ここでの加藤の関心は「天皇に対する国民感情そのもの」のありようであった。天皇制を「権力の支配機構」と言い切るとともに、加藤は、（明治以来）天皇と国民は「直接に」向き合っていたのではなく、「巨大な権力機構」を通して「間接に」相対していたと論断する。

加藤は人びと（ときに「大衆」とも記している）の宗教意識に着目しつつ、天皇個人への感情から天皇制の解明へと接近していく。天皇の戦争責任に言及し、天皇と臣民がそれぞれ期待された役割を演じていたという仮説はなかなかに興味深いが、加藤としてはこれまた珍しく（「知識人」ではなく）「大衆」の意識を考察する論稿ともなっている。

「天皇制と日本人の意識」では、天皇制と結びつく「虚無主義」を指摘し、敗戦と天皇の権威失墜による「精神の焼跡」——「孤独な人間」の誕生をいう。天皇／天皇制と戦後の精神史的風景を重ねて考察しており、分析的な叙述となっている。「天皇制を論ず」から

「天皇制と日本人の意識」に至り、加藤は天皇制を批判的に分析するとともに、「大衆」のなかに浸透しているものとして把握し、精神史的な考察をもあわせ行う。

2

加藤が好んで主題としたことのひとつに「日本」の探求——「日本的なるもの」の考察がある。一九五五年に発表された「日本文化の雑種性」は、そのことを本格的に論じた論稿といってよかろう。加藤はのちにこの論稿を「一種の信条の告白」と述懐しているが(「加藤周一著作集」第7巻、一九七九年)、「日本的なものの内容を伝統的な古い日本を中心にして考える」という「国民主義」的な日本文化論からの転回を宣言し、そこから日本文化の「雑種性」を論ずる主旨となっている。

神戸(日本)はマルセーユ(西洋)とはちがうが、「日本の西洋化が深いところへ入っているという事実」によりシンガポール(西洋植民地)とも違うと、自らの実見に基づく巧みな例を挙げながら、「西洋種の文化がいかに深く日本の根を養っているか」を立論の出発とし、「日本文化の雑種性」を説くのである。

ここでは、いくつかのことが前提となっている。第一に、文化を広義に捉え、作品に限定し閉じたものとしないことであり、第二には、西洋と日本が異文化の関係にあると規定すること。そして、第三には「知識人」と「大衆」とを分節したうえで日本文化を考察することである。

文化を文学作品や美術品などに限定せず、思想や生活までをも含む精神的な態度と広く捉えたうえで、さまざまな次元でさまざまな交流がなされるものとし、日本文化を考察の対象とする。このとき、加藤は西洋との緊張関係で日本文化を考察するが、第三点目に関わって、「大衆」は日本文化の「雑種」をそのまま受け入れ暮らしているが、「知識人」は雑種性を攻撃し「日本文化の純粋化運動」という無意味な試みを図ったという指摘を行う。

文化の純粋化運動とは、「日本を西洋化したい」という戦前期および戦後の「近代主義」と、「純粋に日本的なものをのこしたい」という戦時の「国家主義」の二類型があるとし、両者がともに俎上に上せられ、具体的に批判される。戦時と戦後の日本文化をめぐる試みが論理的に、かつさまざまな条件が付され分節化されたうえで、歴史的に畳み掛けるように精緻に分析されていく。

そのうえで、加藤は、

「日本の文化は根本から雑種である、という事実を直視して、それを踏まえることを避け、観念的にそれを純粋化しようとする運動は、近代主義にせよ国家主義にせよいずれ枝葉のかり込み作業以上のものではない」

と結論付ける。

「日本文化の雑種性」から読み取るべきことは、しかしながらこの結論でもなければ、（加藤が）文化の純粋化運動の動機に「純粋種に対する劣等感」を見出していることでもなかろう。

それらの知見も有意義ではあるが、着目すべきは、第一に、結論にいたる論旨の精緻さがもたらす説得力であろう。論理的、かつ実証的に加藤は論を展開している。日本文化を論じつつ、加藤は、ヨーロッパ文化のなかで「雑種的」なドイツ（ゲーテ）を検討し、さらに「雑種的」でありながらそれとは異質なロシア（チェーホフ）を検討し、「雑種性」を広い視野から比較しながら論述する。また、主張には限定を付し、「英仏の文化の起源の問題」に言及し、十七世紀以降は英仏も外国から文化を取り入れ「雑種的」となったとし、論はいっそう精緻となっている。

また第二には、「雑種性」の議論が日本文化の型を抽出するという静態的なものではなかったことである。「戦後民主化の過程から生じた精神上の変化」に着目した加藤の論は、同時に戦後民主主義を根付かせるという政治・社会的で現在的な問題式に基づいた考察となっている。「日本文化の雑種性」を収めた単行本『雑種文化』（講談社、一九五六年）の副題は「日本の小さな希望」とされている。

3

一九五九年に発表された「戦争と知識人」は、加藤の戦争に対する批判と、戦後におけるこれまでの思索の思想的決算としての気迫とがうかがえる作品である。

「戦争と知識人」の論稿に先立ち、加藤はすでに敗戦後の一九四六年に、戦争を傍観した知識人たちを「星菫派《せいきんは》」と呼び、厳しく批判している。この論は論争を引き起こしたが、「戦争と知識人」という主題は加藤にとり原点であり、問い続ける課題となっていた。その一九五〇年代末における総括が、論稿「戦争と知識人」として提供されたのである。簡単に論旨を整理しておこう。

この論稿で加藤は、すでに鶴見俊輔の提起にかかわる「十五年戦争」という概念を用い、一九三一年から一九四五年までを「一貫した歴史的過程」として把握し分析対象としている。対外的な「対中国の戦争」および対内的な「ファシズム権力」との関係で「戦争と知識人」を考察する試みであり、丸山真男（「日本ファシズムの思想と行動」一九四七年）による著名な中間層の二類型論を援用して「知識人の層」を導き出し、知識人たちが戦争に対していかなる態度を取り対応をしたかを、精緻に分析した論稿である。

カギとなるのは、（1）「知識人の責任」および（2）「思想と実生活」である。加藤は（1）にかかわって、知識人が戦争に反対しなかったことを、弾圧や強制、あるいは「だまされていた」との点を理由とすることを斥ける。「大衆」との対比のもとで、加藤は、①知識人は戦争の具体相を「知る」ことが可能であった。知らなかったとすれば、知ろうとしなかったのだ、と手厳しい。そして、(慎重に留保をつけながらだが)②戦時中にも「沈黙の余地」があったことをいい、大多数の文学者が「聖戦」と書いたことを問題化する。また、同時に加藤は、戦争への非協力の態度において「反対」「傍観」のどちらに力点があったかは「戦後の反ファシズムの動き」のなかであきらかになるとした。

さらに加えて、戦争への「協力」も、国への忠誠・国民と運命をともにする「協力」と、戦争・ファシズムへの「賛成」のどちらに力点があったかは一様ではないとする。そしてそれが明らかになるのは、「国家への忠誠」が戦争・ファシズムへの賛否でない形であらわせるようになった戦後であるとした。こうした繊細な分節化と論理的な考察に、加藤の身上がある。

「戦争と知識人」は、一九五〇年代の加藤の論稿の特徴として、多数の事例を提示しつつ、緻密な論理で畳み掛けるように論を展開する。多くの知識人は積極的な戦争の支持者でなかったにもかかわらず、「多かれ少なかれ」進んで戦争に協力したことを問題化し、加藤は戦時の知識人の三つのグループを取り出してみせる。

まずは(A)高見順、さらに高村光太郎、大熊信行、中野好夫ら。高見の『敗戦日記』

を読み解きながら、加藤は「いかなる価値が、この作家の精神において、絶対的な意味をもったのか」を問い、その「価値」の不在を指摘する（別な言い方をも試み、加藤は、高見が肝要な部分で、権力と国民とをまとめて「日本」としてしまい、科学的・倫理的な思考を「放棄」していると批判した）。

高村や大熊、中野らも同様に「国家に対する忠誠概念を超えて国家の善悪を判断する基準」がなく、「わかち難い全体としての「日本」」を抱え込んでいたと批判する。

（B）戦争とファシズムの積極的な支持者であり、（わだつみ世代の）青年たちの「精神的支柱」として大きな役割を演じた「日本浪曼派の人々」と「京都の哲学者たち」。前者は非合理主義、後者は論理的であるが、ともに戦争とファシズムを肯定するときに、加藤がこのグループに見出すのは、思想（あるいはイデオロギー）の「外来性」である。

加藤は、①この思想の「外来性」を、日本浪曼派と京都学派にとどまらず、高見ら（A）にも見出し、知識人に共通の弊とした。「日本の知識人」に共通の「思想と人格」「イデオロギーと本心」「論理的な思考と感情生活」の「関係のし方」の乖離——「「思想」と「生活意識」の乖離」を指摘するのである。

すなわち、②「「思想」の生みだす価値」は、実生活上の便宜や習慣、感情に「超越」せず、「思想の外来性が、議論が具体的な現実に触れるときの徹底的なでたらめ振りと、それとは対照的な論理そのもののもっともらしさに、全く鮮かにあらわれている」ことを、加藤はこれまた手厳しく批判した。

そして加藤は（C）戦争反対論者を紹介する。「支配階級」のなかにいた反対論者として、吉田茂、朝吹常吉、山本五十六、岩村清一らをあげ、英国で教育を日常生活に受けた「英国崇拝者」とし、さらにフランス派もあげる。イギリスを代表する「ブリッジ」と、フランスの「七月十四日」を表題に掲げ、英仏の思想をいわば「肉体化」した人びとで、永井荷風をはじめ、渡辺一夫、竹山道雄、片山敏彦ら文学者もその仲間とした。

加藤は、これらの人びとは、（1）さきの（A）（B）とは異なる思想の受容の仕方をしていること、加えて（2）たとえば荷風は「ファシズム権力に対する反撥」が同時に「日本」に対する反撥」となっていることを指摘する。

後者の点からは、荷風は「「日本」一般」「日本人一般」に対する絶望と反撥（＝「未分化の日本」）を有することとなる。しかし、（3）高見には日本を超越する価値も原理もないが、荷風にはあると加藤は論を進める。

こうした分節化に、加藤は抜群の解釈力を示していよう。しかも、そこから一見、相反する二様の解釈と評価を提示する。すなわち、①荷風らに見られるように、英仏と結びついた「特定の価値・原理に対する確信」こそはファシズムと「日本」への絶望と反対を生み出した。しかし、②「大衆」とその組織に「信頼」がなければファシズムをくい止めることはできず、戦後の民主化運動にも参画しないであろう。だが、③加藤はここで議論をとどめずに、さらに次のように述べる――「しかし事情は知識人の大部分が、荷風でさえなかった」。

こうした（C）「「日本」への忠誠を超えた正義人道の観念」をもつものとして、ほかに矢内原忠雄や南原繁、宮本顕治・百合子夫妻、大内兵衛・有沢広巳・脇村義太郎ら労農派の教授グループをあげ、「思想」を脱ぎすてなかったことと、しかし「例外的な少数」であったことを述べる。

4

「戦争と知識人」の論稿は、のちの加藤の仕事を見るとき、さらなる論点も提示している。加藤は「戦争と知識人」の最後に「世代」を持ち出し、戦争中に三十代であった世代を、四十歳以上の世代と区別した——「三十代の暗い谷間」を述懐した「近代文学」グループ（小田切秀雄や平野謙、本多秋五、荒正人、山室静）や丸山真男、日高六郎らは、マルクシズムと接触した最後の世代であり、彼らにとって「日本」（＝「現実社会でのすべての体験」）の体験はファシズムの体験でしかないとし、戦時中に四十歳以上の世代（先に見た（A）（B）のように、思想が身につかず、「本心」が「日本」と結びつく世代）と区別した。

すなわち、戦争中に三十代であった世代は、①天皇制ファシズムの世界に生きており、「懐かしい日本」は所有せず、「日本」とは「軍国主義」「ファシズム」を意味していた。

この点から②「日本」は一切の可能性を圧しつぶす悪となるとともに、③彼らは「責任ある地位につく可能性をもっていなかった」――「日本」とむすびついた「本心」のあろうはずがなかった」とする。

（A）（B）に見られたような「本心からの思想はない」という知識人たちが戦中に四十歳の世代であるとき、次の三十歳の世代は「思想、あるいはむしろ孤立した自分自身からはなれた本心などというものはない」としたというのである。

「戦争と知識人」における加藤の議論は、こうして（A）（B）（C）の析出をしつつ、三十代と四十代の対比により「世代」を抽出しており、そこには原理的であると同時に歴史的な観点が組み込まれている。複数の軸を持ち出すことにより、「戦時中の知識人の型」を抽出し、それらに複眼的な歴史的評価を与えた一編として読むことができよう。

とともに、加藤はことごとに青年将校たちの「叛乱」である二・二六事件（一九三六年）を強調し、「「怒れる若者たち」は戦後にあらわれたのではなく、すでに二・二六以後にあらわれていたのだ」とも述べている。加藤は一九四五年八月十五日がいかに大きな意味を有したかを繰り返し語っているが、ことの始まりがすでに戦中にきざしていたこともあわせて示唆している。

論文「戦争と知識人」には、戦争中の協力者が戦後に「改宗」しなければ「盗人猛々しく」、改宗すれば引退するのが「当然」と書き付けられており、戦時「知識人」の振る舞いへの加藤の憤りは大きい。この怒りが加藤の戦後における活動を動機付けていよう。しかも、この一編は、戦時中の具体的な行動を問う短期的な射程にとどまらず、知識人と思想の態度にかかわる「知識人」批判として、長い射程での考察の始まりともなっていた。この後者の関心が『日本文学史序説』へといたることは、加藤の「追記」（「著作集」第7巻、一九七九年）が述べるとおりである。

思想がほとんど常に「外来思想」であったこと、そしてそのことと対をなす「日本の知識人の精神構造の伝統的な型」（「神ながらの道」）を探ろうとの関心を、加藤はすでにこの「戦争と知識人」で有していた。

いくつかの点を付け加えておこう。

第一は、この論文が『近代日本思想史講座』第四巻「知識人の生成と役割」（筑摩書房、一九五九年）に収められた論であること。『近代日本思想史講座』は全八巻の予定で一九五九年にスタートし七冊が刊行されたが、現在まで一冊が未刊で完結を見ないままとなっている。加藤は、第八巻（「世界の中の日本」）にも「日本人の世界像」を寄稿しており、一九六〇年前後に近代日本の思想的な総括を図ろうとしたこの講座に深く関わっている。論文「戦争と知識人」は、戦後思想を明治維新以来の近代の射程で考察しようとした講座にふさわしい一編となっていよう。

第二には、論文「戦争と知識人」が『現代ヨーロッパの精神』（岩波書店、一九五九年）とセットになっていること。加藤は『世界』に連載した論考を中心に、ヨーロッパの戦後を考察する『現代ヨーロッパの精神』を刊行したが、このなかに、ファシズムを軸に、現代ヨーロッパにおける「反動思想」を考察し、ゴットフリート・ベンという戦争を肯定した詩人の思想から「現代ドイツの「精神」」を探る一編を収めている。ヨーロッパにおける近代批判を検証し、その眼で戦時の「日本の知識人」のあり方を考察したのであった。一九五〇年代後半の加藤は、ヨーロッパと日本の単純な対比は回避し、ヨーロッパ（ドイツ）における近代批判をも見逃さない。だがしかし、「戦争と知識人」のなかで加藤は次のように述べていく。

今からふり返ってみると、人権宣言の行われるまえの日本で知識人があつまって「近代の超克」をまじめに論議していたということは異様であり、そこに出席した人々のなかでその異様さに気づいたのが中村光夫ただ一人であったということはそれ以上に異様である。

ここでは「思想の外来性」が指摘され、「超越的な真理」が要請されるあまり「近代」の思想の健全さが強調された。また、「超越的な真理」によりファシズム権力を「日本」

と等置しなかったことをいい、「真の愛国と偽の愛国」との区別を無条件に肯定するが、このことは『現代ヨーロッパの精神』で「さしあたって西欧思想を除いては、今日一般に思想なるものを考えることはできないと思われるからである」という文章と響きあっている。

日本の軍国主義者は「墓場と廃墟」を作っただけだが、イタリアやドイツでは異なるとの指摘もあり、①日本の事例はヨーロッパを鏡として評価され、②多様な事例が、日本としてあっさりとまとめ上げられているようにみえる。

また、論文「戦争と知識人」で植民地問題が議論されていないことは、指摘しておく必要があるだろう。アルジェリア問題が本格的に論議される時期に加藤はフランスを離れていたが、『現代ヨーロッパの精神』でも植民地問題に関わった議論には言及していない。

5

さて、「六〇年安保」である。一九六〇年に加藤は、『二つの極の間で』(弘文堂)と『東京日記』(朝日新聞社)という二冊の評論集を刊行し、警職法改正反対運動(一九五八年)や新安保条約批准反対運動(一九六〇年)へ関与しつつ、状況への発言を行う。

加藤は、新安保条約をめぐり、①「現実的な政策の裏づけ」を欠く軍事協定であり、②「国民の圧倒的多数は意を決しかねて」おり、③審議の過程で「疑惑」が大きくなっていったことをいう。そして、決定的であったのは④岸信介首相が一九六〇年五月十九日の深夜に新安保条約を強行的に可決・承認したことであり、それは「民主主義的な手続の原則をふみにじった」と厳しく批判した(「安保条約と知識人」一九六〇年)。

加藤は、この事態に再度、「知識人」が問いかけられている状況を見出し、戦前の経験を持ち出しながら状況を説明し、行動を促していく——「われわれの自由が完全に奪われたあとでは、どういう抗議もできない(ということは経験によってあきらかである)。とすれば、自由の奪われていく過程のどこかに、抗議が必要であり、また可能であり、それによってやがて自由が全く失われるだろう過程の進行をくいとめることのできる決定的な時期があるはずだろう」(同)。

状況と歴史、経験と判断、原則と現状、そして認識と行動が提示されながら、いまが「決定的な時期」であることを訴え、知識人は「原則」に忠実であるとともに、「内心」の問題とせず、ある時期には「はっきりとした進退としてそとにあらわれるべきこと」という原則を提示した。「安保条約と知識人」はこのことを「民主主義的な理想への信頼」——「理想主義」への確信として呼びかける一編となっている。

加藤にとって、一九六〇年は節目となる状況であったろう。加藤は自伝『続 羊の歌』で「一九六〇年は、私にとっては、戦後の東京の生活の結論の年であり、またその後の生活への出発の年でもあった」という。このとき、加藤はあわせて「私自身についての私の審議は未了である」とも述べる。どのような出来事があったのかはあきらかにされず、具体的には詳かにしないが、加藤はこのあと長いあいだ、日本を離れることとなる。

このようにたどってきたとき、「言葉と戦車」はあらためて、加藤にとり重要な論稿となることが判明しよう。一九六八年のプラハに、加藤は「決定的な時期」、いや決定的な時空間を見出していた。加藤は、アメリカの「ヒッピーズ」とベトナム戦争への反対運動、パリの「五月革命」、ドイツや日本の学生運動、そして中国における「文化大革命」を視野に収め、①「一九六八年に相次いだ画期的な事件」とし、②そこに「組織された暴力」（戦車）と「人間的なるもの」（言葉）との「対立」を指摘している。また、③新しい世代の登場とともに、（とくに「ヒッピーズ」に）「非西洋的価値」の主張を見出し、「男らしさの価値」「中産階級の伝統的価値」への批判をいう。

だが一九六八年の世界は、「戦後」二五年を経ようとしており、一九四五年の世界と大きく変わっていたことも事実である。とくに③の点は、加藤自身の立脚点や「戦後」の思想的根拠を問いかけるものともなっていた。「六八年」には「戦後知識人」や西洋を基準とする「近代主義」への批判がなされ、思想の地殻変動ともいうべき現象がみられ、これまで戦後思想を領導してきた理念にも問いが突きつけられた。

多くの「戦後知識人」たちが、この「六八年」で躓いたとき、加藤はそれを「回避」してその後も知的な活動を継続し、『日本文学史序説』(上下、筑摩書房、一九七五年、一九八〇年)をはじめとする作品を刊行している。「言葉と戦車」が折り返し地点に位置しており、あらためてこの論が、加藤の言論活動の長い射程のなかで検討される必要があるだろうことを思う。

解説　「言葉と戦車」から

小森陽一

0

一九六八年秋、岩波書店の『世界』に発表された加藤周一の「言葉と戦車」は、一五歳だった私に、半ば身体的ですらあった精神の危機から、自力で立ち直っていく言葉の力を与えてくれた。

私は六一年から六五年まで、父親の仕事の都合で、チェコスロヴァキア（当時）の首都プラハで生活していた。通っていたのは「在チェコスロヴァキア八年制ソ連大使館付属学校」、学校の友人の大半はソ連人だった。家に帰ってから、あるいは休日に遊ぶ友人は家の近所のチェコ人であった。

六五年暮に日本に帰国するまでの二年間は、「部分的核実験禁止条約」（一九六三年）をめぐって、ソ連と中国との間の対立が深まっていき、それがトンキン湾事件（一九六四年）以後のアメリカのベトナム戦争に対するソ連と中国との対応の違いとなってあらわれてもいた。夕食時の、私の家庭内の会話は、このような国際問題が大半をしめていた。一〇歳から一一歳の子どもにすぎない私にとっても、これらの問題は切実だった。「ソ連大使館付属学校」に通っている以上、核兵器とベトナム戦争に対して、どのような立場をとるのかは、直接子ども社会でも問題になっていたからだ。

帰国してしばらくは、友人たちとの文通は続いていた。刻一刻とプラハで進んでいく民主化の動きが、生き生きと、喜びを持って伝えられてきた。「言葉と戦車」の冒頭に出てくる「ヤン・ベネシュ」、「ムナッコ」、そして「ドゥプチェク」の名は、繰り返し友人たちの手紙の中に記されていた。「日本への航空便の切手代は高いから」と、手紙のやりとりは、三カ月に一度ぐらいだったが、それでも「プラハの春」への前奏曲は、確かに私の手もとに届けられていた。

私が一五歳になったのは六八年の五月。誕生日を祝福する友人たちの手紙が届いた。「言葉と戦車」の文章を引用するなら、「三月末から四月末までのわずか三週間ばかりの間に、スヴォボダ（Svoboda）大統領、チェルニク（Cernik）首相、シュムルコフスキー（Smrkovsky）国会議長という指導体制が確立する。そのいわゆる「自由化政策」は、まず国外旅行の自由と、言論の自由において、徹底し」たことを、それらの手紙は伝えていた。私は返信に「自由（スヴォボダ）という姓を持つ政治家を見つけてきて大統領にするなんて、本当に君たちの国はアネグドート（小話）好きなんだね」と書き送った。最後の手紙のやりとりだった。それ以後友人たちとの音信は途絶えた。

せっかく習得したロシア語を忘れてはもったいないという両親の配慮で、中学に入ってからの私は週三回、「日ソ学院」のロシア語教室に通っていた。中学生ではあるが、ロシア語力は最上級クラス。ソ連で勤務する予定の、外務省職員や新聞記者などの報道関係者といった、大人たちと同じ教室での受講であった。

教材は数日遅れの新聞「プラウダ」や「イズヴェスチア」の論説が一時間目。二時間目は短波で届く「モスクワ放送」の録音テープ。六月以後緊迫したプラハの状況を、ロシア語を日本語に翻訳する大人たちの手伝いをしながら、ソ連側の情報から知ることになった。そして八月二〇日深夜、ソ連とワルシャワ条約機構四カ国の軍隊がチェコスロヴァキアに侵入した。

私の中のロシア語を使用する自分が、チェコ語を使用する自分に武力侵入したような事態。精神的危機が半ば身体的であったのはそのためだ。ロシア語教室の政治や外交に詳しい大人たちの議論にも加わったし、中学校の友人たちの「だから社会主義や共産主義はコワイ」という反応に対しては、侵入されたチェコスロヴァキアも社会主義国なのだと反論しつづけた。けれども、圧倒的な無力感に打ちひしがれてもいた。

そのような状況の中で、「戦車は、すべての声を沈黙させることができるし、プラハの全体を破壊することさえもできる。しかし、プラハ街頭における戦車の存在そのものをみずから正当化することだけはできないだろう。自分自身を正当化するためには、どうしても言葉を必要とする」という、「言葉と戦車」の加藤周一の言葉は、強い説得力を持って私の心に響いた。「言葉が戦車を克服し終ったユートピア」を、自らの「究極の目標」とすることを、一五歳の私は選んだ。

1

加藤周一の文章は、言葉の正確な意味において明晰である。すなわち使用する概念それ自体が内包する意味に決して頼ることなく、その概念で論じる対象に、徹底して即すことによって、その対象を他の対象から区別する明白さを獲得する。

たとえば「ベトナム　戦争と平和」（一九七二年）では、まずベトナム戦争の特徴を六つの定義で明らかにする。まず「第一、ベトナム戦争は、阿片戦争の変種である」として、白人帝国主義と日本帝国主義による、アジアへの植民地的侵略史の中に位置づける。「第二、ベトナム戦争は、宣戦布告なき戦争である」として、五〇年代のアルジェリアにおけるフランスと、三〇年代の中国大陸における日本の戦争との類似を指摘する。「第三、ベトナム戦争はイデオロギー戦争である」として、先のフランスと日本のように「具体的な経済的利益」を求めるのとはまったく異質な戦争であることを明らかにする。

比較する対象は同じでも、比較の観点を異にすることで、「ベトナム戦争」という対象のまったく異なった特徴を浮かび上がらせるのだ。そして「経済的利益」は有限であるがゆえにそのための犠牲にも限度があるが、「自由」という「イデオロギー」は無限であるから、「ベトナム戦争」は「ジェノサイド」へ向かわざるをえず、「ソンミの虐殺」は「必然」だったという、もう一つ奥の、だからこそ震撼すべき対象の認識へとむかうのである。「第四、ベトナム戦争は人民戦争である」という定義からは、敵と一般人民を区別することができず、選択肢は「戦争をやめるか、無差別的に人民を殺すか」しかないという論理が導き出され、ここでもアルジェリアでのフランス軍の「拷問」と、中国での旧日本軍による「婦女子虐殺」が比較の対象とされている。「第五、ベトナム戦争は「エレクトロニック」戦争である」という定義からは、「米国側からみれば無人戦争、ベトナム側からみればみな殺し戦争である」という認識が導き出される。当時のベトナム戦争に反対する運動の中で、ほとんど感情的に使用されていた「ジェノサイドを許すな!」というスローガンが、確かにここで明晰な理論的裏付けを獲得しているのである。

そして最後に「第六、ベトナム戦争は、「核の傘」戦争である」という定義からは、「中国の義勇軍にも出会わず、大量のソ連製最新式ミサイルにも出会わなかった」という形で暗に朝鮮戦争との違いが明らかにされる。

他の対象から区別することで、ある対象を認識するための明晰性を獲得する加藤の論法において重要なのは、一つは出来事を歴史化するということだ。すでに歴史的な位置付けが明確になっている帝国主義的植民地戦争（フランスのアルジェリア、日本の中国大陸における戦争）とベトナム戦争を比較し、かつ対比することで、反復性と差異性を同時に記述することによって、今まさに終ろうとしていながらも、いまだ歴史化されていない「ベトナム戦争」を歴史化するという論法。

もう一つは、やはり言葉の正確な意味における、分節化の操作である。一つの融合した構造をもつ対象を、分節化し、組織的な構成部分を抽出して、各部分の相互関連性を明らかにするという実践が、実に緻密に行われていることがわかる。「ベトナム戦争」という一つの対象を、六つの構成部分に分けて定義し、そのそれぞれの定義を、さらにまったく異なる方向から認識し直すことによって、構成部分の相互関連から、たとえばなぜ「ジェノサイド」にならなければならなかったかが明らかにされていくのである。

このように「戦争」を歴史化し分節化したうえで、加藤は停戦後の「平和」について、「今日到底予測することができない」と断りながら、「ベトナムには来ない」と大胆な断言をしたうえで、「世界は、少なくとも米・ソ・欧州・中国・日本に関するかぎり、「平和」になるだろう」と予測し、「冷戦」の「イデオロギーの死」を宣告するのである。

事実一九七六年七月にベトナム社会主義共和国が発足するまで、ベトナムでは内戦がつづき、七八年のカンボジア侵攻、七九年の中越紛争と戦争は絶えず、八九年九月のカンボジアからの撤退まで軍事的紛争は終らなかった。この年の一一月にベルリンの壁が崩壊することを考えあわせれば、加藤の明晰さが未来をも見とおしうる力を持っていたことがわかる。

実際「米・ソ・欧州・中国・日本」では、加藤の「予測」したとおり、二一世紀が始まるまでは「国際的な勢力分野の現状凍結、軍事力の均衡、経済的な競争と同時に経済・技術的な一体化の進行、またおそらくは持続する物質的繁栄」を生み出したのであり、「国内的には、うち破ることのできない現体制の安定、計算機化され、組織化され、官僚化された管理社会の発達、そして殊に、大衆の政治からの逃避と政治への犬儒主義」が肥大化していったのである。このときの加藤が予測しえていなかったのは、国家としてのソ連の崩壊と消滅ぐらいだったのではないか。そして、「物質的繁栄」が最早「持続」することはありえないことを、二〇〇〇年代を生きる多くの人々が実感している。

2

出来事の歴史化と分節化によって、明晰な論理を構築する加藤にとって、最も許すことのできないことが、歴史の隠蔽と抹殺であり、言葉の「いい代え」による「なしくずし」のごまかしであることは言うまでもない。「危機の言語学的解決について」(一九八一年)では、戦中と同じように、戦後日本社会では常に政治権力と結びついた者たちによってメディアで「危機」が煽り立てられ、やがて「去年の雪今いずこ」と言いたくなるように「消えてゆく」ということが指摘される。そのうえで、この「危機」の「解決法」として、「日本社会」が好んできたのは「言語学的対策」だったと加藤は主張する。

「敗戦」を「終戦」と、「占領軍」を「進駐軍」と呼んだときから、この手法は「始まっていた」というところまでは、多くの人たちがそのごまかしとまやかし性とをこれまでも指摘していた。しかし、加藤はもう一歩踏み込んで、「言語学的対策」が、政治権力の在り方とそのときどきの政策的選択と論理的に結合していることを、分析的に明らかにするのだ。

すなわち「敗戦」で表象される「敗けいくさは危機だが」、「終戦」は「いくさの勝ち敗けを明示しない」ので、逆に「平和の希望」を表わす。「占領軍」という言葉は、「日本の法律と天皇の権威に超越しておそろしい」が、「進駐軍」であれば、「日本国と天皇制の安全をまもってくれる有り難い存在」となる。戦後日本の一貫した「アメリカ追随外交」は、あるときは「日米対等」や「等距離外交」と表象され、ついに「国際的責任を果たす」という言葉になる。「独立の危機」が反転され、「独立の精神の顕現」を表現する標語に変身する。

こうした「言語学的対策」は、朝鮮戦争以来の日本の再軍備と、一九五四年の自衛隊創設、そしてそれ以後継続されてきた自衛隊の増強をめぐる言説に最も顕著にあらわれていると加藤は指摘する。

「軍国主義反対再び」(一九八一年)では、「戦争宣伝は人をだますのに、言葉をすりかえる」ことを明らかにしたうえで、「一人の市民にもできそうなこと」を提案している。一つは「悲惨な戦争の記憶」を次の世代に「語り伝えてゆく」こと。二つめは「猫を猫とよび、侵略を侵略とよび、軍隊を軍隊とよび、核弾頭を核弾頭とよぶこと」。三つめは「核戦争」になれば「地方も中央も」「みんなそろって亡びる」のだから、核廃絶の運動を「地方から中央へ、という流れに変えてゆくこと」。七九年末のソ連軍のアフガニスタン侵攻、八〇年モスクワ・オリンピックの西側諸国のボイコット、レーガン政権の誕生という、新たな米ソ対立が激化する中で、加藤は「なしくずし」の「軍国化の過程」に警告を発しつづける。

たとえば清少納言の「遠くて近きもの・極楽」をもじった「遠くて近きもの・地獄」。「地獄」とは「戦争」のこと。そこでは歴史認識と、それを解体するための言葉のすりかえによる社会的集合記憶の操作が、「昨日は遠くて、今日近きもの」として批判される。同時に「今日は遠くて、明日近きもの」として、「核武装」と自衛隊の「海外派兵」、「愛国心」などが批判の対象となっているが、この状況は、二〇〇〇年代の今も、まったく変わっていないし、「危機」が繰り返し煽られつづけている。

「遠くて近きもの」についての議論を展開する際の加藤周一の立ち位置は、次のように明言されていた。「私は私の実感や、想像力や、生活に即した感情を、一切信用しない。ただ新聞雑誌の記事を通じて、私の会ったこともない人々が、見たこともない場所で、何をしているかということについての、いくらかの情報を得、その情報の検討から私にもっとも確からしいと思われる結論を抽きだす」。この批評実践の方法は生涯貫き通されていった。

3

戦後日本社会の歴史認識の在り方と、それを突き崩そうとして、すりかえの言葉で社会的集合記憶を操作しようとする動きは、繰り返し歴史、教科書問題として現象し、ときによっては政局と絡む対立ともなっていた。「教科書検閲の病理」(一九八二年)は、この問題の根にある戦後日本社会自体に、克服されずに残った病巣を解明している。

その第一が「なしくずし」の過程。「状況を少しずつ一定の方向に変えて、急な変化を避ける」。解釈改憲に基づく、自衛隊の軍備増強、行動範囲の拡大、そして戦争責任の消去は、同じ論理で時期を同じくして行われていった。「なしくずし」は「既成事実の積み重ね」によって行われる。そのやり方は三つある。「第一、計画にもとづき意識的に行われる場合」、「第二、非計画的・無自覚的になされる場合」、そして「第三、権力の内部に意見の対立があるときには、両者の混合する場合」。「なしくずし」という一つの方法が、二つの特徴に分割され、それぞれが複数の構成要素として歴史的事実との対応の中で分析される。加藤の歴史化と分節化による明晰さは、ここでも冴え渡っている。

第二は「いい代え」の手法。それは「降伏」を「終戦」とし、「占領」を「進駐」としたときから始まり、「戦力」を「自衛隊」、「検閲」を「検定」としてきた。それが歴史教科書問題ではさらに進んで、「侵略」を「進出」「進攻」と書き換えるよう、文部省（当時）が「検定」意見を出したのだ。加藤は、「侵略」を「進出」に「いい代えるのは、表現の客観化ではなく、歴史的事実のごまかしである」と言い切る。

この問題が中国や韓国政府の批判によってはじめて外交問題化したことにふれながら、加藤は日本の「自発的な方向転換能力の弱さ」と「鎖国心理」を指摘する。そして「鎖国心理」は、「国内事情を対外事情に優先」させ、「対外的にも国内向けの手法をそのまま用い」ることに分節化され、「国内向けの手法」は、「しらばっくれ主義」と、「責任転嫁」と「日本製」の「誠意」の三つに分節化される。

しかしこの文章で提示される「対策」に驚かされるのは、「応急処置」として「日本帝国主義の侵略を明記」することを掲げるのはすぐ納得できるとして、「根本的対策」として「文部省の廃止」を加藤が主張していることだ。その後に「それができなければ、検閲の廃止と「指導要領」の廃止である。それもできなければ、検閲の内容の公開と、問題点の公開討議である」（傍点引用者、以下同様）と続けるのである。私自身もかかわっていた

このときの教科書問題をめぐる市民運動では、「応急処置」と、

「それができなければ」と「それもできなければ」のときの対策しか政府への要求にはかかげていなかった。それは運動の現実性の枠組に規定された認識だったからだ。

加藤の明晰性は、たとえユートピア的であれ、理論的思考に基づく論理的帰結を明確に提示し切ることに支えられていることがわかる。「言葉と戦車」からの一貫した、国家権力と言論の自由をめぐる思想。歴史認識と歴史教育は、国家のものではなく、主権者である人民のものであるという大切な原理が開示される。だから「教科書問題をその一部として含むところの一般的傾向」の「根本的な解決法」は、「経済大国」が「軍事大国」ではなく、「福祉大国」へ進むことを、主権者が「選択する」ことであることを最後に記している。

戦後日本とドイツを対比しながら、「過去をはっきり過去として検討せず、そのまま現在へつないで、戦争責任に言い逃れを繰り返してきたことは、戦後日本の最大の失敗である」とし、それを「倫理的失敗」と「政治的失敗」の二面から検討した論が「「過去の克服」覚書」(一九九五年)。「国民(の大多数)も、権力も、加害者としての日本の過去を水に流した」のに対し、「流さなかったのは、被害者、主としてアジアの諸国民だけである」ことを明らかにしたうえで、加藤は「知識人」の態度に言及する。「少数の狂信的な超国家主義者」「きわめて少数の反戦主義者」を除く大多数の知識人が、権力の内部にとりこ

まれたか、戦争に協力したか、大勢順応主義だったと加藤は批判する。だから二〇〇〇年代の加藤周一は、憲法九条をめぐる実践的活動と批評を統一させたのだ。

4

加藤周一は「知識人の任務」(一九四七年)の中で、「無力であった日本の知識階級」を「救ふ道」として、「人民の中に己を投じ、人民と共に再び起ち上るより他に、あり得るであらうか」という問題提起を行った。その立場を実践に転換したのが、「九条の会」運動であった。「九条の会」を構想する時点から、加藤周一に私は寄り添いつづけたが、そこで加藤の思想の根と出会えたと感じた。

二〇〇四年六月一〇日に加藤周一を中心に発足した「九条の会」の、〇五年七月の有明コロシアムの一万人集会の記録集に掲載されたのが、「再説九条」。その冒頭はこう始まっている。

昨年の初夏、憲法九条のために日本国民に呼びかけたのはわずか九人。今年の夏、東京・有明コロシアムで開いた講演会に参加して下さった方はほとんど一万人。呼びかけに賛同して各地につくられた「会」は三〇〇〇になりました。このことは九条を支持する意思をもちながら、その意見を明示する機会を持たなかった人口が、いかに大きかったかを、反映しているでしょう。

なぜ、「人々」ではなく「人口」という言葉なのか。それは「人口」という漢字二字熟語には、歴史的に異なる意味が組み込まれているからだ。

まず通常私たちが「人口」という言葉を使う場合には、英語の population の翻訳語としてであり、国家や一定地域に居住する人々の総数を意味する言葉として使用していることをめぐって、もう一つの意味作用が浮かびあがってくる。それは漢字文化圏では司馬遷の『史記』の時代から使われている、文字どおりに世の人々の口、すなわち多くの民衆が口承の言葉によって伝達している噂話などのことである。

「九条の会」の「呼びかけ」は、マスメディアにおいては、ほとんど無視された。小田実は、メディアが無視するのであれば、自分たちが直接「主権者」である人々に「アピール」を伝えなければならない、だから全国で「九条の会講演会」を開催して伝えよう、という行動方針を提起した。自分たちがまず口を開く、ということだ。それを口伝えで運動にしていこうという運動の在り方の選択であった。日本列島の主要都市で、「九条の会」の呼びかけ人は語りに語ったのである。

「九条の会」のアピールが発せられ、全国で「九条の会講演会」が開催されたことによって、その呼びかけに応え「その意見を明示する機会」を持った多くの人々の口から、「九条を支持する意見」が表明されるようになった。そして「九条の会」の運動をとおして、「九条常に人口にあり」とでも言うべき状況が、この国に定着していった。近代の日本語において使用されている漢字二字熟語のほとんどは、翻訳語である。まさに加藤の言う「雑種文化」の象徴だ。数千年来の歴史を持つ漢字二字熟語を、欧米列強の権力支配の概念を翻訳するために流用したのだ。しかし原義はある。そこに立ち戻ることで、どのような反撃をすることができるのか。加藤周一の言葉に対する執着の原点はそこにある。

二千年以上の意味の歴史を持つ、漢字文化圏で使用されてきた概念と、近代の概念とを、一語の中で併用する正確さにおいて、加藤周一の文章は比類のない論理的明晰さを持つことになるのである。それが、歴史を引き受ける加藤の理論的、かつ実践的な立場なのだ。

「九条の会」アピールの記者会見が行われた一週間後の『朝日新聞』の連載「夕陽妄語」には、「また9条」(二〇〇四年)という題がつけられている。「なぜ同じような議論をくり返すのか。周囲の状況が変わり、9条の制約を除こうとする意見が、政府や議会や報道機関に昂《たかぶ》ってきたからである」と書き始められる。「改憲論は突然天から降ってきたのではなく、戦後史を顧みれば事実上(de facto)の改憲から法的(de jure)なそれへの切りかえ計画にすぎない」と説明する。「事実上」の改憲から「法的」改憲への質的違いであることが、今までと現在を区別している。

9条をめぐる議論は、まさにこのように展開せざるをえなかったのだ。

つづけて「このような経過の背景には、もちろん、9条の要請と日米安保条約の要請との矛盾がある」と、区別の境界線の矛盾の論理そのものを明らかにしていく。矛盾を解決するにはどうしたらよいのか。

そこで二つの解決法が考えられる。一つは9条を変えることであり、もう一つは安保条約を変えることである。たとえばその代わりに非軍事的な日米友好条約を結ぶ。後者の道を選べば9条は保存されるばかりでなく、再生されて、大いに役立つだろう。安保条約は冷戦の最盛期、朝鮮戦争の最中に作られた。しかし今では相手方のソ連邦はなく、「日本を脅かす」超大国はない。朝鮮戦争も終わって久しい。今や日米両国の「国益」にとって見直されるべきものは、9条ではなくて、安保条約であろう。

このあたりに加藤周一の論理的説得力が遺憾無く発揮されている。「9条の要請」「日米安保条約の要請」との「矛盾」なのだから、どちらかを取るしかない。選択肢は二つ明示されている。「9条を変えること」と「安保条約を変えること」。この二つの選択肢を明示すること自体が、〇四年六月の段階ではきわめて重要な戦略的な意味を持っていた。

「9条を変えること」を主張する、小泉純一郎政権をはじめとする改憲イデオロギーの勢力は、日米同盟こそが日本の生命線でありアメリカの軍事的な要請に全面的に協力することが「国益」だと言い続けていたのであり、この時点でのマス・メディアや論壇の議論の中で、日米「安保条約を変える」などという発想は皆無だったのである。

また、本来「日米安保条約の破棄」を本来の政治的主張として一貫して持ちつづけているはずの政治勢力の側も、「9条を変えること」を目指す勢力の矢継早の攻勢に対応することに追われ、日米安保条約を変えればどうなるのかなどという主張は、ほとんど鳴りをひそめていた。

しかし、加藤は、「9条の要請」と「日米安保条約の要請」との「矛盾」と戦後の歴史過程を論理化し、その論理的帰結として二項対立の中で二者択一すればという設定をしてみせたのだ。これには誰も反論できない。

さらに二項対立の中で二者択一をする身振りを見せながらも、「9条を変える」という選択肢については、この段階では言及していないことも見逃してはならない。通常の論理性から言えば、対立する二項それぞれについて言及すべきだということになるだろう。けれども対立する議論は常に権力的力関係の中にある。「9条を変える」という議論を「昂」らせているのは「政府や議会や報道機関」なのだ。それら圧倒的に権力性を保持している側の議論を、限られた紙数の中で紹介する必要などない。

しかし、実は紹介していないようで、「9条を変える」勢力の論拠の根幹に言及しながら批判しているのが先の引用部なのだ。一つは、現在の日本国憲法は六〇年近く前に制定され、一度も変えられていない「世界で最も古い憲法」という非難が、このとき人口に膾《かい》炙《しゃ》していた。そこを加藤は、日米安保条約も憲法と四、五年違うだけで、十分古い政治文書であることを明らかにしている。さらに九条の平和主義は非現実的だという非難には、ソ連邦を仮想敵にしていた日米安保条約だって現実的根拠を持っていないのではないか、とやり返している。そして「9条を変える」と主張している勢力が盛んに口にする「日米同盟こそ国益の中心」という主張の中の「国益」という言葉を使って、完全にその意味を逆転してみせているのだ。

　自らの論理の明晰さに、二重三重の戦略性をもたせることで、自論を主張しながら同時に反論を転倒するという力を持つのが加藤周一の文章の力なのである。

　たとえば「原爆五十年」（一九九五年）の中の次のような一文、「NPTを、さらにはCTBTを、長期間にわたって有効に維持するためにも、核兵器保有国対非保有国、保有国内部での格差という二重の不平等を何らかのし方で克服することが必要だろうと思われる」。この一文は、二〇〇〇年代のすべての核兵器をめぐる事態をとらえてさえいる。「核兵器保有国対非保有国」の不平等が、イスラエルはもとより、インドそしてパキスタンを核保有国にし、いま、北朝鮮がそれに加わろうとしている。加藤周一は、「原爆五十年」の中で世界の核兵器の在り方の問題を考えようとし、その分析は次のような結論を導き出す。核非保有国が核を保有したらただちにそれを増やしていく、核保有を拡散させない有効な手段はない、という悪循環。

それを断ち切るためには核保有国自身が非保有へ向けて、核廃絶へ向けて、実践に踏み出すしかない、というのが加藤の論理の中心である。

あたかもこのときの加藤周一の問題提起に応答するかのように、二〇〇九年四月五日、アメリカのオバマ大統領は、アメリカ自身が核兵器廃絶に向けて量的削減に踏み切ることを宣言したのだ。アメリカ合衆国という国を初めて核兵器を使用した国として認めた上で、「言葉と戦車」の都市・プラハにおいてアメリカ大統領が明言した意味は大きい。ここに加藤周一の論理の歴史的射程が十全に明らかになっていると私は思う。

編者紹介（五十音順）

小森陽一（こもり・よういち）

一九五三年、東京都生まれ。北海道大学大学院文学研究科博士課程修了。日本近代文学専攻。現在、東京大学大学院総合文化研究科教授。著書に『村上春樹論』『漱石を読みなおす』『日本語の近代』『天皇の玉音放送』『ポストコロニアル』『歴史認識と小説』『心脳コントロール社会』などがある。

成田龍一（なりた・りゅういち）

一九五一年、大阪府生まれ。早稲田大学大学院文学研究科博士課程修了。日本近現代史専攻。現在、日本女子大学人間社会学部教授。著書に『「故郷」という物語』『〈歴史〉はいかに語られるか』『歴史学のスタイル』『「大菩薩峠」論』『歴史学のポジショナリティ』『戦後思想家としての司馬遼太郎』などがある。

本書は「ちくま学芸文庫」のために新たに編まれたものである。なお、収録作品はすべて初出を底本とした。初期の論考の旧漢字のものは一部の例外を除き新漢字としたが、かな遣いは底本のままである。ただし、明らかな誤植と思われるものは平凡社版『加藤周一著作集』によって、これを正し、「天皇制を論ず」「日本文化の雑種性」「戦争と知識人」「わが思索わが風土」は、同著作集により「追記」を補った。また、本書には、今日の人権意識に照らすと、不適切と受け取られかねない語句が若干あるが、それは、その論稿が発表された当時一般の用法であったため、底本にしたがった。

現代小説作法　大岡昇平

西欧文学史に通暁し、自らの作品においては常に事物を明晰に観じ、描き続けた著者が、小説作法の要諦を論じ尽くした名著を再び。（中条省平）

日本人の心の歴史（上）　唐木順三

自然と共に生きてきた日本人の繊細な季節感の変遷をたどり、日本人の心の歴史とその骨格を究明する。上巻では万葉の時代から芭蕉までを扱う。

日本人の心の歴史（下）　唐木順三

日本人の細やかな美的感覚を「心」という深く広い言葉で見つめた創見に富む日本精神史。下巻は西鶴の時代から現代に及ぶ。（高橋英夫）

日本文学史序説（上）　加藤周一

日本文学の特徴、その歴史的発展や固有の構造を浮き上がらせて、万葉の時代から源氏・今昔・能・狂言を経て、江戸時代の徂徠や俳諧まで。

日本文学史序説（下）　加藤周一

従来の文壇史やジャンル史などの枠組みを超えて、幅広い視座に立ち、江戸町人の時代から、国学や蘭学を経て、維新・明治、現代の大江まで。

書物の近代　紅野謙介

書物にフェティッシュを求める漱石、リアリズムに徹し書物の個性を無化した藤村。モノ－書物に顕現するもう一つの近代文学史。（川口晴美）

奇談異聞辞典　柴田宵曲編

ろくろっ首、化け物屋敷、狐火、天狗。古今の書に精通した宵曲が、江戸の随筆から奇にして怪なる話を選り抜いて集大成した、妖しく魅惑的な辞典。

源氏物語歳時記　鈴木日出男

最も物語らしい物語の歳時の言葉と心をとりあげ、その洗練を支えている古代の日本人の四季の自然に対する美意識をさぐる。（犬飼公之）

江戸奇談怪談集　須永朝彦編訳

江戸の書物に遺る夥しい奇談・怪談から選りすぐった百八十余篇を集成。端麗な現代語訳により、古の妖しく美しく怖ろしい世界が現代によみがえる。

江戸の想像力　田中優子
平賀源内と上田秋成という異質な個性を軸に、江戸18世紀の異文化受容の屈折したありようとダイナミックな近世の〈運動〉を描く。（松田修）

図説 太宰治　日本近代文学館編
「二十世紀旗手」として時代を駆け抜けた作家・太宰。新公開資料を含む多数の写真、草稿、証言からその文学と人生の実像に迫る。（安藤宏）

社会と自分　夏目漱石　石原千秋解説
漱石自ら精選した六篇の講演に「私の個人主義」を併録。創造的な生を若者に呼びかけた力強い言葉が胸を揺さぶる、今あらためて読みたい名講演集。

平家物語の読み方　兵藤裕己
琵琶法師の「語り」からテクスト生成への過程を検証し、「盛者必衰」の崩壊感覚の裏側に秘められた王権の目論見を抽出する斬新な入門書。（木村朗子）

定家明月記私抄　堀田善衞
美の使徒・藤原定家の厖大な日記『明月記』を読みとき、大乱世の相貌と詩人の実像を生き生きと描く名著。本篇は定家一九歳から四八歳までの記。

定家明月記私抄 続篇　堀田善衞
壮年期から、承久の乱を経て八〇歳の死まで。乱世を生きぬき宮廷文化最後の花を開いた藤原定家の人と時代を浮彫りにする。（井上ひさし）

都市空間のなかの文学　前田愛
鷗外や漱石などの文学作品と上海・東京などの都市空間——この二つのテクストの相関を鮮やかに捉えた近代文学研究の金字塔。（小森陽一）

増補 文学テクスト入門　前田愛
漱石、鷗外、芥川などのテクストに新たな読みの可能性を発見し、〈読書のユートピア〉へと読者を誘なう、オリジナルな入門書。（小森陽一）

益田勝実の仕事（全5巻）　益田勝実
国文学・歴史学・民俗学の方法を駆使して日本人の原像に迫った巨人の全貌。単行本と未刊行論文から編む全五巻。第60回毎日出版文化賞受賞。

東京の昔　吉田健一

第二次大戦により失われてしまった情緒ある東京。その節度ある姿、暮らしやすさを通してみせる、作者一流の味わい深い文明批評。（島内裕子）

日本に就て　吉田健一

政治に関する知識人の発言を俎上にのせ、責任ある市民に必要な「見識」について舌鋒鋭く論じつつ、路地裏の名店で舌鼓を打つ。甘辛評論選。（苅部直）

甘酸っぱい味　吉田健一

酒、食べ物、文学、日本語、東京、人、戦争、暇つぶし等々についてつらつら語る、どこから読んでもヨシケンな珠玉の一〇〇篇。（四方田犬彦）

英国に就て　吉田健一

少年期から現地での生活を経験し、ケンブリッジに進んだ著者だからこそ書ける極めつきの英国文化論。既存の英国像がみごとに覆される。（小野寺健）

私の世界文学案内　渡辺京二

文学こそが自らの発想の原点という著者による世界文学案内。深い人間観・歴史観に裏打ちされた温かな語り口で作品の世界に分け入る。（三砂ちづる）

平安朝の生活と文学　池田亀鑑

服飾、食事、住宅、娯楽など、平安朝の人びとの生活を、『源氏物語』や『枕草子』をはじめ、さまざまな古記録をもとに明らかにした名著。（高田祐彦）

雨月物語　上田秋成　高田衛／稲田篤信校注

上田秋成の独創的な幻想世界「浅茅が宿」「蛇性の婬」など九篇を、本文、語釈、現代語訳、評を付しておくる〝日本の古典〟シリーズの一冊。

古今和歌集　小町谷照彦訳注

王朝和歌の原点にして精髄と仰がれてきた第一勅撰集の全歌訳注。歌語の用法をふまえ、より豊かな読みへと誘う索引類や参考文献を大幅改稿。

徒然草　兼好　島内裕子校訂／訳

後悔せずに生きるには、毎日をどう過ごせばよいか。人生の達人による不朽の名著。全二四四段の校訂原文と、文学として味読できる流麗な現代語訳。

方丈記　鴨長明　浅見和彦校訂／訳

天災、人災、有為転変。そこで人はどう生きるべきか。この永遠の古典を、混迷する時代に生きる現代人ゆえに共鳴できる作品として訳解した決定版。

梁塵秘抄　植木朝子編訳

平安時代末の流行歌、今様。みずみずしく、時にユーモラス、また時に悲惨でさえある、生き生きとした今様から、代表歌を選び懇切な解説で鑑賞する。

梁塵秘抄　西郷信綱

遊びをせんとや生れけむ――歌い舞いつつ諸国をめぐる「遊女」が伝えた今様の世界を、みずみずしい切り口で今によみがえらせる名著。（鈴木日出男）

古事記注釈（全8巻）　西郷信綱

片々たる一語の中に古代の宇宙が影を落す。一語一語に正対し、人類学、神話学等の知見も総合して根本から解釈を問い直した古事記研究の金字塔。

古事記注釈　第一巻　西郷信綱

古事記研究史上に粲然と輝く不朽の名著を全八巻で文庫化。本巻には著者の序「古事記を読む」と、「太安万呂の序」から「黄泉の国、禊」までを収録。

古事記注釈　第二巻　西郷信綱

須佐之男命の「天つ罪」に天照大神は天の石屋戸に籠るが祭と計略により再生する。本巻には「須佐之男命と天照大神」から「大蛇退治」までを収録。

古事記注釈　第三巻　西郷信綱

試練による数度の死と復活。大国主神とは果たして何者か。そして国譲りの秘める意味は。本巻には「大国主神」から「国譲り（続）」までを収録。

古事記注釈　第四巻　西郷信綱

高天の原より天孫たる王が降り来り、天照大神は伊勢に鎮まる。王と山の神・海の神との聖婚から神武天皇が誕生し、かくて神代は終りを告げる。

古事記注釈　第五巻　西郷信綱

神武東遷、八咫烏に導かれ、大和に即位する。王位をめぐる陰謀、「初国知らしし天皇」崇神の登場、垂仁は不死の果実を求めタヂマモリを遣わすが……。

ヴェニスの商人の資本論 岩井克人

〈資本主義〉のシステムやその根底にある〈貨幣〉の逆説とは何か。その怪物めいた謎をめぐって、明晰な論理と軽妙な洒脱さで展開する諸考察。

資本主義を語る 岩井克人

人類の歴史とともにあった資本主義的なるもの、結局は資本主義を認めざるをえなかったマルクスの逆説。人と貨幣をめぐるスリリングな論考。

現代思想の教科書 石田英敬

今日我々を取りまく〈知〉は、4つの「ポスト状況」から発生した。言語、メディア、国家等、最重要論点のすべてを一から読む！ 決定版入門書。

プラグマティズムの思想 魚津郁夫

アメリカ思想の多元主義的な伝統は、九・一一事件以降変貌してしまったのか。「独立宣言」から現代のローティまで、その思想の展開をたどる。

恋愛の不可能性について 大澤真幸

愛という他者との関係における神秘に言語学的な方法論で光を当てる表題作ほか、現代思想を駆使し社会の諸相を読み解く力作。（永井均）

増補 虚構の時代の果て 大澤真幸

オウム事件は、社会の断末魔の叫びだった。衝撃的事件から時代の転換点を読み解き、現代社会と対峙する意欲的論考。（見田宗介）

言葉と戦車を見すえて 加藤周一 小森陽一／成田龍一編

知の巨人・加藤周一が、日本と世界の情勢について、何を考え何を発言しつづけてきたのかが俯瞰できる論考群を一冊に集成。（小森・成田）

敗戦後論 加藤典洋

なぜ今も「戦後」は終わらないのか。敗戦がもたらした「ねじれ」を、どう克服すべきなのか。戦後問題の核心を問い抜いた基本書。（内田樹＋伊東祐吏）

増補 広告都市・東京 北田暁大

都市そのものを広告化してきた80年代消費社会。その戦略と、90年代のメディアの構造転換は現代を生きる我々に何をもたらしたか、鋭く切り込む。

ちくま学芸文庫

言葉《ことば》と戦車《せんしゃ》を見《み》すえて

加藤周一《かとうしゅういち》が考《かんが》えつづけてきたこと

二〇〇九年八月十日　第一刷発行
二〇一六年六月五日　第四刷発行

著者　加藤周一（かとう・しゅういち）
編者　小森陽一（こもり・よういち）
　　　成田龍一（なりた・りゅういち）

発行者　山野浩一
発行所　株式会社　筑摩書房
東京都台東区蔵前二―五―三　〒一一一―八七五五
振替〇〇一六〇―八―四一二三
装幀者　安野光雅
印刷所　株式会社精興社
製本所　株式会社積信堂
乱丁・落丁本の場合は、左記宛にご送付下さい。
送料小社負担でお取り替えいたします。
ご注文・お問い合わせも左記へお願いします。
筑摩書房サービスセンター
埼玉県さいたま市北区櫛引町二―六〇四　〒三三一―八五〇七
電話番号　〇四八―六五一―〇〇五三

ISBN978-4-480-09238-0　C0195